Éloges pour Rompre le Cycle

« Plus qu'un roman de guerre, c'est une exploration glaçante de l'héritage et de la libération. Jak Bazino tisse ensemble les parcours parallèles d'Anthony Preston et Khin Yadanar, montrant que si les visages du conflit changent, la lutte reste la même — jusqu'à ce qu'une nouvelle génération ose enfin rompre le cycle. Situé sur les lignes de front éprouvantes de la Révolution du Printemps au Myanmar, Bazino trouve un fragile fil d'espoir dans la résilience discrète de ceux qui sont déterminés à changer l'avenir. »

Esther Htusan, ancienne correspondante pour l'Associated Press, Prix Pulitzer 2016

« *Rompre le Cycle* est un ouvrage incontournable pour quiconque s'intéresse à la situation du Myanmar. Bien qu'il soit classé comme roman, il s'appuie sur des faits historiques et des événements réels. Ce livre offre une compréhension profonde du Myanmar contemporain et suscite une grande empathie pour les sentiments et les expériences de son peuple.

Il va plus loin encore. En relatant la lutte acharnée du peuple birman sous le joug du colonialisme, du fascisme et de la dictature militaire, il invite à une réflexion sur la condition humaine en général. Ce livre dépeint avec force le combat de l'humanité prise au piège d'un cycle de conflits sans fin. »

Khin Maung Soe, News Director, Democratic Voice of Burma (DVB)

« Un livre passionnant. Impeccablement documenté et magnifiquement écrit, *Rompre le Cycle* de Jak Bazino tisse avec élégance des chapitres importants de l'histoire moderne du Myanmar en un roman captivant. »

Dr Ronan Lee, Leverhulme Trust Early Career Fellow, Rohingya Futures Research Project, Loughborough University

« *Rompre le Cycle* a suscité en moi une vive émotion car ce livre reflète la réalité vécue par les Birmans. Il est profondément émouvant de découvrir comment des personnes en zone de guerre font preuve d'une résilience remarquable malgré leurs traumatismes complexes. Ce livre est une lecture essentielle pour quiconque souhaite comprendre les difficultés rencontrées par les intervenants de première ligne au Myanmar. Ne pas le lire serait une perte considérable pour son développement intellectuel et moral. »

Jue Jue Min Thu, spécialiste en santé mentale, Conférencière à l'Université d'Hawaï, Fondatrice de Jue Jue's Safe Space

ROMPRE LE CYCLE

Du même auteur :

Zawgyi, l'alchimiste de Birmanie, Mon Petit Editeur, 2012

ROMPRE LE CYCLE

Jak Bazino

Chinthe House.

Avertissement :

Ceci est une œuvre de fiction. Bien que ce roman soit situé dans un contexte historique authentique et fasse référence à des événements réels qui se sont déroulés, les personnages principaux, les intrigues et les dialogues sont le fruit de l'imagination de l'auteur. Toute ressemblance avec des personnes réelles, vivantes ou décédées, serait purement fortuite. Les lieux historiques et les événements mentionnés sont présentés de manière fictive et ne reflètent pas nécessairement les interprétations historiques officielles ou académiques.

Cet ouvrage a fait l'objet d'une première publication par Chinthe House en 2026.

Édition : Chinthe House.

ISBN : 979-8-90243-059-9

Dépôt légal : 2026

“Quand vous rentrerez chez vous, parlez-leur de nous et dites :

Pour votre demain, nous avons donné notre aujourd'hui.”

John Maxwell Edmonds,

Mémorial de Kohima (India)

« L'arbre de la liberté doit être arrosé de temps en temps

avec le sang des tyrans et des patriotes. C'est son engrais

naturel. »

Thomas Jefferson

Ce roman est dédié à la jeunesse du Myanmar,

qui sacrifie aujourd'hui sa vie et son présent

pour permettre l'avènement d'un demain meilleur.

Qu'elle ne soit jamais oubliée.

À mon épouse, pour son amour et son soutien à chaque étape de
ce voyage, du chemin parcouru ensemble à celui qui s'ouvre
encore devant nous.

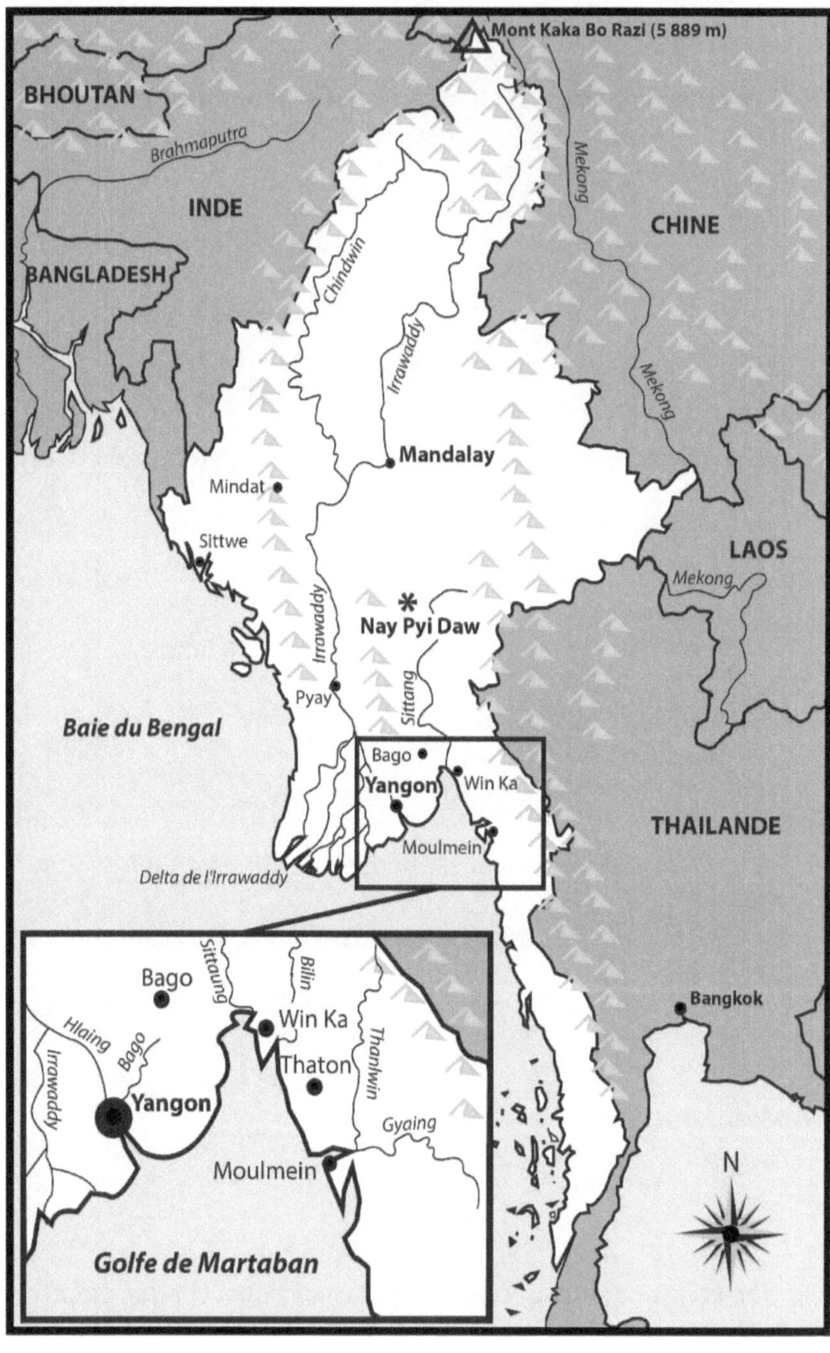

Mont Kaka Bo Razi (5 889 m)
BHOUTAN
INDE
BANGLADESH
Brahmaputra
CHINE
Mekong
Mekong
Chindwin
Irrawaddy
Mandalay
Mindat
Sittwe
LAOS
Mekong
Irrawaddy
Nay Pyi Daw
Sittang
Pyay
Baie du Bengal
Bago
Yangon
Win Ka
THAILANDE
Moulmein
Delta de l'Irrawaddy
Bago
Sittaung
Bilin
Bangkok
Hlaing
Bago
Win Ka
Irrawaddy
Thaton
Thanlwin
Yangon
Gyaing
Moulmein
Golfe de Martaban
N

Prologue

Birmanie, mars 1942

- « Les tirs ont percé le réservoir. On a perdu trop de kérozène. Les moteurs vont lâcher », déclara le pilote avant de reporter son attention sur le tableau de bord.

Anthony Preston allait mourir. À dix-neuf ans à peine, il avait cru, avec l'insolence de la jeunesse, que la mort n'était qu'une abstraction lointaine. Mais voici que l'instant s'imposait, brutal, inéluctable : il allait cesser d'être.

La révélation le saisit, viscérale, réveillant en lui ce *Dorian Gray* tapi dans l'ombre de chaque homme, bête affamée d'éternité, acculée et frémissante, non devant la mort elle-même, mais à l'approche de celle-ci. Le cliché veut que la vie défile, bande rembobinée à toute vitesse par une main invisible. Mais ce soir, aucune image ne venait. Peut-être cette superstition était-elle née de la fièvre d'un romantique, avide de sens. Sa propre existence, il le sentait, n'en avait pas.

Son amour, ses espoirs, ses proches, sa patrie, tout s'était dissout, évaporé, ne lui laissant que le vieil objet dérisoire, emmailloté dans la sacoche en cuir râpée serrée contre lui comme un talisman inutile, promis lui-aussi à l'oubli. Non, il n'avait rien d'exceptionnel ni d'unique. Il était, tout simplement, comme des milliards d'êtres l'avaient été avant lui et le seraient après. Aucun dessein ne l'avait guidé dans le dédale de son existence éphémère. Il avait été le jouet de Fortune, balancé d'une probabilité à l'autre, poussé par une série d'aléas qui l'avait mené jusqu'ici. Qui sait, peut-être aurait-il pu extraire un motif, un *leitmotiv*, en visionnant le film de son autobiographie, ne serait-ce que pour y donner un titre ? Peut-être. Si seulement il avait effectivement vu sa vie défiler devant ses yeux.

Il aurait voulu revoir, ne serait-ce qu'un instant, les allées de l'Université de Rangoun, la maison sur Battery Road, les dimanches à Dalhousie Park après l'office à la Cathédrale de la Sainte Trinité, les étés de Maymyo, et les visages de ses parents. Autant de souvenirs au goût de frangipanier et de jasmin. Mais son esprit, naguère docile, lui échappait comme un chien fou. Alors que l'avion entamait son inexorable descente vers une mort certaine, il ne lui restait que le présent : la carlingue glacée, l'odeur de cambouis mêlée à celle, plus âcre, de la peur, de ce filet d'urine trahissant la déroute du corps. Rien de cela n'avait de sens.

Sa respiration s'accéléra sans parvenir à remplir ses poumons, son nez s'emplit de mucus, ses yeux de larmes. Il suffoquait, paniquait, les pensées éclataient en gerbes incohérentes. Le pilote assis à côté de lui, vociféra en saccades au-dessus des deux hélices du Bristol Blenheim :

- « Je ne sais pas où on est. On survole des montagnes. Les Pegu Yoma ou les Chins, allez savoir. Je ne vois pas de route ou de terrain plat. Que de la forêt. »

Il avait délivré son rapport d'une voix blanche, avec ce flegme britannique de la RAF qui fait de la lucidité une forme de courage. La consigne tomba, sèche, impersonnelle :

- « Ouvrez la trappe à bombes en coupant les tendeurs », cria-t-il en tendant une hache et en pointant vers le milieu du fuselage où se situait la soute. « Je vais ralentir au dernier moment. Sautez à mon signal. Gardez les jambes et les bras repliés. Les arbres amortiront la chute. Vous pourrez peut-être vous en sortir. »

- « Et vous ? », hurla Anthony, soudain terrifié par la solitude du saut.

Le pilote lui jeta un regard lourd de sens, puis fixa de nouveau le néant face à lui. Chacun voyageait vers sa propre mort, mais par des chemins séparés. Après tout, tout homme naît et meurt seul. Entre les deux, il n'y a que des rencontres.

Anthony avança plié en deux vers le centre de la carlingue exiguë, plié, presque à genoux. Sa sacoche l'encombrait, l'étouffant dans cet espace étriqué. D'un geste rageur, il la lança loin de lui, ce maudit sac qui contenait l'artefact pour lequel il avait tout perdu. Tant de souffrance pour une pierre millénaire oubliée de tous. Le cartable abandonné sur le plancher métallique semblait le narguer. La peur, la colère, la tristesse et le désespoir déferlèrent en lui comme des fauves. Il empoigna la hache et l'abattit avec fureur sur les tendeurs retenant la trappe fermée, frappant et frappant avec des grognements féroces, continuant même après qu'ils eurent cédé et que la porte s'ouvre sur le vide. À bout de force, il s'arrêta enfin, le regard rivé sur l'abîme, rectangle d'obscurité sans fin qui le fixait en retour. Une bourrasque d'air tiède s'engouffra dans l'habitacle, lui offrant la sensation de pouvoir enfin respirer de nouveau. Calmé, il s'assit au bord du précipice, ses jambes battant le vide, son regard perdu dans les ténèbres abyssales qui défilaient sous lui.

Il allait mourir, c'était certain. Écrasé dans ce cercueil de métal, avalé par la jungle, qu'importait. Dans cette acceptation glacée, une intuition monta en lui, fulgurante, une illumination : aucune vie individuelle n'a de sens. Seules les connexions, points de contact entre les êtres impermanents, possèdent une existence propre, absolue, indépendante de ceux qui les ont engendrées. Comme les fils du métier à tisser, seules les connexions importent, reliant, créant un motif cohérent pour donner forme au chaos. L'émergence. La mort elle-même, n'y change rien.

Anthony la revoyait, celle dont il avait été séparé. Ils s'étaient aimés. Une certitude qui demeurerait même après sa mort et qui, comme les vaguelettes circulaires d'un ricochet, continuerait d'influencer le monde autour d'eux. *Amor mundum fecit*[1]. Tous deux avaient occupé un espace et un moment communs, avaient indéniablement été, ensemble. Leurs vies s'étaient croisées, et le « je » était devenu « nous », ne serait-ce

---

[1] Dicton latin signifiant « L'amour a fait le monde »

que pour un temps, comme la jonction de deux cercles. Chaque rencontre créait une connexion qui existait par et pour elle-même.

Ces connexions étaient la mémoire, les synapses de l'univers. Leur somme, leurs répercussions, façonnaient le réel, donnaient un sens à l'absurdité de l'existence prise dans son individualité. Il les subodorait, ces jonctions fortuites qui l'avaient mené jusque-là, à travers les âges, par un irrémédiable jeu de causes et d'effets. Il était au milieu d'une rangée de dominos. Qui avait poussé le premier, s'il y en avait eu un premier ? Qui serait le dernier, si tant est qu'il y en aurait un dernier ? Lui n'était que l'un des indéfinissables points qui forment la droite. La loi de causes à effets, le *karma*, voilà le trait de crayon qui reliait tous ces minuscules points anodins, futiles, qui ne formaient une ligne qu'une fois unis.

Dans un éclair, il eut la vision de tous les points qui l'avaient précédé et qui l'avaient conduit à cet instant précis. Une série de causes, une série d'effets. Et les mêmes causes produisent inlassablement les mêmes effets. Un cycle. Cette pièce de théâtre qui se jouait et rejouait, chaque nouvel acte plagiant le précédent, n'était qu'une farce. Les acteurs se succédaient, mais les tirades restaient les mêmes. Et tous dans le public, riaient et pleuraient, encore et encore, à chaque fois comme pour la première fois. Ils étaient tous prisonniers d'un cycle, ces aveugles qui applaudissaient. Et si les mêmes causes produisaient les mêmes effets, quels effets allait produire sa mort ?

- « Tenez-vous prêt ! A mon signal ! », vociféra le pilote sans même se retourner.

Anthony sentit l'appareil ralentir et plonger. La perte de vitesse engendra un regain de turbulences. Le bombardier commença à tanguer et il dut résister de tout son être pour ne pas basculer dans l'ouverture béante qui cherchait à l'aspirer. Les vibrations s'accentuèrent crescendo jusqu'à meurtrir ses tympans. Il jeta un nouveau coup d'œil à sa sacoche qui gisait à quelques mètres. Il ne pouvait pas la laisser là. Tout autant qu'il haïssait son contenu, c'était tout ce qu'il lui restait, tout ce qui le reliait à son passé. S'il la perdait, c'était comme s'il n'avait jamais existé.

Il allait se lever pour aller la ramasser quand un moteur toussa soudainement, puis s'arrêta net dans une déflagration. L'appareil fit une brusque embardée. Anthony sentit son corps s'élever dans les airs, ses jambes pédalèrent dans le vide, ses bras s'ouvrirent par réflexe. Au même moment, il se vit avec effroi retomber au milieu de l'ouverture béante de la trappe, sans rien pour le retenir. Le vide le happa dans un souffle, un mur d'air rauque et noir broyant sa poitrine de sa froide étreinte. Il voulut crier. Il sentit son dos et son crâne exploser sous un choc. C'en était fini.

Chapitre 1

État Chin, Myanmar, juillet 2024

La machette de Khin Yadanar s'enfonça dans la feuille de bananier avec une brutalité sourde, libérant une sève laiteuse qui se mêla aux ruisseaux de boue. Son corps, tendu comme un arc, vacilla sous la trahison du sol, cette glaise fuyante qui suçait ses bottes avec voracité. La jungle birmane, gorgée des pluies de mousson, exhalait une haleine chaude où pourrissaient les feuilles mortes et l'espoir. Elle se rattrapa à une branche, son rire nerveux se perdant dans le grondement de l'averse. Après des heures d'ascension, le verdict était rendu : en haut elle était, en haut elle resterait.

Le cœur battant à tout rompre, elle prit une seconde pour reprendre son souffle et embrasser du regard la succession de sommets arrondis noyées dans le voile gris de l'averse. Un océan émeraude dont les vagues lui battaient les pieds. Les montagnes chins, partie nord de la chaîne de l'Arakan, écueil séparant le Myanmar et l'Inde, allongeait ses courbes comme une mer des Sargasses paresseuse invitant au voyage. Khin Yadanar connaissait la duplicité de cette houle somnolente qui dissimulait des lames de fond et des ressacs vicieux qui vous avalaient corps et âmes.

Elle était en nage. La transpiration brûlait sa peau lacérée et meurtrie par ce milieu hostile dont elle subissait les caresses aigües depuis plusieurs jours. Elle leva les yeux vers le ciel et sentit avec délice l'eau tiède s'abattre à grosses gouttes sur son visage, puis ruisseler le long de sa queue de cheval et de son cou. L'impression de fraîcheur ne dura qu'une seconde, le temps que le liquide imbibe l'uniforme rugueux et détrempé qui lui collait au corps comme une seconde peau.

L'étudiante de Yangon était morte ici, songea-t-elle, dans ces montagnes qui transforment les rêveurs en soldats. Six mois d'entraînement sous le joug de l'Arakan Army, , alliée du CDF-Mindat[2], l'avaient métamorphosée. À vingt-trois ans seulement, mais déjà l'une des plus âgées de sa promotion, elle avait été parmi les premières femmes à compléter ce programme après le coup d'État de 2021. Elle avait souffert sous le regard amusé de ses camarades chins, des montagnardes trapues façonnées par les rizières. La faim, la boue, les séances de tir à la Kalashnikov, les nuits grelottantes sous des bâches trouées, les poignées de riz partagées sur des feuilles de bananier avec des guérilleros aux doigts crasseux—tout cela avait fondu sa graisse et ses illusions. Ce qui restait était dur, nerveux, respecté par ses compagnons d'infortune, et indispensable à la Révolution de Printemps dans ce massif isolé en proie aux affrontements avec la Tatmadaw[3].

---

[2] Chinland Defense Force-Mindat. Branche locale des forces de défense du peuple Chin, formée en 2021 dans la ville de Mindat en État Chin, pour résister au coup d'État militaire.
[3] Surnom donné à l'armée de la junte militaire du Myanmar.

- « *Saya Von*[4] ! » Un infirmier la hélait en contrebas. Elle dévala la dizaine de mètres qui la séparait de l'arrière garde.

- « Qu'est-ce qu'il se passe, *Ka Behta*[5] ? », s'enquit-elle en arrêtant deux soldats en treillis de camouflage qui portaient une civière de fortune : deux simples pans de tissu attachés à un bambou dans lequel se balançait le blessé, trempé jusqu'aux os, le torse nu entouré de bandages.

Il incarnait le martyr de toute une population : exsangue, visage tiré par la douleur mais résolu dans sa souffrance silencieuse, les côtes saillantes. Il survivait par la force des âmes unies du pays dans un même cri : « *doh ayay* ![6] », — ne plus plier le genou, prêt à mourir debout, trois doigts levés vers le ciel.

- « Il s'étouffe ! »

Ils étaient à moins de cent kilomètres de la frontière indienne, autant dire sur une autre planète. Le Myanmar était un univers parallèle, isolé par la guerre civile qui faisait rage depuis trois ans. Tout manquait. Même les bandages et le désinfectant étaient des denrées rares. Seule une collecte de dons auprès de la diaspora chin sur Facebook avait permis de recevoir des drains thoraciques. Un miracle. Ils avaient sauvé la vie de ce soldat blessé par balle au poumon lors de la chute de Matupi. Cependant,

---

[4] « Docteur » en dialecte chin k'cho.
[5] « Petit frère » en dialecte chin k'cho.
[6] Slogan né dans les années 1930 signifiant "notre affaire" et exprimant la volonté du peuple birman de s'autodéterminer. Ce slogan est aujourd'hui utilisé par le peuple du Myanmar pour exprimer son souhait de participer à la gouvernance du pays et d'obtenir la démocratie.

l'environnement insalubre dans lequel Khin Yadanar avait dû intervenir, suivi de son transport dans des conditions délétères, aggravaient son état d'heure en heure. Il ne survivrait pas s'il ne subissait pas rapidement une thoracotomie à la clinique du CDF-Mindat près du Mont Victoria.

Khin Yadanar s'accroupit. Le blessé - un garçon de dix-huit ans, peut-être - haletait, les lèvres bleuies. Son thorax se soulevait par saccades. Elle posa son stéthoscope, écoutant le silence funèbre d'un poumon effondré, avec un bruit de frottement typique de la présence anormale d'air dans l'espace pleural. Ses doigts parcoururent le drain thoracique – tuyau de fortune relié à une bouteille en plastique, pour vérifier l'absence de coude.

- « Pneumothorax. » Le diagnostic tomba, implacable. « J'augmente de -20 à -40 H2O », continua-t-elle en modifiant les réglages sur l'appareil. Aussitôt, la poitrine du blessé se regonfla et sa respiration se soulagea. « Surveille-le et tiens-moi au courant si ça recommence ».

Les deux soldats reprirent leur laborieuse ascension sur l'étroite piste qui serpentait à travers la forêt. Derrière eux, la colonne se remit en marche sous la pluie, passager importun, torrent de fatigue qui s'invitait avec une persistance pernicieuse.

Khin Yadanar s'adossa à un arbre pour reprendre des forces, observant d'un œil averti la cohorte des ombres qui défilaient devant elle. Aux soldats blessés, clopinant seuls ou au bras d'un camarade, alternaient des familles de réfugiés en haillons, gamins silencieux agrippés aux *longyis* de leurs mères, vieillards aux regards fixes, minuscules échantillons des trois millions de réfugiés internes du Myanmar, balançant leurs maigres possessions dans des baluchons dégoulinant, hagards, mais vivants et victorieux. Pas un cortège triomphant, mais pas une *Bérézina* non plus.

Tous revenaient de Matupi, ville libérée fin juin par les troupes de la Chin Brotherhood. Un mois d'assauts meurtriers pour défaire les bataillons d'infanterie de l'armée birmane retranchés au sommet de la ville en ruine. Opération ralentie par les dissensions entre la Chin Brotherhood et le Chinland Council, groupes armés de la même ethnie opposés à la junte mais dégénérés en affrontement fratricide. Le premier accusait le Chinland Council de manquer de détermination; le deuxième, la Chin Brotherhood de soutenir l'Arakan Army dans son rognage du sud de l'État Chin. Des algarades qui faisaient le jeu de la junte et ralentissaient la libération de la région.

Rien de surprenant pour Khin Yadanar qui connaissait la mosaïque de cinquante-trois tribus chins parlant quarante-cinq dialectes distincts qu'abritait le massif. Et l'Etat Chin comptait plus de vingt mouvements de résistance CDF[7], la plupart collaborant entre eux, mais tous gardant jalousement leur indépendance, signe que l'unité n'était pas la priorité de ce peuple de montagnards têtus. Cette dissension, ancienne et naturelle pour eux, n'était pourtant pas une fatalité. Peuple tibéto-birman de la Chine centrale, les Chins avaient erré au cinquième siècle jusqu'à

---

7 « Chin Defense Force », mouvements de résistance armé opposé à l'armée birmane.

la rivière qui portait dorénavant leur nom, la Chindwin. Ils en avaient déjà fait leur territoire à l'arrivée des Birmans dans la vallée de l'Irrawaddy aux siècles suivants. Une légende biblique, née de leur conversion au Christianisme cent ans auparavant, parlait d'un déluge qui les avait fracturés en tribus distinctes. Leur éparpillement résultait en réalité des incursions Shans du quatorzième siècle, depuis la cité de Kalemyo bâtie au pied de leurs montagnes. Khin Yadanar se prenait à rêver que ce que des pressions externes avaient brisé, d'autres pourraient le réunir à nouveau. Aussi n'était-elle pas surprise mais déçue que des manigances politiciennes et un esprit de clocher aient pris le pas sur la cause commune, jusqu'à engendrer la mort de plusieurs de ses compatriotes. Quel gâchis !

La Chin Brotherhood, patchwork de divers groupes de résistance chins[8], aidée de renforts de l'Arakan Army et de la Yaw Army, avait cependant réussi à libérer Matupi en dépit de ce contre-temps. Il s'agissait de la première victoire significative dans la région. Sa position stratégique permettrait de relier l'Arakan au nord de l'Etat Chin, et d'ouvrir le champ à une offensive vers l'Est, en direction de Mindat et Pakkokku, jusqu'à l'Irrawaddy et aux usines de munitions de l'armée birmane.

Cet élan avait trouvé un regain en octobre 2023, lorsque la Three Brotherhood Alliance avait lancé l'Opération 1027, permettant de prendre plusieurs zones stratégiques. Un an après,

---

[8] La Chin Brotherhood réunit la Zomi Federal Union, de la Chin National Organization, du Mindat Chin National Council, ainsi que des CDF de Maraland, Kanpetlet, Matupi et Mindat.

la junte ne contrôlait plus que la moitié du pays. Les zones ethniques libérées, les offensives suivantes viseraient l'encerclement de Nay Pyi Taw. La priorité était d'unir les dizaines de de groupes de défense PDF indépendants en une armée régulière, seule capable de défaire totalement la Tatmadaw, sans reproduire les erreurs des révoltes décennales de 1962, 1974, 1988 et 2007.

Ce qui rendait cette révolution unique ? Dix ans de démocratie, internet, coordination entre groupes armés, cause commune unissant Birmans et ethnies. Maintenir sous le joug une population n'ayant connu que dictature était possible. Y remettre une nation ayant connu l'espoir nc l'était pas. Pour la première fois, rompre le cycle était possible. Il suffisait d'une fois.

Mais, avant cela, il faudrait d'abord que le CDF-Mindat protège ses arrières, nettoie le massif Chin des fuyards de la Tatmadaw, démine la ville et ses environs, ressuscite les habitations rasées par les bombardements, et crée une administration capable d'insuffler une nouvelle vie à ce phénix réduit en cendres. La tâche était titanesque, mais cette victoire offrait de l'espoir à toutes les villes détruites par la junte. Plus de trois ans après le coup d'État, après des mois d'affrontements armés, d'exactions, de villages incendiés, de viols collectifs, de bombardements et de pillages, une victoire des PDF et des groupes ethniques armés était enfin envisageable.

Khin Yadanar entrevoyait enfin la lumière au bout du tunnel. Le pays serait libéré et la démocratie restaurée. Avant cela, Mindat serait libérée. Les dominos s'alignaient. Le premier,

Matupi, venait de tomber. Il était étrange que le sort d'une bourgade coupée du reste du monde jusqu'aux années 1920 puisse déterminer celui de tout un pays. Elle s'était naturellement portée volontaire lorsque le CDF-Mindat avait lancé une opération d'assistance médicale pour évacuer les cas les plus graves vers leur quartier général près du Mont Victoria[9]. Les routes leur appartenaient. Cependant, ils avaient fait le choix difficile mais nécessaire de traverser la jungle à marche forcée, au risque de tomber sur un champ de mines, car une colonne de véhicules aurait présenté une cible de choix pour l'aviation birmane. Cela signifiait également qu'ils devaient distancer les fuyards de la Tatmadaw qui les talonnaient.

- « Awm Awi, nous n'arriverons jamais à les semer à cette allure ».

La voix familière de Kee Mawng trancha sa torpeur comme une lame. Lui seul l'appelait encore par son nom chin depuis qu'elle n'avait plus de famille. Pour les autres, elle n'existait qu'en tant que Khin Yadanar, son patronyme birman endossé à son entrée à l'Université de Médecine de Yangon. Le guérillero désigna l'arrière-garde d'un mouvement de menton. Sous son chapeau ruisselant, son visage émacié trahissait cette angoisse inhabituelle, particulière, que connaissent seuls ceux qui ont déjà perçu l'haleine de la mort. Elle comprit sans mots : les soldats de la Tatmadaw, qui les talonnaient depuis Matupi, réduisaient inexorablement la distance.

---

[9] Également connu sous le nom de Nat Ma Taung. Point culminant de l'État Chin au Myanmar (3 053 mètres).

- « Les *sit kwe*[10] sont à moins d'un kilomètre derrière nous ».

- « Comment les distancer ? Les blessés, les vieillards et les enfants sont exténués par cette marche forcée. Et la boue n'arrange rien. »

- « On nous suit facilement à la trace », acquiesça Kee Mawng en observant la traînée laissée par leur colonne dans le sol meuble. « Nous n'avons aucune chance dans un affrontement armé. Il va falloir créer une diversion ».

Il partit au trot vers les trois soldats de l'arrière-garde. Quelques mots échangés. L'un d'eux remonta la colonne tandis que les deux autres s'éloignaient perpendiculairement, martelant délibérément le sol meuble.

- « Ils vont créer une fausse piste », expliqua Kee Mawng une fois revenu, « et je vais essayer d'effacer nos traces, en espérant que cela suffise. »

- « Je t'aide », répliqua Khin Yadanar en ramassant une branche pour ratisser le sol.

- « Trop dangereux ! Les *sit kwe* seront là d'une minute à l'autre. Retourne avec les autres ! »

Khin Yadanar répondit par le silence et l'action. Son compagnon soupira, vaincu, et l'imita, sachant l'inutilité

---

[10] Surnom péjoratif par lequel sont désignés les soldats de l'armée birmane et qui signifie « chiens soldats ». Il fait référence au fait que ces soldats obéissent aveuglément à leurs maîtres, comme des chiens.

d'argumenter contre cette volonté inflexible forgée dans le creuset de son deuil. Dos courbés, regards rivés au sol, ils s'acharnèrent. Niveler la boue. Redresser les fougères. Jeter des branches en travers du chemin. L'ironie s'imposait : l'homme, ce destructeur, tentant maladroitement d'imiter la nature dans son art d'effacement, s'employant à gommer les traces de sa propre existence. Les minutes filèrent, insaisissables, marquées par les gouttes de sueur se mêlant à la pluie.

- « Plus de temps ! Il faudra que ça suffise », trancha Kee Mawng, à bout de souffle, évaluant les cinquante mètres de chemin sommairement masqués. Son regard balaya les alentours avec l'instinct du traqué. « Viens, ce bosquet nous cachera », ordonna-t-il en empoignant Khin Yadanar par le bras pour l'entraîner vers une masse végétale dressée en amont.

Le jeune homme leur fraya un passage à coups de machette à travers l'épaisseur verte. Ils s'enfoncèrent dans l'obscurité de cette caverne végétale, ignorant les tentacules cruels qui striaient leur peau, comme si la jungle tentait de les repousser. Soudain, Kee Mawng s'immobilisa. Une paroi métallique. Sa main la frappa et une résonance creuse répondit à son appel. Il l'escalada et bascula dans la structure, puis tendit la main à sa compagne pour la hisser jusqu'à lui. La structure qui les accueillait était une épave titanesque dévorée par la rouille, colosse artificiel endormi au cœur des montagnes.

- « On dirait... », commença Kee Mawng.

- « Un avion », murmura Khin Yadanar incrédule.

La découverte incongrue devrait attendre. La menace planait toujours, imminente. Le jeune Chin dégaina sa machette, tailla une percée donnant sur le chemin en contrebas. Ils s'accroupirent, épaulèrent leurs fusils, et attendirent, prisonniers d'un silence que seul le martèlement lourd de la mousson sur les feuillages osait troubler. De temps à autre, la carlingue rouillée résonnait sous l'impact des gouttes, comme un tambour annonçant l'approche du destin. Les secondes s'étirèrent tandis que leurs regards demeuraient fixés sur ce rideau liquide qui noyait la forêt.

Soudain, Khin Yadanar sentit Kee Mawng se crisper. Un mouvement. Une forme se détacha lentement derrière un tronc. Puis une autre. Une rangée de quinze spectres grisâtres émergea dans leur champ de vision. La respiration de Khin Yadanar se suspendit d'elle-même. Son cœur battit contre ses tympans, tambour primitif qui rythmait l'approche de la mort.

Elle reconnut les uniformes vert herbe de la Tatmadaw. Troupe de gueux amaigris, certains en tongs, d'autres pieds nus, misérables mais implacables, porteurs de la mort qu'ils avaient semée à Mindat trois ans plus tôt. Khin Yadanar ne ressentait pour eux que haine et mépris, malgré leur état piteux. Étaient-ce ces mêmes hommes qui avaient torturé ses parents et laissé leurs corps se consumer dans leur maison incendiée ? La colère monta en elle, vague brûlante. Machinalement, sa Kalachnikov trouva sa place. Elle mit en joue le soldat de tête, sa mire alignée sur cette masse sans visage, sans personnalité, presque abstraite. Symbole de cet ennemi informe qui peuplait ses cauchemars.

Une main se posa sur son épaule. Kee Mawng secoua lentement la tête, grave. Il comprenait ce qu'elle ressentait, même si sa propre famille avait pu fuir vers le Mizoram voisin. Ange gardien tenace, il la protégeait, y compris d'elle-même, contre ses démons intérieurs qui ne demandaient qu'à se réveiller. À deux, ils n'avaient aucune chance. Ce serait du suicide. Elle retira son doigt et releva légèrement la tête. Elle n'avait jamais utilisé son arme contre un être humain. La guerre l'avait transformée sans la souiller encore totalement.

Kee Mawng prit son talkie-walkie avec des gestes mesurés. Deux pressions brèves sur le bouton PTT, le signal attendu par le reste du groupe. Une détonation déchira le silence de la forêt à deux kilomètres, suivie d'une cacophonie d'oiseaux qui s'envolèrent en piaillant. Le soldat de tête pivota, la troupe le suivit vers le coup de feu et la fausse piste. La diversion fonctionnait. Kee Mawng pressa à nouveau deux fois le bouton pour prévenir ses hommes. Natifs de ces montagnes, les deux Chins continueraient d'attirer l'ennemi vers l'Est, tandis que leur colonne poursuivrait sa marche vers le Sud. Ils se retrouveraient quelques jours plus tard au quartier général.

Cinq minutes s'écoulèrent dans un silence oppressant avant qu'ils n'osent respirer pleinement.

- « On l'a échappé belle », soupira Kee Mawng, ses yeux prenant le même pli que son sourire. Puis, balayant du regard leur refuge métallique : « Je me demande ce qu'un avion fait ici », ajouta-t-il en assénant un coup de machette dans une branche qui masquait ce qui avait dû être autrefois le tableau de bord.

Khin Yadanar dégaina à son tour sa machette. Un regard complice échangé, et ils se lancèrent dans une compétition tacite, s'acharnant avec une rage presque ludique sur la végétation qui recouvrait l'appareil. Les branches s'affaissaient les unes après les autres, s'amoncelant à leurs pieds en un tas désorganisé, chaos végétal vaincu par la détermination humaine.

L'appareil mystérieux se révéla progressivement à travers le fatras végétal qui avait formé autour de lui un sarcophage momifiant ses restes. Certains arbres avaient poussé dans le cockpit même, d'autres autour des fragments de carlingue, brouillant la frontière entre l'artificiel et le naturel. Par endroits, un débris de fuselage émergeait d'un tronc comme le fruit d'un jacquier, ailleurs une racine jaillissait du fuselage telle une excroissance métallique. L'appareil était devenu une partie de la forêt, tout comme la forêt une partie de l'appareil.

Kee Mawng n'avait jamais quitté son Chin natal. C'était le premier avion qu'il touchait ou même voyait d'aussi près. Malgré son ignorance, il devina que le nez vitré de l'épave avait explosé au premier contact avec la canopée. Les ailes avaient dû être arrachées par les arbres bien avant que la carcasse ne touche le sol. L'oxydation avancée indiquait que le crash datait de plusieurs décennies. Mais quand exactement ?

Perplexes, les deux artistes en herbe reculèrent pour mieux embrasser leur œuvre du regard. Ce qui restait de l'appareil ressemblait à un tube métallique déformé par une main géante. La rouille l'avait rongé comme un cancer, effaçant toute trace de peinture extérieure. Le *Dormeur du val* reposait dans sa nature morte végétale, vestige d'une autre guerre, d'une autre époque, mais témoin de la même absurdité fondamentale.

- « J'ai l'impression qu'il date de la Seconde Guerre Mondiale », avisa Khin Yadanar en escaladant le nez pour pénétrer de nouveau dans le cockpit.

- « Qu'est-ce qui te fait dire ça ? », interrogea Kee Mawng qui la suivit.

- « Juste un pressentiment », répondit-elle en haussant les épaules, tout en sautant à pieds joints dans l'habitacle.

Un moment de recul. Un crâne, posé sur ce qui ressemblait aux restes d'un blouson en cuir, la dévisageait en silence depuis le siège du pilote. Regard vide traversant les décennies pour rencontrer le sien. Elle le prit délicatement entre ses mains, faisant tourner ce *Yorick* avec l'intérêt professionnel de celle qui connaît intimement la mort. Trois ans de guerre civile l'avaient familiarisée avec ces rencontres macabres, sans parler des heures passées à disséquer des cadavres à l'université.

- « Fracture embarrée frontale létale », conclut-elle d'un ton professoral en constatant l'enfoncement visible de l'os frontal. « Il est mort sur le coup en se cognant la tête sur le tableau de bord », expliqua-t-elle à son compagnon qui continua avec un haussement de sourcils vers l'arrière de la carlingue.

Elle savait cette tendance à étaler sa science, qui contribuait à la distance respectueuse que gardaient ses camarades. Mais c'était plus fort qu'elle, ce besoin d'ordonner le chaos, de nommer l'horreur pour la domestiquer. Sans se démonter, elle reposa le crâne et déplia le blouson couvert de moisissure. Plusieurs ossements roulèrent au sol, accompagnés d'un tintement métallique, vulgaires déchets abandonnés après que le temps eut festoyé. Ils étaient les signes du peu de cas que faisait la nature de l'humanité, ramenée à une simple vanité dans le tableau impressionniste de la jungle. Ils n'étaient rien. Poussière retournant à la poussière. D'une main, elle écarta quelques os et ramassa un collier au bout duquel pendaient des plaques d'identification en aluminium.

- « J.A. CROMWELL », commença-t-elle à lire. « 2945776 RAF », continua-t-elle. « RAF ? J'avais raison », cria-t-elle à en direction de Kee Mawng qui s'affairait bruyamment à l'arrière de l'appareil, « c'est bien un avion de la Seconde Guerre Mondiale. A POS ? PLT OFF ? C OF E ? », interrogea-t-elle à la lecture des deux dernières lignes. « Aucune idée », conclut-elle en rangeant les plaques dans sa poche de pantalon.

- « Regarde ce que j'ai trouvé », héla Kee Mawng en la rejoignant, une sacoche en cuir brun vermoulu, butin porté à bout de bras d'un air victorieux.

Saisie par une curiosité irrésistible, elle s'empara presque violemment du sac, l'ouvrit, et y plongea la main pour en sonder les entrailles. Ses doigts rencontrèrent la surface rugueuse de ce qui semblait être plusieurs morceaux de roche plate aux angles arrondis. Intriguée, elle extirpa d'abord la boîte rectangulaire en acier étamé rongée par la rouille qui la gênait, et la posa sur le tableau de bord, se promettant d'y revenir. Puis, elle écarta les pans de la besace pour y laisser pénétrer un rayon de lumière. Ce qu'elle découvrit au fond était tout bonnement impossible.

- « Qu'est-ce que c'est que ce bordel ? », fut la seule chose qu'elle parvint à marmonner.

Chapitre 2

Cambridge, Royaume-Uni, juillet 2024

- « Professeur, c'est l'heure de votre médicament ! », cria Nancy depuis la cuisine d'une voix faussement enjouée.

Ayaan arracha son regard de son portable. Son arrière-grand-père ne réagit pas dans son lit médicalisé, champignon grisâtre parmi les vestiges d'une vie d'érudition. Le vieil homme ne pouvait rien répondre. Son masque à oxygène scellait dans le silence celui qui avait autrefois fait vibrer les amphithéâtres de Cambridge. Académique brillant, le Professeur Preston avait consacré sa vie à l'histoire et à la culture indiennes. Sa maladie pulmonaire l'avait métamorphosé en quelques mois. Silhouette amaigrie, aspirée chaque jour par son matelas, comme si la terre l'appelait déjà. Mais une lueur persistait dans son regard, témoignant que l'esprit demeurait vif bien que prisonnier d'un corps centenaire.

Un grognement s'échappa du lit. Ayaan y reconnut l'exaspération du vieil homme face au ton infantilisant qu'employaient les infirmières. Quelle ironie pour ce maître de conférences, réduit à incarner l'énigme du Sphinx, recevant désormais les leçons d'une jeunette après des décennies passées à professer avec autorité devant des générations d'étudiants du même âge.

Le son d'une cavalcade accompagna l'intrusion de Nancy, faisant trembler les bibliothèques qui tapissaient les murs où s'empilaient livres, souvenirs de voyages et bibelots rapportés d'Inde. Ayaan regarda les reliques poussiéreuses, jaunies par la lumière du lustre. Ce cimetière d'objets où s'alignaient les stèles d'une existence qui s'étiolait lentement le plongea dans un abîme de mélancolie. Il se repositionna dans le *Professor Chair* en cuir où il était vautré depuis plus d'une heure. Il se mit face au clocher de Little Saint Mary, qu'il apercevait entre les rideaux en mousseline, prit un selfie avec le salon en toile de fond et le publia sur Instagram avec la mention « Une brève histoire du temps arrêté ». La courbure de King's Parade dissimulait le Gonville & Caius College où se trouvait le mémorial de Stephen Hawking, mais le clin d'œil serait compris.

D'un geste sec, il enfonça ses écouteurs et parcourut les publications de Barcelone : plage, clubs, cocktails, brunchs à Jamón y Vino. Il les « *likait* » machinalement... Quelques secondes plus tard, les notifications s'enchaînèrent dans une explosion de 'pops' successifs. « Ça craint ! Désolé pour toi, Frère ». « On t'attend ! Qu'est-ce que tu fous ? ». « La fête n'est pas la même sans toi ! ». « Viens nous rejoindre ! Tu l'as bien mérité ! ». « Si tu restes à Cambridge, tu vas finir aussi pâle que ton ancêtre mec ! ».

Ce dernier message lui arracha un sourire. Il leva les yeux vers la fenêtre. Son reflet s'y dessinait vaguement, superposé à la lumière pâle et uniforme qui filtrait du ciel britannique. Cette clarté suffisait à peine à la plante frileuse pour projeter une ombre timide sur le parquet. Dans le voile de poussière en suspension, deux solitudes coexistaient : celle d'un vieil homme enfermé dans son corps, et celle d'un jeune homme enfermé dans ce temps suspendu. Non, la grisaille estivale n'avait pas altéré son teint naturellement hâlé d'enfant de la deuxième génération de mariages anglo-indiens. Mais elle rongeait son âme avec la même patience que la maladie dévorait les poumons du professeur.

Il laissa échapper un soupir. Les commentaires de ses amis défilaient, pixels joyeux d'une vie parallèle sous le soleil incendiaire espagnol, qui contrastaient avec la lumière de caveau qui filtrait des rideaux aux airs de linceuls. Rester. Ce verbe qui sonnait comme un arrêt, prononcé sans appel par le tribunal familial. Ni consentement ni révolte : une capitulation devant l'édifice immuable des devoirs. Ses doigts glacés serrèrent le téléphone, vasistas ouvert sur un azur lointain, qui le renvoyait immuablement à l'absurdité de son existence cloîtrée.

Il venait de terminer sa deuxième année de droit à Cambridge, seize heures quotidiennes, identiques et implacables. Jogging à l'aube, petit-déjeuner entre les traités, cours dans les amphithéâtres gothiques où les voix résonnaient comme des incantations. Déjeuners éclair à la Law Library, soirées en séminaires, puis effondrement dans un lit hanté par l'angoisse des essais inachevés. Les week-ends ? Simples répits illusoires, volés à la montagne de travaux en retard, ponctués de réunions au Pro Bono Project, à la Caius College Law Society ou à la Inns of Court, où chaque poignée de main calculée ajoutait une pierre à l'édifice de son futur réseau, sésame indispensable à l'obtention d'un stage dans un cabinet de renom.

Cambridge, cité de pierres murmurantes. Aux touristes, elle offrait ses clochers en dentelle et son décorum d'*Hogwarts*. Ayaan y voyait un théâtre kafkaïen où *Le Cercle des Poètes Disparus* rencontrait *Les Évadés*. Les murs centenaires évoquaient moins les exploits des *alumni* que les barreaux d'une cellule dorée.

Il ne se plaignait jamais. Ou si peu. Des échanges furtifs au pub, entre deux pintes, avec des camarades aux yeux cernés de la même lueur fiévreuse. Tous complices, tous rivaux. Tous conscients que cette souffrance consentie était le prix à payer pour entrer dans le saint des saints : les cabinets d'affaires de Londres, où l'on vous apprendrait dès le premier jour que « les vacances sont finies ». Suivraient des années de labeur monacal, vingt heures par jour, sept jours sur sept, jusqu'à ce que le titre d'avocat-partenaire transforme leur jeunesse sacrifiée en monnaie sonnante et trébuchante.

Il avait choisi cette voie. Suivi les pas d'un père absent, fantôme en costume trois-pièces chez Sullivan & Cromwell. Rêvé de deux semaines de répit à Barcelone, avant l'enfer estival des stages. Mais le destin, ironiste sadique, avait lié l'arrivée de l'été à l'agonie traînante d'Anthony Preston. Bronchopneumopathie obstructive. Mot clinique pour désigner un effondrement. Frère et sœur à Londres, parents et oncles empêtrés dans leurs agendas, lui, désigné d'office gardien du tombeau. Adieu veau, vache, cochon et vacances en Espagne.

Sa mère, Anjali, avait joué la carte imparable : la dette et la culpabilité. « Tu lui dois tout ». Comment contester ? La famille avant tout. L'honneur était en jeu. On ne laissait pas mourir seul l'arrière-grand-père qui avait ouvert les portes du Caius College. Anthony Preston était un monument vivant de l'académisme britannique : professeur émérite d'Histoire de l'Asie du Sud, membre des principaux centres de recherche de Cambridge - Centre of South Asian Studies, British Academy, Royal Historical Society -, contributeur aux grandes séries Cambridge Studies, et Maître au 33ème degré de la Isaac Newton Lodge. Un titan aux multiples prix. Des décennies de gloire réduites à un corps centenaire ratatiné sous un masque à oxygène, le dernier de sa génération à ne pas être honoré à titre posthume.

Ayaan le connaissait à peine. Des souvenirs en lambeaux : une voix cassée lors d'un dîner familial, une main squelettique posée sur la sienne à Noël. Rien de plus. Pas le moindre sentiment à l'évocation du nom de cet ancêtre commémoré avec le plus grand respect lors des réunions de famille. À Cambridge, néanmoins, son nom ouvrait les portes. « Arrière-petit-fils du Professeur Preston ? » Chuchotements respectueux dans les couloirs, regards qui le toisaient soudain avec une déférence inquiète. L'ombre du géant le suivait, spectre bienveillant et étouffant.

La marche lourde de Nancy ébranla le parquet, chaque pas un séisme dans le silence moite de l'appartement. Son rire transperça les mélopées du R&B qui s'échappaient des écouteurs d'Ayaan. D'autres rires artificiels émanaient de la vieille télévision qui repassait de vieux épisodes de Mr. Bean. Le Professeur Preston, prostré dans son lit, fixait le plafond d'un œil vitreux, son visage masqué par l'appareil à oxygène ne trahissant qu'une résignation minérale. L'infirmière avait annexé jusqu'à ses derniers refuges : le choix des programmes, le rythme des soins, les menus insipides. Le vieil intellectuel tentait de s'échapper par la lecture, forcé de reposer l'ouvrage quelques minutes après, lui qui avait trouvé dans les lettres un dernier refuge à la mort de son épouse. Son corps déliquescent l'obligeait à faire le deuil de cet amour, avec pour seule consolation l'occasionnelle larme de Talisker qu'Ayaan lui servait subrepticement, et le vagabondage de l'esprit, dans l'attente d'une mort qui prenait son temps.

L'étudiant augmenta le volume de sa musique, cherchant à noyer le vacarme. *The Rule of Law* de Tom Bingham glissa entre ses doigts, pages cruelles qui lui rappelaient l'étau de ses ambitions. Il entama un chapitre, mais les mots dansaient, insaisissables. Un appel strident jaillit soudain, déchirant la trame sonore. Nancy, agitant un bras comme un sémaphore, désigna le téléphone du doigt.

- « Tu vas te rendre sourd ! » tonna-t-elle, soulevant le torse du malade avec une brutalité routinière pour lui administrer un traitement. « Tu peux répondre ? Je suis occupée ! »

C'est seulement alors que le jeune homme remarqua la sonnerie stridente du téléphone par-dessus la télévision. Ayaan retira un écouteur, l'œil noir. Il n'avait pas aimé le ton de l'infirmière, mais se résolut à se lever en maugréant pour décrocher. Le combiné délavé vibrait sur la table basse, vestige anachronique d'un siècle révolu.

- « Allo ? » La voix d'Ayaan traînait une lassitude apprise.

- "Latika Williamson, Directrice du Centre for South East Asian Studies à Londres. Puis-je parler au Professeur Preston ? »

- « Il est indisposé pour le moment. Est-ce que je peux prendre un message ? »

- « Je sais qu'il est à la retraite depuis longtemps, mais nous avons reçu un email à son attention. Du Myanmar... » Le mot tomba comme une pierre dans un puits. Le silence s'épaissit.

Le Myanmar n'évoquait rien de précis pour lui. Devait-il saisir l'allusion ? Il attendit. Rien ne vint. Quelque part, une horloge égrenait les secondes.

- « Une femme prétend avoir retrouvé un carnet datant de 1942 appartenant à votre arrière-grand-père. Dans les montagnes de l'Etat Chin... »

- « Pardon ? » Au tour d'Ayaan de rester sans voix.

- « Je ne savais pas qu'il avait vécu là-bas. »

- « Moi non plus », avoua pensivement le jeune-homme en fixant la main maladivement crispée sur les draps. Les montagnes chins se dressèrent devant lui, leur ombre dissimulant un passé que ni les livres ni les confessions familiales n'avaient effleuré.

- « Il s'agit d'un message personnel qui ne concerne pas notre organisation. Le mieux serait que je vous le transmette. Pouvez-vous me donner votre email ? »

Ayaan reposa le combiné dans son berceau de poussière dans un claquement sec. Il regagna le fauteuil en cuir, sourd aux appels de Nancy qui se perdirent dans le bourdonnement étouffé de la télévision. L'État Chin. Ces syllabes résonnaient en lui telles des incantations mystérieuses. Aucun récit, aucune confidence n'avait jamais effleuré ce nom.

Il ouvrit sa boîte mail d'un geste mécanique. Le message y trônait déjà. Les mots défilaient, chaque phrase un coup de pioche dans le mur du silence. Récit d'un avion écrasé dans les jungles birmanes, d'un carnet aux pages jaunies par le temps, d'une tablette de pierre couverte de caractères oubliés... Le professeur Preston, jusqu'alors statue de cire, se métamorphosait sous ses yeux et lui parût soudain moins terne. L'universitaire, en surface aussi lisse que ses meubles vernis, avait été jeune lui-aussi, se rappela-t-il. Peut-être même impétueux, aventurier, impulsif. Intéressant ? Cela se pouvait. Ayaan fit le calcul. 1942. Son arrière-grand-père avait dix-neuf ans. Il ne savait rien de l'enfance de son ancêtre. Il n'y tint plus. Il lui fallait des réponses. Il s'extirpa d'un bond du fauteuil et se dirigea d'un pas décidé vers le lit.

- « Grand-papa, je dois te parler. » Il interrogea Nancy du regard, qui hocha la tête. « Le Centre for South East Asian Studies a appelé ». Pas de réaction. Il continua. « Ils ont reçu un email. Du Myanmar. On a retrouvé ton carnet et une tablette de pierre dans les débris d'un avion dans l'Etat Chin. Cela te parle ? »

Une secousse parcourut le corps du vieillard, comme si la foudre eût frappé ses nerfs atrophiés. Ses paupières se rétractèrent, dévoilant des prunelles soudain incandescentes. La poitrine creuse se souleva par saccades, mécanique détraquée dont chaque piston grinçant menaçait de se disloquer. Les doigts griffèrent le masque à oxygène, ongles blêmes raclant le plastique avec désespoir. Nancy s'élança, alarmée, mais un geste impérieux du professeur la figea. Le masque glissa enfin, révélant une bouche tordue par l'effort, peau translucide ourlée de veines saillantes comme des racines à vif. L'air siffla entre ses lèvres cyanosées, mélodie rauque où se mêlaient l'urgence et l'excitation. Dans la lumière blafarde du salon, son profil sembla un instant retrouver la netteté perdue.

- « Win Ka » Le nom tomba comme un verdict, chargé d'une fureur sénile. « Le carton, dans le placard. La photo de groupe. En Birmanie. » Le malade fut secoué d'une quinte de toux violente et remit son masque.

Ayaan poussa la porte de la chambre où régnait une odeur de médicaments et de cuir ancien. L'armoire en acajou exhala un soupir rancunier lorsqu'il en extirpa la boîte en carton. Il déversa sur la table de la salle à manger ce fatras flétri : albums photo jaunis, missives pliées, documents cornés. Rien de concluant jusqu'à une enveloppe adressée à Alice Preston, Birmingham, une tante ou cousine lointaine de son aïeul. La photographie révéla un groupe de quatre personnes devant une structure en brique effondrée, entourée de jungle touffue : deux Occidentaux souriant encadrant une jeune femme asiatique à l'air effronté, et un asiatique à l'expression maussade, légèrement en retrait. Le cliché en noir et blanc délavé dévoila un Anthony Preston méconnaissable : jeune dieu colonial bombant le torse, athlétique, visage irradiant cette arrogance propre aux conquérants d'empires. Au dos : « Le gang au complet, Win Ka, 1941 ».

De retour dans le salon, la photo agit comme un électrochoc. Le vieillard se redressa, masque arraché, voix brisée par l'urgence :

- « C'est ça, c'est ça. Tu dois comprendre. Tu dois finir ce que j'ai commencé », continua-t-il avec une vitalité et une émotion qu'Ayaan ne lui connaissait pas. Sa respiration restait difficile et parler exigeait beaucoup d'efforts. « Mon carnet, la tablette... Je les croyais perdus pour toujours. »

La main squelettique agrippa son poignet, serrement d'outre-tombe. Ayaan sentit le poids des générations s'abattre sur ses épaules. Barcelone, les vacances, vaines futilités. Ici, dans l'odeur de mort et d'encaustique, se jouait l'ultime bataille d'un homme contre l'oubli. Nancy comprit et battit en retraite vers la cuisine, l'image d'Ayaan penché au chevet du vieil homme disparaissant dans l'entrebâillement de la porte qui se fermait derrière elle.

Chapitre 3

État Chin, Myanmar, juillet 2024

Khin Yadanar retira ses mains de la poitrine immobile de l'enfant. Le temps resta suspendu. Après des minutes de massage, le néant. Elle se redressa, bras ballants, épaules vaincues, pour embrasser du regard le corps nu de la fillette qui gisait, figée, sur le dos. Une marionnette désarticulée comme tombée au sol, dardée de perfusions. D'un geste lent, presque rituel, elle écarta la mèche de cheveux ensanglantés qui masquait ce visage tourné sur le côté. Faciès blême. Inexpressif. Yeux clos. Bouche entrouverte, l'air presque paisible, comme endormie, si ce n'était cette teinte grisâtre qui dévorait déjà le rose des joues encore malléables. La mort ne s'était pas encore installée entièrement. La *rigor mortis* viendrait plus tard, métamorphosant la chair en marbre.

Elle releva la tête, adressa un signe à l'infirmière. Le drap recouvrit l'enfant. Machinalement - combien de fois avait-elle répété ce geste ? - elle se défit de ses gants, de son masque. Les jeta. Se lava les avant-bras. Le sang s'écoula dans l'évier sous son regard perdu, fluide bordeaux qui emportait avec lui une vie de plus. Sa casaque maculée de taches brunâtres. « Vous pouvez éteindre le générateur », dit-elle en quittant précipitamment le bloc opératoire, une table en métal posée au centre d'une salle aux murs de couleur incertaine. C'était la seule bâtisse en dur du camp. Elle traversa d'un pas rapide l'espace qui la séparait du bâtiment principal, une bicoque en bois couronnée d'un toit de tôle, à la lisière de cette jungle qui dévorait tout. À l'intérieur, les malades et blessés s'entassaient sur des rangées de lits en bois. Vie et mort se jouaient là, dans ce décor dérisoire. Des centaines de patients traités quotidiennement par une équipe de dix personnes. Venait maintenant le moment tant redouté. Dans son esprit tournaient en boucle les phrases préparées, usées jusqu'à la corde, vides de sens.

Deux silhouettes rabougries l'attendaient plus loin, yeux fichés au sol. Elle se planta devant eux, piquet sec et maladroit. Leurs regards se croisèrent, rouges, implorants. Le jeune couple se leva. Elle n'attendit pas. Aucune parole, même la mieux choisie n'atténuerait la perte d'un enfant. Son discours prémâché lui sembla vain, artificiel :

- « Je suis désolée », lança-t-elle, abrupte et maladroite, « nous avons fait notre possible, mais elle avait perdu trop de sang. Je suis désolée », répéta-t-elle.

Les mots sonnaient faux. Son esprit s'asphyxiait, incapable de produire une explication qui donnerait sens à ce qui n'en avait pas. La jeune mère s'effondra en pleurs contre son mari. Les yeux de l'homme, gonflés, ruisselants, interrogèrent une dernière fois ceux de Khin Yadanar. Immobile, elle resta là. Ses bras pendaient. Son index tapotait le bout de son pouce, un tic nerveux, dérisoire rempart contre l'impuissance. L'homme parvint finalement à murmurer « merci » à travers les hoquets qui lui soulevaient les épaules. Obscène reconnaissance.

C'était trop. Elle s'enfuit à l'extérieur, contourna le bâtiment, trouva un recoin isolé, s'effondra sur une pierre. La tête entre ses mains, un cri étouffé. Ses pleurs, incontrôlables, libéraient la tension accumulée durant ces heures sans répit.

Dans les montagnes de l'État Chin, la guerre se poursuivait, implacable. L'aviation de la Tatmadaw avait frappé encore. Une école, des enfants. Tragédie quotidienne, routine insupportable. L'armée perdait du terrain et se vengeait sur les plus faibles par dépit et lâcheté. Une stratégie calculée, celle des « quatre coupes » : punir collectivement les civils pour les couper de la résistance. Nourriture, fonds, informations, recrues, tout devait être tari. Mais la haine grandissait. Les exactions depuis trois ans n'avaient fait qu'amplifier l'insurrection. Victoire à la Pyrrhus qui se traduisait en cataclysmes à répétition pour les plus fragiles.

Les enfants, pris par surprise, n'avaient pas eu le temps de courir vers la tranchée creusée près de leur école. Trois d'entre eux et leur institutrice étaient morts sur le coup. Les dizaines d'autres avaient été transportés en hâte à la clinique, à dos d'hommes, sur des civières improvisées, par tous les moyens disponibles. Souvent trop tard : les routes embourbées par la saison des pluies immobilisaient les motos. Le père était arrivé dernier, exténué, *pietà* portant sa fille ensanglantée à bout de bras. Un shrapnel avait déchiqueté sa poitrine. Trop tard. Khin Yadanar et son équipe s'étaient battus avec leurs moyens dérisoires. Sans résultat.

Elle n'y était pour rien. Ce père non plus. Mais le visage angélique continuerait de hanter leurs nuits.

Sa fonction exigeait du détachement. Impossible. Chaque journée finissait en larmes, *Sisyphe* en blouse blanche. On la respectait, la craignait. Son efficacité, son exigence, sa froideur. Erreur. Submergée par des émotions qu'elle ne maîtrisait pas, incapable de décoder celles des autres, elle analysait, calculait, s'interdisant toute spontanéité. La solitude comme refuge ultime.

Un bras l'enveloppa, l'amenant contre un torse où elle ensevelit son visage. Elle se blottit, entoura ces épaules fortes, poussa un nouveau mugissement, son corps tressautant à chaque sanglot. Kee Mawng resta immobile, statue de chair supportant le poids de cette douleur. Il savait toujours apparaître au moment où elle en avait le plus besoin, attendant sans doute l'après-midi aux abords de l'hôpital ou revenant d'une mission. Ses doigts rugueux ramenèrent une mèche rebelle derrière son oreille, caressant subrepticement sa joue, fragile équilibre entre affection et pudeur guerrière. Khin Yadanar releva la tête, s'essuya le nez d'un revers de main, et plongea son regard dans celui de son compagnon. Derrière le *van dyke* et la coupe militaire, elle reconnut l'ami d'enfance, souvenir rescapé de temps d'insouciance, avant la guerre, avant le décès de ses parents.

Ensemble, ils se relevèrent doucement, un pas, puis un autre, il la soutenait comme s'il craignait de la sentir fléchir. Ils avancèrent en symbiose bancale, leurs ombres fusionnant dans la lumière oblique du crépuscule renvoyée par les panneaux solaires de la clinique. Ses forces lui revinrent, son corps répondit, elle posa sa tête sur son épaule, marchant en tremblant en direction des baraques en bois où elle tenait ses quartiers. Le soleil glissant sous les nuages vers la ligne de crête offrait une chaleur douce à son visage caressé par la brise de fin d'après-midi. Le paysage baignait dans une lueur dorée à travers les larmes qui inondaient encore ses yeux.

- « As-tu mangé ? », l'interrogea-t-il finalement. Elle n'avait rien avalé depuis le matin. Il n'était pas médecin, mais il reconnaissait comme elle les signaux que lui adressait son corps. Elle secoua la tête. « Viens, je t'emmène à la cafétaria », dit-il un air enjoué, « ils auront peut-être du *ai-sa prüp*[11] ».

Elle sourit. Il se rappelait son plat préféré. Mais il savait comme elle que ce mets qui agréait autrefois leur quotidien, était dorénavant réservé aux occasions festives en ces temps de disette. Ils seraient chanceux si la cantine leur servait une soupe de maïs avec un œuf dur. Ils n'étaient plus qu'à une dizaine de mètres de la terre promise lorsqu'un soldat les rejoint en courant.

- « On a reçu un message sur Signal », souffla-t-il avec urgence. « Des hélicoptères viennent de décoller de Toungoo dans notre direction. Ils ont déjà dépassé Pyay. Il faut évacuer l'hôpital ! »

L'alerte transforma le camp en fourmilière méthodique. De l'urgence, mais point de précipitation. Kee Mawng et Khin Yadanar coururent vers la clinique où les hommes du CDF assistaient le personnel médical à transporter les patients vers les

---

[11] Plat traditionnel k'cho à base de poulet.

bunkers creusés à flanc de collines. Les brancards glissaient d'un bout à l'autre du camp en un va-et-vient incessant, porteurs et portés unis dans une chorégraphie silencieuse. Ils se séparèrent, Kee Mawng s'éloignant avec une civière, Khin Yadanar soutenant un amputé, une poche à perfusion à bout de bras, tous deux clopinant vers l'abri à une centaine de mètres de là. Plusieurs allers-retours furent faits en quelques minutes, jusqu'à ce qu'enfin le bâtiment fut complètement vidé de ses occupants. Khin Yadanar s'engouffra de nouveau dans la clinique pour en inspecter chaque recoin.

- « Viens Awm Awi, il ne faut pas rester là ! », l'admonesta Kee Mawng. Ils étaient les derniers à découvert.

Elle ne répondit pas et continua sa ronde ramassant fébrilement tout le précieux matériel qu'elle pouvait porter avec elle. Tubes. Aiguilles. Compresses stériles. Chacun faisant la différence entre la vie et la mort. Elle avait oublié son état de faiblesse, machine aux gestes précis défiant ses tremblements latents, l'adrénaline compensant pour son hypoglycémie.

- Kee Mawng la prit par le bras, « on n'a plus le temps ! », intima-t-il avec autorité.

Elle se laissa faire. Un dernier regard par-dessous son épaule quand, soudain, elle se libéra, vola vers une table, saisit son sac à dos et rejoignit Kee Mawng, qui grommelait d'impatience. Leur course dans la forêt les amena à une ouverture au sol, gueule menaçante prête à les engloutir. Ils plongèrent dans une tranchée où s'entassaient des dizaines de camarades, assis en silence dans l'obscurité, à même le sol détrempé, leurs ombres démesurées tanguant sous l'ampoule qui oscillait. Ne restait plus qu'à attendre. C'était la partie que Khin Yadanar redoutait le plus, ces longues minutes qui s'écoulaient comme des heures, immobile, le dos collé à la paroi froide et humide, les jambes repliées faute d'espace. L'odeur de terre humide se mêla à celle de la peur. Tous priaient en silence d'être épargnés. Tous savaient que s'ils survivaient, d'autres pourraient mourir.

Ils étaient chanceux d'avoir reçu une alerte sur Signal. Chaque PDF avait sa chaîne cryptée où guetteurs et *pastèques*[12] partageaient mouvements de troupes et passages aériens. Quelques minutes. La différence entre vie et mort. À l'État Chin, où le SAC[13] coupait l'Internet pour des mois, les civils n'étaient pas prévenus. Les écoliers en avaient payé le prix.

Kee Mawng s'empara d'une guitare comme d'une arme, ses doigts écorchés firent gémir les cordes. Les hymnes d'église s'élevèrent en chœur. Khin Yadanar n'y tint plus. Elle sortit son téléphone, enfonça ses écouteurs et se laissa noyer dans un océan de décibels. La musique du groupe punk Rebel Riot lacéra ses tympans, catharsis électrique la plongeant au plus profond d'elle-même. Ereintée par les interactions sociales, elle avait besoin de recharger ses batteries. Elle ferma les yeux, voyant défiler les

---

[12] Agents doubles au sein de la Tatmadaw qui fournissent secrètement des renseignements à la guérilla. Ils paraissent 'verts' à l'extérieur, comme leur uniforme, mais sont 'rouges' à l'intérieur, comme la couleur du drapeau de l'opposition démocratique.

[13] Le SAC (State Administration Council) est le nom officiel de la junte birmane ayant pris le pouvoir suite au coup d'Etat militaire de février 2021.

visages du matin : l'enfant au thorax déchiqueté, le père aux bras tremblants, les infirmières aux yeux cernés. Chaque note était un scalpel ouvrant des abcès d'impuissance. Kee Mawng croisa son regard. Un sourire fugace, complicité de survivants. Il savait que derrière la froideur clinique se cachait une tempête. Dos voûté sous le plafond bas, il continua à mener les chants religieux, incantations pieuses contre la folie ambiante. Les visages se détendirent, les voix entrèrent en communion, comme si son sourire exorcisait la peur. Sa présence seule suffisait à apaiser ceux qui l'entouraient. Il soignait les âmes. Elle, soignait les corps.

Elle saisit son téléphone et plongea dans l'écran bleuté, refuge lumineux dans l'obscurité du bunker. Connectée au réseau Starlink, fragment de normalité arraché au chaos, elle ouvrit sa messagerie électronique. Un titre s'imposa immédiatement à ses yeux fatigués : « À propos du Professeur Anthony Preston ».

« Bonjour Khin Yadanar, » commença-t-elle à lire, « je suis l'arrière-petit-fils du Professeur Anthony Preston, dont vous avez retrouvé le journal. Son état de santé ne lui permet pas de vous répondre et il m'a chargé de vous remercier pour votre message. Si c'est possible, j'aimerais pouvoir échanger avec vous à propos de votre découverte, par email ou sur Whatsapp. Mon numéro de téléphone est dans ma signature. Merci. Ayaan Carter ».

La curiosité l'emporta sur la fatigue. Whatsapp n'était pas sécurisé, mais il avait heureusement un compte Signal. Les murs du bunker semblaient se resserrer autour d'elle, mais ce message ouvrait une fenêtre vers un ailleurs.

- « Bonjour, c'est Khin Yadanar. On peut discuter ici, c'est plus sûr. »

Aucune attente, son mobile vibra aussitôt dans sa main. Ayaan était en ligne.

- « Salut, merci pour ta réponse. Pourrais-tu m'envoyer la sacoche et son contenu par DHL ? C'est vraiment urgent. »

La demande nue, sans préambule. Un rire bref lui échappa, éclair d'hilarité incongru dans ce refuge souterrain. Il plaisantait, évidemment. Deux infirmières accroupies à côté d'elle la dévisagèrent avec surprise et désapprobation. Le moment interdisait le rire, mais il fallait avouer que cet Ayaan avait un humour décalé. Une telle ignorance et insensibilité tenaient nécessairement du sarcasme. A moins que... Se pouvait-il ? Il fallait en avoir le cœur net.

- « Bien sûr, » répondit-elle, l'ironie affleurant sous les mots. « À dos de mule ou par hélico ? L'hélico est cher, mais plus rapide. Celui de l'armée est déjà en route. » Un smiley conclut sa réponse, bouclier contre un possible malentendu.

- La réponse fusa comme du plomb : « Tu plaisantes ? Je suis sérieux. Je dois absolument récupérer les affaires de mon arrière-grand-père rapidement. »

- « Désolée, c'est impossible, » répondit-elle sobrement, son sourire définitivement effacé.

- « Il a 101 ans et est gravement malade. Revoir la tablette et son carnet avant de mourir est crucial pour lui. Tu comprends ? »

L'agacement monta en Khin Yadanar comme la dengue. Son ventre vide protestait, sa journée avait été un combat perpétuel contre la mort. Une pulsation sourde martelait ses tempes, fatigue, faim, colère rentrée. Ce n'était pas le moment. A l'extérieur de la clinique, les corps des enfants, alignés sous de simples linceuls, attendaient encore d'être rendus à la terre. Et cette petite frappe, à des milliers de kilomètres, lui parlait d'urgence parce qu'un *thosaung kala*[14] centenaire était sur le point de mourir paisiblement dans son lit ? « Pour qui se prend ce con ! » Elle imagina Ayaan, jeans propres, café à la main, tapant ces mots depuis un appartement climatisé.

Le sort de ce vieux colonialiste lui importait peu. Quatre-vingts ans que le Myanmar saignait. Et l'invasion anglaise était la racine de tous les maux. Le nationalisme bouddhiste, en réaction à l'administration discriminatoire et raciste des Britanniques. Les conflits interethniques succédant à leur politique du 'diviser pour mieux régner'. La Burma Independence Army d'Aung San, devenue Tatmadaw qui assassinait son propre peuple. Le capitalisme sauvage qui pillait et exportait les richesses du pays pour enrichir une poignée de *cronies*.

Il était le fantôme d'un passé qui déterminait tout, depuis quatre-vingts ans. Que les rebelles pouvaient enfin enterrer.

---

[14] « Etranger portant de la laine » en birman. Désigne les Britanniques, et par extension les Occidentaux, avec une connotation péjorative.

L'opportunité se présentait de repartir sur des bases nouvelles. Saines. *Tabula rasa.* Tourner la page, y compris celle d'Aung San Suu Kyi et la NLD[15], trop *Bamar* au goût des minorités. La moitié du NUG venait des minorités. Leur objectif commun ? Une démocratie fédérale, diverse, équitable, dans laquelle chacun puisse décider de son propre avenir. Une gouvernance collégiale. Fini le leader providentiel. Le peuple menait la lutte, seul, avec les moyens du bord et un soutien international limité

Elle inspira profondément l'air lourd, trois fois. Son regard croisa celui de Kee Mawng, la guitare à la main, qui berçait toujours la douleur collective. Il perçut sa tension, l'interrogea d'un haussement de sourcils. Elle leva une main apaisante. « Ne nourris pas le troll, ne nourris pas le troll », psalmodia-t-elle intérieurement. Le principe birman du *'ah na dé'*, cette réticence culturelle à provoquer le désagrément d'autrui, ne l'avait jamais habitée pleinement. Pour elle, c'était moins du tact que de l'hypocrisie. La vérité, toujours, quitte à blesser.

Elle serra le téléphone jusqu'à blanchir ses jointures, respira profondément avant de frapper les touches de son clavier virtuel :

- « Le journal est à ton arrière-grand-père. Mais vos musées regorgent déjà d'antiquités pillées pendant la colonisation. Donc, pas question de t'envoyer la tablette qui appartient au peuple birman ! » Ses doigts s'animèrent d'une vie propre, portés

---

par une colère longtemps contenue : « Ce que tu demandes est matériellement irréalisable. Je suis à 600 km de la ville la plus proche du Mizoram où l'on trouve un service de courrier international. La mousson transforme les routes en bourbiers. Le moindre médicament doit franchir la frontière indienne, à 100 km d'ici, par des sentiers de contrebande à travers la jungle et des champs de mines. C'est lent, dangereux, horriblement coûteux. On n'utilise cette filière que pour l'indispensable. » L'écran reflétait son visage tendu dans la pénombre. « On se bat avec les moyens du bord contre une junte qui massacre notre peuple, sans aucun soutien matériel de ton pays, pourtant responsable du bordel dans lequel nous sommes depuis l'indépendance. Donc non, on n'a ni le temps ni les moyens de t'envoyer un colis DHL ! »

Le silence numérique s'étira, comme si ses mots avaient traversé l'espace pour frapper physiquement son interlocuteur. Puis la réponse apparut, hésitante :

- « Pardon, je n'avais pas idée de la gravité de la situation (« Bien-sûr », rumina Khin Yadanar, les paupières closes sur l'image des corps entassés, « vous ignorez toujours »). Tu dois me prendre pour un sacré connard. »

- « Oui ! » hurla son esprit, tandis que ses doigts tapaient : « Non. Je sais que notre situation ne fait pas la une des médias. J'ai juste passé une journée horrible, désolée. Mais tu aurais dû te renseigner avant de m'écrire... »

- « Tu as raison, je vais le faire. En attendant, sans vouloir insister (« Et pourtant tu insistes », soupira Khin Yadanar, mais quelque chose s'était adouci dans sa résistance), pourrais-tu m'envoyer des photos de la tablette et de chaque page du carnet ? C'est surtout leur contenu qui m'intéresse. »

- « Ça prendra du temps. On n'est alimentés que par panneaux solaires et générateur. Quand Starlink est inaccessible, on n'a aucune connexion à cause du blackout de la junte. Je ferai de mon mieux. Au fait, la pierre est brisée en plusieurs morceaux. Elle l'était déjà quand je l'ai trouvée. »

- « Je comprends. Fais ce que tu peux. »

La curiosité de la jeune femme s'éveilla enfin, fendant l'écorce de son irritation :

- « Pourquoi est-ce si important ? Qu'est-ce qui peut être aussi urgent après tout ce temps ? Ce ne sont qu'un vieux carnet et une tablette antique... »

- « Mon arrière-grand-père est mourant. Une maladie pulmonaire. Il a fait une découverte majeure avant la guerre. Il m'a demandé de l'aider à résoudre cette énigme, d'achever ce qu'il a commencé. C'est son ultime volonté. »

- « Comment se sont-ils retrouvés dans l'avion ? », demanda la médecin, que l'archéologie intéressait peu. Elle n'avait pas de temps à consacrer à l'histoire ancienne quand tous ses efforts consistaient à en écrire une nouvelle.

- « Aucune idée », avoua Ayaan. « Le Professeur (« drôle de manière d'appeler son arrière-grand-père », pensa Khin Yadanar) n'a rien voulu me dire. Je sais juste qu'il venait de débuter ses recherches quand il les a perdus. Il nous reste donc beaucoup à découvrir. Et le temps presse. »

- « Le voilà qui insiste à nouveau », souffla-t-elle avec agacement tout en écrivant : « Je ferai de mon mieux. Demain, si la clinique n'est pas chargée. »

- « Tu es infirmière ? »

- « Médecin », répliqua-t-elle abruptement, avant de nuancer, « enfin pas tout à fait. J'étais en quatrième année de médecine lors du coup d'État. On soigne les blessés comme on peut. J'apprends sur le tas et avec des tutoriels en ligne... »

- « Impressionnant. Comment puis-je aider ? »

Un frémissement parcourut le bunker comme une vague. Khin Yadanar releva les yeux de son écran. Kee Mawng avait cessé de jouer, donnait maintenant des instructions à ses hommes, voix basse mais ferme. Elle retira ses écouteurs, tendit l'oreille vers le monde réel. Un vrombissement lointain grandissait, couvrant crescendo le murmure nerveux qui agitait le groupe.

- « Je dois y aller », écrivit-elle avec urgence. « Une attaque », conclut-elle avant d'éteindre son téléphone.

Un homme éteignit la lumière. L'obscurité s'abattit, totale, primitive. L'odeur d'humus envahit ses narines, le bourdonnement des pales se précisa. L'hélicoptère approchait-il réellement ou la suppression de la vue aiguisait-elle ses autres sens ? Impossible à déterminer. La tension, palpable, vibrait dans l'air confiné. Des enfants pleurèrent, bercés par les comptines que chuchotaient leurs parents à leurs oreilles pour les calmer. Une première explosion, lointaine encore, déchira le silence. Des exclamations de terreur fusèrent immédiatement, comme des étincelles dans la nuit.

- « N'ayez pas peur », encouragea Kee Mawng, « c'était encore loin. Rappelez-vous : gardez la position de sécurité, protégez-vous la tête et les oreilles « .

Khin Yadanar plia ses jambes contre sa poitrine, courba la nuque, enlaça sa tête de ses mains croisées. Une nouvelle explosion, plus proche, ébranla l'air. Le bourdonnement grossit encore, comme un monstre affamé cherchant sa proie. Elle pressa davantage ses avant-bras contre ses oreilles, boucliers dérisoires contre l'horreur qui accourait. Les déflagrations se rapprochaient, chaque secousse semblant ébranler les fondations mêmes de leur refuge, des cascades de sable se déversant sur leurs têtes depuis le plafond. L'hélicoptère était sur eux.

Chapitre 4

Cambridge, Royaume-Uni, juillet 2024

Ayaan jeta la photo sur la table. Preston et son groupe devant le *stûpa* de Win Ka, brique rouge indistincte. Combien d'heures perdues scruter chaque détail ? L'impasse était totale. La frustration monta en lui avec la violence d'une marée. Ses muscles se contractèrent comme s'il luttait contre un adversaire invisible. Il allait exploser. Il retint son souffle, étouffa le juron qui lui brûlait les lèvres. À quelques mètres, le Professeur Preston dormait, fragile et diminué, prisonnier d'un corps qui l'abandonnait peu à peu. « Combien de temps encore ? » Cette pensée le traversa comme une lame.

Deux jours que Khin Yadanar n'avait plus donné signe de vie : « Il y a une attaque ». Ayaan avait dévoré les médias birmans — une succession d'images macabres — villages calcinés, martyrs dans leurs cercueils, familles écroulées. Trois ans de guerre avaient transformé l'horreur en routine. Et si elle était parmi eux ? Il aurait pu faire défiler son cadavre sans même s'en apercevoir. Un nom sur Signal, c'était tout ce qui la reliait à lui. Même pas un visage. Même pas la certitude que ce nom fût le sien.

Était-il inquiet pour elle ? Ou simplement furieux de voir sa quête s'arrêter net au moment où elle prenait forme ? Il fallait bien l'admettre : l'énigme l'avait happé. Plus qu'une curiosité, c'était devenu une obsession. Sa dernière pensée avant le sommeil, la première au réveil. Ayaan connaissait cette fièvre qui l'avait porté jusqu'à Cambridge. Il avait banni la demi-mesure. Cheval de course lancé à fond, œillères vissées. Mais fragile aussi, comme ces pur-sang qui se brisent une cheville et demeurent couchés, meurtris par l'échec.

Il voulait effacer l'empreinte de Preston dans son ascension, gommer l'influence paternelle. Parvenir seul au sommet, sans sherpa, comme si le mérite garantissait le succès. Comment accepter qu'une inconnue à l'autre bout du globe mette un terme à cette lubie qui occupait ses derniers jours de congé ? Pour la première fois, devrait-il s'avouer vaincu ? L'idée lui était insupportable. Elle violait ce qu'il était, tout ce qu'il avait construit. Dans le silence de Cambridge, avec pour seule compagnie un vieillard agonisant, Ayaan sentit quelque chose se fissurer en lui. Quelque chose qui ressemblait dangereusement à la défaite.

D'un geste sec, il reprit une liasse de paperasse qui encombrait la table. Il devait forcément y avoir des indices. Il ouvrit une enveloppe, relut la lettre. Sarah Cromwell : « Ma seule consolation est que John n'était pas seul quand l'avion s'est écrasé ». Probablement celui découvert par Khin Yadanar. « Je souffre à l'idée que sa sépulture demeurera inconnue, qu'il n'aura pas eu de funérailles chrétiennes. Mais son âme repose aux côtés de Dieu » « Je vous envoie une photo de lui et de ses camarades lors de leur entraînement. Il était si fier le jour où on lui a remis ses ailes. Je sais que vous garderez toujours le souvenir de son sacrifice, à défaut d'avoir celui de l'homme plein de vie que vous n'avez pas eu le temps de connaître ».

Il tira la photo en noir et blanc de l'enveloppe. Ses ongles s'y enfoncèrent jusqu'à laisser des croissants pâles. Dix hommes y posaient devant le nez d'un avion, quatre accroupis au premier rang, les autres derrière se tenant par les épaules. Le torse bombé, le regard fier, le sourire franc ou timide, parfois rendu grimaçant par la cigarette qui pendait aux lèvres, ils étaient l'illustration de la jeunesse, de son insolence, sa vanité, sa fougue. Tous, ils étaient morts, leurs visages, leurs uniformes impeccablement repassés, les insignes brillant sur les calots, à jamais figés.

« Sans importance », avait balayé le vieillard d'un revers de la main, le regard embué, lorsqu'Ayaan l'avait interrogé sur la photo. « Nous devons finir ce que j'ai commencé. » La voix cassée de Preston résonna dans son crâne, écho d'une litanie usée. Il ne demandait que ça, mais l'aïeul ne faisait rien pour l'aider. Ayaan fit malgré tout une demande officielle d'information sur John Cromwell auprès des archives nationales. Il y en avait probablement des milliers. Il devait être patient. Mais la patience était justement ce dont il manquait.

Il continua son tri des objets du carton : une bague sertie d'un rubis en cabochon, une montre à gousset en or. Deux autres missives, officielles celles-ci, contenant les nécrologies d'un certain sergent Myers et d'un soldat Pitt. Il porta finalement son attention sur la Burma Star qu'il serra jusqu'à ce que les bords du métal lui cisaillent la paume. Une décoration pour quoi ? Pour avoir survécu ? Les détails fournis par les proches encore en vie étaient succincts, inutiles. Anthony avait servi comme Second Lieutenant dans le Duke of Wellington's Regiment après enrôlement à Calcutta. Défense de l'Assam, campagne d'Arakan avec la 14ème Armée de Slim, batailles d'Imphal et Kohima, avance en Birmanie centrale jusqu'à Rangoun. Démobilisé Capitaine, en août 1945. Rien d'utile pour sa quête.

Ayaan avait grandi au contact d'autres vétérans de sa famille qui avaient sacrifié leur jeunesse pour que lui puisse en avoir une. Bercé d'histoires mêlant l'horreur à des valeurs obsolètes comme la camaraderie, la solidarité, l'honneur, il avait formé de cette période une image romantique. Les mots de Lincoln à Gettysburg revenaient sans cesse. Le discours brûlait, amer comme un remord. Ils étaient les hommes qu'il aurait voulu être, interdits par l'époque. Il s'inventait mille excuses. Eux avaient cru – patrie, liberté, idéaux. Lui ? Entomologiste de l'héroïsme, empalant des papillons morts. « Peut-être un jour », se mentait-il, espérant n'avoir jamais à découvrir s'il était du même métal.

Il repensa à Khin Yadanar risquant sa vie quotidiennement, miroir de sa propre couardise. C'était plus facile pour elle : pas le choix, rien à perdre. Il vivait son rêve de gloire par procuration, porte-drapeau des exploits de son aïeul. Résoudre une énigme sans indice. Impasse. Jeter l'éponge ? L'éventualité se dessinait de plus en plus.

Son téléphone vibra. Une notification. Encore une photo de mojito à Barcelone, provocation de ses amis ? Un autre *mème* sur la guerre au Myanmar ? De rage, il envoya glisser le téléphone à l'autre bout de la table. Il n'avait pas encore fini de disséquer le fatras de documents étalés devant lui. Il finirait par trouver quelque chose d'utile. Une autre vibration. La tentation était trop forte. Il voyait l'hameçon derrière l'appât, mais il fallait qu'il y morde. Il saisit l'appareil et vit l'icône de Signal apparaître. Un message de Khin Yadanar. Enfin !

Ayaan s'empressa de télécharger la première image qu'elle avait envoyée. Une tablette de pierre brisée, ses fragments rassemblés comme les pièces d'un puzzle antique. Elle avait tenté de la nettoyer, mais les inscriptions demeuraient illisibles. Il faudrait agrandir, imprimer, montrer cela au Professeur, s'il pouvait encore parler. Un second fichier apparut. Puis un troisième. Ayaan secoua son téléphone, frustré par la lenteur de la bande passante défaillante de l'État Chin. Deux pages de carnet : un plan schématique, des croquis de bas-reliefs. Puis ces lignes de caractères inconnus, ces secrets couchés sur papier par son aïeul. Plusieurs autres clichés lui parvinrent en succession de bips.

- « Salut », se décida-t-il enfin à écrire, « merci pour les photos. Tu vas bien ? J'étais inquiet pour toi après ton dernier message », mentit-il à moitié.

- La réponse arriva, brutale dans sa simplicité : « Ça va. L'hélicoptère nous a survolés sans nous bombarder cette fois. Mais le village voisin a été rasé. Heureusement, les habitants ont pu fuir grâce à l'alerte. Pas de victimes. Mais ils ont tout perdu. »

- Ayaan chercha ses mots. Cette guerre lui semblait si lointaine, si abstraite. « Désolé d'apprendre cela. » Les mots sonnaient creux, même à ses propres oreilles. « Ça doit être difficile au quotidien », ajouta-t-il, espérant que cette phrase suffirait à masquer son indifférence.

- Khin Yadanar changea de sujet : « Tu as reçu les photos ? » Peut-être avait-elle perçu son détachement, cette froideur qu'il ne parvenait jamais à dissimuler.

- « Oui, merci. Je ne sais pas ce que c'est, mais je vais montrer ça au Professeur Preston. » Pourquoi persistait-il à l'appeler ainsi ? Cette distance, cette formule, elle devait sûrement le trouver prétentieux.

- « J'ai commencé par ces pages parce qu'elles me semblaient importantes pour tes recherches. Il y en a d'autres avec la même écriture. Puis ses notes de fouilles, un journal de bord. J'essaierai de tout envoyer, mais ça dépend de la situation ici. »

- « Je comprends. C'est déjà formidable. Ça nous permet d'avancer ! » Son enthousiasme renaissait malgré lui. Enfin quelque chose de concret.

- « Où en es-tu ? »

- « Nulle part », avoua-t-il sans détour. « Rien d'utile dans les documents de Preston jusqu'à présent. »

- « Il ne t'a toujours pas expliqué comment la tablette et le carnet se sont retrouvés dans l'épave de l'avion ? »

Ayaan jeta un regard vers la pièce voisine où le vieil homme dormait, le masque respiratoire greffé sur son visage.

- « Non. Il refuse d'en parler. Une lettre suggère qu'il était dans l'avion, piloté par un certain John Cromwell, mort dans le crash. Comment Preston s'en est sorti... mystère. »

- La réponse fusa. « Cromwell ? J'ai trouvé ses plaques dans le cockpit ! Voilà : J.A. CROMWELL, 2945776 RAF, A POS, PLT OFF, C OF E. »

- Ayaan sentit l'excitation monter. « Fantastique ! Avec ça, je peux obtenir son dossier. Déjà une énigme résolue... Mais je bloque sur le reste. Preston insiste que la tablette et le carnet sont indispensables pour résoudre l'énigme. »

- « Un vrai film d'Indiana Jones ! » L'émoji qui suivit – un « LOL » moqueur – le piqua au vif.

- « Preston m'a dit que la tablette et le carnet mènent aux premières reliques de cheveux du Bouddha, enterrées dans la capitale perdue du royaume de Suvannabhumi... » Il se carra dans sa chaise, satisfait. Cela devrait la faire taire.

- « C'est ça ton mystère ? Tout le monde connaît la légende des marchands Taphussa et Bhallika, et des reliques rapportées d'Inde au royaume môn de Ramanna, le "Pays d'Or". Tu peux lire ça sur un panneau à la pagode Shwedagon ! C'est ça qui est si important ? Tu me fais perdre mon temps ! »

- L'agacement monta en lui, mais il se contint : « Je ne suis pas spécialiste. Preston dit qu'il s'agirait du premier *stūpa* construit dans le pays après la mort du Bouddha. Une découverte exceptionnelle, archéologiquement et spirituellement... »

- « C'est bien beau, mais nous mourrons par milliers sous les bombes, des millions de réfugiés vivent dans la boue, et nous risquons notre vie chaque jour pour défendre notre liberté ! Alors franchement, chercher une pagode vieille de deux mille ans n'est pas exactement une priorité ! »

- La colère montait en lui, mais Ayaan prit sur lui : « Je sais. » Il le reconnaissait à contrecœur, incapable d'accepter pleinement qu'elle ait raison. « Je ne prétends pas que cette découverte résoudra tous les problèmes. Mais peut-être qu'elle attirerait l'attention internationale sur votre situation ? Je veux juste accomplir le dernier souhait de mon arrière-grand-père. »

- « En gros, tu te fous complètement de ce qui se passe ici ! Tout ce qui t'intéresse, c'est utiliser notre histoire pour ton hobby et ton quart d'heure de gloire ! »

- Il grogna, frustré par la terrible évidence qu'elle avait su lire en lui. « Je me suis mal exprimé, je m'excuse si j'ai pu paraître insensible. » Il récita mécaniquement ce qu'il avait appris lors d'un cours sur la négociation : « J'avoue que je connais peu le Myanmar et je veux vraiment en apprendre davantage. Je ferai tout pour aider. » Même lui doutait de sa sincérité.

Une minute passa. L'écran resta muet. S'était-elle déconnectée ?

- Un message froid apparut. « Je me suis engagée à t'envoyer les photos et je tiendrai parole. Mais une fois toutes les pages transmises, ce sera fini pour moi. Je commence à regretter d'avoir trouvé l'avion. »

- Ayaan serra les dents : « C'est bien noté. Merci encore. » Il tapa avec rage avant d'envoyer valser le téléphone sur la table.

Un froissement de drap déchira le silence. Il avait réveillé le malade qui s'agita, son bras livide émergeant des draps. Ayaan se leva. Il faut qu'il parle, songea-t-il, avant que la nuit ne l'emporte. Le masque respiratoire engloutissait le visage du vieil homme, buée s'échappant par saccades. Seuls les yeux persistaient, deux saphirs le fixant avec une acuité dérangeante. Ils semblaient savoir que chaque minute passée au chevet de ce corps moribond était un vol fait à ses ambitions. Le temps était compté. Leur projet risquait de trouver une fin abrupte. Que pouvait-il en retirer ? Une idée vague germait dans son esprit. Il lui fallait une alternative, plus sûre, plus fiable. Les yeux cristallins continuaient à l'interroger, mais il n'y prêtait déjà plus attention. Il ne vit même pas la main qui se tendait pour saisir la sienne.

Nancy entra dans la pièce. « C'est l'heure de votre médicament », héla-t-elle, disque rayé monomaniaque. Ayaan recula et heurta la table basse où se trouvait le téléphone. Son regard attrapa le nom, Latika Williamson, celui de la Directrice du Centre for South East Asian Studies, griffonné sur le bloc de Post-it. Il comprit ce qu'il avait à faire.

Chapitre 5

État Chin, Myanmar, juillet 2024

Khin Yadanar ouvrit en deux la patate douce cuite à la vapeur, puis mordit avec voracité dans la chair fumante. La douleur fusa, bouche en feu. Les morceaux crachés éclaboussèrent les pieds de sa voisine qui sursauta, dégoûtée. Cette faim qui la dévorait, qui lui faisait perdre toute patience. « *Bilu ma* », murmuraient ses camarades, « l'ogresse ». Elles la regardaient en silence, amusées et réprobatrices. Sa voisine de lit, médecin comme elle, l'avait prévenue en lui tendant la feuille de bananier. Khin Yadanar n'en avait fait qu'à sa tête. Elle déglutit avec un sourire provocateur malgré l'irradiation qui descendait le long de son œsophage. Ses papilles brûlées ne goûteraient plus le parfum subtil de son encas préféré. Elle s'en voulut, sans rien laisser paraître.

- « C'est un vrai dîner spectacle que tu nous offres », lança Thang Pam, une jeune infirmière dans son service, en catapultant une bouffée de fumée de sa cigarette dans l'air. Les rires fusèrent.

Les quatre jeunes femmes étaient assises sur l'escalier en bois à l'extérieur de leur baraquement, profitant de la brise tiède de cette fin d'après-midi ensoleillée. Des nuées d'étourneaux piaillaient et dessinaient des arabesques, vagues qui plongeaient et remontaient d'un arbre à l'autre. Bientôt la marée se retirerait et laisserait place au clapotis discret des grillons nocturnes. Khin Yadanar buvait cet instant de sérénité. Survêtement de coton, fraîcheur du bain à la rivière qui persistait dans le jasmin de ses cheveux mouillés en chignon. L'igname tiédissait entre ses dents, diffusant sa saveur sucrée.

Il n'avait pas plu depuis la semaine précédente, le ciel s'était dévoilé, l'humus avait durci. Elles en avaient profité pour étendre leur linge sur la façade, rompant avec la tradition des sous-vêtements féminins étendus à l'abri des regards. Khin Yadanar repensait avec fierté à la « Révolution des *longyis*[16] » après le coup d'État de 2021. Elle et ses camarades avaient suspendu leurs jupes au-dessus des barricades. Les soldats n'osaient passer dessous, craignant de perdre leur virilité. Tactique efficace qui avait ralenti la répression et déclaration féministe remettant en question l'autorité militaire et les normes patriarcales birmanes. Cependant, les regards lascifs et les sifflements des hommes du CDF devant cette ribambelle de culottes et de bustiers flottant dans le vent prouvaient que la cause n'était pas acquise. Y compris parmi les pourfendeurs de l'ordre établi.

- « Vous avez entendu ce qui est arrivé à Dai Phyu ? » Thang Pam rompit le silence alors que deux jeunes blancs-becs passaient en ricanant et en multipliant les clins d'œil dans leur direction. « Le sergent Shing Ling l'a coincée pendant la patrouille

---

[16] Pièce de tissu enroulée autour de la taille, servant de jupe longue comme un sarong. Il s'agit du vêtement traditionnel du Myanmar, porté aussi bien par les hommes que par les femmes.

de nuit. Il a dit qu'il devait 'inspecter son équipement'. Elle a refusé et il l'a menacée de sanction pour insubordination. »

- « Encore Shing Ling ? », pesta Shing Tui. C'était l'une des seules femmes du CDF à combattre régulièrement sur le front après une formation de tireur d'élite délivrée dans le Nord par les volontaires de l'AIF[17]. « Ce porc ! Il se croit intouchable à cause de ses 'exploits' à Matupi », ajouta-t-elle avec dédain en engloutissant une large gorgée du *khaung*[18] qu'elle tenait à la main.

- « Il n'y a pas que lui », enchaîna Mana Yawng. Une autre infirmière. Khin Yadanar appréciait son ardeur au travail, son sens de l'humour. Aujourd'hui, plus d'humour. « Le mois dernier, un patient m'a attrapé la taille et a dit : 'Vous, les révolutionnaires, n'êtes-vous pas censées servir le peuple ?' Je me suis sentie tellement... sale. »

- « *Aw mai ca*[19] ! Pourquoi tu ne me l'as pas signalé ? », demanda Khin Yadanar. « J'aurais porté plainte auprès du Commandant. »

- « Qu'est-ce que cela aurait changé ? », rétorqua Mana Yawng avec un rire amer, en s'abreuvant du khaung que lui tendait sa compagne. « Qu'a-t-il dit pour le médecin qui me harcelait ? »

---

[17] Front Internationaliste Antifasciste. Formation armée composée de volontaires internationaux opérant au Myanmar, engagée dans la guerre civile aux côtés de la résistance locale contre la junte militaire.

[18] Bière traditionnelle consommée par les Chins en particulier dans le sud de l'Etat Chin.

[19] Expression k'cho utilisée pour exprimer sa compassion, son chagrin ou sa colère face à la situation difficile qu'endure un proche.

- « Il a ri », concéda Khin Yadanar avec impuissance. « Puis il a dit : 'On fait tous des sacrifices. Ne distrayez pas nos héros avec vos histoires de femmes.' »

- « Idem pour Shing Ling quand je me suis plaint qu'il pelotait les recrues », enchaîna Shing Tui. « 'Voulez-vous être responsables de la division de nos forces ?', il avait demandé. 'Ces hommes risquent leur vie quotidiennement.' »

- « L'escouade des plaignantes », renchérit Thang Pam. « C'est comme ça qu'ils nous appellent dans notre dos. » Elle lança d'un geste rageur la peau de patate douce qu'elle venait d'engloutir. Khin Yadanar l'imita. « C'est comme si on menait deux guerres. Une contre la junte, et une juste pour exister en sécurité dans nos propres rangs. »

- « *A yäi ca*[20] ! Toujours la même rengaine ! », pesta Khin Yadanar. « 'On s'en occupera après avoir gagné. Concentrez-vous sur le vrai ennemi.' »

L'incompréhension la rongeait. Un mouvement qui clamait vouloir rétablir la démocratie, les droits de l'homme, défaire le régime militaire, la patriarchie, la corruption... et qui mettait de côté, en pause, le bien-être de la moitié de la population. Non. La libération des femmes au Myanmar n'était pas accessoire. Elle était l'âme même de la Révolution de Printemps. Le ciment de son succès.

---

[20] Expression k'cho similaire à « Aw mai ca ».

La Tatmadaw réduisait les femmes à du mobilier. Veuves redistribuées au hasard des troupes, comme du butin. Épouses du rang condamnées à servir celles des officiers. Otages mourant à petit feu dans les avant-postes frontaliers. Des objets sans valeur pour les militaires. Quant aux civiles… Khin Yadanar revoyait les rapports médicaux : utérus déchirés, côtes fracturées, regards vides de celles qui avaient survécu aux viols systématiques. La résistance devait être ce miroir irréprochable, reflétant à l'armée son visage monstrueux. Gagner les épouses de soldats, leur montrer que leurs maris mouraient pour un système qui les réduirait en esclaves, pour qu'elles les poussent à déserter.

Elle observa ses compagnes. Le crépuscule dorait leurs visages fatigués. Elles n'étaient pas ces poupées à fusil des vidéos de propagande. Non. Leurs mains calleuses tenaient les registres des écoles clandestines, ajustaient les viseurs de drones, coulaient le métal des obus artisanaux. Leurs doigts suturaient les blessures au front, déjouaient les mines, encryptaient les messages vers les réseaux exilés. Leur sang avait nourri le sol de la patrie autant que celui des hommes. Respect ? Protection ? On les leur devait maintenant. Non comme le résultat, mais comme l'instrument de l'annihilation de la junte.

- « Même la rivière est devenue leur territoire », gronda Mana Yawng en écrasant sa cigarette contre le bois vermoulu de l'escalier. Une braise s'éteignit dans un crépitement rageur. « Ils se postent derrière les rochers et nous reluquent. Impossible de maintenir une bonne hygiène intime dans ces conditions. »

- « Si on leur faisait un cours sur les mycoses vaginales ? »,
ricana Khin Yadanar. « Ça devrait les garder à distance. »

- « Avec des photos ! », ajouta Mana Yawng en mimant un
appareil pointé entre ses cuisses. La cascade de rires qui accueillit
la proposition couvrit la voix de Sophia Everest dont la chanson
Shin Yal jouait sur le téléphone de Thang Pam.

Ces échanges valaient aux résistantes le mépris de leurs
aînées. On leur reprochait leur crudité, leurs blagues salaces, leur
refus des *longyis* traditionnels. Leurs parents désespéraient de les
ramener au village pour les caser. C'était sans compter sur leur
ténacité, leur volonté d'utiliser cette opportunité pour transformer
la société, pour obtenir la place qui leur avait jusque-là été refusée.
Elles incarnaient l'espoir d'un Myanmar libéré des vieux démons,
prêt à prendre sa place dans ce nouveau siècle.

- « Je vais finir par prendre un amant », lâcha Thang Pam
en fixant l'horizon. « Les prédateurs n'emmerdent pas celles qui
sont en couple. »

- « C'est pas gagné ! », s'esclaffa Mana Yawng. « Il te faudra
une sacrée couche de maquillage pour attirer un mec avec la tête
que t'as ! ». Elle plissa les lèvres en un baiser fictif en réponse au
doigt d'honneur que lui adressa Thang Pam.

- « Tu plaisantes ? », interjeta Khin Yadanar. « Tu ne vas
quand même pas t'offrir au premier venu pour cette raison ? C'est
pas la solution et ça envoie le mauvais message. »

- « Facile pour toi ! T'es avec Kee Mawng, la rock star
locale. T'es intouchable ! » Répliqua Shing Tui.

- « Ça et son caractère de cochon », intervint Thang Pam avec malice.

- « Qu'est-ce que tu racontes ? », s'empressa de corriger Khin Yadanar, « On n'est pas ensemble. Juste des amis d'enfance. »

- « C'est pas vrai ! Tu veux dire que vous n'avez jamais… ? », interrogea Mana Yawng avec un clin d'œil, en insérant un doigt dans le cercle qu'elle formait avec son autre main.

Toutes s'esclaffèrent en réaction à l'inconfort de Khin Yadanar. Elle sentit une chaleur sourde lui monter aux joues. Médecin, elle voyait, observait, touchait, triturait, opérait, coupait, recousait, réparait des corps nus à longueur de journée. Elle n'était pas vierge non plus. Une courte liaison avec un étudiant de l'université de médecine. Alors pourquoi cette gêne quand on évoquait Kee Mawng ? Pourquoi ces images qui surgissaient : ses mains calleuses qui lui caressaient la nuque, son torse couvert de sueur, ses lèvres quand il lui souriait…

- « Si vous n'êtes pas ensemble, je veux bien tenter ma chance », taquina Thang Pam avec un sourire faussement angelin.

- « Attends, c'est pas ton cousin ? », coupa Shing Tui.

- « Ce n'est pas ça qui l'arrêterait », persiffla Mana Yawng en allumant une nouvelle cigarette. « Elle est désespérée et y a que les hommes de sa famille qui voudraient bien d'elle ». Boutade accueillie par un nouveau doigt d'honneur.

Leurs enfantillages agaçaient Khin Yadanar, la forçant à scruter le miroir de ses émotions, et plutôt que de les affronter, elle préféra extraire son téléphone mobile. Evasion digitale. Elle espéra que cette forme de résistance passive les inviterait à changer de sujet. Elle ouvrit Signal et envoya la photo de la dernière page du carnet à Ayaan. C'était fait, elle avait tenu parole, elle pouvait enfin couper les ponts avec ce pédant pompeux. Restait la tablette, artefact maudit ou trésor national ? Fallait-il prévenir le NUG ? Le gouvernement en exil n'avait pas de ministère de la Culture.

- « En parlant du loup », murmura Shing Tui d'un signe de tête en direction d'un soldat qui s'approchait de leur groupe.

Kee Mawng marchait vers elles, uniforme maculé de boue séchée. Son fusil d'assaut balançait au rythme de ses enjambées. Khin Yadanar fixa son écran, feignant l'indifférence. Un coup de coude de Thang Pam la fit tressaillir.

- « *Om law*[21] Kee Mawng », entonnèrent-elles en chœur.

Il sourit, de ce sourire qui ne le quittait jamais, même dans l'épuisement. Il avait l'air éreinté. Il rentrait tout juste du terrain.

- « Bonjour tout le monde. Awm Awi, tu peux venir ? J'ai besoin de toi. »

Les rires fusèrent. Khin Yadanar se leva d'un bond. « Arrêtez de déconner ! » Elle prit Kee Mawng par le bras, sentit

---

[21] Salutation informelle en dialogue K'cho, réservée aux amis et membres de la famille. Version raccourcie de « Mei Om Law » qui constitue la salutation formelle.

sous ses doigts la fatigue qui raidissait ses muscles. « Qu'est-ce que je peux faire ? »

Le trio continua à chahuter dans leur dos alors qu'ils s'éloignaient vers le bâtiment médical. Autour d'eux, le camp s'animait de sa routine de guerre.

- « On est tombés sur des soldats de la Tatmadaw. Ils avaient fui Matupi le mois dernier. » Sa voix était lasse. « Deux heures d'échanges de tirs. Ils se sont rendus finalement. Une centaine de personnes. On a séparé les femmes, enfants et vieillards. On aurait besoin que tu jettes un coup d'œil sur eux. »

Khin Yadanar acquiesça immédiatement.

- « Ils sont déshydratés et mal nourris. On a des cas de dysenterie et de paludisme, je crois. »

- « Je vais chercher mon équipement. »

Cinq minutes plus tard, ils rejoignirent l'équipe dans la longue bicoque de bois à l'orée du camp. L'odeur les saisit, cette odeur de la misère humaine que Khin Yadanar ne connaissait que trop bien. Une cinquantaine de femmes, enfants, vieillards étaient affalés sur le sol de terre battue, crasseux et en haillons. Les mêmes visages hagards, regards vides qu'elle soignait depuis des mois chez les réfugiés civils. Ils appartenaient à l'autre camp cette fois. Un mois dans la jungle les avait marqués. Leurs corps osseux témoignaient de cette survie précaire, nourrie de rongeurs et de pousses de bambou. Khin Yadanar ressentit cette pitié réservée aux innocents, pas aux hommes de la Tatmadaw enfermés dans la prison du camp. Elle s'approcha d'une jeune femme qui serrait un nourrisson aux côtes saillantes contre elle. Le maigrichon tétait désespérément un sein tari.

- « Je vais vous examiner. » Ses gestes étaient précis, automatiques. Le stéthoscope révéla une tachycardie inquiétante symptomatique de la déshydratation. « Quel âge a-t-il ? » Elle pinça la peau du bras pour confirmer son diagnostic.

- « Bientôt deux mois. »

- « Depuis quand tu n'as plus de lait ? ». Khin Yadanar plaça l'instrument sur la poitrine squelettique de la mère.

- « Deux jours. J'ai essayé de lui donner une soupe d'herbes... » La voix se brisa.

Khin Yadanar ouvrit la couche souillée de traces sèches et brunâtres qui collait à la peau du poupard. Elle l'enleva complètement et le jeta sur le côté. Il faudrait le brûler.

- « C'était irresponsable », déclara sèchement la médecin sans émotion. « Même bouillie, ton enfant ne peut pas encore digérer ça. La diarrhée a aggravé sa déshydratation. »

- « Je suis désolée. »

La médecin se redressa. Dans ses notes, elle inscrivit le diagnostic.

- « Nous allons préparer une solution de réhydratation. Et un repas sera bientôt servi. La priorité, c'est de vous remettre sur pied tous les deux. Et l'hygiène, absolument cruciale. Une infirmière viendra t'expliquer. S'il continue à avoir la diarrhée, nous devrons le mettre sous perfusion. Tu as compris ? »

- La jeune femme saisit sa main, en larmes. « Merci, *Saya Ma*[22]. » La gratitude était palpable dans sa voix agitée par l'émotion. « Si nous avions su... Le *bogyo*[23] nous répétait que vous, les 'terroristes', vous nous tortureriez... »

Le mot résonna dans l'air. Khin Yadanar sourit tristement. L'ironie la frappa comme un coup au ventre. Ses parents, tous deux médecins du CDM[24], avaient été assassinés par la Tatmadaw lors de la prise de Mindat, trois ans auparavant. Aucune merci, pas même une sépulture décente. Leurs corps avaient été abandonnés dans le brasier de la maison familiale. Et c'étaient eux, que les généraux appelaient 'terroristes'. Elle alla rejoindre Kee Mawng, qui observait la scène depuis l'encadrement de la porte.

- « T'as entendu ? », demanda-t-elle à son compagnon, en croisant ses doigts dans les siens avec une tendresse inhabituelle.

- « Oui. » Il ramena une mèche de ses cheveux derrière son oreille, geste tendre qui les reliait au-delà des mots. Ses doigts étaient noirs de terre. « Ça explique les cinquante cadavres de la semaine dernière. Ils ont préféré mourir de faim dans la forêt plutôt que d'être capturés. Il y avait des femmes, des enfants. »

---

[22] « Docteur » en birman.
[23] « Général » en birman.
[24] Civil Disobedience Movement. Mouvement de grève générale et de désobéissance civile lancé par des fonctionnaires et citoyens birmans pour s'opposer au coup d'État militaire de 2021.

- « Le résultat de décennies de propagande. » Khin Yadanar secoua la tête de dépit. « Si les soldats de base savaient la vérité, ils changeraient tous de camp. »

Elle observa les patients qui l'attendaient encore et prit conscience de l'état de fatigue de son compagnon.

- « J'en ai pour un moment. Va te reposer. Et prends une douche », ajouta-t-elle en feignant de le renifler avec un pincement de nez et un petit rire moqueur.

Sans prévenir, il posa ses lèvres sur les siennes. La surprise la traversa, mais elle ne se déroba pas. Quelque chose en elle céda, puis répondit à cette étreinte avec une ferveur qu'elle ne se connaissait pas. Quand leurs bouches se séparèrent, leurs regards demeurèrent soudés dans un silence lourd de promesses. Elle lui sourit avec tendresse tandis qu'elle remettait ses tongs, puis elle fit quelques pas à ses côtés à l'extérieur, leurs doigts entrelacés. Derrière les barraques du CDF, un soleil mielleux se couchait. Au-delà des cimes, le Mont Victoria dressait son sommet imposant, sa tête reposant sur un oreiller de nuages comme une divinité assoupie. Un tableau majestueux, cadeau de Dame Nature pour célébrer la naissance de leur idylle.

- « À tout à l'heure », promit-t-elle. « Je dois y retourner. » Sa main glissa le long de son visage pour se poser sur sa joue râpeuse. « Tu piques », badina-t-elle en grattant doucement son *Van Dyke*. Il rit et reprit sa marche.

Elle resta au milieu de la clairière, regardant sa silhouette rapetisser, démarche traînante, épaules voutées. Une tempête silencieuse se leva en elle. Comment apprivoiser cette intimité bouleversant son ordre ? L'aimait-elle vraiment, ou était-ce l'élan désespéré de deux âmes perdues ? Elle ne voulait ni blesser par refus, ni égarer par consentement hâtif. Elle avait étouffé ces questions sous l'urgence révolutionnaire. La guerre interdisait les amours. Trois années déjà que le conflit ravageait le pays, trois années qu'elle avait choisi de servir la cause plutôt que son propre bonheur. Combien d'années encore devrait-elle attendre avant de s'autoriser à rêver d'autre chose que de libération ? Se punissait-elle, et Kee Mawng par extension, pour la mort de ses parents ?

Un rugissement déchira l'air. Elle eut tout juste le temps d'entrevoir la silhouette difforme du jet avant qu'une explosion tonitruante n'embrase le paysage dans un éclair aveuglant. Le souffle compressa tout son être et la projeta plusieurs mètres en arrière. L'impact fut impitoyable, sa tête heurta violemment le sol, elle perdit connaissance.

Quand elle émergea de ce néant, chaque particule d'air lui brûla les poumons. Le silence laissa vite place à un sifflement assourdissement submergeant les cris étouffés qui traversaient à peine le voile cotonneux de la commotion. Elle voulut respirer et fut secouée par une toux incontrôlable. La poussière de cendres lui lacérait la gorge, lui asséchait la langue, lui donnant l'impression d'avoir été enterrée vivante. Ses crachats au goût âcre et métallique souillèrent le sol en gerbes brunâtres, chaque spasme ravivant la douleur fulgurante dans sa poitrine. Elle lutta pour ouvrir les yeux, orbes sèches dégoulinant de poussières et de larmes, pour découvrir un théâtre d'ombres floues et dansantes, qui s'entrechoquaient et s'agitaient dans tous les sens. Elle essaya de se redresser une première fois, aussitôt arrêtée par la souffrance qui enserrait son crâne comme une couronne incandescente. Elle crut s'entendre crier, mais le sifflement incessant avala sa plainte avec toutes ses pensées. Ses doigts tâtèrent l'arrière de sa tête. Sa main revint poisseuse, mais l'information se perdit derrière la nausée qui lui retournait le crâne.

Elle se rallongea sur le dos, immobile, inspira profondément, rouvrit les yeux vers l'azur sombre saupoudré de feuilles et débris qui flottaient au-dessus d'elle. Les cris et la commotion devinrent plus clairs, les hurlements se détachant des pas de course. Il fallait qu'elle se lève. Elle poussa sur ses bras. Toujours cette décharge insoutenable qui irradiait son corps. Deux mains vinrent la saisir pour l'aider à se relever. Le monde tangua, ses jambes se défaussèrent. Seul le soutien de son ange gardien la maintint debout. Les vertiges s'atténuèrent. Le Mig, la bombe. Elle était blessée, mais vivante. Ses pieds se fichèrent plus fermement dans le sol. Ses forces lui revenaient. Elle tourna la tête vers lui. Ce n'était pas Kee Mawng, juste un visage inconnu marqué par la peur. Dans son cerveau, une seule pensée, une seule image : son amant marchant en direction de l'explosion.

La panique la prit, voile noir qui étouffait toute faculté de réflexion. Elle se libéra de l'étreinte du soldat et cavala, ivre d'angoisse, les jambes vacillantes, trébuchant à chaque enjambée, hurlant le nom de Kee Mawng à s'en faire saigner la gorge. Affolée, incapable de traiter le tourbillon d'informations de son environnement, elle continua sa course erratique à travers la fumée et le flot humain. Un seul cri, un seul nom. Rien d'autre ne comptait. Soudain, elle vit la forme grise qui gisait à terre. Elle plongea vers le corps inerte couvert par le linceul du crépuscule, ombre chinoise projetée par les flammes. Sa jambe gauche était presque entièrement déchiquetée à partir du genou. L'appel rauque de son nom fut avalé par les sanglots. Il ne réagit pas.

Un déclic s'opéra en elle. Ses réflexes reprirent le dessus, la jeune fille éplorée remplacée par la médecin de guerre. Elle bascula sa tête en arrière, observa les mouvements du thorax, son oreille au niveau de la bouche. Il était inconscient, mais respirait encore ! Elle examina la jambe. Des lambeaux de muscles pendaient à côté de l'os broyé à découvert, cratère d'où gargouillait un flot de sang qui abreuvait l'humus en pulsations continues. L'artère fémorale était touchée. Il mourrait en trois minutes. Elle ôta sa veste et la noua près de la plaie. C'était insuffisant. Elle leva la tête et interpella un soldat du CDF.

- « Viens-là ! ». Il s'arrêta net dans sa course. « Donne-moi ta ceinture ! » Elle la plaça autour de la cuisse au-dessus de sa veste. « Serre-la fort ! » Il s'exécuta.

Kee Mawng revint à lui en poussant un hurlement de douleur strident. Ils n'avaient malheureusement aucun analgésique.

- « Reste là ! Maintiens ses jambes surélevées ! », intima-t-elle. « Et garde-le éveillé à tout prix ! »

Elle courut vers la clinique, enfourna du matériel dans un sac, puis repartit en réquisitionnant deux brancardiers.

Agenouillée dans la boue sanglante, elle combla la plaie avec de la gaze stérile, puis plaça un tourniquet au-dessus de la ceinture. Elle tourna de toutes ses forces, provoquant un nouveau vagissement du souffrant. L'hémorragie cessa. Un deuxième tourniquet aurait été idéal, mais ce matériel basique était d'une grande rareté dans leurs montagnes, comme tous les équipements médicaux élémentaires. Le crépuscule laissait la place à la nuit et elle continua d'ausculter le blessé à la lumière de l'incendie. Pas d'autres blessures apparentes.

- « Emportez-le au bloc ! Priorité absolue ! Le chirurgien doit opérer sur le champ ! » Les brancardiers s'exécutèrent.

Elle voulait l'accompagner, s'assurer qu'il était pris en charge. Il faudrait l'amputer, elle le savait, mais elle préférait refouler ce cauchemar, en chasser les conséquences futures pour le moment de son esprit. S'il en réchappait. Non. Il ne pouvait pas mourir. Devait-elle les suivre, veiller sur lui, attendre la fin de l'intervention ? Le dilemme la fit osciller entre l'amante éplorée et le médecin de guerre. Ce dernier prit finalement le dessus. D'autres vies étaient en jeu. Elle devait faire confiance à ses collègues.

Elle scruta la scène à la recherche de victimes. Le camp s'agitait fébrilement derrière le rideau de fumée. Des arbres en feu exhalaient une odeur de résine qui lui brûlait les narines et les yeux. Le vent tourna et dévoila l'enfer : une nuée de formes noires faisaient la chaîne pour asperger les squelettes incandescents des bâtiments qui vociféraient et vomissaient leurs langues de feu. Cris, ordres lancés à la volée. Un craquement et une clameur déchirèrent l'air : un toit s'effondra avec fracas, projetant une pluie d'étincelles que le vent éparpilla comme une nuée de lucioles, allumant aussitôt les arbres voisins. Le brasier irradiait la nuit, elle en ressentait le souffle torride sur son visage, fascinée par sa beauté terrible, hypnotisée par le crépitement qui la drainait de ses forces.

Les quartiers des femmes se trouvaient au cœur de la fournaise. Un pressentiment malsain la prit au ventre. Elle courut à s'en déboiter les chevilles vers son baraquement, traversant à grandes enjambées les vagues humaines qui lui masquaient la vue. Elle finit par l'apercevoir. Ce qu'il en restait. La structure carbonisée et aplatie par une main de géant finissait de se consumer sous les gerbes des seaux d'eau des volontaires attroupés à son chevet. Il n'en restait rien. Et là, au pied de la bâtisse, gisaient trois corps de femmes alignés côte à côte, pétrifiés, sanguinolents, défigurés, noircis par la suie, reposant à jamais dans le silence. Khin Yadanar tomba à genou avec un cri de désespoir et fondit en larmes.

Chapitre VI

Win Ka, Birmanie, février 1942

Anthony Preston referma lentement son carnet. Les caractères gravés dans la muraille avaient enfin livré leurs secrets à sa plume patiente. Du moins leur forme visible, car leur sens profond demeurerait encore longtemps voilé. Il songea aux longs mois qui l'attendraient, lui et le Professeur Sayer, penchés sur ces signes antiques dans la quiétude studieuse de l'Université de Rangoun. Car le vieux môn, cette langue que les expéditions de Forchhammer[25] et de Taw Sein Ko[26] avaient à peine commencé d'arracher au silence des siècles, gardait jalousement ses mystères. Chaque nouveau texte était un labyrinthe d'énigmes et de défis.

Mais tout cela devrait attendre. L'urgence de leur époque ne souffrait point de délai. Il leur fallait recueillir hâtivement le moindre vestige, la moindre inscription, avant de regagner

---

[25] Emanuel Forchhammer (1851-1890). Indologue et orientaliste suisse, spécialiste du pāli et premier professeur de pāli au Rangoon College en Birmanie, reconnu comme un pionnier de l'archéologie birmane.

[26] Taw Sein Ko (1864-1930). Premier archéologue reconnu de Birmanie, qui a occupé le poste de Surintendant de l'Archaeological Survey of Burma.

Rangoun où les attendait, croyaient-ils encore, la sécurité de la civilisation, qui leur laisserait le temps d'en extraire les mystères.

L'ombre d'Anthony, rétrécie comme pour se préserver de l'ardeur croissante du zénith tropical, lui indiquait que la matinée s'avançait vers son terme. Les *pauk*, ces arbres à laque aux fleurs écarlates, dressaient leurs langues de feu vers l'azur implacable. Portées par le parfum des arbres à coton soyeux, elles tournoyaient dans les vagues brûlantes qui s'échappaient du sol. Une nouvelle journée ne tarderait pas à s'évaporer sans qu'ils eussent achevé leur œuvre. Cette course contre le temps qui était aussi une course contre l'Histoire elle-même.

Une épine lui piqua le pouce alors qu'il refermait sa besace de cuir. Par un geste instinctif, il porta le doigt à ses lèvres et goûta cette goutte de sang cuivré qui y perlait. C'est alors qu'il prit conscience de sa position : il se trouvait au beau milieu d'un buisson de ronces, absorbé par la contemplation de son trésor archéologique. Son regard fut captivé par la figure qui se dressait à hauteur de ses yeux. C'était d'une beauté saisissante. Émergeant des blocs de latérite noire se lovait un *naga*, serpent mythique aux écailles teintées du vert émeraude qui l'avait autrefois revêtu. Il arracha délicatement la touffe d'herbes qui masquait la partie gauche. Une tête d'ogre surgit dans la lumière. Un *yakkha*, gardien des royaumes célestes autour du Mont Meru, montagne sacrée au centre de l'univers bouddhiste. Le visage bestial avait été rongé par le temps, le rendant presque méconnaissable. On devinait à peine les arcades sourcilières surmontant des orbites béantes et menaçantes, ainsi que le nez large et écrasé. Seule la mâchoire inférieure demeurait intacte, révélant une gueule où pointaient quatre canines monstrueuses, prêtes à dévorer les imprudents.

Des bas-reliefs semblables s'échelonnaient tout le long de cette muraille partiellement visible : un chapiteau aux trois lions, noble emblème de l'empire d'Ashoka, encadré d'un taureau et d'un cheval ; un lotus épanoui et une *Dhammacakka*, roue de la loi à huit rayons, premier symbole du Bouddhisme ; un éléphant blanc évoquant l'animal sacré apparu en songe à la mère du Bouddha. Et bien d'autres figures ornaient cette cinquantaine de mètres de blocs émergeant du sol, couronnés d'herbes et de plantes grimpantes. Le reste de la muraille gisait enfoui sous les alluvions des siècles, ou avait été démantelé pour être réemployé dans des constructions profanes, destin commun de tant de monuments que l'indifférence livrait à l'oubli. Ce pan de mur était tout ce que leur expédition avait pu exhumer des remparts qui avaient autrefois cerné le *stūpa*. Ou plutôt les ruines de ce qui en avait été un, car il ne subsistait que la plateforme circulaire surmontée d'un amas de briques effondrées.

Le Professeur Sayer, qui dirigeait les fouilles avec la passion minutieuse du véritable érudit, avait immédiatement saisi l'importance de cette découverte. Les symboles d'évidence antique, d'abord, qui précédaient les représentations humaines du Bouddha. L'emploi, ensuite, de briques d'argile mêlée de paille et de balles de riz, mesurant exactement quatre cent soixante-et-un pouces cubes. L'utilisation, enfin, d'un mortier de type "beurre", en usage avant l'adoption de la chaux dolomitique. Tous ces éléments correspondaient aux techniques employées en Inde au

IIIe siècle avant Jésus-Christ. S'y ajoutaient les motifs digitaux, innovation artistique propre aux Pyus[27] et aux premiers royaumes môns. Sayer en était persuadé, et rien n'aurait pu ébranler sa conviction : ils venaient de mettre au jour l'un des plus anciens monuments de Birmanie, les vestiges de Suvannabhumi, ce royaume doré des Môns que la légende faisait remonter au vivant même du Bouddha, fondé par le roi Siharaja selon les chroniques. Dès le IIIe siècle avant notre ère, les annales cinghalaises *Mahavamsa* et *Dipavamsa* en faisaient la première civilisation bouddhiste *Theravada* d'Asie du Sud-Est. Certes, l'hypothèse était difficile à étayer, les inscriptions relatant les missions du roi Ashoka n'en faisant point mention explicite, mais le Professeur Sayer y croyait de cette foi ardente qui anime les véritables chercheurs.

Quinze ans qu'il consacrait sa vie à cette civilisation disparue. Grâce à son érudition et intuition, il avait conduit l'expédition au sommet de la colline dominant Win Ka. Des journaliers avaient défriché le site pendant l'hiver. Son budget universitaire et économies personnelles y avaient été engloutis, au grand dam de ses collègues. C'était lui aussi qui avait engagé Anthony, alors jeune homme de dix-huit ans sorti de Winchester College, pour lui servir d'assistant. Il l'avait chargé de dessiner les plans du site, de croquer les bas-reliefs et de consigner leurs

---

[27] Peuple de langue tibéto-birmane qui a migré du plateau tibétain vers la vallée de l'Irrawaddy au 2ème siècle avant J.-C. et qui a établi la première civilisation urbaine bouddhiste historiquement documentée en Asie du Sud-Est, créant des cités-États fortifiées qui ont prospéré pendant plus de mille ans jusqu'au milieu du 11ème siècle.

travaux de fouille. Le jeune homme s'était révélé un collaborateur inestimable. Par-delà l'enthousiasme de la jeunesse, il manifestait ce dédain du confort précieux sur le terrain. Ayant passé son enfance entre Rangoun et Maymyo jusqu'à son départ pour le pensionnat à douze ans, il parlait birman couramment. Sa débrouillardise pour négocier avec la population locale le matériel nécessaire s'était avérée éminemment appréciable en ces temps troublés où la guerre se rapprochait.

L'aviation japonaise avait frappé Rangoun le 23 décembre, faisant plus de deux mille victimes parmi les curieux rassemblés sur Strand Road, inconscients du danger. La capitale, jusqu'alors sanctuaire inviolable, s'était retrouvée sans défense : les rares abris eussent été dérisoires face aux bombes.

L'administration britannique, prise au dépourvu, n'avait rien vu venir. Un mois auparavant, tous célébraient encore la Saint-André à la Scots Kirk[28], dansant jusqu'à trois heures du matin dans cette atmosphère feutrée des clubs coloniaux, loin de l'imagination que la guerre viendrait jusqu'à eux, dans leur petit Eden construit aux confins de l'Empire, entre pagodes dorées et comptoirs prospères. Seul le départ soudain de la communauté japonaise deux semaines plus tôt aurait pu éveiller leur méfiance. La précision des bombardements confirmait la présence d'une cinquième colonne invisible qui renseignait l'ennemi. Les sites stratégiques, dont les docks, mais aussi les établissements

---

[28] Eglise presbytérienne située sur Signal Pagoda Road et fréquentée par la communauté écossaise, dont les membres des Loges maçonniques affiliées à la Grande Loge d'Ecosse.

Watson's, qui importaient des camions américains grâce au Lend-Lease Act, avaient été touchés avec une exactitude qui ne devait rien au hasard.

Les attaques avaient également réduit en cendres les quartiers pauvres, transformant Rangoun en charnier à ciel ouvert. Deux jours plus tard, le jour de Noël, cinq mille civils de plus périrent. Seule l'intervention héroïque des Brewster Buffalo et des Tomahawk P-40 des Tigres Volants avait évité que le bilan s'alourdît davantage.

Un vent de panique sans précédent s'était emparé de la capitale. Boutiques, magasins et marchés avaient fermé comme un seul homme. Quant aux Indiens, ils gardaient un souvenir douloureux des émeutes raciales de 1938, et savaient qu'ils seraient pris pour cibles si les Britanniques abandonnaient la ville. Les plus riches étaient partis vers l'Inde par bateau. Trois cent mille autres, pour la plupart des *coolies*, avaient pris la route à pied vers l'ouest, espérant rallier le Bengale oriental[29] à travers la jungle impitoyable de l'Arakan. La ville s'était vidée de la moitié de sa population en quelques jours, s'étirant en file interminable sur Prome Road[30].

Les autorités militaires durent interdire les laissez-passer aux hommes adultes et limiter les autorisations de déplacement pour éviter une paralysie totale. Les femmes d'officiers s'improvisèrent secrétaires, infirmières ou lingères, tandis que les employés de l'administration continuaient leurs fonctions tant

---

[29] Actuel Bangladesh.
[30] Actuelle Pyay Road.

bien que mal, consolés seulement par l'espoir de rejoindre leurs familles au nord.

Faute de possibilités de fuite, les Rangounais creusèrent des tranchées et abris dans les jardins, tandis que le Lactogen, indispensable au cérémonial du thé anglais, se mua en douceur précieuse et rare, poussant les autorités à en instaurer le rationnement. Les sirènes rythmèrent bientôt le quotidien, succédant d'heure en heure chaque nuit après que les Japonais eurent abandonné les bombardements de jour pour concentrer leurs efforts sur l'aéroport de Mingaladon.

Rangoun s'était sclérosé progressivement, telle une bête blessée qui se raidit avant de mourir. L'appel du gouverneur à ne point quitter la ville n'avait convaincu personne face aux transferts d'offices gouvernementaux vers le nord, donnant l'impression que l'équipage abandonnait un navire sur le point de sombrer.

Depuis, les troupes japonaises avaient franchi la frontière thaïlandaise, Moulmein était tombée, Mandalay subissait ses premiers bombardements. Le flux d'informations contradictoires acheva progressivement de miner le moral de la population. L'université ferma ses portes quand l'administration investit ses locaux. Plus rien ne retenait désormais le Professeur Sayer à Rangoun, cette capitale rongée par une fièvre morbide et frénétique.

Las de ne pouvoir dormir que par intermittences avant qu'une nouvelle sirène ne le tirât du lit pour le contraindre à rejoindre l'abri de fortune, humide et froid, creusé dans le jardin comme une tombe anticipée ; las de demeurer recroquevillé dans l'obscurité sans pouvoir trouver le repos à cause du nuage de moustiques qui le harcelait ; las d'espérer que l'aviation japonaise se dépêchât d'arriver pour qu'on pût enfin retourner se coucher, sans que jamais elle n'arrivât ; las d'arpenter les marchés vides le lendemain pour n'entendre parler que de la guerre et de ses rumeurs folles. Le Professeur Sayer avait choisi ce sabbat forcé pour se consacrer à ses recherches sur le terrain, avant que l'accès ne leur en fût refusé par le rapprochement du front. Qu'y avait-il de plus réconfortant que de se réfugier dans le passé, territoire figé comme les inscriptions gravées dans la pierre, quand le présent n'offrait qu'incertitude ? Ils venaient de passer deux mois à dégager le site, deux mois de labeur patient les menant au seuil de découvertes dont ils pressentaient l'importance.

Ainsi, malgré les réticences de l'employé de la Burma Railway Company, un homme aux tempes grisonnantes qui regardait leurs billets comme s'il s'agissait de laissez-passer pour l'au-delà, leur petit groupe avait pris le train pour Kyaikto sur la ligne de la Sittang Valley State Railway. Cette même ligne dont le terminus était Martaban, face à Moulmein de l'autre côté du fleuve Salween, qui venait de tomber aux mains des Japonais. Ils avaient été quasiment les seuls passagers de ce périple qui traversait Pégou, puis le pont de Sittang. La ligne servait principalement à organiser la retraite des troupes entre Martaban et Thaton, face à l'avancée inéluctable des forces du Soleil Levant.

Coupés du monde extérieur et de ses tragédies, depuis plus d'un mois leur équipe restreinte errait sur le mausolée de l'une des principales civilisations d'Asie du Sud-Est, qui attendait encore de livrer le plus grand de ses secrets.

- « Professeur, venez voir ! »

- « Dr. Win Thu, vous avez trouvé quelque chose ? »

Le Professeur Sayer s'extirpa des ronces par de grands gestes désordonnés, son costume de coton crème déchiré et couvert d'épines. Enfin libéré, il sortit un mouchoir, releva son *salacot* de bambou et s'épongea le front : nul souffle frais ne venait de cette clairière où la végétation desséchée exhalait des volutes jaunes, mirages roulant sous les futaies inextricables. L'exaltation d'une découverte si proche rendait la chaleur plus brûlante encore. Il se dirigea vers l'assistant professeur, un trentenaire birman, pieds nus, en *longyi* et chemise blanche, planté fièrement à côté du dôme effondré du *stūpa* dont il avait commencé à ôter les briques une à une, comme en témoignait le cube à l'alignement impeccable à côté du monument. D'ordinaire peu expressif, il arborait un sourire triomphal, tenant ce qui ressemblait à une tablette en pierre.

- « Montrez-moi ça », dit le Professeur Sayer avec curiosité. « On dirait une tablette votive. »

Il l'empoigna avec révérence et scruta les gravures. Ses yeux s'écarquillèrent, ses lèvres s'entrouvrirent.

- « Anthony ! », héla-t-il, la voix rauque d'extase. « Regardez, mon garçon ! De la *brahmi* méridionale ! », s'extasia-t-il en désignant les caractères gravés dans la pierre. « Il me faudra du temps pour la traduire. Mais si je ne m'abuse, le nom de l'empereur Ashoka est mentionné ! La tablette et le *stūpa* dateraient de trois cents ans avant notre ère ! Gordon Luce[31] n'a qu'à bien se tenir ! »

Il lui décocha un sourire éclatant, puis posa ses mains amicales sur ses épaules juvéniles, anticipant sa victoire savoureuse sur l'historien phare de la Burma Research Society[32], qui n'avait pas manqué d'afficher publiquement son scepticisme quant aux thèses révolutionnaires de Sayer sur la chronologie de Suvannabhumi. Lors des débats académiques qui les opposaient, les universitaires savaient faire preuve de la même férocité que des soldats sur un champ de bataille

- « Vous avez entendu, Nandar Aye ? », lança Anthony à l'attention de l'ingénue qui se reposait à distance, à l'ombre d'un bosquet de canéficiers en fleurs.

La jeune Birmane releva la tête et lui adressa un sourire complice avant de se replonger dans sa lecture de *Gone Myint Thu*, le dernier roman de Dagon Khin Khin Lay[33]. Comme les étudiants de l'Université de Rangoun, ce portrait acerbe de la société coloniale la captivait. L'ouvrage ne la quittait plus. Pendant de longues secondes, Anthony contempla ce tableau. Allongée sur

---

[31] Gordon Hannington Luce (1889-1979). Eminent érudit européen de l'histoire birmane, spécialiste de l'épigraphie, de l'archéologie et des langues anciennes de Birmanie, auteur de "Old Burma - Early Pagan".

[32] Société savante fondée en 1910 à Rangoun, dédiée à l'étude et à l'encouragement de l'art, de la science et de la littérature en relation avec la Birmanie et les pays voisins.

[33] Dagon Khin Khin Lay (1904–1981). Romancière, scénariste et réalisatrice birmane, fondatrice de la maison d'édition Dagon et l'une des rares femmes éditrices en Birmanie.

une couverture, sa silhouette se découpait du chandelier de bouquets jaunes qui tombaient en cascade au-dessus d'elle. Elle était couchée sur le côté, un coude posé sous sa tête, dans une attitude d'une langueur affriolante. De son chemisier de coton blanc transparaissait la dentelle d'un corset embrassant une poitrine et une taille fines, que prolongeait la courbe d'une hanche dessinée par un *longyi* seyant à motif mauves et bleus. Une mèche de cheveux luisants s'échappait de son chignon et caressait délicatement son visage. D'un geste gracieux, elle l'enroulait autour de son doigt, tandis que son pied dansait machinalement, une sandale pendue à son orteil dodelinant au rythme d'une chanson imaginaire. Abandonnée dans cette posture innocente, elle semblait narguer avec une effronterie pas tout à fait involontaire les trois hommes qui s'échinaient dans la poussière au pied d'un tas de vieilles pierres.

Se sentant observée, la jeune femme releva les yeux et croisa le regard d'Anthony, qu'elle soutint brièvement, mais avec intensité. Leurs esprits s'échangèrent une étincelle qu'il sentit jusqu'au creux de l'estomac. Du coin de l'œil il vit Win Thu qui le fixait d'un air mauvais, derrière ses larges lunettes rondes, ses lèvres plissées dans un rictus dédaigneux par le sempiternel *cheroot*[34] qu'il gardait au bec.

- « Reste à savoir quels autres trésors renferme ce *stūpa* », reprit le professeur Sayer, le visage éclairé d'une expectative presque joyeuse.

____

[34] Cigare birman traditionnel.

La claque qu'il assainit sur l'épaule d'Anthony le tira de ses contemplations.

- « Ashoka ? » murmura-t-il, l'esprit soudain éveillé. « Ce *stūpa* serait-il celui bâti, dit-on, pour abriter les reliques du Bouddha ? La légende de Sona et Uttara serait-elle vraie ? »

- « Qui peut le dire ? Quelle découverte ce serait ! Un seul moyen de le savoir : finissons de dégager le monument. »

À peine eut-il fait un pas vers la pagode qu'une première explosion ébranla la colline. Bientôt, l'écho d'autres déflagrations dispersa la forêt dans un fracas de branches et d'oiseaux affolés. Un grondement monta, puissant, déchirant l'air. Surgi de derrière l'épais feuillage, un avion fendit le ciel en rase-mottes au-dessus de leurs têtes, projetant son ombre menaçante sur eux. Il monta en chandelle, vira, plongea en oblique vers le sol, pour repartir en direction de Thaton. Le chasseur volait en contre-jour, caché dans le soleil. Anthony plaça sa main au-dessus de ses yeux, scrutant son fuselage qui diminuait à vue d'œil. L'effroi le saisit soudainement à la vue des cercles rouges qui brillaient distinctement sur le côté de la carlingue et le dessous des ailes.

Chapitre VII

Bilin, Birmanie, février 1942

Le sergent Myers scrutait d'un œil inquiet la rive orientale de la Bilin, cherchant quelque mouvement de l'ennemi. Cette étroite coulée d'eau constituait une frontière fragile entre les deux armées. Tout paraissait paisible, mais cette quiétude ne l'apaisait point. Sa compagnie avait reçu mission de reprendre et de tenir un pont en amont de Danyingon, que l'ennemi avait fait sauter le matin même. Ce dernier s'était vraisemblablement positionné sur leur rive, dans la jungle qui bordait la route.

Il marchait en avant-garde de sa section, les phalanges crispées sur sa carabine, prêt à faire feu. Son uniforme saturé de sueur irritait sa peau, mais il ne percevait que cette douleur qui lui tordait les entrailles. Il n'était pas malade, non, il avait peur. Une crainte qui s'estompait quand les plaies de ses pieds se rappelaient à son souvenir. Vestiges de leur marche forcée après leur déroute à Moulmein. Une débâcle plus cuisante que la souffrance physique. Il avait eu de la chance. Combien de camarades épuisés avaient dû être abandonnés, munis seulement d'une gourde et de leur fusil ? Sans doute trépassés depuis. « Marche ou crève ». Les hommes de la 1ère Burma Division avaient fait leur cette devise.

Cet épisode avait décimé son ancienne unité, dont les survivants avaient été incorporés au 2e Bataillon des KOYLI à Bilin.

Cette catastrophe avait porté un coup sévère au moral des troupes. L'estuaire de la Salween, large de plusieurs centaines de mètres et bordé de mangroves, avait constitué une meilleure ligne de défense que ne l'était désormais la Bilin. Pourtant, elle n'avait pas empêché les Japonais d'encercler progressivement la 17e Division indienne, attaquant depuis l'est après avoir traversé une jungle jugée infranchissable.

Et voici que le scénario catastrophique s'apprêtait à se rejouer, comme l'attestait la destruction du pont. Les Japonais avaient déjà franchi la rivière et s'apprêtaient à contourner leurs lignes par le nord, suivant la même manœuvre qu'à Moulmein. L'étirement de la ligne était tel qu'une armée entière aurait pu s'infiltrer entre les compagnies. Et c'était peut-être déjà le cas.

Ils ne s'étaient fait aucune illusion. Dès leur arrivée, ils avaient su que cette position s'avérerait intenable. En saison sèche, la Bilin ne faisait que quelques mètres de large et ne montait pas plus haut que le genou. Elle n'était qu'un ruisseau aisément franchissable par des fantassins, le long duquel s'étaient éparpillées les troupes britanniques regroupées à la hâte après la chute de Moulmein.

Des détonations feutrées se faisaient entendre par intermittence. Il n'avait pas encore aperçu l'ennemi, mais il savait qu'il était là, blotti dans l'ombre, attendant l'occasion de déchaîner l'enfer. Il scrutait intensément la végétation, à tel point qu'il lui semblait voir l'ennemi partout, comme si la jungle elle-même s'était muée en une forêt de soldats.

Ils ne bénéficiaient même pas de la protection de blindés, les véhicules du lieutenant Goldthorpe ayant pris du retard. Ils les rejoindraient au pont avec les quarante sapeurs indiens. Il se sentait nu et vulnérable sans les mitrailleuses Bren montées sur les véhicules, les seules dont disposait la compagnie, l'armement lourd étant rare dans l'armée de Birmanie.

Le 2e Bataillon des KOYLI, bien que comptant parmi les meilleures troupes de l'Empire, n'était cependant pas prêt à affronter une telle force. Dès 1939, ses meilleurs éléments avaient été transférés en Afrique du Nord, laissant le bataillon basé à Maymyo se reconstituer avec de nouvelles recrues. Ses équipements modernes n'avaient point été renouvelés, l'effort de guerre suffisant à peine à entretenir les troupes en Europe. La campagne de Birmanie, vue depuis Londres, n'était que la mauvaise guerre, au mauvais endroit, au mauvais moment.

Ces hommes avaient donc été envoyés en Birmanie méridionale avec le seul matériel rassemblé sur place, s'efforçant de repousser un ennemi aguerri, avec seulement trois mitrailleuses Bren, quelques blindés légers, quelques grenades, nuls fusils de tireur d'élite, nulles mitraillettes Thompson, nulles pelles pour creuser des tranchées, des munitions insuffisantes, une dizaine de *dah* locaux, une vingtaine de boussoles pour l'ensemble du bataillon, et le chapeau mou des Gurkhas à la place du casque réglementaire, qui présentait l'avantage de pouvoir dévier les balles japonaises.

À cela s'ajoutait tout ce que l'armée de Birmanie avait perdu en délaissant précipitamment Moulmein, dont la plupart de leurs rations. L'unique lance-roquettes antichar avait disparu avec le soldat Cryer, qui avait refusé de s'en séparer durant la déroute et s'était progressivement retrouvé à la traîne.

Myers et ses hommes ne pouvaient pas non plus compter sur leur entraînement pour compenser le manque d'équipement. Le commandement britannique, jugeant la jungle impraticable, avait fondé ses exercices sur le modèle européen, mettant l'accent sur la discipline et l'ordre de marche, non sur la mobilité. Ils étaient incapables de réagir aux tactiques d'infiltration et d'encerclement des Japonais, qui ne trouvaient pas la jungle si impraticable apparemment.

Myers finit par apercevoir le pont, cent mètres plus loin, au-delà d'une courbe de la route. L'ensemble de la colonne s'y précipita en silence, découvrant la structure calcinée qui gisait au fond du lit du ruisseau telle une épave de bois noirci.

- « Nom de Dieu, mais où sont ces foutus sapeurs ? », tonna le lieutenant Atkinson, guettant au sud le ruban où vibraient les mirages de chaleur. « Pas question de poireauter à découvert, c'est la mort assurée. Sergent Myers ! »

- « Oui, Lieutenant ! »

- « Dispersez les hommes en position défensive en attendant Goldthorpe. Sections huit et neuf sur l'autre rive ! Sections sept de ce côté ! Dites bien aux hommes de se mettre à couvert. Les Japs ne sont pas loin ! »

- « À vos ordres, Lieutenant ! »

Le message à peine relayé, un grondement de moteurs, mêlé aux claquements secs des fusils, se déversa du sud, sur la route qu'ils venaient d'emprunter. Les KOYLI se plaquèrent instinctivement derrière moellons, souches ou bas-côtés, baïonnette au canon comme une poignée de poilus de la Grande Guerre. Atkinson, la jumelle aux yeux, scruta le méandre.

- « Goldthorpe ! », s'écria-t-il à la vue des deux blindés légers qui émergeaient à cinq cents mètres de là.

Les engins fonçaient, secouant l'air d'un souffle infernal. Dans leur sillage tourbillonnait un nuage de poussière et de fumée noire. Myers distinguait, au-delà du vacarme, le crépitement de la grêle folle des balles ennemies sur leur blindage. À deux-cents mètres, les tirs s'éteignirent, conférant aux monstres d'acier la fragile respiration nécessaire pour atteindre le pont.

Un officier bondit du blindé de tête. Son visage, mascaron de poussière, portait la marque blanche laissée par des lunettes ramenées autour du cou. Cernes violacés, traits usés, lèvres crevassées par la soif au milieu d'une barbe naissante, vêtements engrumelés de crasse et cambouis, tout en lui racontait les jours terribles qu'ils venaient de vivre et annonçait ceux à venir.

- « Les sapeurs ? », aboya le Atkinson, sans laisser à Goldthorpe le temps de reprendre son souffle.

- « Morts ! »

- « Tous ? » Le visage d'Atkinson se décomposa.

- « Tous ! », confirma Goldthorpe en crispant la mâchoire. « Les Japs ont coupé la ligne au sud de votre position. Planqués dans la jungle à dix mètres de la route. Les sapeurs sont morts avant même de quitter leur camion. Les deux autres blindés ont filé vers le QG. 'Faut pas rester là ! Une autre formation vous contourne par le nord pour vous encercler. »

Il débita son rapport d'une haleine, presque sans reprendre son souffle, criant comme si les projectiles qui avaient martelé son véhicule l'avaient rendu sourd.

- « Merci de nous avoir prévenus ! Myers, informez les hommes. On se replie ! »

À l'instant même où l'ordre vibra, les premiers obus de mortier éclatèrent, zébrant la poussière, accompagnés par les ricochets de balles sifflant depuis la forêt. En un instant l'enfer s'abattit sur eux. Il était trop tard pour fuir. Il faudrait tenir contre un ennemi supérieur en nombre, mieux équipé, mieux entraîné. Tenir jusqu'au dernier s'il le fallait. Tenir comme seuls les KOYLI savaient le faire. Car les KOYLI n'abandonnent jamais. « Cede nullis[35] ». Telle était leur devise.

Blotti dans un entonnoir d'obus, Myers leva le front. Deux silhouettes rampaient hors de la jungle, empoignant une mitrailleuse. En un réflexe net, il épaula, arma, pressa la détente. Le premier servant roula dans la poussière. Sans relâcher le souffle, il réarma, tira de nouveau. Le second s'affaissa.

---

[35] « Ne cède à personne ».

Cela n'avait duré que trois secondes. Trois secondes d'éternité pendant lesquelles le reste du monde avait disparu. Trois secondes pour tuer deux hommes, instinctivement, aussi aisément qu'à l'entraînement. Par réflexe, par habitude, mais par envie également. Celle de venger ses camarades morts, celle de faire payer à l'ennemi l'humiliation de Moulmein. Puis le temps reprit son tumulte : éclairs de traçantes, clameurs gutturales, odeur de soufre mêlée au sang. La peur serrait ses viscères comme une main de fer. Il fallait agir rapidement, sauver ceux qu'il commandait.

- « Sergent Myers ! »

La voix perça enfin le vacarme. Le soldat Doug Pitt, petit rouquin adroit du coude dont la faconde égayait d'ordinaire les bivouacs, rampait à vingt mètres. Myers bondit, courbé, et plongea près de lui.

- « Qu'y a-t-il, Pitt ? »

- « Le lieutenant veut les sections huit et neuf d'ce côté du pont. Et qu'vous meniez la sept. On s'replie vers le sud, vers le QG. »

- « Vers le sud ? Par la route ? Il est cinglé ! On va se faire dégommer jusqu'au dernier ! »

- « J'écris pas les ordres, Sergent ! J'fais que les répéter ! », répliqua le soldat, esquissant un sourire narquois que la mitraille n'avait pu lui voler.

Même dans pareille situation, il fallait encore qu'il plaisantât, c'était plus fort que lui.

- « Les blindés de Goldthorpe vous couvriront ! C'est c'qu'il a dit ! »

Sur ces mots, Pitt repartit, fusant à ras-terre. Myers transmit l'ordre. Baïonnettes calées, les hommes se préparèrent à forcer la mâchoire nipponne. S'ils ne se dépêchaient pas, les sections huit et neuf se verraient encerclées.

Un grondement sourd avertit Myers que les blindés se mettaient en branle. Il leur concéda quelques brasses d'avance, puis se hâta, courbé, derrière les chenilles qui labouraient la poussière. Aussitôt, la jungle se déchira sous un orage de mitraille et d'obus. Les mitrailleuses des blindés répondirent, vomissant leurs traits de feu. Du coin de l'œil, Myers aperçut deux de ses hommes chavirer dans un cri étranglé. Qu'ils fussent déjà morts ou seulement cloués au sol par la souffrance, son devoir lui ordonnait d'avancer, faute de quoi le reste serait englouti.

- « En avant ! En avant, par Dieu ! », tonna-t-il, son bras balayant l'horizon comme un sémaphore désespéré.

Tandis que les fantassins tentaient d'allier la course au tir, les équipages des blindés arrosaient la jungle de grenades. Chaque explosion déchirait le décor : nuées de feuilles, volutes de fumée, hurlements d'hommes. Ce désordre desserra l'étau. La section gagna quelques dizaines de mètres avant que l'ennemi ne puisse refermer la mâchoire. Les salves se firent moins pressantes. Myers espérait que le même répit fût accordé aux deux sections à l'arrière.

C'est alors que les blindés de Goldthorpe accélérèrent, s'ingéniant à attirer l'artillerie ennemie. Ils n'avaient pas fait cent mètres qu'un nouveau déluge les enveloppa. Myers les vit s'éloigner, répondant coup pour coup, aboyant pareils à deux Cerbères de métal enragés. Bientôt, ils disparurent dans un nuage de poussière, laissant la route nue, Myers et ses hommes exposés, alors que les tirs reprenaient.

Plus d'alternative. Myers se précipita vers la jungle. Si l'ennemi avait pu la traverser pour infiltrer leurs positions, eux aussi le pourraient. Un coup d'œil par-dessus l'épaule. Plusieurs de ses hommes le suivaient. Combien resteraient inertes sur la route ? Il n'avait pas le choix. Ils seraient massacrés s'ils restaient. Une balle siffla à son oreille. Il se ramassa et s'engouffra dans la végétation tropicale, qui referma sur lui ses bras sombres et hostiles.

Chapitre VIII

Entre Kyaikto et Moke Pa Lin, Birmanie, février 1942

La roue du chariot exhala sa plainte avec cette régularité inexorable qui scande les heures de défaite, alternant sa cadence lugubre avec le piétinement des sabots qui soulevaient un nuage de poussière. L'acre senteur de l'animal se mêlait à celle de cette débâcle qui transformait une armée en cortège de spectres. Car c'était bien cela qu'Anthony contemplait : un défilé d'ombres bottées, de la même couleur que ce sol qu'elles foulaient d'un pas las. Il redressa l'échine pour scruter cet horizon de feu que le ciel écrasait de sa fournaise. Les ramures jaunies et calcinées de la plantation d'hévéas offraient une ombre dérisoire à cette procession humaine qui se déroulait depuis Kyaikto en direction de Moke Pa Lin. Répit illusoire qui ne parvenait pas à tempérer cette chaleur qui déformait le paysage et les âmes. La roue surmonta laborieusement une souche et retomba avec un bruit sourd pour continuer son manège.

Sa langue effleura ses lèvres craquelées, geste dérisoire face à cette soif qui le tenaillait. Sa gorge semblait obstruée par cet air dense qu'il respirait avec peine. Il sentait cette couche de terre se craqueler sur son visage, devenu dur comme le marbre. Voilà des heures qu'il ne transpirait plus. Point de larmes pour laver ses yeux de ces vapeurs résineuses. Son corps était devenu sec, chaque fibre semblable à celle du bois d'une branche morte. Chaque pas exigeait une volonté consciente. Un instant, il hésita à dévisser le bouchon de sa gourde, vain espoir auquel il avait maintes fois cédé. Cela faisait des heures qu'il en avait offert la dernière gorgée à Nandar Aye.

Autour de lui s'étendaient les débris de cette armée britannique que l'envahisseur nippon talonnait depuis Bilin. Parmi cette marée humaine, son groupe avait trouvé sa place par nécessité. Ils ne portaient pas le même uniforme, mais arboraient tous le même habit de la défaite. Eux aussi avaient dû abandonner le sommet de Win Ka, contraints par l'envahisseur, sans pouvoir mener leurs fouilles à terme. Ils avaient emporté la tablette qu'Anthony gardait dans sa besace avec son carnet et le livre de Nandar Aye, mais avaient dû renoncer à percer les secrets du *stūpa*.

C'était à contrecœur que le Professeur Sayer avait annoncé, la veille, leur départ pour Rangoun, la main forcée par les circonstances. Après une courte nuit à entasser leurs biens dans le char, ils étaient partis à l'aube, presque à reculons, jetant un dernier regard vers ce sommet où se dressait le monument millénaire, avec l'espoir de revenir achever leur œuvre dès que l'armée aurait repoussé l'envahisseur.

Le spectacle qui les avait accueillis en rejoignant la route de Moke Pa Lin leur avait appris que cette échéance serait sans doute impossible. Ils y avaient découvert une longue colonne de visages burinés par l'insomnie, hérissés de fusils devenus inutiles, portés par des jambes creuses. Soldats titubant par paires, bras dessus bras dessous dans une fraternité qui résiste au chaos. Trop de souffrance, trop de détresse dans ces yeux qui ne se levaient même plus pour interroger leur attelage.

Les gourdes étaient vides depuis l'aube. L'eau des mares, lourde de moustiques et de cadavres de buffles, était devenue un philtre nauséabond auquel ces ombres n'osaient renoncer. Anthony avait été pris d'un haut-le-cœur à la vue d'un soldat qui lapait une flaque. Mais le choix était simple : survivre ou succomber à la soif. Au fur et à mesure de leur périple, les blessés s'étaient progressivement entassés à l'arrière de leur véhicule, tandis que leur matériel avait rejoint l'accotement. Ce ramassage s'était poursuivi jusqu'à ce que les passagers cèdent leurs places.

Win Thu avait protesté avec véhémence lorsque le Professeur Sayer avait décidé que seule Nandar Aye demeurerait dans la carriole. En vain. Sayer était son aîné et son supérieur. S'obstiner lui eût fait perdre la face. Il marchait maintenant, le visage renfrogné, son *longyi* et ses pieds couverts de poussière. Anthony n'eût point manqué d'en être amusé, s'il n'avait été si éreinté. Tout lui était antipathique chez l'assistant professeur : ces lèvres pincées, cette coiffure stricte, ces lunettes d'intellectuel. Si bien qu'il ne put s'empêcher de lui jeter un regard méprisant par-dessus le char. Le Birman lui répondit d'une haine silencieuse. Le Professeur Sayer ne vit rien. Il peinait à l'avant, les épaules affaissées, sa silhouette amaigrie flottant dans ses vêtements amples, guidant la bête par les rênes dans un silence de plomb, l'esprit sans doute accaparé par les découvertes auxquelles ils avaient renoncé.

Anthony connaissait l'origine du dédain que Win Thu nourrissait pour Nandar Aye. Elle n'était pas seulement femme, mais d'humble extraction. Win Thu appartenait à une famille noble de Mandalay. Leur arbre généalogique avait brûlé lors de l'invasion britannique de 1885. Mais les propriétés qu'ils possédaient témoignaient de leur lignée. Son père, ancien élève de Cambridge, comptait parmi les avocats les plus en vue de Rangoun, prônant un indépendantisme de salon en citant Gandhi, condamnant la ségrégation du Pegu Club[36], tout en continuant à commercer avec l'empire de Sa Majesté. De leur demeure des rives du Royal Lake[37], à l'abri de la crise économique, Win Thu et son père condamnaient la révolte de Saya San[38], prêchant pour une émancipation du peuple birman, non pour qu'il décide de son destin, mais pour que l'élite locale reprenne la gouvernance.

Le mépris de Win Thu pour la jeune femme s'était mué en une rancune farouche, dont Anthony connaissait la cause : elle s'était refusée à lui. Lui qui constituait l'un des meilleurs partis de la capitale, dilapidant la fortune familiale en alcool et en femmes. Elle, presque orpheline, ne possédant que son intellect et ce corps envoûtant. Elle s'était refusée à lui. Ne vivait-elle point en

---

[36] Club mondain britannique de Rangoun strictement réservé aux Européens, emblème d'une politique ségrégationniste qui interdisait l'accès à tout Asiatique, même haut placé.
[37] Actuel Kandawgyi Lake.
[38] Moine bouddhiste, guérisseur et chef de la rébellion paysanne de 1930-1932 contre les Britanniques. Il mourut pendu avec 125 autres rebelles.

concubinage avec le Professeur Sayer ? Ne faisait-elle point les yeux doux à Anthony ? C'était là ce qu'il ne pouvait lui pardonner : cette attirance pour les *thakins*, cette préférence pour les Européens, qui lui rappelait la place des Birmans comme lui dans la hiérarchie raciale coloniale. Perte de face irréparable, blessure à son orgueil birman continuellement ravivée par la lecture ostentatoire de *Gone Myint Thu*, ce roman contant les obstacles surmontés par un jeune homme d'humble condition pour une femme de rang supérieur. Constant affront qu'il ne pouvait lui pardonner.

Comme s'il eût pu lire dans ses pensées, Anthony vit Win Thu sortir son briquet pour allumer le cheroot qu'il mordait d'une mâchoire crispée. Il en cracha une volute de fumée d'un air de défi.

- « Dites à votre serviteur de ne pas fumer. L'odeur du tabac va attirer les Japs ! »

La voix, rauque et dépouillée par la fatigue, s'éleva comme un grondement dans la chaleur poisseuse. Anthony détourna son attention, captant la source de cette injonction : un homme dont l'uniforme effiloché semblait résister par orgueil à sa propre déréliction. Le sous-officier demeurait droit, figé dans sa propre autorité, comme ces statues antiques que l'on croit à jamais debout, même lorsque le monde s'effondre autour d'elles.

- « Il n'est pas mon serviteur », répondit Sayer, la voix brève, sans détour, mais non sans lassitude. Il se tourna alors vers son assistant, le visage tiré par la veille et le soleil. « Dr. Win Thu, vous voulez bien ? »

Win Thu, sans chercher à dissimuler un regard de feu dirigé vers le militaire, se résigna. Du talon, il écrasa le résidu de tabac d'un geste rageur.

- « Je vous remercie », consentit le sous-officier à l'attention de Sayer, sans un regard pour Win Thu. « Comment avez-vous fini ici ? Vous êtes propriétaire d'une plantation ? »

Quelle autre explication pouvait-il y avoir à leur présence en plein conflit, si loin de la capitale ?

- « Je suis historien à l'Université de Rangoun. Ce sont mes assistants. Nous faisions des fouilles archéologiques à Win Ka lorsque nous avons été interrompus », expliqua-t-il d'un air sombre.

Le fantassin promena sur le groupe un regard où la curiosité se heurta à l'incrédulité : nulle trace, en ces silhouettes poussiéreuses, du cliché du gentleman-archéologue en chemise blanche, moustache impeccablement lissée, cheveux gominés, véhiculé par la découverte du tombeau de Toutankhamon vingt ans auparavant.

- « Je vous remercie d'offrir votre chariot à nos blessés. Sinon, ils auraient fini au bord de la route », admit le sergent en jetant un regard sur les corps amassés. Sa voix se fit alors brusque. « Pitt ! Par le diable, que foutez-vous donc là-dedans ? »

- « Sergent Myers ? » Un amas de cheveux roux surgit, révélant l'effronterie tranquille d'un large sourire. « Bon sang ! J'suis sacrément bidard d'vous r'voir ! J'ai bien cru qu'la jungle vous avait becqueté pour d'bon ! »

- « Descendez sur le champ ! Je sais que vous n'êtes pas blessé ! », le rabroua le sous-officier. « Vous avez laissé ce cossard profiter de la situation ? », lança Myers en direction de Sayer avec une pointe de reproche.

- « Je ne suis pas médecin », répondit sèchement l'universitaire sans même se retourner, les traits ciselés par le manque de repos.

Pitt, docile en apparence, sauta hors de la carriole, la démarche pleine de la provocation lasse des survivants. Il croisa le regard incendiaire de Win Thu qui avait été obligé de s'abaisser à marcher pour laisser la place à ce paresseux sans vergogne. Le gamin de Leeds prit une mine d'affranchi et, fidèle à la réputation des habitants du Yorkshire, répondit par un coup de menton provocateur indiquant qu'il était prêt à en découdre s'il lui cherchait des crosses. Le Birman détourna les yeux en maugréant, tandis que Pitt rejoignait Myers et que leur conversation s'engageait, sous l'oreille attentive d'Anthony qui espérait en savoir plus sur l'évolution du conflit.

- « La compagnie s'est fait saigner après qu'vous avez carapaté. McDonald, Clarke, Abbott... », énuméra le soldat, un voile noir couvrant son visage habituellement gai. « 'Restait que quelques gars 'vec moi. On a attendu la nuit, puis on a r'joint l'QG. A peine arrivés, v'là qu'ils nous disent qu'y faut trisser vers Kyaitko ! Même pas l'temps de croûter ! 'Fallait allonger, alors y ont laissé la moitié de la came à Bilin avec les Japs' qui aboulaient d'partout. 'Fallu arquer vingt bornes dans la nuit, harponnés de tous les côtés. Rebelotte ce matin. Alors, quand j'ai vu la charrette tirée par ce canard, j'ai saisi la balle de pagnoter deux minutes. C'est pas que j'voulais tirer au flanc. J'm'étais juste amoché les pieds d'avoir carapaté avec des croquenots trop grands », s'excusa-t-il avec une grimace en montrant ses pieds.

À la lisière de la plantation, la route s'ouvrit telle une blessure, sa surface incendiée par le soleil. À gauche, la forêt compacte projetait un rideau d'ombre humide, à droite, un quadrillage de rizières rousses, crevassées, silencieuses. Les carcasses des camions, éventrés par les éclats, tordues par le feu, qui avaient été laissées à refroidir sur le bas-côté, ajoutaient à la fournaise.

- « Et vous, Sergent ? »

- « J'ai traversé la jungle », répondit Myers, la mâchoire crispée de souvenirs, le regard fixé sur le mur de végétation. « Impossible d'y voir à dix mètres, ni de savoir si j'allais dans la bonne direction. Un craquement de brindille sèche, un cliquetis de mon paquetage, et j'étais mort. Je devais aussi éviter les pistes pour ne pas tomber sur les Japs qui grouillaient dans le coin. J'ai donc marché, seul, dans le silence pendant des heures, à l'écoute du moindre bruit. Croyez-moi Pitt, j'envie votre marche forcée avec le reste de la compagnie. Finalement, la nuit suivante, je suis arrivé à Kyaikto, dont il ne restait que des ruines fumantes. J'ai croisé les bleus du 2e Bataillon des Duke of Wellington's puis retrouvé les KOYLI. J'imagine que vous y étiez aussi. » Pitt hocha de la tête. « La popotte, puis une bonne nuit de sommeil, et l'ordre est tombé de se replier vers Sittang le long de la voie ferrée. Vous connaissez la suite : départ à l'aube, promenade de santé sur ces sentiers champêtres, et successions d'attaques aériennes pour qu'on ne s'ennuie pas. Et nous voilà, avec encore vingt kilomètres à avaler jusqu'au pont ! »

- « Vou'me charriez, Sergent ? Vingt bornes ? »

Myers l'arrêta court dans sa phrase en levant une main pour intimer le silence. Anthony prêta lui-aussi l'oreille au ronronnement lointain qui emplissait graduellement l'air. Tous levèrent les yeux pour scruter l'azur dans une expectative anxieuse. En un éclair, un avion fendit l'espace, la gueule bardée de requin. Pitt, dans un rire défiant la prudence, agita les bras frénétiquement au-dessus de sa tête :

- « Un Tigre Volant ! Youpi ! »

Le chasseur Curtis P-40 Tomahawk fendit la colonne, puis s'éloigna aussi rapidement qu'il était apparu. Alors qu'il n'était plus qu'un point, il prit de l'altitude et commença à virer pour redescendre sur eux. Myers comprit d'un seul coup la menace.

- « A couvert ! », hurla-t-il d'une voix impérieuse.

Tous les soldats plongèrent comme un seul homme dans le fossé. Anthony, mû par un instinct ancestral saisit Nandar Aye par le bras, l'entraînant vers l'accotement. Sayer, pétrifié, resta debout jusqu'à ce que Myers le précipite au sol, pour le protéger de son corps. Le feu de mitraille éclata sur la route, déchira l'air et la poussière, laboura le bois du chariot d'un fracas assourdissant, alors que le chasseur passait en rase-motte dans un vrombissement tonitruant. Une seconde après, il disparaissait dans le soleil, ne laissant que des gravillons qui retombaient, pluie cinglante sur les nuques.

- « Espèce de louf ! », maudit Pitt, fou de rage. « On est du même côté ! »

Une évidence sur le plancher des vaches. Une vérité plus difficile à discerner depuis les airs, quand uniformes et visages arboraient tous la même teinte terreuse.

Puis le silence. Longue minute où les battements du cœur ralentirent lentement. Autour, les formes reprenaient vie : soldats qui se redressaient, brossant le tissu, rassemblant les armes. Seul Anthony demeura prostré un instant auprès de Nandar Aye, dont le visage délavé de peur prenait la couleur du *thanaka*, la poitrine saccadée par la stupeur. Dans un geste bref, elle lui serra la main intensément, y murmurant plus de gratitude qu'aucune parole n'en eût contenu.

Le jeune homme ne bougea toujours pas, fixant le filet pourpre qui s'échappait du véhicule. Puis il se leva et s'approcha, rejoint en silence par Pitt et Myers. À l'arrière, les blessés s'étaient figés dans la mort, leurs corps déchiquetés. La charrette n'irait pas plus loin. Le cheval gisait sur le côté, sa respiration émettant de faibles hennissements, son poil baigné par un flot rouge. Myers s'agenouilla, caressa sa crinière et plongea sa baïonnette dans le cou. Les balles étaient trop rares.

Déjà, quelques soldats convergèrent, lames brillantes, pour découper la bête et s'en partager les meilleurs morceaux. Pitt, d'ordinaire prompt à se jeter sur pareille charogne, resta figé, son regard fixé sur l'arrière du véhicule où il était allongé quelques minutes auparavant. Un simple hasard. La chance décidait de la vie ou de la mort. L'absurdité de la guerre. Finalement, sans un mot, il se déchaussa, ôta les bottes d'une paire de jambes qui dépassaient, en vérifia la pointure, et les enfila avec satisfaction.

Win Thu et Nandar Aye s'étaient repliés, silhouettes dressées de part et d'autre de la route, figées comme des sentinelles. Anthony les observa sans pouvoir sonder ce qu'ils ressentaient. Soudain, le professeur Sayer lui posa la main sur l'épaule, balbutiant :

- « Merci d'avoir sauvé Nandar Aye », balbutia-t-il, les yeux brillant d'une gratitude sincère en lui serrant la main.

Sayer, sans chapeau, les cheveux collés, titubant sur ses jambes épuisées, paraissait désormais minuscule. Il vacilla quelques pas, puis s'en alla vers le sergent Myers à qui il adressa un signe de reconnaissance discrète. Myers répondit avec le flegme attendu d'un soldat.

On se répartit le maigre reliquat de biens recueilli dans la carriole, chacun ajustant ses effets avec la grave minutie de ceux pour qui le moindre objet n'existait plus que selon le poids qu'il ajoutait à la survie. Mais pour le Professeur Sayer, l'essentiel se trouvait dans la sacoche qu'Anthony portait.

D'un signe, Myers donna le signal. La colonne se remit en marche, avalant la latérite brûlante dans un morne silence, chaque homme oscillant entre l'effort du pas et l'appréhension d'une attaque. Il restait, affirmait le sergent, une vingtaine de kilomètres avant d'atteindre Sittang. L'ennemi, invisible et pourtant si proche, semblait haleter sur leur nuque.

Nandar Aye, désormais contrainte au même régime, prit la chose avec détachement et résignation. Anthony marcha à ses côtés, effleurant presque à la dérobée le revers de sa main. Elle détourna le regard d'un geste réprobateur, puis hâta la cadence pour rejoindre Sayer, laissant entre eux le parfum d'une frustration tue. Win Thu observa la scène d'un sourire aigu, mi-cynique, mi-vindicatif. Anthony ravala sa colère, dérivant à l'arrière du groupe.

Deux cents mètres plus loin, la forêt se resserra comme une mâchoire verte. Une détonation claqua, brutale déchirure dans la torpeur. Le sifflement d'une balle arracha Anthony à ses rêveries. Un gémissement suivit, alors qu'un soldat s'effondrait, les deux mains plaquées à l'abdomen.

- « A couvert ! », hurla Myers en se jetant à terre, au moment où la forêt explosa en une rafale de coups de feu ininterrompus.

Les blessés hurlaient, d'autres se traînaient à leur secours à même le gravier, s'écorchant mains et visages sans y prendre garde. Chacun savait qu'à s'attarder ainsi à découvert, il ne tarderait pas à tous y passer. Les hommes de la 17ème Division, silhouettes fantomatiques, tentèrent de répliquer, ajustant tant bien que mal leur tir sur l'éclair fugace surgi parmi la canopée, mais de quelle riposte s'agissait-il quand l'ennemi n'était plus qu'une ombre invisible ?

- « Sergent, je crois que je les ai repérés »

Clifford, l'ancien champion de boxe de Birmanie, positionna la Bren et vida rageusement une salve dans l'épais manteau végétal. Les râles qui lui répondirent lui arrachèrent un grognement de satisfaction. Aussitôt noyés par une clameur inhumaine. La lisière explosa d'une nuée de silhouettes, des Japonais jaillissant en vociférant, sabres et baïonnettes en avant, poussant des cris sauvages. Pris de court, les KOYLI se lancèrent dans la mêlée, portés par une panique froide. Les deux vagues se rencontrèrent avec une violence inouïe, épaules contre torse, lames contre chairs. Une mêlée brouillonne de bêtes rugissantes et hurlantes.

Myers, happé dans cette marée, gueula sans compréhension, le poing blanc, l'œil injecté. La raison engloutie, la rage au creux du ventre, il courut, un voile rouge pour champ de vision. Il vit un visage surgir. Sans ralentir, il plongea sa baïonnette dans l'estomac de l'officier japonais, qui poussa une plainte stridente avant de s'effondrer. Emporté, il trébucha, tomba lourdement. Pelotonné autour de son fusil, il vit trois fantômes qui se ruaient vers lui, sabres nus, regards exorbités. Il allait mourir. S'il devait partir, il en emmènerait au moins un avec lui.

Déjà, l'acier du sabre s'abattait, prêt à trancher sa chair. Figé, il leva l'arme par réflexe. C'est alors qu'une masse sombre emporta les trois Japonais pour les jeter au sol. Le soldat Barker écrasait déjà le crâne du dernier à coups de crosse. Plusieurs coups sourds jusqu'à ce que le crâne cède. Myers, hébété, se redressa d'un bond, mais déjà, une main l'empoigna, le tirant hors de la tourmente.

- « Qu'est-ce que vous foutez, Pitt ? », hurla-t-il en se débattant pour se libérer de la main de fer qui l'entraînait vers l'arrière.

- « 'Faut trisser, Sergent ! 'Va s'faire buter si on reste là ! » Il cria en le traînant sans lâcher prise. « 'Puis, ces gigolos vont creuver à pieuter comme ça ! », finit-il en désignant l'équipe de Sayer, couchée, paralysée au sol sur la route.

La pensée de résister lui traversa le cerveau comme un éclair avant de disparaître. La peur, l'instinct de survie, toujours eux, reprirent le dessus. Il voulait vivre. Il se laissa emporter, presque à contrecœur au début, puis se mit à courir courbé, en direction d'Anthony, qu'il releva brutalement.

- « Debout ! », ordonna-t-il en allant ramasser Sayer.

Du coin de l'œil, il vit Pitt faire de même avec les deux Birmans. Sans ménagement, il les poussa vers la lisière opposée. Au moment de s'enfoncer dans la verdure, Myers jeta un regard en arrière. Barker résistait encore, colosse prodigieux tenant deux ennemis par le cou, dont il fracassa les têtes l'une contre l'autre, pendant que six autres le taillaient en pièces. Son corps en charpie tomba, les yeux croisant une ultime fois ceux du sergent dans une supplique muette. Il s'effondra, avalé par la route jonchée de cadavres. La dernière image que Myers aperçut entre les arbres, avant de continuer sa course, fut celle des soldats japonais qui se lançaient à leurs trousses.

Chapitre IX

Thaton, Birmanie, février 1942

Deux mille âmes s'étaient assemblées sur le terrain de football de Thaton. Nulle convocation n'avait été nécessaire : rien n'eût pu les détourner de ce rendez-vous. Un murmure parcourait cette multitude qui eût voulu crier sa haine, mais que retenaient la gravité de l'instant et la crainte que l'armée japonaise inspirait. L'attente les paralysait autant que cette excitation coupable qui les habitait. Devant eux, à cause d'eux, un homme allait mourir.

Une section de soldats birmans portait le prisonnier plus qu'elle ne l'escortait. Celui-ci ne pouvait plus marcher. Huit jours s'étaient écoulés depuis qu'ils l'avaient enfermé sans le nourrir, après l'avoir fait parader dans un char à bœufs depuis Thebyugone en compagnie d'un porc, sous les sarcasmes de ces villageois dont il avait eu la charge. Les hommes de l'Armée d'Indépendance Birmane l'attachèrent à un poteau de la cage de but, formèrent deux colonnes et présentèrent les armes à l'approche de leur officier. Le Général Aung San parut à l'entrée de cette haie d'honneur, la remonta avec solennité. Ainsi encadré, il paraissait plus petit qu'à l'ordinaire.

Le Capitaine Kura Kimura le méprisait. Non point pour sa taille, mais parce qu'en dépit du décorum, il n'avait rien d'un soldat aux yeux de l'officier du Kempeitai[39]. L'entraînement des Trente Camarades au Japon n'était rien comparé à l'épreuve du feu du front chinois que lui-même avait subie. Son père, officier influent et membre de la Société du Dragon Noir, ne supportait pas la faiblesse. Il avait participé à l'incident de Mukden en 1931 qui avait conduit à l'annexion de la Mandchourie, et avait usé de ses relations pour placer son fils en première ligne.

Kura avait fait ses adieux à sa femme enceinte, à qui il avait confié une mèche de ses cheveux. C'est ainsi que le jeune lieutenant Kimura, sorti de la Nakano Gakko, avait participé, dès 1937, aux premiers affrontements sino-japonais : celui du pont Marco Polo et celui du lac Khassan, où il fut évacué après qu'une balle soviétique lui eût transpercé la cuisse.

Sa convalescence achevée et après des cours au Tung Wen College, l'école de renseignement créée par la Société du Dragon Noir dans l'Université de Shanghai, il avait rejoint l'Unité 731 du Général Shiro Ishii à Harbin. Là-bas, il avait eu pour charge de fournir des « patients » au docteur. Il avait vidé des prisons de leurs « partisans anti-japonais » pour trouver des hommes, femmes et enfants susceptibles de servir aux expériences menées dans ce qui était officiellement une scierie.

On l'avait convié à assister à plusieurs d'entre elles. Elles allaient de la vivisection sans anesthésie à l'inoculation de virus -

____

[39] Police militaire de l'armée impériale japonaise, agissant aussi comme police secrète dans les territoires occupés.

peste noire, peste bubonique, typhus, syphilis, gonorrhée, choléra - aux essais d'armes chimiques, de grenades, de lance-flammes, à l'exposition aux rayons X, à la greffe de membres et d'organes animaux, à l'étude de la résistance du corps humain à l'accélération, à la chute, aux chocs, à la chaleur, au froid, au vide, à la compression, à la décompression, au feu, au gel, à la gangrène, à la déshydratation, à la famine, à l'hémorragie, ou encore au retrait du foie, de l'estomac, des reins, d'un poumon, de l'intestin, à l'amputation des quatre membres, ou d'un seul, ou de deux, ou de trois, et ainsi de suite. Il avait vu le corps humain, cette horloge si bien huilée, cette machine parfaite, se disloquer, se démembrer, se vider, se déchirer, s'ouvrir, s'épancher, se répandre, se briser, se liquéfier, exploser, imploser, se casser, gonfler, pourrir, se flétrir, verdir, noircir, vomir, pisser, chier, puer, pleurer, crier, hurler ; puis disparaître jusqu'à ne plus laisser qu'une poignée de cendres emportée par un vent aussi indifférent que lui l'était devenu.

Un jeune chirurgien avait confié au personnage que ses mains avaient tremblé lors de sa première vivisection, mais il n'y pensait déjà plus la deuxième fois. C'était un rite de passage pour devenir officier endurci et faire honneur à son père, son pays et son empereur. Kimura se souvenait du sien. L'odeur de poudre qui embaumait l'après-combat. Une dizaine de prisonniers de guerre, des soldats de l'armée de Tchiang Kaï-chek, attendaient, agenouillés, les yeux bandés. Plusieurs cadavres - sacs d'entrainement transpercés par les baïonnettes de la troupe - s'égouttaient suspendus à la poutre calcinée d'une maison. Les autres avaient été réservés aux officiers.

Kura dégaina son sabre, en aspergea la lame d'eau et se positionna au-dessus du premier condamné, les pieds fermement plantés au sol. Son cœur battait frénétiquement alors que des pensées tumultueuses envahissaient son esprit : les cours de kendo de son père, les histoires d'ancêtres samouraïs, l'humiliation de l'ère Meiji, la revanche de son grand-père par le succès de son zaibatsu, l'initiation de son père dans la Société du Dragon Noir, les promesses devant l'autel des ancêtres.

Une longue inspiration. La foule de souvenirs s'effaça devant une seule détermination : ne point déshonorer sa famille. Son katana s'abattit d'un mouvement sec sur la nuque du prisonnier. Un jet de sang maculait son uniforme tandis que la tête grimaçante roulait au sol. La main tremblante, il nettoya la lame avec de l'eau et l'essuya à l'aide du papier que lui tendit son supérieur, tentant de gratter le filet de graisse collé à l'acier biaisé par le choc. Un autre officier, bleu comme lui, prit le relais. Son premier coup dérapa sur le crâne. Deux autres furent nécessaires pour achever le prisonnier qui se tortillait sur le sol en hurlant.

Le Général Aung San allait lui-aussi vivre son rite de passage. En le voyant s'approcher de l'Indien décharné, maintenu par les cordes qui lui cisaillaient les poignets, Kimura se demanda s'il en sortirait grandi ou s'il perdrait la face comme son collègue en Chine.

Le Général birman éleva la voix et rappela la sentence : Abdul Rashid, chef du village de Thebyugone, avait été reconnu coupable d'abus contre la population locale et d'intelligence avec l'ennemi. Officiellement, cela n'avait aucun lien avec sa confession musulmane. Personne n'était dupe, surtout pas les Indiens impuissants parmi la foule. Les Britanniques avaient maintenu leur domination par la division raciale ; les populations alliées récoltaient maintenant ce que leurs maîtres avaient semé.

Sous l'Empire des Indes, les minorités qui avaient souffert de la bouddhisation et de la birmanisation des rois de Mandalay avaient pris parti pour la puissance européenne. Les Karens participèrent à la campagne d'éradication de la résistance après la chute du roi Thibaw en 1885. Une armée coloniale composée d'Indiens et de minorités réprima les révoltes de Saya San dans les années 1930. L'armée de Birmanie était une force de maintien de l'ordre plutôt que de protection, les Britanniques se méfiant des Birmans.

C'était cette défiance qui avait amené les autorités coloniales à conférer une autonomie partielle à certains territoires ethniques, à interdire le recrutement des Birmans dans l'armée, à confier l'administration à des fonctionnaires indiens, et à garantir suffisamment de sièges aux minorités pour que les Birmans n'obtinssent jamais la majorité dans leur propre pays. Frustrations et humiliations qui s'étaient exprimées en 1930 par le massacre de dockers indiens.

La prise de Moulmein et la retraite britannique avaient eu un puissant effet inhibiteur, amenant l'histoire à se répéter. Tandis que les troupes de l'Armée d'Indépendance Birmane visaient les Karens sur leur route, les civils birmans laissaient libre cours à leur ressentiment contre les musulmans n'ayant pas fui. Les violences interconfessionnelles s'intensifiaient sans que les libérateurs japonais ne parvinssent à en enrayer la dynamique. Il fallait impérativement rétablir l'ordre sous peine de guerre civile.

Qu'ils s'entre-tuassent, Kimura n'en avait cure. Il ne se souciait guère du sort de ces rustres, ces dégénérés qu'ils étaient tous pour lui. Cependant, l'armée japonaise ne pouvait perdre son énergie à faire la police dans ce trou, ni laisser s'envenimer une situation idéale pour la cinquième colonne karen. Une exécution publique était la meilleure solution : un rituel cathartique du bouc émissaire expiant les péchés de toute une communauté. Le Général Aung San avait accepté à contrecœur, sachant qu'il risquait de se mettre à dos les minorités qu'il voulait rassembler.

Malgré le dédain qu'éprouvait Kimura pour ce jeune homme de vingt-sept ans, il devait lui reconnaître un sens inné de la politique. S'il usait des concepts bouddhistes dans ses discours, il plaidait invariablement pour un État strictement laïc, ce qui valait sa sympathie aux populations périphériques. L'épuration ethnique et une exécution fondée sur un ciblage religieux ne pouvaient que le desservir. Mais il n'avait pas le choix : l'injustice plutôt que le désordre.

Après avoir rappelé la sentence, Aung San tira lentement le sabre de son fourreau. Un silence de mort régnait. D'un geste brusque, il en plongea la pointe dans la poitrine du condamné, qui poussa une plainte inaudible. La lame ouvrit une plaie béante d'où s'écoula un flot cramoisi. Aung San fixa le mourant, l'arme pendant au bout de son bras, comme si le fluide voulait s'en retourner à la terre pour entretenir le cycle du *Samsara*. Le spectacle était fini. Tous s'en retournèrent en silence, à l'exception de Ma Ahma qui se précipita sur la dépouille de son époux. En pleurs, elle psalmodia le nom de celui qui ne répondrait plus jamais. Quelques Indiens vinrent la rejoindre : les uns la réconfortaient, les autres emportaient discrètement le corps. Aung San repartit sans un mot.

Kimura demeura seul aux abords du terrain. Il s'était déjà désintéressé de ce bref épisode pour porter son attention sur un arbre à pluie bourgeonnant au-dessus de la ligne de touche. Il eût pu composer un *haïku* s'il en avait été capable. Mais le seul art qu'il maîtrisait était celui de la guerre, le *Bushidō*, dont il ne dédaignait point les pratiques contemplatives. Il était déjà mort, il n'existait plus. Comme ses ancêtres samouraïs, c'était en méditant sur sa propre vacuité qu'il puisait le courage d'affronter l'ennemi. S'il était déjà mort, il n'avait rien à craindre. Seules la famille et la patrie comptaient et méritaient tous les sacrifices.

- « *Tai-i*[40] Kimura ! »

La pause avait été de courte durée. Il soupira en reconnaissant la voix du Colonel Keiji Suzuki, officier du renseignement au Quartier Général Impérial, qui le hélait depuis l'autre bout du stade en s'avançant à grands pas, un demi-sourire éclairant son visage rond d'un air jovial.

Le *kempei* éprouvait difficilement du respect pour cet officier dont la faiblesse envers les Birmans en faisait un paria. Il fallait cependant reconnaître que ce petit homme était responsable du succès de l'invasion. C'était lui qui avait accueilli les *thakins*

---

[40] « Capitaine » en japonais.

Aung San et Hla Myaing au Japon, convaincu de l'intérêt de soutenir le *Dobama Asiayone*[41]. Ce ne fut qu'après la réouverture par les Britanniques de la route de Birmanie que Suzuki commença à être pris au sérieux à Tokyo. Des moyens lui furent alloués pour entraîner les Trente Camarades et préparer l'invasion. Tout cela avait mené à la création de l'Armée d'Indépendance Birmane en décembre 1941 à Bangkok, et à sa participation à l'offensive japonaise. La stratégie du Colonel avait payé. Le problème n'était pas là.

L'animosité qu'éprouvait Kimura envers Suzuki venait de ce que celui-ci semblait oublier qu'Aung San et sa bande n'étaient qu'un moyen au service d'une seule fin : la création d'une sphère de coprospérité assurant au Japon un accès sécurisé aux ressources vitales. Malgré le slogan « l'Asie aux Asiatiques », au nom duquel la Société du Dragon Noir avait créé des mouvements indépendantistes partout en Asie, il n'était évidemment pas question de donner son indépendance à la Birmanie.

Suzuki ne devait cependant pas être si dupe puisqu'il avait revu le programme politique d'Aung San. Il y avait introduit des références à l'idéologie nippone : refus du régime parlementaire, eugénisme et unité raciale sous contrôle d'un parti unique, intégration de la Birmanie à la sphère d'influence japonaise. Autant d'éléments opposés aux principes marxistes d'Aung San, que le Colonel avait distillés pour s'assurer le soutien des autorités

---

[41] Association de "Nous les Birmans"). Organisation nationaliste birmane fondée en 1930 dont les membres adoptaient le titre de "Thakin" (maître) pour défier l'autorité coloniale et promouvoir l'indépendance.

militaires. Aung San avait signé ce document comme s'il en était l'auteur. Des deux, c'était finalement le jeune Birman qui avait le mieux su manipuler l'autre pour parvenir à ses fins.

Le Colonel Suzuki avait tant pris fait et cause pour ses camarades birmans, qu'il était allé jusqu'à adopter les croyances occultes sur lesquelles les Trente Camarades fondaient leur idéologie politique, tentant de se faire passer, aux yeux de la population, pour le libérateur providentiel du peuple birman, le *Minlaung*, ce roi messianique tant attendu, qui devait rétablir l'ordre socio-cosmique et annoncer l'avènement du prochain Bouddha. Cette prophétie faisait référence à un quatrain du *Jagaru Natacron Taik*, poème rédigé au XVIIème siècle, lors de la restauration de la Dynastie des Taungû[42], qui annonçait :

Et sur le lac un Tadorne casarca se posa,

Quand avec un arc un chasseur téméraire, le tua ;

Le mât de l'ombrelle terrassa le chasseur téméraire,

Mais le mât par l'éclair fut frappé.

Il ne faisait aucun doute, pour les Birmans, que le lac décrit dans cette prophétie symbolisait le Royaume d'Ava, renversé par les Môns en 1752. Alaungpaya les avait vaincus cette même année et fondé la dernière dynastie des Konbaung[43]. Cette dernière avait été déposée en 1885 par les Britanniques, représentés par le mât de l'ombrelle. L'ultime vers indiquait que l'Empire des Indes serait

---

[42] Régna sur le Second Empire Birman de 1510-1752.
[43] Fondée en 1752 par Alaungpaya, elle fut la dernière dynastie de Birmanie jusqu'à la chute du Royaume de Haute Birmanie, en 1885.

à son tour défait par le tonnerre. Ce qui avait poussé le Colonel Suzuki à adopter le nom de guerre de *Bo Mogyo*[44] et à laisser se répandre la rumeur qu'il était le fils du Prince Myingun, revenu pour bouter les Anglais et rétablir un royaume birman. Défilant en tête de la jeune armée birmane, il avait été accueilli en héros dans chaque village libéré.

Tactique efficace de manipulation des croyances populaires, mais jeu dangereux qui risquait de se retourner contre lui. Aung San aussi avait compris l'intérêt de s'adresser à l'imaginaire collectif pour asseoir sa légitimité. C'était un animal politique redoutable. Kimura l'avait observé haranguer les foules avec verve, distillant dans ses discours des appels à l'instauration d'un *lokka-nibbana*[45] et à l'avènement d'une *bama khit thit*[46] rayonnante, comparant ses Trente Camarades aux *yeyhiphe*, compagnies de braves qui accompagnaient les rois conquérants lors de l'âge d'or des empires birmans, prétendant que sa lignée remontait à Bagan, expliquant le marxisme par des concepts bouddhistes, appelant à l'instauration d'un gouvernement éclairé, et enfin promettant l'apparition du *padethabin*, l'arbre de vie garant d'abondance et de richesse.

Le bruit se répandait qu'il était la réincarnation du Prince Setkya, sauvé par l'alchimiste immortel Bo Bo Aung et destiné à devenir le roi messianique. Aung San avait nommé son parti le *Htwet Yat Gaing*, « Société du chemin vers la sortie », référence

---

[44] « Commandant Éclair » en birman.
[45] « Paradis sur terre ».
[46] « Nouvelle ère birmane », en référence à la vision cyclique bouddhiste d'alternance d'époques fastes et de périodes de chaos.

au *zawgyi*, l'alchimiste sorti du cycle des réincarnations. On disait également que ses pouvoirs, incorporés aux talismans et aux tatouages qu'arboraient ses soldats, les protégeaient des balles, et que les Trente Camarades, quant à eux, avaient été rendus invulnérables par le rituel de *thwe-thauk*[47].

Le risque était grand qu'à court terme, l'aura de libérateur se déplaçât du Colonel Suzuki vers Aung San, en faisant le souverain messianique attendu par la population. Kimura, comme les autorités militaires nippones, n'avait aucune confiance en Aung San. Cette méfiance mutuelle avait justifié l'éclatement de l'Armée d'Indépendance de la Birmanie en unités réduites disséminées au sein des forces japonaises.

Cela n'avait néanmoins pas empêché ses rangs de grossir avec tout ce que la région comptait de déserteurs de l'armée coloniale, de jeunes soudards, de prisonniers, de brigands, de paysans armés, d'adolescents, d'étudiants, de bouddhistes extrémistes, de racistes, de socialistes, de marxistes, de mendiants et d'enfants. Cette masse n'avait rien d'une armée, mais elle pouvait rapidement se muer en cinquième colonne, en mouvement populaire difficilement contrôlable. Les débordements, les meurtres, les viols, les pillages, les exécutions sommaires et les massacres commis lors du chaos suivant le retrait britannique avaient retardé l'armée japonaise, l'obligeant à se transformer en force de maintien de l'ordre.

---

[47] Rituel d'échange de sang que les hommes des « compagnies de braves » effectuent en buvant leurs sangs mélangés à de l'alcool.

Kimura s'interrogeait sur ce qu'il adviendrait si la défiance du Général Aung San, dont la popularité croissait, se muait en animosité et qu'il collât l'étiquette d'armée d'occupation à ses anciens alliés japonais. L'armée impériale enchaînait certes les victoires rapides, mais la campagne n'était pas encore gagnée. Singapour était tombée, mais la pression se maintenait depuis que les États-Unis avaient déclaré la guerre en décembre. Si l'accueil chaleureux se transformait en mouvement de résistance acharnée comme en Chine, leur victoire s'en trouverait compromise. Il fallait donc s'assurer que les forces nipponnes fussent perçues comme des libérateurs et détenteurs de l'autorité légitime, quitte à éliminer ceux de leurs alliés qui leur feraient de l'ombre.

Le Colonel Suzuki lui présenta un document, dont Kimura s'empara après avoir salué son supérieur :

- « Un ordre de mission du Quartier Général Impérial. »

Le capitaine parcourut rapidement le papier, refusant de croire ce qu'il lisait. Si ce qu'il déchiffrait avec perplexité s'avérait exact, il tenait entre ses mains le moyen de s'assurer définitivement le soutien indéfectible des Birmans, voire même de toutes les populations d'Asie. Gagner les esprits et les cœurs était le meilleur moyen de bouter définitivement les colons occidentaux du continent en leur ôtant tout soutien local.

- « D'où vient cette information ? », interrogea Kimura avec respect.

- « D'un de mes agents de la *Minami Kikan* », répondit Suzuki avec un air de supériorité.

En 1940, le Colonel Suzuki s'était rendu à Rangoun sous la fausse identité de Minami Masuyo, correspondant pour le prestigieux journal japonais *Yomiuri Shimbun*, pour y établir un réseau de renseignement. Un an plus tard, il y créait l'agence de renseignement *Minami Kikan*, avec son quartier sur Judah Ezekiel Street[48], où il avait formé les jeunes nationalistes birmans pour planifier des activités clandestines. Depuis le début de l'invasion, une cinquième colonne menait ainsi des actions de guérilla pour déstabiliser l'ennemi. Des agents souvent déguisés en moines, mais aussi d'autres qui opéraient dans toutes les couches de la société locale.

- « Ce Sayer a retrouvé la plus vieille pagode du pays ? »

- « Peut-être la première de Suvannabhumi, confirma Suzuki. « La tablette qu'il y a trouvée indiquerait que le *stūpa* pourrait aussi contenir des reliques du Bouddha. Imaginez le soutien que notre armée recevait dans chaque ville si nous y entrions avec elles... »

- « Des sauveurs au pouvoir magique, libérant le pays de ses envahisseurs impies pour y rétablir la foi bouddhiste », murmura Kimura pour lui-même.

- « Une aubaine pour la *Shōwa*[49]. Il nous faut absolument cette pierre ! »

---

[48] Actuelle Thein Byu Street.
[49] Campagne de propagande basée sur la supériorité de la race japonaise et justifiant l'expansionnisme militaire sous prétexte de libérer l'Asie de l'impérialisme occidental.

- « La tablette est-elle importante ? Pourquoi ne pas simplement aller déterrer les reliques dans le *stūpa* ?

- « Parce que nous ignorons où il se trouve. Notre agent le sait, mais n'a pas transmis la localisation exacte du site dans ses messages. »

- « Et votre source se trouve actuellement avec Sayer ? »

- « Oui. Ils ont quitté leurs fouilles près de Win Ka et se replient vers Rangoun en compagnie d'unités britanniques. »

- « Ils risquent de nous échapper... »

- « L'ennemi évacue déjà Rangoun. Prenez des hommes de Bo Ne Win. Ils traduiront les indices laissés en chemin par l'agent. Infiltrez les lignes ennemies et interceptez Sayer, avant qu'il n'entre dans Rangoun. Après il sera trop tard. »

Bo Ne Win était le nom de guerre de Thakin Shu Maung[50], l'un des Trente Camarades. Un sobriquet qui signifiait « Commandant Soleil Radieux », aussi ridicule aux yeux de Kimura que celui de « Commandant Éclair » de Suzuki. Il dirigeait l'unité chargée d'organiser les opérations de résistance derrière les lignes britanniques.

- « Vous devez absolument prendre possession de cette tablette et faire Sayer prisonnier », insista Suzuki.

- « Et s'il n'y a pas moyen de le ramener vivant ? »

---

[50] Ne Win, prit le pouvoir par un coup d'État en 1962, puis établit un régime socialiste autoritaire isolationniste jusqu'en 1988.

- « Les Anglais ne doivent pas entrer en possession de cette découverte et il ne doit pas quitter le pays. Suis-je clair, Capitaine ? »

- « À vos ordres, Colonel ! », confirma Kimura.

- « Aux dernières nouvelles, leur groupe aurait été aperçu sur la route de Kyaikto en direction de Sittang. Bonne chasse, Capitaine », conclut le petit homme, sa fine moustache chapeautant un sourire carnassier.

Chapitre X

Moke Pa Lin, Birmanie, février 1942

Myers, Sayer et leurs compagnons avaient cheminé tout le jour à travers la jungle, fuyant avec l'obstination que confère la proximité de la mort. Leur fuite orchestrée au rythme des détonations, sporadiques d'abord, puis se resserrant comme les mailles d'un filet. Chaque explosion les poussait vers une autre, les conduisant vers quelque piège invisible. L'après-midi les amena sur Moke Pa Lin, où les clameurs de guerre les enveloppèrent de toutes parts. Il ne leur restait qu'une issue : l'étroit pont de Sittang, à un kilomètre vers le nord-est, enjambant le fleuve tumultueux.

Anthony avait soutenu Sayer durant ces dernières lieues, l'universitaire vacillant comme un homme que ses forces abandonnent. Quarante-quatre ans seulement, mais d'une constitution que n'avaient préparé ni les fouilles archéologiques, ni les promenades en barque sur le Lac Victoria[51] avec le Rangoon Sailing Club. Cet homme de bibliothèque découvrait l'amère réalité de l'exode.

---

[51] Actuel Inya Lake à Yangon.

Anthony eût préféré offrir son bras à Nandar Aye, prétexte à sentir ce corps gracile et converser avec elle à voix basse. Mais la jeune Birmane suivait le rythme des soldats avec une endurance témoignant d'une enfance marquée par les privations. Contraste saisissant avec Win Thu qui, entravé dans son *longyi* traditionnel, affichait une grimace d'épuisement où saillaient veines et muscles tendus, masque douloureusement éloigné de sa morgue habituelle.

Dans cette retraite précipitée, leur petit groupe avait rejoint un détachement composite du 2e KOYLI, grossi d'éléments des 16e et 46e Brigades d'infanterie indiennes, témoignage de la confusion qui régnait parmi les troupes britanniques dispersées et coupées de leurs états-majors. Des unités hétéroclites se reconstituaient sous l'autorité d'officiers volontaires. Mélange singulier de chrétiens britanniques, de Jats hindouistes, de musulmans et de Rajputs du Punjab, de Sikhs, de Dogras, de Pathans, de Gurkhas, de Chins, de Karens et de Kachins. Nulle trace de Birmans, interdits d'enrôlement jusqu'en 1935 et exclus du système des « races martiales » depuis la grève de 1920. Nandar Aye et Win Thu étaient ainsi les seuls Birmans dans ce ramassis de miséreux qui s'était rué sur Moke Pa Lin.

Tous s'étaient jetés sur l'étang boueux à l'entrée du village, buvant avec avidité, s'aspergeant, se baignant dans ces eaux nauséabondes où croupissait la carcasse d'un mulet en putréfaction. Les appels enthousiastes de Pitt à Sayer et Anthony se heurtèrent à un refus poli, avec une moue de dégoût qu'ils ne parvinrent pas à dissimuler.

- « Nous avons l'ordre de tenir la colline contre une éventuelle attaque venant du sud-est », expliqua Myers à ses protégés d'une voix ferme, par-dessus les vibrations de l'artillerie japonaise qui continuait à pilonner les environs.

- « Nous serons un fardeau si nous restons. Le plus sage serait que nous poursuivions sans vous pour franchir le pont », proposa Sayer, dans l'espoir de s'éloigner au plus vite du front.

- « Impossible. Les Japs ont pris la colline de la pagode près de la rivière. Ils tentent de prendre la tête de pont tenue par le 3ème Burma Rifles depuis ce matin », expliqua-t-il en pointant vers le nord-est d'où provenaient les explosions et rafales les plus intenses. « Vous devez rester ici tant qu'ils n'auront pas été repoussés. »

Ces nouvelles rendirent Sayer livide, mais il tenta de se maîtriser en voyant Anthony se précipiter pour le soutenir.

- « Nous tâcherons de gagner le pont discrètement pendant la nuit », tenta de le consoler Myers sans conviction. « En attendant, trouvez un coin tranquille pour reprendre des forces. Vous en aurez besoin. Et pas de fumée ! », tonna-t-il en fixant Win Thu, qui faisait cliquer son briquet métallique d'un tic nerveux entre ses doigts. « À moins que vous ne vouliez recevoir un obus ! »

Ils s'éloignèrent vers un bosquet non loin de là, laissant les soldats creuser trous et tranchées à l'aide de leurs baïonnettes et de leurs mains nues, faute de pelles. Chacun s'adossa à un tronc, à l'ombre des ramures écarlates de ces orgueils de Birmanie, puis, épuisé, sombra dans un sommeil agité que troublaient les détonations sourdes continuant de faire trembler le sol.

Les ténèbres régnaient lorsque Myers éveilla Sayer d'une pression ferme à l'épaule.

- « C'est l'heure », murmura-t-il simplement.

Anthony se redressa avec peine, ses articulations ankylosées par son assoupissement sur la terre dure. Il lui semblait n'avoir pas fermé l'œil, tant son repos avait été haché par les tirs et par ces visions obsédantes de soldats japonais rampant dans l'obscurité, la lame entre les dents. Plus d'une fois, il crut s'éveiller en poussant un cri, mais il n'en était même pas certain. Il ne put distinguer l'état de ses compagnons, mais il lui sembla qu'ils affichaient la même érosion des sens. Seule une peur farouche, moteur d'un instinct de survie qui s'effritait mais demeurait vivace, leur permettait encore de mettre un pied devant l'autre.

Myers et Pitt s'approchèrent de leur groupe et leur expliquèrent la situation à voix basse :

- « Nous sommes un kilomètre du pont. L'ennemi s'apprête à couper la voie ferrée. Nos forces lanceront l'assaut à l'aube pour les repousser. Je ne veux pas que vous vous retrouviez au milieu de la mêlée. Nous allons donc faire un détour pour longer le fleuve vers l'ouest, derrière nos lignes, jusqu'à Bungalow Hill. »

Tous acquiescèrent en silence, respirant plus librement à l'idée de s'éloigner du péril, même si cela signifiait rallonger leur fuite.

- « Il faudra marcher dans un silence absolu », reprit Myers. « Des patrouilles ennemies ont harcelé nos sentinelles toute la nuit. Il est possible que certaines aient infiltré nos défenses jusque dans notre dos. »

La brève illusion de sécurité s'évanouit. Ils ramassèrent leurs affaires et se mirent en route dans la nuit qui les engloutit. Myers marchait en tête, Pitt fermait la marche. Seuls des éclats d'explosions et d'épisodiques fusées éclairantes leur permettaient de discerner les obstacles. Ils avancèrent ainsi pendant ce qui leur sembla des heures, leur démarche laborieuse rythmée par les coups de feu au milieu des rizières asséchées, manquant trébucher à chaque caillou ou racine, se rattrapant à l'ombre qui les précédait. Leur progression était ralentie par les haltes fréquentes qu'imposait Myers à chaque bruissement de fourré.

Soudain, Win Thu buta contre une branche et s'affala en poussant une exclamation de douleur suivie d'une bordée d'imprécations en birman.

- « Boucle-la ! », siffla Pitt entre ses dents. « 'Vont t'entendre jusqu'à Tokyo à goualer comme ça ! »

- « Je n'ai pas fait exprès ! », répliqua Win Thu du tac au tac. « On n'y voit rien et je ne suis pas équipé comme vous pour crapahuter à travers champs ! »

- « 'Fallait pas t'habiller comme une lorette ! », se moqua le soldat en désignant son *longyi*. « Dis plutôt que t'as jamais arqué de ta vie ! T'es un tire-au-flanc qui festonne dès qu'y faut trimer un peu ! », persiffla l'Anglais en crachant par terre.

- « Une bête de somme comme vous ne sait rien de l'effort qu'exige le travail intellectuel », commenta l'universitaire avec une condescendance qui perça l'obscurité. « Vous êtes incapable de réfléchir, juste bon à servir de chair à canon pour un empire qui vous exploite. Au moins, nous autres Birmans, l'avons compris et luttons pour notre indépendance. »

- « Tocard ! Tu crois les Japs vont t'la donner ton indépendance ? Ah ! », se moqua Pitt. « On dérouille ces fascistes pour toi et v'là comment tu nous remercies ! Avant qu'on rapplique, l'pays valait pas tripette. Le bousin que c'était ! Maintenant que t'as l'train, tu veux qu'on décampe ? Traitre ! »

- « Traitre ? », persiffla le Birman d'un ton sarcastique. « Je n'ai pas choisi d'être un sujet de la couronne. Mon allégeance va au peuple birman. Pas à un envahisseur qui nous asservit et pille nos richesses ! »

- « Continue à jacter comme ça et la corde va t'couper la chique ! », ricana Pitt.

- « Pas si les Japonais vous tuent avant ! », rétorqua Win Thu avec provocation.

Myers s'interposa au moment où Pitt allait se ruer sur lui avec un grognement animal, repoussant avec difficulté le soldat qui avait déjà agrippé la chemise du Birman.

- « Ça suffit, Pitt ! », aboya le sergent.

- « Z'avez entendu c'qu'a dit ce mouchard, Sergent ? 'Va nous donner aux Japs pour nous chouriner quand on dort. C'est sûr ! », protesta Pitt.

- « J'ai dit ça suffit ! Prenez la tête de la colonne ! », ordonna-t-il d'une voix qui ne souffrait aucune contestation. « Et vous », reprit-il en se tournant vers Win Thu, « je vous conseille de la fermer ! Dans le noir, vos 'amis' Japs pourraient bien vous prendre pour l'un des nôtres. Et ne comptez plus sur moi pour vous sauver encore la mise quand ils le feront... »

Une fusée éclairante rouge illumina son visage juste assez longtemps pour dévoiler la mâchoire serrée et les sourcils froncés dans le masque de haine qu'il adressait à Win Thu. Les rafales proches qui conclurent ses paroles confirmèrent qu'il ne s'agissait pas de paroles en l'air.

- « Je vous prie de l'excuser », offrit Sayer en rejoignant Myers en queue de peloton. « Ce n'est pas un mauvais bougre. Un garçon brillant, mais il se laisse emporter. L'indépendance est un sujet qui lui tient à cœur. »

- « Intelligent, mais pas au point de comprendre qu'il y a un lieu et un temps pour tout, hein ? », objecta le militaire avec ironie. « Je me fous de ses idées, Professeur, sauf quand elles risquent de me faire tuer ! », grogna Myers. « On arrive bientôt. Faites en sorte qu'il se taise d'ici-là. Après, vous pourrez reprendre vos débats de salons quand vous serez rentrés à Rangoun. »

Sayer encaissa la gifle en silence et reprit sa déambulation prostrée.

Le ciel se grisa légèrement lorsqu'ils débouchèrent sur un hameau abandonné à la lisière de la forêt. L'aube naissante jeta quelques reflets sur le fleuve bouillonnant, dévoilant l'ouvrage qui le surplombait à deux cents mètres. Le pont, enfin ! Merveille d'ingénierie coloniale, ses travées métalliques s'élançaient audacieusement sur les cinq cents mètres séparant les deux berges. Malgré les véhicules abandonnés formant un chapelet de métal tordu sur son tablier, il semblait praticable.

Leur soulagement fut de courte durée. En contrebas, les premières lueurs révélèrent une situation grave. La tête de pont n'était qu'un terrain lunaire, ses cratères redessinés continuellement par les explosions. Les éclats du pilonnage animaient le sommet de Pagoda Hill dont les pagodes blanches se découpaient dans le ciel matinal, témoins indifférents de cette tragédie.

Au cœur de la bataille se trouvaient les hommes du 3e Bataillon des Burma Rifles, tenant leur position depuis la veille avec deux cents hommes. Une centaine de Kachins, une cinquantaine de Chins, une vingtaine de Karens, renforcés par quelques Britanniques et Indiens. Des réservistes qui avaient tenu malgré les vagues successives d'ennemis. Les troupes nipponnes n'étaient plus qu'à quelques dizaines de mètres, menaçant de prendre le pont à tout moment.

Derrière eux, la situation n'était guère plus favorable. L'ennemi avait coupé la ligne ferroviaire. Ils se trouvaient encerclés. Et l'assaut prévu pour se dégager de Moke Pa Lin ne ferait qu'amener l'affrontement jusqu'à eux. Ils ne pouvaient demeurer immobiles.

- « Mettez-vous à l'abri », ordonna Myers en indiquant un bâtiment en briques à l'orée des bois. « Je pars en éclaireur pour vérifier la situation près du pont. Reprenez des forces. Vous devrez sans doute courir. »

Un signe de tête entendu à Pitt et Myers avait disparu dans la végétation. Ils s'assirent le dos contre la baraque, face à la rivière, dans l'expectative. Nandar Aye demanda à Anthony de lui confier son livre.

- « Ça m'apaise », expliqua-t-elle en ouvrant l'ouvrage.

Anthony la contempla avec un mélange d'amusement et d'admiration pour cette résilience miraculeuse. Elle affichait un calme d'airain depuis le début de leurs épreuves, comme si leur supplice lui demeurait étranger. Les derniers jours l'avaient pourtant marquée : cheveux en bataille, visage couvert de poussière, yeux cernés, lèvres gercées, *longyi* souillé. Tout jurait avec l'étudiante coquette qu'Anthony avait côtoyée. Et pourtant, elle conservait cette même grâce innée, à laquelle s'ajoutait une détermination tranquille passée inaperçue. Courage silencieux, discret, aux antipodes de la bravoure bruyante des soldats, mais non moins remarquable. Captivé, il observa ses yeux clairs concentrés sur les pages, comme si ce monde en guerre n'existait plus, ces lèvres qui bougeaient silencieusement, et il sut. Il sut qu'il n'en aimerait jamais aucune autre comme il l'aimait.

- « Il faut que je m'isole quelques minutes », s'excusa-t-elle avec pudeur en se levant et en rendant l'ouvrage à Anthony.

Elle s'engouffra droit à travers les arbres pour se dérober à leurs regards. Anthony attendit quelques minutes, puis se leva à son tour, feignant de partir perpendiculairement. Il tourna la tête au moment de faire un crochet et crut voir Win Thu qui l'observait. Il n'en avait cure. L'appel était trop impérieux. Il pénétra dans le bosquet d'hévéas, pivota, puis s'approcha silencieusement d'une petite bâtisse envahie par la végétation, écrasée par la hauteur des arbres. À travers les troncs, il aperçut la maison de l'autre côté de laquelle se trouvait le reste du groupe. Ils n'étaient pas loin. Il devait être discret. Il contourna la cabane et finit par apercevoir Nandar Aye, debout face à une paroi. Son apparition soudaine la fit sursauter.

- « Que fais-tu là ? », demanda-t-elle avec urgence.

Il s'approcha d'elle sans un mot, lui entoura la taille, l'amena contre elle, et l'embrassa avec fougue.

- « Tu es fou ! », protesta-t-elle à voix basse en le repoussant d'un geste qui manquait de conviction. « Ils sont juste à côté ! »

Elle jeta un regard inquiet dans la direction où se trouvaient leurs compagnons et l'entraîna par la main de l'autre côté de l'angle du mur.

- « Ça m'est égal ! », répondit-il, blessé tout autant qu'excité par ses objections. « Je n'en peux plus d'attendre. Tu me manques ! »

Il la prit de nouveau dans ses bras et essaya de passer sa main sous son *longyi*, mais elle se débattit pour se libérer.

- « Ce n'est pas le moment ! », coupa-t-elle en rajustant soigneusement le tissu autour de sa taille d'un geste mécanique. « Et puis, s'il nous trouve… »

- « Qu'il nous trouve ! », rugit Anthony en élevant la voix. « J'en ai assez de jouer la comédie, de me cacher, de te partager ! »

- « Et de quoi vivrons-nous quand tu auras perdu ta position et ta réputation ? Où irons-nous quand il nous chassera de chez lui, ma mère et moi ? Chez tes parents ? », lança-t-elle, ses lèvres plissées dans un sourire dur, sarcastique.

Il se renfrogna, l'incendie que provoquait en lui le désir et le romantisme de la jeunesse soudainement éteint par ces considérations bassement matérielles. Elle s'adoucit à la vue de la tristesse que ses remontrances avaient fait naître en lui.

- « Moi aussi je t'aime et je veux être avec toi », reprit-elle d'une voix suave en caressant ses cheveux avec tendresse. « Ton père ne t'a-t-il pas dit qu'il te placerait à la Burmah Oil avec lui ? »

- « Ce n'est pas pour moi. Je préfèrerais m'orienter vers une carrière académique » Il hésita face à sa surprise. « J'ai entendu dire que le Professeur Luce cherche un assistant. »

- « Il te faudra une lettre de recommandation d'Arthur. » Elle temporisait, mais était visiblement soulagée qu'une alternative se présentât à distance de Sayer. « Alors, sois patient.

Quand tu auras une situation stable, nous pourrons être ensemble. »

Une détonation proche ramena soudain Anthony à la réalité, lui rappelant que le monde autour de lui, son monde, était en feu.

- « Tout cela n'a plus d'importance, n'est-ce pas ? », demanda-t-il avec une intense détresse dans les yeux.

- « Nous n'en savons rien » Elle tentait de le réconforter, mais son propre regard trahissait ses craintes. « Rentrons à Rangoun et voyons comment la situation évolue », l'encouragea-t-elle avec un sourire affectueux.

Elle entoura son cou de ses mains, puis se mit sur la pointe des pieds pour l'embrasser. Elle colla sa poitrine contre son torse, sentit le désir d'Anthony gonfler contre son ventre, tandis que ses larges mains descendaient le long de ses cuisses pour remonter le tissu de son *longyi*. Leurs respirations s'accélérèrent, haletant en synchronie. Elle pressa son dos contre le mur pendant qu'il lui saisissait la croupe, leurs bouches toujours unies.

Soudain, un craquement attira leur attention. Ils tournèrent la tête et découvrirent Win Thu, la main appuyée contre le mur qui faisait l'angle, un sourire carnassier éclairant son visage. Ses yeux plissés de malignité fixaient Nandar Aye de derrière ses lunettes avec une concupiscence assumée, tandis qu'elle se rhabillait précipitamment pour couvrir ses jambes nues. De l'autre main, il jouait avec son briquet, l'ouvrant et le fermant d'un geste répétitif, prenant un plaisir malsain au son des déclics réguliers qui emplissaient l'air comme une menace.

- « Joli spectacle », lâcha-t-il enfin avec une cruelle satisfaction. « Je me demande ce que le Professeur en pensera », lâcha-t-il avec un claquement de langue. Il prenait un plaisir évident à la situation.

- « Je peux aussi lui raconter la fois où tu as essayé de me violer », riposta-t-elle sans se démonter, les traits tendus, le regard dur.

- « Raconte-lui ce que tu veux », la défia Win Thu. « Tu crois vraiment qu'il croira une traînée comme toi après avoir découvert ton infidélité. »

Anthony fit un pas en avant, prêt à se jeter sur le Birman, mais elle le retint.

- « Quant à toi, le morveux, tu peux tracer un trait sur ta carrière à l'université. J'imagine mal qui voudra d'un assistant qui poignarde son mentor dans le dos », promit-il, son sourire tout à fait effacé.

- « Que veux-tu ? », interrompit Nandar Aye, le menton droit, comprenant qu'il n'avait pas accouru les dénoncer à Sayer parce qu'il voulait quelque chose.

Il les tenait, elle le savait. Il n'y avait pas d'échappatoire. La question était combien leur dérapage allait leur coûter. Tout ? Ou un peu moins ?

- « Tu t'offres déjà à deux hommes… », commença-t-il. Elle sut où il allait en venir. « Ce que je veux ? Que tu t'offres aussi à moi quand je le veux. »

Elle connaissait son genre. Ce n'était pas le premier que sa beauté avait attiré. Ces hommes qui ne désiraient que ce qu'ils ne pouvaient avoir, ce que leur argent ne pouvait acheter. Il voulait la posséder, comme un trophée de chasse, la dominer, la briser. Un tel ego fuyait l'élévation de soi par l'effort. Il connaissait ses limites, ses faiblesses, sa paresse. Un tel ego ne pouvait s'élever qu'en humiliant ceux qui l'entouraient. Il la prendrait puis, une fois lassé, une fois assuré qu'elle était devenue son jouet, l'esclave assouvissant chacun de ses désirs, il s'amuserait à la détruire en la dénonçant à Sayer. Parce qu'elle s'était refusée à lui. Elle le voyait dans ses yeux.

- « Facile pour une fille de la rue comme toi, qui baise avec le premier venu… »

Pure provocation, mais c'était plus fort que lui. Elle allait lui répondre lorsque Anthony bondit sans qu'elle pût l'arrêter, se ruant sur lui pour le jeter à terre. Win Thu eut tout juste le temps de se protéger le visage quand les coups commencèrent à pleuvoir.

- « Je vais te tuer, espèce de salaud ! », hurla le jeune Anglais.

Nandar Aye essayait désespérément de les séparer quand Pitt et Sayer arrivèrent au galop.

- « Qu'est-ce que c'est qu'ce foin ? », souffla le soldat entre ses dents sans décolérer. « 'Zallez rameuter tous les Japs du coin », grogna-t-il en tirant chacun des deux adversaires par le bras pour les relever.

Il allait continuer lorsque quelque chose attira son attention. Il s'approcha du mur sur lequel Win Thu s'était appuyé. La grisaille de la lumière matinale dévoilait une série de chiffres birmans, alignés sur la paroi de chaux, certains dégoulinant encore, frais. Il toucha l'encre noire qui laissa une trace humide sur son doigt. Un mélange de suie et d'eau. D'un geste sec, il écarta les plantes qui obstruaient le pied du mur, fouillant brusquement, sous le regard interrogateur de ses compagnons. Il plongea la main dans une touffe d'herbe et se redressa, tenant un récipient rempli d'un liquide sombre, sous le regard interloqué des trois personnes qui l'observaient en silence.

- « Quel fils de putain a écrit ça ? », interrogea-t-il, le visage empourpré, la voix tremblante d'une rage qu'il contenait avec difficulté.

- « Je ne comprends pas », osa Sayer, ne voyant visiblement pas où le soldat voulait en venir, ni ce qui le mettait dans un état pareil.

- « C'est lui ! », lança Nandar Aye, avant que Pitt n'ait le temps de répondre, en désignant Win Thu. « Regardez sa main ! »

Tous se tournèrent vers le Birman, au moment où celui-ci, surpris, posait un regard déconcerté sur sa main, découvrant des doigts noircis à leurs extrémités. En un éclair, Pitt le mit en joue, son fusil sur la hanche.

- « Pourceau de niakoué ! Je savais qu't'étais une casserole ! », grogna le soldat, les mâchoires serrées, son index tremblant sur la gâchette.

- « Que signifie ceci ? », s'offusqua Sayer, avec une autorité professorale. « Votre comportement est inadmissible ! Expliquez-vous soldat ! »

- « Oh, j'vais déboutonner, ouais. Vot' coquin est d'la cinquième colonne. V'là c'que ça signifie. 'L'a écrit un code sur le mur. C'est pour ça qu'les Nips' nous tiennent la jambe depuis Kyaikto ! »

- « Voyons c'est ridicule ! Le Dr. Win Thu n'est pas un espion ! Je me porte garant ! », protesta Sayer avec véhémence en sentant la situation lui échapper.

- « Il a aussi essayé de me violer », lança soudainement Nandar Aye. « Heureusement, Anthony est intervenu. »

Anthony fut pris de court par ce mensonge et la dévisagea avec effroi. Les traits de la jeune femme étaient impassibles, durs, froids, affichant un aplomb ne laissant transparaître aucun doute. Il ne sut s'il devait l'admirer ou la craindre. Lui-même n'osa parler de peur de se trahir et se tourna vers Win Thu, dont le visage était livide. Anthony pouvait imaginer les pensées qui défilaient derrière ses yeux exorbités par la peur. À la vue de la transformation dans le regard de Sayer, Win Thu comprit qu'elle avait retourné la situation en une seconde. C'était lui, maintenant, qui était à sa merci, animal acculé, cherchant désespérément une issue.

- « Chien ! », aboya Pitt, le sang lui montant à la tête. « Les cafards comme toi m'font dégobiller ! » Il pressa l'embout du canon contre le ventre de Win Thu.

- « Elle ment ! », vociféra le Birman, fou d'angoisse. « Sale putain ! », hurla-t-il dans la direction de la jeune-femme, sa bouche écumant de bave.

Il empoigna l'extrémité de l'arme pour se dégager, ses yeux injectés fixés sur elle, son visage tuméfié par une rage incontrôlable, animé par la seule idée qui obnubilait son esprit : se venger d'elle. Pitt résista, lui ordonna de reculer, tenta de le repousser, mais l'autre ne l'entendait pas. Le coup de feu partit.

Tout le monde se figea. Win Thu, hébété, s'effondra à la renverse, le dos contre le mur, l'air étonné. Il baissa les yeux vers sa poitrine d'où s'écoulait un flot de pourpre qui imbiba sa chemise. Son visage se crispa. Sa plainte déchira l'air, suivie d'une quinte de toux. Sa bouche s'ouvrit comme celle d'un poisson hors de l'eau, sa poitrine se soulevant de manière saccadée. Il tenta de parler, mais ne put émettre que des gémissements couverts par les bulles de sang. Il commença à paniquer, ses bras s'agitant frénétiquement dans l'air, comme pour saisir leurs mains dans un ultime appel. Personne ne bougea. Ils étaient paralysés, incapables de faire un geste. Ses lèvres devinrent rapidement pâles, puis bleutées. La cyanose se répandit. Les ailes de son nez battirent de plus en plus rapidement alors que le sifflement s'accrut. Ses bras retombèrent, sa bouche relâcha un gargouillis de sang, ses yeux continuaient à les fixer alors que ses lèvres formaient des paroles inaudibles. Son corps devint inerte, à l'exception des tressautements imperceptibles de son thorax. Puis, même cela cessa. Un voile passa sur les yeux grand ouverts qui plongèrent vers le sol quand sa tête s'affaissa. Immobile. Le sang avait cessé de couler et son briquet gisait près de sa main ouverte.

- « Qu'est-ce que c'est que ce raffut ? », tonna Myers qui arrivait en courant. Il les écarta pour découvrir ce qu'ils fixaient tous en silence. « Pitt ? », interrogea le sergent, ses traits étirés par l'incompréhension.

- « C'est un accident, Sergent ! », se défendit le soldat avec véhémence. « 'L'a essayé de m'prendre mon flingue et l'coup est parti tout seul. J'l'ai chopé la main dans l'sac. Un mouchard ! Y laissait des codes pour les Japs' ! », se défendit-il en montrant les chiffres sur le mur.

- « Il dit la vérité, Sergent », confirma Sayer. « Il avait aussi attenté à l'honneur de Nandar Aye. L'intervention courageuse d'Anthony a donné lieu à une altercation. Votre homme les a séparés, mais Win Thu a résisté... »

Myers les regarda en silence tour à tour, tentant de se faire sa propre idée de la situation. Anthony se tourna vers Nandar Aye, disposé à la réconforter. Tout vil qu'eût été Win Thu, leur mensonge lui avait coûté la vie. Il se sentait coupable. Il s'imaginait qu'elle serait également assaillie par ses démons internes. Elle fixait le cadavre en silence, ses mains fermées en deux poings crispés. Était-elle sous le choc ? Elle tourna la tête pour croiser son regard. Il n'y lut aucun remords, juste une détermination et une haine qui se dissipèrent quand elle reprit ses esprits et le reconnut.

- « Vous expliquerez cela devant la cour martiale », finit par dire Myers. « Quand nous aurons le temps. Pour le moment, on ne peut plus rien faire pour lui. Il faut partir ! Les Japs risquent de prendre le pont d'une minute à l'autre ! »

À peine eut-il terminé sa phrase qu'une gigantesque détonation fit trembler la colline. Suivie d'une autre, aussi puissante. Les coups de feu et les tirs de mortiers cessèrent, laissant la place à un silence de plomb qui les enveloppa comme une couverture glaciale. Ils échangèrent des regards et comprirent immédiatement : le pont venait de sauter. À peine eurent-ils pris conscience du péril dans lequel ils se trouvaient que les clameurs de la guerre reprirent de plus belle.

Chapitre 11

Cambridge, Royaume-Uni, août 2024

L'écran suspendu diffusait les dernières épreuves olympiques. Ayaan y porta un regard indifférent. Cette liesse sportive lui apparaissait comme une farce pour masses inconscientes. Personne dans le café n'y prêtait attention. La clientèle de touristes estivaux restait rivée sur leurs portables dans l'attente d'une éclaircie pour reprendre ses déambulations dans la vénérable cité. Au-dessus du comptoir, les ampoules Edison oscillaient au rythme d'une musique latine factice, projetant leur lumière jaunâtre sur les boiseries. Contre les baies vitrées, le crachin britannique dessinait ses arabesques lentes, déformant les silhouettes pressées comme autant de fantômes.

Il saisit sa tasse démesurée — un macchiato noisette-caramel — tandis que son attention revenait vers l'écran. Paris célébrait. Des foules hystériques dansaient sous les logos de multinationales ; cette « communion » moderne où chacun s'illusionnait sur ses propres valeurs humanistes. Du pain et des jeux. Cette compartimentalisation des consciences permettait d'éviter la dissonance cognitive qui révélerait l'imposture.

Le contraste avec l'existence de Khin Yadanar, cette réalité à laquelle nulle chaîne n'oserait exposer son public, qui frappait par son obscénité. Ils vivaient sur la même planète, mais pas dans le même monde. Ayaan s'était frotté à cette vérité lors du stage qu'il débutait dans le cabinet paternel, où il avait côtoyé les demandeurs d'asile birmans. Étudiants, médecins, journalistes, tous rescapés du mouvement de désobéissance civile, tous prisonniers des limbes administratifs britanniques. Ils attendaient. Leurs visages portaient cette anxiété des condamnés en sursis : acceptation hypothétique côté britannique, renouvellement de passeport moyennant bakchich à l'ambassade, ou retour forcé au pays où la police les attendait. Ils vivaient tous la peur au ventre, contemplant cette épée de Damoclès suspendue au-dessus de leurs têtes.

Cette découverte lui avait fourni l'occasion rêvée : faire de la cause birmane son étendard personnel au sein du Cambridge Pro Bono Project. Une touche exotique parfaite pour son curriculum vitae, en sus des obligations familiales qui l'avaient ramené ici pour le weekend. Le Professeur Preston, s'éteignait lentement dans sa demeure cantabrigienne, et Ayaan subissait cette contrainte avec l'impatience d'un héritier. Non qu'il fût dénué d'affection, mais l'agonie du vieil homme entravait ses recherches.

L'aiguille numérique scanda l'attente. Son rendez-vous était en retard. La porte claqua. Entrèrent quatre molosses massifs, dont les jeans Wrangler, bottes Dr. Martens et chemises à carreaux juraient avec le cachemire et la flanelle qui habillaient d'ordinaire la cité. Un roux, nez écrasé de fauve, toisa Ayaan de son regard carnassier. Un hochement de menton, un pincement de nez, suivi d'un rictus complice à son voisin. Les chaises raclèrent le sol avec la grâce d'un couperet lorsqu'ils s'affalèrent à une table non loin. Avachis sur leurs coudes, tous le fixaient en échangeant des conciliabules narquois.

- « Thank you, come again », lança le roux d'une voix traînante, en singeant l'accent d'Apu, l'Indien stéréotypée des Simpsons. Rires en meute. Onomatopées simiesques.

Ayaan fixa sa tasse, les doigts serrés autour de la céramique brûlante. Les moqueries à l'accent mancunien, échos de son enfance, résonnaient dans son esprit. Combien de générations fallait-il ? Né ici, Anglais dans l'âme et l'accent, il demeurait otage d'un épiderme hérité, malédiction que son frère Ethan, au teint plus clair, avait évitée. Son appartenance nationale lui était niée par une poignée d'inconnus. L'identité, phénomène social, ne se choisissait pas, elle vous était accordée. Seule comptait l'étiquette que les autres vous imposaient.

Les clients, téléphones en alerte, prêts à filmer l'altercation, retenaient leur souffle. Les répliques qu'il aurait voulu offrir les autres fois, les raclées fantasmées qu'il mettait aux fachos, palpitaient dans son cœur, noyant son cerveau d'adrénaline. Ayaan en mesura l'absurdité. Il inspira profondément, se leva, bombant le torse, dévoilant sa haute stature, se dirigea lentement vers la table où le silence était devenu tendu, la contourna sans un regard, puis s'approcha du comptoir. L'adolescente aux cheveux roses lui adressa un sourire triste. Il passa sa commande, paya, puis retourna s'asseoir, impassible.

Deux minutes plus tard, la barista s'approcha des importuns à petits pas gauches, aussi impatiente de remplir sa tâche que réticente à la commencer. Elle déposa les quatre gobelets fumants un par un sous leurs regards médusés.

- « De la part du Monsieur », murmura-t-elle.

- « C'est quoi cette merde ? », gronda le trapu de la bande.

- « Du *chai*[52] ». Réponse offerte timidement avant de battre en retraite sans demander son reste.

- « On n'a pas commandé ça, putain ! »

Ayaan soutint le regard du roux, l'air bravache. Défi muet. Le café devint arène. Le temps suspendu, celui des tragédies antiques où le héros prend sa mesure. Seul, il n'avait aucune chance, mais son égo vibrait de faire éclater sa supériorité sur ceux qu'il considérait comme médiocres. L'air devint irrespirable. Finalement, le roux émit une grimace carnassière et lui lança un regard froid, promesse de revanche.

- « On se casse ! Même pas de bière dans ce bouge de pédés woke ! »

Il cracha au pied d'Ayaan, ouvrit la porte d'un coup de pied et disparut dans la rue avec ses congénères. Ayaan exhala. Autour de lui, les clients détournèrent les yeux, honteux de leur complicité passive. Le temps s'écoula de nouveau, cadencé par les commentaires du badminton à la télévision.

---

[52] Thé noir avec un mélange d'épices, du lait et du sucre, à l'indienne.

La porte grinça. Un homme aux tempes grisonnantes, raie sur le côté, silhouette fine perdue dans une veste en tweed trop large, se débattait avec un parapluie ruisselant. Son rendez-vous. Il l'invita à s'asseoir face à lui. L'érudit s'y laissa choir, serviette de cuir plaquée sur la table.

- « Christopher Forsythe, enchanté. »

- « Ayaan Carter, merci d'avoir fait le chemin depuis Londres, Professeur. Que souhaitez-vous boire ? »

- « Café noir, merci. Comment va votre arrière-grand-père ? », s'enquit l'universitaire avec sollicitude tandis qu'Ayaan passait la commande.

- « Son état empire. Il ne peut presque plus parler. C'est pour ça je vous ai contacté. »

- « Désolé d'apprendre cela. » Il remercia la serveuse qui apportait sa boisson. « Je n'ai jamais suivi ses cours. Il était déjà Professeur Émérite. Mais j'ai pu assister à des conférences sur l'Inde antique. Et lire ses livres, bien-sûr. Un érudit brillant ! Mais, je ne savais pas qu'il avait aussi étudié la culture môn... »

- « Personne ne savait qu'il avait vécu en Birmanie avant la guerre », coupa Ayaan, ennuyé par les éloges sur son aïeul. « Sans la découverte de son carnet, il aurait emporté son secret dans la tombe. »

- « Heureux que ce ne soit pas le cas, car c'est une découverte majeure », s'exalta Forsythe, les yeux brillants d'excitation. « Vous avez bien fait de contacter Latika Williamson.

Les spécialistes des Môns sont rares. Et, naturellement, nous collaborons tous avec le Centre for South East Asian Studies. »

- « Les documents que je vous adressés font donc sens pour vous ? », interrogea Ayaan avec espoir, en qui la référence à l'histoire môn n'éveillait rien.

Khin Yadanar avait tenu parole. Elle avait envoyé les photos de toutes les pages du carnet. À la suite de quoi elle avait rompu toute communication. Ayaan les avait transmises à Forsythe avec celles de la tablette, mais s'était gardé de partager les parties mentionnant Arthur Sayer. Son aïeul serait le seul auteur de la découverte.

- « J'y travaille encore », avoua l'universitaire, contrit. « Une partie du texte de la pierre est illisible. Peut-être qu'avec un scan 3D au laser et un logiciel d'IA... »

- « Impossible pour le moment », intervint Ayaan. Khin Yadanar lui avait adressé une fin de non-recevoir. Elle ne lui enverrait jamais la tablette.

- « Dommage... » Le chercheur était visiblement peiné, mais n'osa pas insister. « Heureusement, le journal contient une retranscription parfaite des caractères de la muraille. Un travail remarquable ! Et un texte inédit ! Je suis allé à Win Ka et à Thaton avant le coup d'Etat. J'y ai étudié les monuments répertoriés. Certains ont des bas-reliefs similaires aux croquis du carnet. Mais aucun ne comporte de texte. Cela veut dire que le site est retombé dans l'oubli après la guerre », conclut Forsythe avec le regard pétillant.

- « Vous ne savez pas où il se trouve, alors ? », soupira Ayaan avec déception.

- « Non. Les relevés du carnet ne sont pas assez précis. Rien de surprenant. Win Ka compte plus de quarante sites, dont seuls quatre ont été fouillés. Mais, la bonne nouvelle est que je sais ce que raconte le texte », chuchota Forsythe d'un air guilleret et complice, penché au-dessus de la table.

- « Vous l'avez traduit ? », s'écria Ayaan avec entrain. Enfin une bonne nouvelle. Qu'importe que Khin Yadanar ait rompu les ponts, il allait pouvoir avancer.

- « Cela m'a pris du temps. C'est pourquoi j'ai mis du temps à vous répondre... » Il s'interrompit, hésita, puis demanda en portant la tasse à ses lèvres : « Êtes-vous familier avec les langues anciennes de l'Inde ? »

- « Pas du tout. » Ayaan ne s'était jamais intéressé aux travaux de son aïeul.

- « Ce n'est pas grave. Je vais faire court. » L'enseignant se repositionna sur sa chaise et fit craquer son cou en prévision de l'épreuve de force. « À l'époque du Bouddha, l'Inde fonctionne sur une tradition orale, avec des prakrits comme langues vernaculaires et le védique pour les textes sacrés. Pendant deux siècles, les enseignements du Bouddha sont transmis oralement en prakrits. Même après leur canonisation en pali, qui devient la langue liturgique du *Theravada*[53]. Les premiers scripts émergent

---

seulement au troisième siècle avant notre ère. Comme la *brahmi* classique, dont dérivera la *brahmi* méridionale un siècle plus tard. Vous me suivez toujours ? »

- « Pour le moment », mentit Ayaan pour se donner bonne contenance.

- « Cinq cents ans après, au troisième siècle de notre ère, apparaît l'écriture pallava grantha dans l'Inde du Sud. Elle-même une dérivation de la *brahmi* méridionale. Cette écriture atteint ensuite les Môns en Basse Birmanie. »

- « Les Môns. Vous les avez déjà mentionnés... »

- « Cette civilisation est l'une des plus anciennes d'Asie du Sud-Est. Influencée par la culture indienne, comme celles des Khmers et des Pyus. Ils utilisent la pallava grantha pour transcrire les enseignements en pali et en sanskrit. C'est ainsi qu'est introduit le Bouddhisme *Theravada* dans la région. Ils s'en servent aussi pour transcrire leur propre langue, le vieux môn. Les plus anciens textes retrouvés sur des tablettes votives datent du sixième siècle. Les seules traces archéologiques que nous possédons pour dater la présence des Môns en Birmanie. Certains, comme Dr. Than Tun[54], ont avancé qu'ils y étaient établis depuis plusieurs siècles déjà. Mais c'est impossible à prouver. Ou du moins, ça l'était jusqu'à présent... », conclut-il de manière énigmatique.

- « Vous voulez dire que... »

---

[54] Dr. Than Tun (1923-2005). Historien birman de renom, spécialiste de l'histoire pré-moderne de la Birmanie.

- « La découverte de votre aïeul apporte cette preuve. Et bien plus. Le script du carnet est de la pallava grantha. Mais, le texte de la tablette est de la *brahmi* méridionale. C'est donc l'artefact le plus ancien jamais retrouvé en Birmanie. Qu'a dit le Professeur Preston ? », pressa le chercheur avec urgence.

- « Que la tablette et son journal conduisent au *stūpa* contenant les premières reliques du Bouddha de Birmanie. Dans la capitale de Suvannabhumi... »

- « Révolutionnaire ! », s'emporta Forsythe. « Tout le monde Bouddhique sera bouleversé ! » Ses yeux fous, fiévreux, fixaient Ayaan comme des braises.

- « Je ne comprends pas ». Son interlocuteur perdait la tête. Qui s'intéressait à une vieille pagode à part une poignée de savants poussiéreux ?

- « Comparons. Imaginez la preuve que les Romains ont traversé l'Atlantique quinze siècles avant Christophe Colomb, d'accord ? Qu'ils y ont trouvé l'El Dorado et laissé une relique du Christ. Et que c'est devenu l'un des premiers royaumes chrétiens de l'histoire, avant de disparaître, emporté par la *Conquista*. Vous voyez ? C'est une bombe atomique ! »

- « Pour les chercheurs comme vous », temporisa Ayaan. « Mais pour qui d'autre ? » Son ton las suintait l'insolence.

- « Dites ça à U Wirathu[55] et aux nationalistes bouddhistes ! Responsables du nettoyage ethnique d'un million de musulmans Rohingyas ! » La réplique claqua comme un fouet. « Ne vous laissez pas abuser par la bulle postmoderniste dans laquelle vous vivez. Les religions gouvernent encore le quotidien d'une majorité de la planète. Des milliards de personnes prêtes à mourir ou à tuer pour leurs croyances. Ces reliques seraient du pain béni pour la junte friande de *yadaya*[56], lui donnant une légitimité sacrée face aux groupes armés, souvent chrétiens. Surtout si elle prouve que Suvannabhumi est apparu du temps du Bouddha. Les militaires se créeraient une généalogie sacrée, une lignée directe avec lui. De quoi galvaniser les foules. »

- « Suvannabhumi ? », releva Ayaan qui voulait changer le sujet. « Mon arrière-grand-père l'a mentionné, sans donner de détails... »

- « Le 'pays d'or' en pali. Le nom donné par les voyageurs indiens à la région qui englobe la Basse Birmanie et une partie de la Thaïlande. Aussi appelée Ramannadesa, 'pays des Ramans', l'ancien nom des Môns. La légende veut que ce royaume exista déjà du temps du Bouddha. Aucun indice ne le prouve, comme je l'ai expliqué. Dirigé, selon elle, par une dynastie de 59 rois, avec Thaton pour capitale. Il est conquis en 1057 par Anawrahta, le

---

[55] Moine bouddhiste birman ultranationaliste connu pour sa rhétorique anti-musulmane, qui dirige le mouvement radical 969 au Myanmar et a été emprisonné avant d'être libéré par la junte militaire.
[56] Rituels superstitieux et de croyances occultes associées au Bouddhisme *Theravada* du Myanmar, bien que contraires à son dogme, mêlant astrologie, numérologie et actes symboliques.

premier roi birman de Bagan. Ce dernier pille le *Tipitaka*[57] et tout ce que le Thaton compte de moines et d'artisans, déplaçant le centre de gravité politique et religieux à Bagan. C'est là que l'histoire prend le pas sur la légende. »

- « Imaginons que la légende soit vraie », osa Ayaan, « comment les reliques sont-elles arrivées à Suvannabhumi ? »

- « Il existe trois mythes. Le premier est celui de Taphussa et Bhallika... »

- « Khin Yadanar m'en a parlé ! », coupa brusquement Ayaan. Le souvenir cuisant de ses sarcasmes raviva son intérêt.

- « Un conte bien connu. Taphussa et Bhallika, deux frères marchands d'Ukkala, près de l'Irrawaddy, font un voyage en Inde. Ils y rencontrent le Bouddha en pleine méditation et lui offrent des gâteaux de riz et de miel. En récompense, il leur prodigue ses enseignements, et leur offre huit mèches de ses cheveux. Ils deviennent ainsi les premiers disciples laïcs du Bouddha. A leur retour chez les Môns, ils font construire les pagodes Shwedagon, Botataung et Sulé, à Yangon, et la Shwemamdaw, à Bago, pour y enchâsser les reliques. »

- « La légende mentionne Yangon et Bago, mais ni Thaton ou Suvannabhumi. »

- « S'il existe un royaume en Basse Birmanie à l'époque du Bouddha, il est nécessairement près de Thaton, où les plus

---

57 Ensemble des textes sacrés du bouddhisme, particulièrement du courant *Theravada*, contenant respectivement les règles monastiques, les discours du Bouddha et les traités philosophiques, rédigés en langue pali.

anciennes traces ont été trouvées. Le lieu d'origine de la légende a probablement changé dans le temps pour des raisons politiques. Chaque nouveau royaume souhaitant se doter d'une légitimité sacrée. D'où les différentes versions de la même histoire. ».

- « Vous avez dit qu'il y en a trois ?»

- « La deuxième est celle de Gavampati, disciple du Bouddha. L'un des dix premiers à être ordonné et à atteindre l'état d'*arahat*[58]. Selon le *Sasanavamsa*[59], il voyage jusqu'au royaume môn de Thaton après la mort du Bouddha pour y convertir le roi Siharaja et lui offrir des reliques. Enfin, la troisième », anticipa Forsythe, « est celle de Sona et Uttara, deux moines missionnaires envoyés par l'empereur Ashoka après le troisième concile bouddhique, au deuxième siècle avant Jésus Christ, pour convertir le royaume de Suvannabhumi et y apporter des reliques de cheveux du Bouddha. »

- « Donc trois légendes différentes, mais qui décrivent toutes l'expansion du Bouddhisme et l'envoi de reliques depuis l'Inde vers un royaume môn, juste après le mort du Bouddha », résuma Ayaan.

- « Ou trois siècles après sa mort », corrigea l'universitaire. « C'est toujours mille ans plus tôt que les estimations actuelles.

---

[58] Saint bouddhiste qui s'est libérée du cycle des renaissances (samsara) et a réalisé le nirvana de son vivant.

[59] Chronique ecclésiastique bouddhique écrite en 1861 par le moine birman Pannasami, qui relate l'histoire du bouddhisme depuis la naissance du Bouddha jusqu'à son expansion dans neuf pays différents, en mettant l'accent sur son développement à Ceylan et en Birmanie.

Théorie confortée par le fait que la tablette est en *brahmi* méridionale, écriture apparue aux environs du troisième siècle avant Jésus Christ et utilisée pour les édits d'Ashoka. Cela place l'existence d'un royaume môn converti au Bouddhisme à cette époque, en lien avec la légende de Sona et Uttara. Le *stūpa* découvert par votre arrière-grand-père à Win Ka, serait donc le premier d'Asie du sud-est. »

- « Pourtant les légendes ne mentionnent pas Win ka. Elles font toutes de Thaton la capitale de Suvannabhumi. »

- « Il est fréquent que les nouvelles dynasties changent leurs capitales et se réapproprient les anciens mythes fondateurs pour légitimer leur pouvoir. C'est sans doute le cas lorsque Win Ka est abandonnée pour Thaton. Win Ka serait un emplacement logique pour une cité dans l'antiquité. Entre les estuaires des fleuves Sittang et Bilin. Sur le littoral à l'époque, avant que le limon ne repousse le Golfe de Martaban de plusieurs kilomètres. Une situation idéale pour une ville portuaire vivant du commerce avec l'Inde. »

- « Je vois », opina Ayaan d'un air pensif. « Reste à élucider le lieu exact du *stūpa* à Win Ka. »

Il lui faudrait étudier de manière approfondie les pages du journal qu'il n'avait pas partagées avec le Professeur Forsythe. Elles contenaient peut-être des indices topographiques. Il connaissait le monde académique. Il voulait garder la primeur sur cette découverte, avant de partager la lumière des projecteurs.

- « Et à traduire la tablette », insista le chercheur. « Si vous ne pouvez pas convaincre votre contact de l'envoyer, peut-être pourrait-elle au moins reprendre des photos sous des angles et des éclairages différents. Avec notre logiciel nous pourrions identifier tous les caractères de l'inscription ». Sur ces mots, l'universitaire se leva. Il devait reprendre un train pour Londres.

- « Je vous tiendrai informé », promit Ayaan en serrant la main du professeur. « Merci d'être venu. Vos explications m'ont éclairé. »

- « J'allais oublier », s'interrompit Forsythe. « Comme je vous l'ai expliqué, le script du carnet était du pallava grantha, postérieur à la pierre. Probablement du troisième siècle de notre ère. Selon moi, c'est la plus ancienne version de la légende de Sona et Uttara », continua-t-il en retirant un paquet de feuilles de son cartable qu'il tendit à Ayaan. « J'ai un peu romancé, vous verrez. Bonne lecture ! », finit-il avec un clin d'œil avant de diriger vers la sortie.

Intrigué Ayaan saisit la première page du tas et commença à lire.

Chapitre 12

État Chin, Myanmar, septembre 2024

Khin Yadanar se redressa contre le dossier de la chaise inconfortable sur laquelle elle était avachie depuis une heure, son regard perdu sur le vide laissé par la jambe disparue de Kee Mawng, qui dormait dans le lit adjacent. Elle replia ses genoux contre sa poitrine et y enfouit son visage dans l'espoir de s'assoupir, bercée par le bruit de la clinique et les croassements des corbeaux. À peine eut-elle fermé les yeux qu'un froissement de tissu la tira de sa torpeur. L'infirmière se dressait au pied du lit. C'était l'heure de changer le pansement.

L'infirmière enfila des gants en latex et commença à retirer délicatement le bandage, découvrant la plaie cicatrisée ressemblant à un torchon en cuir plissé. Khin Yadanar avait personnellement géré le traitement au cours du mois précédent pour éviter toute infection. La cicatrice était propre, malgré une teinte rosée et un gonflement faute d'anti-inflammatoires et d'analgésiques. Kee Mawng avait souffert le martyr, les douleurs du membre fantôme venant au bout d'une semaine. Malgré ses efforts pour retenir ses gémissements, il n'avait pu s'empêcher de hurler lors de fulgurants accès, comparables à des coups de poignards qui submergeaient sa pensée, comme si le monde avait disparu derrière un voile ardent. Sans doute était-ce cela l'enfer, l'impossibilité de croire en l'existence d'une autre réalité que celle de la souffrance

Khin Yadanar avait été forcée d'assister à son calvaire, incapable de l'alléger, tout juste bonne à éponger ses sueurs. Elle avait même contribué à ses tourments chaque fois qu'elle dut désinfecter la plaie, obligée de prodiguer ses soins malgré le regard implorant, parfois haineux, de Kee Mawng. Son corps se tordait de douleur devant elle et elle sanglotait en silence, psalmodiant « je suis désolée, je suis désolée » en longues litanies adressées à elle-même davantage qu'à son compagnon. Elle avait pleuré chaque soir, seule, sans bras pour l'entourer, sans épaules sur lesquelles se reposer, sans confident à qui parler. Pour la première fois de sa vie, elle avait réellement connu la solitude.

Puis, de jour en jour, les souffrances s'étaient amoindries. Un mois plus tard, le moignon commençait à s'affiner en une forme conique, avec quelques protubérances osseuses. Khin Yadanar reconnaissait que ses collègues avaient fait un excellent travail compte tenu des conditions. Elle n'aurait pu faire mieux, la chirurgie orthopédique n'ayant jamais été son fort.

L'infirmière inspecta la plaie avec attention. Il n'y avait ni pus, ni odeur anormale. Faute de solution saline, elle la nettoya avec un savon doux, provoquant de nouvelles plaintes du blessé. Cela faisait une éternité que Khin Yadanar n'avait plus vu le sourire de son compagnon. La moue grimaçante qu'il affichait, alors que la main tamponnait précautionneusement sa plaie, était comme un miroir pour les souffrances qui asséchaient le cœur de la jeune femme. De nouvelles compresses furent appliquées d'un geste expert, puis l'infirmière passa au lit voisin.

Sans un mot, Khin Yadanar se leva pendant que Kee Mawng enfilait son pantalon de treillis, saisit les béquilles posées contre le mur, et les lui tendit.

- « Viens, il faut que tu marches un peu », annonça-t-elle d'une voix neutre en lui offrant sa main pour l'aider à se relever.

Le convalescent lui adressa un sourire forcé, auquel elle répondit, et tous deux sortirent de la clinique à pas lents. Le ciel était plombé, l'air humide et immobile oppressant, le charnier des arbres calcinés ajoutant leurs silhouettes d'épouvantails au décor lunaire. Leur déambulation les poussa inconsciemment vers la forêt où de jeunes recrues du CDF s'entraînaient sur des ponts de singes. Leurs exclamations joyeuses, leur énergie ajoutèrent à sa morosité. Khin Yadanar les regarda d'un air triste, consciente que son amant ne pourrait jamais les accompagner, même maîtrisant la prothèse en cours de fabrication dans les ateliers du camp.

Elle savait qu'elle devrait lui parler. Elle avait pris sa décision plusieurs jours auparavant, mais elle ne savait comment la lui annoncer, incapable de trouver les mots justes. Kee Mawng fut le premier à rompre le silence.

- « Le responsable de l'unité de drones m'a dit qu'il avait une place pour moi. Je vais commencer la formation sur les imprimantes 3D et la fabrication de mortiers la semaine prochaine », annonça-t-il avec un enthousiasme non feint.

Elle était sincèrement heureuse pour lui. Elle savait qu'il éprouvait un besoin constant de se rendre utile et qu'il retrouverait sa bonne humeur en redevenant actif. Les appels avec sa famille réfugiée en Inde l'aidaient. Contrairement à elle, il n'était pas seul au monde. Ainsi, malgré le drame, il faisait preuve d'une résilience qu'elle lui enviait, elle qui se sentait désespérément vide.

Elle avait continué à assurer ses responsabilités à la clinique de manière robotique, travaillant d'arrache-pied sans parvenir à trouver le sommeil. Les jours se ressemblaient, chacun un peu plus sombre. Elle se réveillait chaque nuit en sueur, le cœur palpitant, cherchant ses effets personnels, mais tout avait brûlé lors de l'attaque : sa lampe, son sac, ses vêtements, les photos de famille, la sacoche, le carnet de Preston, jusqu'au stéthoscope que son père lui avait offert lors de son entrée à l'université de médecine. Son téléphone et la tablette étaient les seuls restes de sa vie d'antan. Tout ce qui l'entourait était nouveau, vide de sens, sans histoire, sans saveur, comme si son passé, son existence même, avait disparus par autodafé. Dans la pénombre nocturne, elle cherchait à travers la moustiquaire les visages de ses amies, remplacés eux-aussi par ceux de ses nouvelles camarades de chambrée. Des inconnues à qui elle ne s'était pas confiée, malgré la compassion qu'elles lui témoignaient. Leur attention, leur constante discrétion, leurs manières prudentes, comme celles que l'on réserve à un oiseau blessé, ne faisaient qu'accroître la sensation d'étouffement permanent qu'elle ressentait, provoquant chez elle de fréquents accès de colères injustes, qui les avaient poussées à garder leurs distances. Si bien qu'elles ne venaient plus à son chevet pour tenter de la réconforter lorsque ses cauchemars la réveillaient avec des cris angoissés, les images des corps de ses amis imprimées sur ses rétines. C'était mieux ainsi, elle ne souhaitait pas les connaître, s'attacher à eux. C'était préférable pour elles : ceux qui l'approchaient mourraient tous. Son manque de sommeil et d'appétit, ajoutés à son travail à la clinique, l'éreintaient à tel point qu'elle passait le plus clair de son temps libre à sommeiller sur une chaise à côté du lit de Kee Mawng.

Elle était incapable de lui prodiguer le soutien psychologique qu'il méritait, lui qui avait toujours été là pour elle, la soutenant lors de chaque drame qui avait bouleversé sa vie. Elle se sentait inutile, ingrate et égoïste. Méritait-elle d'avoir survécu alors que ceux qui lui étaient chers avaient péri ? Le sacrifice de ces martyrs reflétait ses faiblesses, son impuissance, sa culpabilité. C'était elle qui aurait dû partir, pas eux. Quelle reconnaissance leur offrait-elle, quelle valeur avait-elle, quelle raison pouvait-elle avoir d'exister encore, si elle était incapable d'aider la dernière personne qui comptait pour elle au moment où il en avait le plus besoin ? Alors qu'elle s'apprêtait à ajouter à sa peine, elle se détestait, se honnissait à un point tel qu'elle avait imaginé à plusieurs reprises partir dans la forêt avec son arme, pour en finir, une balle dans la tête. Plus de souffrance, plus de souvenirs, le noir total, la paix, enfin. Seule la pensée du supplice supplémentaire qu'elle aurait infligé à Kee Mawng l'avait empêchée de mener son geste désespéré à son terme. Elle en avait presque éprouvé du ressentiment pour lui et pour les sentiments qui les unissaient, ce qui n'avait fait qu'ajouter à sa haine d'elle-même. Elle était prise dans un cercle vicieux qui l'entraînait dans un abysse sans fin.

Elle avait pris sa décision. Son projet la rongeait comme un cri qui emplissait ses poumons, obnubilait ses pensées. Elle crispait sa mâchoire pour bloquer les mots qui voulaient sortir, mais le monstre était trop puissant. Elle n'y tenait plus. Il ne comprendrait pas. Personne ne le pouvait.

- « Je vais partir à Win Ka », annonça-t-elle soudain de manière abrupte. « Je vais chercher le *stūpa* où se trouvent les reliques du Bouddha. » Elle lui avait déjà raconté en détails ce qu'Ayaan lui avait expliqué à propos de la tablette.

Kee Mawng s'arrêta net dans sa marche, lâcha l'une de ses béquilles pour la saisir par les épaules et lui faire face.

- « Tu plaisantes ! C'est du suicide ! », s'écria-t-il avec urgence.

- « Le suicide serait pour moi de rester ici », lui répondit-elle d'une voix grave, lente, factuelle, avec une clarté et une honnêteté dont elle avait été incapable depuis des semaines. Alors qu'elle plongeait son regard dans le sien, elle ressentit toute l'affection qu'il avait pour elle, et les larmes lui vinrent aux yeux. « Je t'aime, tu sais ? », lui annonça-t-elle pour la première fois d'une voix tremblante, qu'elle ne parvenait plus à contrôler.

- « Je sais », répondit-il, avec émotion. « Je le savais avant toi. »

Il disait vrai. Il la connaissait mieux qu'elle ne se connaissait elle-même. Kee Mawng avait commencé à lui faire la cour à Mindat lorsque le père de Khin Yadanar l'avait soigné d'une fracture. Ses parents avaient insisté pour payer, mais le médecin avait refusé. La famille Mawng, des agriculteurs vivant hors de la ville, étaient revenus malgré tout lui offrir un porc spécialement abattu pour lui. Un sacrifice dans cette région où la viande était réservée aux grandes occasions. Selon la tradition, Kee Mawng avait pris l'habitude de venir faire la cour à Khin Yadanar accompagné d'amis sous la bienveillance de ses parents. Ces derniers avaient traité le garçon avec respect. Le clan Mawng, lui, s'était montrée réticent, conscient que la différence de statuts empêchait tout mariage, mais aussi parce que le père de Khin Yadanar était birman et bouddhiste, ce qui faisait grincer des dents au sein de leur paroisse baptiste. Concentrée sur ses études, Khin Yadanar n'avait su répondre à son attention. Il avait continué ses avances, même après avoir quitté le lycée à quatorze ans pour travailler dans la ferme familiale. Leur relation balbutiante avait pris fin lorsque Khin Yadanar était partie à seize ans étudier à Yangon. Le hasard ou le destin - mais Khin Yadanar ne croyait pas à ces superstitions - les avait de nouveau réunis au quartier général du CDF. Khin Yadanar s'était prise d'affection pour celui qui avait enterré ses parents en son absence et qui l'avait ensuite soutenue lors de son entraînement militaire.

- « Malgré tout l'amour que j'ai pour toi, je ne peux pas rester ici », reprit-elle de manière maladroite. Pourquoi était-elle incapable d'exprimer sa pensée sans blesser ses proches ? « J'étouffe ici... », continua-t-elle en cherchant ses mots. Comment lui faire comprendre ce qu'elle ressentait sans le heurter ? « Je sais que je t'aime. En même temps, je ne parviens plus à ressentir... Quoi que ce soit, même pour toi. Je me sens si vide, si fatiguée, si inutile. Je n'ai même plus l'énergie de me battre, comme une feuille roulée par le vent poussée vers un trou sombre. J'ai besoin de reprendre en main mon destin. »

- « Qu'est-ce qui t'empêche de le faire ici ? Tu es libre. » Kee Mawng ne comprenait visiblement pas.

- « Libre ? », interrogea-t-elle d'un ton sarcastique. « Tu ne sais pas ce que c'est d'être coincée ici jour après jour », lança-t-elle à l'ancien agriculteur qui n'était jamais sorti de sa région. Elle s'en voulut aussitôt, mais elle continua malgré tout. « Chaque jour, je soigne des victimes des mines, des combats, de la maladie. Le lendemain, je dois recommencer comme si ce que j'avais n'avait servi à rien. C'est un cercle sans fin, comme vider l'océan avec une petite cuillère. Quelle liberté ai-je ? Je ne contrôle rien ! » Elle élevait la voix jusqu'à crier sans s'en rendre compte. Son compagnon l'attira vers un endroit isolé, à l'écart des recrues qui observaient la scène. « Un avion passe un jour, mes amies meurent et tu perds une jambe. Dans une semaine, dans un mois, un autre passera, et ce sera à ton tour de mourir ! Comme tous ceux que j'aime ! Et je ne peux rien faire pour l'empêcher ! »

Soudainement, une déflagration emplit l'air. Khin Yadanar sursauta, muscles tendus, respiration retenue, le cœur palpitant. Elle se retourna aux abois pour découvrir un pickup au pot d'échappement pétaradant s'éloignant de la clinique. La tension s'évacua et elle se blottit en larmes contre Kee Mawng, qui la prit dans l'un de ses bras, l'autre tenant toujours sa béquille.

- « Je pète les plombs ! », s'admonesta la jeune-femme, après s'être calmée, sans encore oser faire face à son amant. Enfin, elle s'écarta lentement de lui, s'essuya le visage d'un revers de sa manche en reniflant bruyamment. « Je suis un désastre, n'est-ce pas ? », lui demanda-t-elle comme pour s'excuser.

Il lui offrit un sourire plein de tendresse pour seule réponse. Il savait que c'était le moment d'écouter, de la laisser se confier, pour lui permettre de s'épancher, d'évacuer ce qu'elle avait accumulé, mais l'inquiétude née de l'annonce de son départ était trop forte. Il lui posa la question qui lui brûlait les lèvres.

- « Si tu te sens inutile et prisonnière ici, en quoi risquer ta vie pour traverser le pays en pleine guerre civile, pour retrouver une vieille pagode, changera quoi que ce soit ? C'est ridicule... » Il était terrifié pour elle, cela se voyait dans ses yeux. Mais il comprenait qu'il ne pourrait pas la retenir de force. Elle était rationnelle, éduquée, elle se rendrait compte de la folie de son projet.

- « J'ai mûrement réfléchi », commença-t-elle d'une voix calme. Son cortex préfrontal reprenait le dessus. « Comme toi, j'ai pensé que cette histoire de tablette et de reliques était sans importance. Après tout, la junte commet les pires atrocités depuis trois ans et le monde entier s'en fout. Peut-être faut-il que j'accepte la situation, que je continue à traiter les symptômes, sans pouvoir éradiquer la source du mal. » Elle vit une lueur d'espoir passer dans le regard de son compagnon, jusqu'à ce qu'elle reprit. « Cependant, risquer une seule vie peut aussi valoir le coût si cela peut attirer l'attention sur notre situation. » Le visage de Kee Mawng se rembrunit aussitôt.

- « On ne peut compter que sur nous-mêmes, tu le sais bien. Nous ne recevons de l'aide militaire ou financière d'aucun pays. Il n'y a que notre diaspora qui nous soutient. Et puis, peut-être vaut-il mieux que les Occidentaux ne s'en mêlent pas finalement. Tu te souviens des sanctions ? »

Khin Yadanar le savait : l'enfer était pavé de bonnes intentions. À l'appel d'Aung San Suu Kyi, les pays occidentaux avaient imposé des sanctions drastiques après 1988 et en 2003. Les plus dures au monde, plus dures que celles frappant la Corée du Nord. Elles avaient conduit à la fermeture des usines, poussant des centaines de milliers de jeunes femmes au chômage vers la prostitution ou l'émigration illégale en Thaïlande. Loin de faire plier la junte, elles avaient permis aux généraux de s'enrichir en contournant les embargos via la Chine, l'Inde et la Thaïlande. La population, elle, était devenue la plus pauvre de toute l'Asie.

- « Je sais », concéda-t-elle. Une intervention des Occidentaux entraînerait un soutien encore plus important de la Chine à la junte. La guerre n'en serait que prolongée, voire perdue. « Mais le monde doit savoir ce qu'il se passe ici. Notre victoire aurait un impact sur tout le continent. »

Là, dans ce bout de jungle, ce n'était pas seulement l'avenir du peuple birman qui se jouait. Chaque nation libre était une chandelle, un phare éclairant un coin du monde. Un Myanmar démocratique était un rempart contre les velléités despotiques de Pékin, comme l'Ukraine l'était contre celles de Moscou. Des digues contre la marée sombre de l'autoritarisme. Qu'une seule d'entre elles disparaisse, aussi minuscule soit-elle, et tout le continent en serait diminué, sonnant le glas du genre humain. Les Américains et les Français avaient eu leurs révolutions au siècle des Lumières. Le peuple du Myanmar menait la sienne maintenant. Son impact changerait la face du monde. C'était ce que Khin Yadanar voulait crier sur les toits. Même brièvement.

- « *Tui kä hmu-pha ne a k'chi a suh*[60] ! Il faudrait d'abord que tu retrouves ces reliques ! Et même si c'est le cas, même si les médias en parlent, l'actualité changera aussitôt et le Myanmar retombera dans l'oubli après deux jours. Tout cela ne servira à rien », intervint le soldat, désespéré.

- « Tu as sans doute raison. », admit-elle. « Mais deux jours, c'est peut-être tout ce qu'il faut pour attirer l'attention de donneurs ou de gouvernements. De toute façon, cela ne peut pas être pire qu'aujourd'hui. Je n'ai rien à perdre », osa-t-elle pour le convaincre.

C'était cruel et injuste pour lui, surtout sa dernière remarque. Elle avait encore quelque chose à perdre, mais elle avait pris sa décision, rien ne pourrait la faire changer d'avis, malheureusement.

- « La clinique est déjà en sous-effectif. » Il refusait d'accepter sa défaite. « Des vies dépendent de toi. Nous avons besoin de toi ! », plaida-t-il les yeux humides et la voix tremblante, chancelant jusqu'à glisser et tomber sur le sol. Jamais elle ne l'avait vu si fragile, si vulnérable.

---

[60] Expression k'cho signifiant "enlever ses vêtements pour nager avant même de voir l'eau". Synonyme de : "mettre la charrue avant les bœufs".

- « Je sais que tu as besoin de moi », répondit-elle avec émotion, s'accroupissant face à lui pour lui prendre la tête entre ses mains et l'embrasser. « Et je sais que c'est égoïste de ma part. Tu as toujours été là pour moi. Tu es le rocher sur lequel repose mon existence. Je suis désolée de t'abandonner quand c'est à mon tour de prendre soin de toi. Mais j'ai besoin de faire cela. Je n'ai pas le choix. Si je reste, je ne pourrai aider personne et je finirai même par te haïr », avoua-t-elle avec un sourire amer. « Et c'est la dernière chose que je souhaite, car je ne peux pas vivre sans toi », ajouta-t-elle en l'embrassant une nouvelle fois. Jamais elle n'était parvenue à exprimer aussi clairement ses sentiments. Jamais ses pensées n'avaient été aussi limpides. « Je pars non pour mourir, mais pour revivre. Et pour cela, c'est moi qui vais avoir besoin de toi », conclut-elle avec un accent faussement taquin et provocateur pour essayer d'alléger leur conversation.

Elle savait qu'il ne pouvait résister à la tentation de se rendre utile. Kee Mawng reprit ses béquilles et se releva.

- « Qu'est-ce que je peux faire ? Je t'aurais bien accompagnée... Mais je serais plus un fardeau et un risque qu'un atout dans mon état », reconnut-il avec réalisme d'une voix morne.

Elle comprit, à la détresse lancinante qu'elle lut sur son visage, que c'était sans doute la première fois que le soldat prenait pleinement conscience des limites que lui imposait sa nouvelle condition. La tête brûlée qui avait passé sa vie à courir la montagne, à affronter l'ennemi, devrait dorénavant rester en retrait, avec les vieillards, les femmes et les enfants. Il ne pouvait même plus protéger la femme qu'il aimait.

- « Tu avais raison tout à l'heure », s'empressa-t-elle de reprendre pour ne pas le laisser sombrer plus profondément dans la déprime, « traverser le pays sera extrêmement dangereux. Je voyagerai à travers un terrain hostile par une route que je ne connais pas. Il me faudra des guides et des informations actualisées. Tu seras mes yeux et mes oreilles, et mon agence de voyages ! », ajouta-t-elle avec légèreté pour essayer de le faire sourire, sans succès. Il avait le cœur lourd. Il venait d'apprendre qu'il allait perdre une partie de lui bien plus précieuse que sa jambe. « Viens, tu vas m'aider à préparer mon itinéraire », conclut-elle en l'entraînant vers les baraques.

Elle comprenait sa tristesse, mais elle sentit comme un voile se lever de son esprit à la simple idée de partir, comme si le jour emplissait de nouveau une pièce restée sombre trop longtemps après qu'on a tiré les rideaux. Une énergie l'habitait telle qu'elle n'en avait plus connu depuis un mois.

Une pensée vint néanmoins tempérer son enthousiasme. Elle allait devoir renouer le contact avec Ayaan, ce qui ne l'enchantait guère. Mais la tablette et les pages du carnet pouvaient contenir des indices essentiels à la localisation du stūpa à Win Ka. Elle avait besoin de ses réseaux et des connaissances du Professeur Preston pour les traduire et identifier l'emplacement. Elle avait perdu le carnet, mais avait toujours les clichés qu'elle en avait pris et envoyés à Ayaan. Quant à la tablette, c'était la seule chose qui avait survécu à l'incendie. C'était un signe que l'univers voulait qu'elle mène cette quête à son terme.

Chapitre 13

État Chin, Myanmar, septembre 2024

Le soleil était à son zénith, perçant la brume s'échappant des montagnes couvertes de forêts. Quelques nuages paresseux et lents au décollage, continuaient à s'accrocher aux fûtées, glissant langoureusement de cimes en cimes, pour aller s'endormir en boules de coton dans le creux de la vallée. Alors que le vent chaud lui fouettait le visage à l'arrière de la moto dévala-nt la route défoncée, Khin Yadanar huma le parfum musqué de l'humus détrempé, dont le souvenir terminait de ruisseler en un chant cristallin sur le bas-côté. De temps à autre, plus par nécessité que par jeu, les zigzags du conducteur aguerri amenaient l'engin à patauger joyeusement dans une flaque, aspergeant la passagère, dont le visage et les vêtements se couvraient progressivement d'une fine couche de boue. Elle n'en avait cure. Elle revivait, enjouée par la sensation de liberté que lui procuraient les bourrasques. Elle était un oiseau, survolant les sommets lisses comme des émeraudes, encadrée d'un côté par l'à-pic d'une ravine ombragée, de l'autre par la végétation dense qui défilait. Tout n'était qu'azur et vert éclatant. Chacune de ses pensées néfastes s'était évaporée sous la chaleur du soleil. C'était son premier temps libre depuis le coup d'État et elle en savourait chaque seconde, consciente qu'il serait éphémère.

- « Si seulement Kee Mawng était là », soupira-t-elle, son sourire laissant place à une moue nostalgique, son regard fixe perdu au-delà des montagnes vers les sommets qu'elle venait de quitter. Elle ne pouvait même pas l'appeler ou lui envoyer un message, se trouvant dans une zone de blackout sans connexion. Il faudrait attendre Chauk pour lui donner des nouvelles.

Un voile vint ombrager son exaltation en revoyant le visage triste de son amant au moment de leur séparation, l'air si fragile et perdu. Il venait de perdre une autre partie de lui-même et il n'avait pas compris pourquoi. Elle s'en voulait de prendre plaisir à l'avoir quitté. Était-elle égoïste ? Pendant trois ans, sa liberté s'était réduite à réagir aux événements s'imposant de l'extérieur : le coup d'État, la mort de ses parents, la guerre. Elle s'interrogeait sur la nature de ses sentiments pour Kee Mawng : étaient-ils le fruit de sa lassitude ou l'aimait-elle réellement ? Il était injuste de projeter sa culpabilité sur lui au moment où elle avait décidé de s'enfuir. Car c'était bien d'une fuite dont il s'agissait. Elle avait étouffé sous cette chape de plomb

Evidemment Kee Mawng et ceux qui l'entouraient ne pouvaient pas comprendre. La notion de liberté individuelle était une abstraction pour eux, Chrétiens comme Bouddhistes invoquant Dieu ou le *Kamma* pour expliquer la course que prenaient leurs existences ; une course bridée par les carcans de la famille, du clan, de la communauté religieuse, des devoirs, qui imposaient à chacun sa place dans la société. La plupart, comme

Kee Mawng, acceptaient cet état de fait, s'en accommodaient même pour suivre le chemin tracé pour eux. Quel autre choix avaient-ils ? Quelles opportunités ? Pauvres, non-éduqués, coupés du monde, responsables de leurs proches, ils étaient prisonniers de leurs circonstances. Elle était différente, elle l'avait toujours été, aussi loin qu'elle s'en souvenait. Elle n'en avait toujours fait qu'à sa tête, têtue, insoumise. Elle avait réussi tout ce qu'elle avait entrepris, faisant fi de toute docilité ou obéissance à l'autorité pour ne ménager aucun effort et accomplir ce qu'elle jugeait nécessaire et juste. La vie était inéquitable, injuste même, et elle savait devoir ses succès à l'environnement propice et aux capacités naturelles hérités de ses parents. Après tout, elle aussi était le fruit du terreau qui l'avait faite germer : un couple de rebelles exécutés pour avoir rejoint le Mouvement de Désobéissance Civile et soigné les résistants lors de la bataille de Mindat en mai 2021. Comme eux, elle risquait maintenant sa vie, naïve d'espérer que sa quête saugrenue et désespérée puisse en sauver des milliers, mais revigorée par l'illusion de reprendre le contrôle sur son existence. Survivrait-elle, Don Quichotte, à cette attaque contre des moulins, qu'elle pourrait alors s'en retourner à son dulciné. Car, bien que parfois dubitative, elle était convaincue de l'aimer. Leur union serait alors un choix en dépit des circonstances. Cette pensée remplaça sa culpabilité en une nouvelle détermination. Elle lui avait promis : elle survivrait et lui reviendrait. Coûte que coûte.

La moto freina brutalement en patinant sur le sol meuble. Khin Yadanar se raccrocha aux poignées pour éviter d'être projetée dans une large tranchée au bord de laquelle s'arrêta l'engin. Un glissement de terrain avait avalé la piste, phénomène récurrent pendant la mousson. Leur descente depuis le quartier général avait déjà été ralentie par des obstacles et éboulements qu'ils avaient dû surmonter. Cependant, ils semblaient être bloqués cette fois-ci. Tous deux mirent pied à terre et se penchèrent au-dessus de la crevasse donnant directement sur le ravin. Un mètre de plus et c'était la fin. Khin Yadanar sentit le vertige, le vide l'appeler, ses jambes flageoler. Ils allaient devoir trouver un moyen de traverser la faille, sans quoi son aventure prendrait fin avant même d'avoir commencé. Ils étaient encore loin de Kanpetlet, leur première étape, avant de continuer vers le Sud-Est, vers Chauk, située au bord de l'Irrawaddy. Elle sentit la frustration monter à l'idée de devoir peut-être rebrousser chemin.

Thang Bawi, le guide qui l'escortait à la demande de Kee Mawng, auscultait la cavité en sa grattant le crâne. Khin Yadanar profita de cette halte forcée pour sortir sa gourde et boire goulument les quelques gorgées chaudes qu'elle contenait encore.

- « Je vais chercher de l'eau », annonça-t-elle. Il lui répondit par un haussement d'épaules indifférent.

D'un pas décidé, elle escalada le bas-côté, se fraya un chemin à travers la végétation dense jusqu'à un filet d'eau s'échappant du flanc de la montagne. Elle remplit sa gourde et y glissa une pastille de purification. Des filets de lumière perçaient la canopée, pour le plus grand plaisir des oiseaux et criquets qui couvraient les bercements des feuilles. Inspirant profondément l'atmosphère mêlant la vapeur de jeune pousse au parfum musqué du bambou qui pourrissait, elle prit un moment pour embrasser du regard son cocon de verdure. Gaïa l'invitait à se laisser absorber par l'utérus tellurique, à retourner à la matrice primordiale. Là, elle entrevit pour la première fois sa mort avec sérénité, presque une renaissance, un cycle.

Soudain, les gazouillements se turent, une ombre éteignit le soleil, et la forêt se transforma en cimetière gris et silencieux. Khin Yadanar perçut le vrombissement perçant le firmament crescendo. Son corps fut pris de spasmes. Elle se coucha en boule sur le sol humide et froid, à même le ruisseau, gémissante, tremblante, l'esprit enfermé dans une boîte noire. Malgré ses yeux fermés, elle continuait à voir le flash de l'explosion, la lumière des flammes, les corps couverts de suie. Elle se couvrit les oreilles, mais les cris continuèrent à l'assiéger. De longues secondes passèrent avant que le bourdonnement s'atténue. Les oiseaux reprirent leurs chants, la lumière chaude du soleil coula de nouveau sur elle. Elle resta quelques secondes de plus dans son antre végétal pour ralentir son cœur. Elle était en nage. Finalement, elle se leva lentement, encore un peu chancelante, et retourna sur la route. Elle retrouva Thang Bawi à l'endroit où elle l'avait laissé. Il mâchouillait nonchalamment une racine et la fixait d'un air blasé.

- « Un avion de reconnaissance », se contenta-t-il d'annoncer en crachant sa chique et en pointant du menton un point noir qui finissait de disparaître derrière un nuage. « Tu en as mis du temps », remarqua-t-il en donnant des coups de machettes pour ébrancher le tronc d'un jeune arbre qu'il venait de couper.

- « Il fallait que j'urine », mentit-elle. Il était déjà suffisamment difficile pour les femmes de se faire respecter au sein de la résistance, sans que ses épisodes de panique ne servent d'excuses aux hommes pour les maintenir dans des tâches subalternes. Elle se devait d'être forte, pour elle-même, pour ses camarades qui risquaient leurs vies, pour ses amies qui avaient perdu les leurs.

- « Tu t'es pissé dessus ? », questionna le guide d'un ton sarcastique et rustre sans relever la tête en direction du pantalon trempé de la jeune-femme.

- « J'ai glissé », se contenta-t-elle de répondre en s'éloignant rapidement à la recherche de lianes pour couper court à la conversation.

Il leur fallut près d'une heure pour abattre les arbres nécessaires à l'assemblage d'une passerelle branlante assez longue pour enjamber la cavité. Khin Yadanar, transpirant à grosses gouttes à travers la couche de glaise qui lui recouvrait l'épiderme, recula pour admirer leur ouvrage, se demandant s'il saurait supporter le poids de leur véhicule. La peur la reprit au ventre à l'idée d'enjamber le précipice sur ce ponton de fortune. Le moindre faux pas et elle finirait écrasée plusieurs dizaines de mètres plus bas. Néanmoins, il était hors de question de reculer.

Sans un mot, Thang Bawi empoigna le guidon et fit glisser la moto dans la bourbe. Khin Yadanar se précipita pour l'aider. Elle s'arcbouta et poussa l'arrière de la bécane avec un grognement. Son premier pied se posa sur la passerelle, puis son second. Elle se força à ne pas baisser les yeux, fixant le dos de son guide. Un pas, puis un autre. Sa respiration haletait, son cœur battait contre ses tympans. Le ponceau grinça, ondula, mais tint bon, jusqu'à ce que le pneu arrière touche enfin la terre ferme. Elle poussa un cri de victoire. Ils étaient saufs. Elle s'épongea le front d'un revers boueux, la sueur brûlant ses yeux qu'elle planta dans la fente plissée qui cachait ceux de Thang Bawi. Le quinquagénaire cracha un jet marron sur le sol, puis tira sa bouteille de *yu*[61] qu'il tendit avec malice. Elle ne fit pas prier, avala une longue lichée avec un sourire complice. Elle se sentit ragaillardie par la brûlure du liquide le long de son œsophage. Il était temps de repartir.

Après un dénivelé supplémentaire de mille mètres, ils rejoignirent la route reliant Mindat à Kanpetlet, hameau endormi servant autrefois de camp de base aux excursions vers le Mont Victoria. Depuis le coup d'État, le lieu s'était vidé de ses habitants. Ne restait qu'une maigre garnison de la Tatmadaw retranchée sur les hauteurs. Les alentours étaient contrôlés par la résistance qui décimait les rares convois militaires tentant encore épisodiquement de ravitailler la caserne. Toutefois, la prudence s'imposait. Thang Bawi, de la tribu Daa Yinbu, connaissait les environs et avait décidé de suivre des pistes forestières pour contourner Kanpetlet jusqu'à Saw, en contrebas dans la vallée frontalière.

Avant les abords du village, le pilote obliqua brusquement à droite pour plonger sur un chemin de chèvres longeant le versant vers le sud-est. Khin Yadanar s'agrippa à son guide, son lourd paquetage manquant la verser à chaque secousse. Ils roulèrent

---

[61] Liqueur traditionnelle des montagnes chins, fabriquée artisanalement à partir de riz ou de maïs fermenté.

ainsi une heure, dépassant Kanpetlet, masquée par les arbres au-dessus d'eux, leur ombre s'allongeant devant eux, comme pressée de les distancer, jusqu'à ce qu'enfin le ciel se couvre du voile doré du crépuscule. Alors qu'une timide bande grisée disparaissait dans leur dos, poussée par la voûte étoilée derrière les cimes à l'ouest, les bois se firent éparses et ils arrivèrent à la lueur des phares devant les restes d'un village entouré de champs à l'abandon. Thang Bawi coupa le moteur et l'obscurité silencieuse les enveloppa. Peu à peu, les yeux de Khin Yadanar s'habituèrent aux ténèbres et entrevirent la Voie Lactée illuminant le firmament. Elle se remémora les nuits passées à l'admirer en compagnie de Kee Mawng. Ce soir-là, néanmoins, la noirceur qui l'enveloppait la fit frissonner. Elle était seule, aussi seule qu'elle ne l'avait jamais été. Elle aurait voulu appeler Kee Mawng, entendre sa voix, mais elle devait garder son téléphone éteint pour en économiser la batterie faute d'électricité.

Un frisson agita son corps et elle reporta son attention sur les formes du hameau qui se découpaient devant elle : carcasses de bâtisses éventrées, effondrées, morceaux de bois et de toitures calcinés éparpillés, abandonnés aux éléments et à la pourriture. Elle reconnut aussitôt les signes de bombardements passés. Elle se tenait dans les ruines d'un village martyr, monument aux morts oubliés, victimes de la guerre que menait la Tatmadaw contre sa propre population.

Un crépitement perça le chant des criquets et elle entrevit une lueur vacillante à travers un abri de fortune à quelques mètres, au sein des décombres. Sans un mot, Thang Bawi et elle empoignèrent leurs fusils et s'approchèrent à pas de velours. L'odeur de bois brûlé se fit plus forte et des chuchotements leur parvinrent. Le parfum de charbon raviva aussitôt les cauchemars de Khin Yadanar, faisant revenir les terribles images de l'incendie. Elle marqua une pause, la respiration haletante, les mains crispées sur son arme, ses jambes branlantes échappant à son contrôle. Ce n'était pas le moment de sombrer dans une crise de panique face à une possible patrouille de la Tatmadaw. Elle inspira longuement, relâcha la mâchoire, concentra son énergie sur son expiration. De nouveau maîtresse d'elle-même, elle couvrit le reste de la distance en silence, se plaqua derrière un poteau, l'arme en joue.

- « *Mei om law*[62] », lança Khin Yadanar à voix feutrée.

- « *Mei om law* », répondit une voix à l'intérieur de la cahute. Une forme écarta la bâche, dévoilant une femme en guenille, qui les invita d'un geste de la main.

Les deux résistants baissèrent leurs armes et pénétrèrent dans l'abri. Un feu de bois vert y brûlait chétivement, emplissant l'espace d'une fumée épaisse s'échappant par la couverture en plastique trouée. Autour de l'âtre se blottissaient des individus malingres en fripes, ventres ballonnés et côtes saillantes, leurs yeux creux fixés sur les intrus avec appréhension. Khin Yadanar leur sourit et alla s'asseoir sur la terre mouillée, rejoint par une jeune femme qui enlaçait un nourrisson pleurnichard, maigre et asséché. Tous n'étaient plus que des ombres, à peine plus marquées que celle que faisait danser le feu sur les toiles. Un

---

[62] Salutation formelle en langue K'cho.

vieillard toussa, étendu sur une natte en bambou. Aucun homme dans la troupe. Sans doute combattaient-ils ou avaient-ils été tués.

- « Quand ? », demanda Khin Yadanar de but en blanc, plus dure qu'elle l'aurait voulu, la gorge serrée, ne sachant comment entamer la conversation.

- « Il y a deux semaines », répondit leur hôte, qui balançait le bébé d'un mouvement de va-et-vient nerveux pour essayer de calmer ses cris.

- « Y sont venus à l'aube ! », cracha le plus âgé des garçons en relevant brusquement sa tête. Il avait peut-être dix ans, mais sa voix enfantine brûlait d'une rage incongrue dans un corps si frêle. « Deux avions », continua-t-il avec fureur, « ils ont largué des bombes sur l'église pendant la prière. »

- « Calme-toi, Sang Bik », intervint la jeune-femme avec une douceur maternelle marquée par l'épuisement.

- « J'ai vu le pasteur mourir ! », s'obstina le moutard, les poings serrés. « Et Pu Thawng ! Et Nu Tial avec son bébé ! Ils étaient... Ils étaient en morceaux ! », s'écria-t-il en sanglots. La vue de Khin Yadanar se troubla en présence de cette peine qu'elle ne connaissait que trop bien.

- « On les a enterrés là-bas », expliqua la femme au-dessus des pleurs, en pointant du doigt un lieu imaginaire. « 'Même pas pu dire une messe pour eux... Ils sont dans le même trou que le pasteur, j'espère que ça suffira... »

- « Et vous restez ? », intervint Thang Bawi, sa racine au bec, grimaçant.

- « Où aller ? », répondit la réfugiée en pressant le nourrisson contre son sein sec pour qu'il tête. En vain. « Les camps sont des pièges. La base de Kanpetlet a détruit le plus proche d'ici à coups d'obus la semaine dernière. » Elle caressa le crâne du nourrisson dont la fontanelle battait au ralenti.

- « Il y a toujours l'Inde », insista le guide chin avec la même mine déconcertée.

- « Les chemins sont minés. Les maisons aussi. C'est comme ça que son père s'est explosé la jambe », dit-elle en attirant Sang Bik contre elle. « Pauvre gamin ! Il n'a plus personne... Ici au moins, nous savons où sont les mines. Et puis, comment vous voulez qu'on aille en Inde ? », interrogea-t-elle avec réalisme, son regard circulaire se posant sur chaque sujet de sa cour des miracles. « On a à peine la force d'aller chercher de quoi manger dans la forêt. »

- « Moi, j'tue les serpents ! », brailla Sang Bik avec bravache en brandissant un couteau rouillé sous le nez de Thang Bawi. « Et les grenouilles aussi ! »

Une rafale secoua la bâche, laissant pénétrer un souffle froid qui vit voler cendres et étincelles à travers l'abri. Un vent de sud-ouest. Il pleuvrait demain, ou même avant.

- « Je suis Khin Yadanar du CDF-Mindat. Lui, c'est Thang Bawi. Comment tu t'appelles ? », s'enquit-elle, en fixant le nourrisson momifié avec préoccupation.

- « Man Sung », répondit la mère. « Mais, ils m'appellent tous Anu ici. »

- « A quand remonte votre dernier repas, Anu ? », reprit la CDF en tendant les bras. « Donne-moi ton bébé » L'ordre claqua, trop autoritaire. Man Sung la fixa, abasourdie, presqu'horrifiée, avec un geste de recul.

- « Donne-lui ! », s'impatienta Thang Bawi, « elle est *saya von* ! ».

- « Un médecin... Oh Seigneur ! », sanglota Anu, qui s'empressa de se séparer de son bambin, ses yeux brillant d'espérance. « Il est trop tard, pour lui », gémit-elle en direction du vieux souillard, « mais sauve les enfants, je t'en prie ! »

- « Quand avez-vous mangé ? », insista Khin Yadanar, en commençant à ausculter le poupart bleuâtre qui transpirait une odeur d'excréments.

- « Il y a deux jours. De la bouillie de millet. Il en restait quelques graines dans le champ d'à côté. Et deux grenouilles... », énonça-t-elle en provoquant un sourire de fierté chez Sang Bik. « Mais, on ne garde rien... », s'excusa-t-elle presqu'honteusement d'un air entendu.

- « Choléra », se contenta d'annoncer la docteure en observant les traces brunâtres, souvenirs des diarrhées qui cochonnaient les pantalons des gamins. L'épidémie décimait la région depuis le début de la mousson.

Un gémissement s'éleva du fond de l'abri. Le vieil infirme s'agitait, les épaules soulevées de hoquets, murmurant des litanies incompréhensibles. Khin Yadanar s'approcha du moribond, forme décrépite aux yeux enfoncés, la peau tendue sur ses pommettes saillantes. La peau glissa sous ses doigts comme une enveloppe vide. L'odeur, la prit à la gorge. La dysenterie. Ses lèvres craquelées s'agitaient en prières continues, ses mains décharnées serrant une croix en bois. Déshydratation critique, probablement une insuffisance rénale avancée. Sans perfusion, sans antibiotiques...

- « Il ne passera pas la nuit, » chuchota-t-elle à Anu en se relevant.

Un grondement de tonnerre déchira l'air. Le nourrisson se remit à pleurer. Une crépitation fit vibrer la bâche au-dessus d'eux, puis une autre, les percussions s'accélérant sur la peau de tambour, jusqu'à devenir un battement assourdissant. Une nouvelle bourrasque souleva l'une des parois en plastique, une vague de gouttelettes hurlantes chercha à étouffer le feu qui plia, gémit, mais résista. Toutes les mains tirèrent sur les bâches, tâtonnant à la recherche de lestes qui permettraient de les maintenir au sol, alors que le déluge s'invitait en flots continus par tous les côtés. De nouveaux morceaux de bois humides furent jetés sur les braises, qui toussèrent avant de relancer leurs langues sifflantes, comme une malédiction adressée au ciel pluvieux.

- « L'eau », tonna Khin Yadanar en revenant vers le foyer, « il faut la faire bouillir ! » L'ordre était sans appel. « Tiens ! », intima-t-elle en tendant ses tablettes de chlorine à Anu. « Je vais

te montrer comment la purifier en cas de besoin. Va la remplir ! »
Elle tendit sa gourde à Sang Bik.

Pendant que l'enfant s'exécutait, plongeant avec appréhension dans l'orage qui se déchainait autour d'eux, elle expliqua à la réfugiée comment utiliser les comprimés et les règles d'hygiène essentielles à respecter. Il revint trempé, apparition spectrale accompagné par un éclair, se précipita près du feu, s'y ébroua, secoué de frissons, puis rendit le bidon à son commanditaire avec un regard mauvais. Khin Yadanar s'en voulut un peu et prit en pitié son apparence famélique. Elle croisa le regard interrogateur de Thang Bawi, d'où perçait pour la première fois de l'émotion. Nul besoin de parler, ils se comprirent, et elle lui approuva d'un signe de tête. La voix du guide vibra dans la cahute. « Nous avons des rations. »

Le mot électrisa la pièce. Khin Yadanar sortit les paquets de viande séchée, de biscuits, de galettes. Les enfants se ruèrent en grognant, doigts crochus déchirant le plastique. C'était tout ce qui devait les soutenir pendant leur traversée en territoire ennemi jusqu'à Chauk, mais ils n'hésitèrent pas un instant. L'ambiance se détendit et les langues se délièrent, les exclamations d'émerveillement et de plaisir se succédant à chaque victuaille que les voyageurs extirpaient de leurs besaces. La distribution se termina, rituel funèbre. Les dernières bouchées tombèrent dans des estomacs de pierre avec un bruit sourd. Khin Yadanar observa la scène, les mâchoires qui broyaient trop vite, les yeux qui guettaient le prochain morceau. C'était plus qu'ils n'avaient espéré durant des jours, mais moins que ce dont ils avaient besoin. Pour eux c'était Noël avant l'heure, pour certains le dernier. Tous lavèrent ce festin d'une gorgée prise à la gourde, grimaces répondirent au goût de la chlorine, même le mourant que Khin Yadanar aida à avaler un comprimé d'analgésique. C'était tout ce qu'elle pouvait faire dans ces conditions. Puis, les mains se joignirent autour du feu, Thang Bawi récitant un benedicité pour remercier Dieu de ce jour supplémentaire qu'il leur accordait.

- « Vous repartez demain ? », interrogea Anu avec appréhension alors que le feu commençait à faiblir. Après leur départ la mort reprendrait ses droits.

- « Nous devons rejoindre Chauk dès que possible », confirma Khin Yadanar.

- « Prends-le avec toi » Anu lui tendit le nourrisson. Les yeux étaient humides, implorants, mais la voix était ferme. « Avec toi, il pourra survivre. »

Le corps minuscule pesait moins qu'un chaton. Khin Yadanar compta les côtes sous la peau translucide. Elle serra les dents, refusant de pleurer devant ces gens qui avaient oublié les larmes. Elle hésita, ses mains s'élevèrent presque, avant de retomber. Elle ne pouvait pas, c'était impossible. Elle n'était pas partie pour sauver un enfant, mais pour essayer de les sauver tous.

- « Je reviendrai », mentit-elle la gorge serrée.

Thang Bawi alluma une cigarette, la lueur rougeoyante soulignant ses pommettes de guerrier fatigué.

- « J'enverrai un message au CDF pour qu'il vienne vous chercher. Ça prendra trois jours tout au plus », annonça-t-il avec détachement, en relâchant une bouffée blanche. Ils étaient encore dans une zone de blocage des réseaux par la junte, il faudrait attendre demain qu'ils passent dans la région de Magwe.

- « Si nous sommes encore vivants », répliqua Anu avec fatalisme.

Un éclair illumina l'abri alors que le feu finissait de mourir, rendant leurs pensées à la nuit. Après leur union dans la prière, l'obscurité commençait à dresser des murs entre eux. Dans quelques heures, ils seraient de nouveau des étrangers, marchant sur des chemins séparés.

- « Il faut dormir maintenant », signala Thang Bawi avec gravité. « Demain, nous traversons la vallée de l'ombre. »

Khin Yadanar poussa un long bâillement. Demain, ils continueraient leur aventure à pied, par discrétion, pour éviter les barrages. Demain, ils entreraient dans les territoires contrôlés par la Tatmadaw. La nuit tomba d'un coup, avalant les derniers murmures. Elle s'allongea sur le sol détrempé, ses muscles endoloris par la route, écoutant les râles poussifs du vieillard qui s'enfonçait progressivement dans la nuit. Les autres occupants suivirent son exemple et se blottirent les uns contre les autres pour chasser la peur et le froid. Elle ferma les yeux, hantée par le visage d'Anu et de l'enfant qu'elle avait rejetée. Elle rouvrit les yeux et se tourna vers Thang Bawi, qui lui tournait le dos.

- « Ils viendront les chercher, n'est-ce pas ? », chuchota-t-elle. Aucune réponse.

Dans la pénombre, elle observa les silhouettes endormies, anonymes. Ils n'étaient personnes, légion sans visages, des statistiques. Aujourd'hui réfugiés, demain victimes. Un chiffre passant d'une colonne à l'autre, oublié de tous. Elle se souvint de sa mission, de la raison pour laquelle elle avait décidé de risquer sa vie, pour leur donner une voix, pour leur rendre leur nom. Mourir est passivité, mais risquer sa vie est acte. Elle avait choisi d'agir. Elle sombra dans un sommeil agité, bercée par le bruit de la pluie incessante et hantée par les visages de ceux qu'elle laissait derrière elle.

Chapitre 14

Entre Chauk et Pyay, Myanmar, septembre 2024

Khin Yadanar se réveilla en sursaut, les images de l'explosion encore brûlantes dans son esprit, son cœur battant contre ses tempes, la sueur froide coulant le long de son cou. Elle avait crié dans son cauchemar, la silhouette de Kee Mawng engloutie par une boule de feu. Elle regarda avec inquiétude autour d'elle, mais les autres passagers du bus ne lui prêtaient aucune attention.

Le paysage défilait le long du pachyderme poussif qui filait sur la route entre Chauk et Pyay. Des bourrasques humides s'engouffraient par les fenêtres béantes, l'haleine du monstre portant le parfum lourd de l'engrais et des excréments de buffle. L'estomac de Khin Yadanar remontait à chaque cahot, les vagues acides frappaient sa glotte. Estomac vide. Il fallait penser à autre chose. Autour d'elle, un patchwork de verts rutilait sous le soleil par éclairs. Mais ce concert de lumière ne masquait rien. Derrière le rideau apparaissaient les champs désertés, envahis par la mauvaise herbe, rendus à la vermine dont s'empiffraient les grues blanches. Digues abandonnées, pourriture, huttes affaissées. Les terres autrefois vibrantes étaient vides de toute verticalité. Rien qui liât l'humus au ciel. L'œil de Khin Yadanar restait accroché à un horizon tristement immobile.

La mort par mille coupures. Coup d'État, guerre civile, crise économique, conscription obligatoire. Jeunes hommes et femmes fuyaient avant même que leur numéro ne sorte à la loterie pour échapper aux rafles. Beaucoup se cachaient dans les régions contrôlées par les groupes ethniques ou rejoignaient les PDF. La junte se tirait une balle dans le pied. Les campagnes se vidaient. Ne restaient que les couples trop âgés pour le labour, trop endettés pour les semences.

À Chauk, elle avait traversé le marché. Étales à moitié vides. Quelques légumes rabougris vendus à prix d'or. Le peuple se nourrissait des cosses de riz qu'on lui jetait. Le grain partait à l'export, remplissant les caisses des généraux. Tristesse pour le pays autrefois surnommé le « grenier à riz de l'Asie ». La guerre et les sanctions en faisaient une terre brûlée, perdue dans les limbes de la globalisation. Pourtant, point de malédiction. Ce titre passé était une promesse d'avenir. Les ressources abondaient. La population était jeune et la diaspora éduquée. Libre et démocratique le Myanmar deviendrait un tigre industriel, au croisement de la Chine, de l'Inde et de l'Asean. Au cœur du moteur de la croissance mondiale

Un vieux panneau rouillé annonça Yenangyaung. Là où le premier derrick mécanisé de Birmanie était entré en action dans les années 1880, où était née la Burmah Oil, devenue BP. Tout un symbole de colonisation et de pillage systématique des ressources par les Britanniques. Depuis la fin du socialisme, la junte birmane avait repris le modèle. Les généraux s'enrichissaient grâce aux mines de Mogok et Hpakan, au teck et au riz. Yenangyaung demeurait un centre vital pour la production de gaz et de pétrole de l'armée. Le bus ralentit puis s'arrêta brutalement dans un long grincement. Un contrôle.

Khin Yadanar entrevit les ombres menaçantes découpées dans l'ombre du bunker de fortune. Deux gamins en uniforme, mitraillettes à la main, montèrent, vérifièrent les papiers du conducteur, scrutèrent les passagers. L'un d'eux posa son regard sur elle. Son sang ne fit qu'un tour. Paralysée. Incapable de respirer. C'était fini. Ils savaient. Pourtant elle avait suivi les directives. Désinstallé toutes les applications, effacé les données, ne gardant que les liens vers les médias officiels et les photos de pagodes. Et pourtant, ils savaient. Ils allaient l'arrêter. Trouver la tablette. La torturer, la violer, la tuer. Elle disparaîtrait. Kee Mawng ne saurait jamais. La tablette tomberait aux mains de la junte.

Le soldat rendit les papiers au chauffeur, puis descendit avec son collègue. La barrière se leva. Le bus reprit sa route. Khin Yadanar prit enfin une inspiration profonde. Répit momentané. D'autres inspections l'attendaient sur la route de Pyay. Il fallait qu'elle se calmât.

Elle avait anticipé la surveillance continuelle, l'armée omniprésente, les contrôles systématiques. Mais planifier dans l'abri des montagnes n'était que théorie. La réalité mordait la chair. Les sens en alerte, l'hypervigilance, le cerveau reptilien aux commandes. La peur. Elle la connaissait pourtant : bloc de glace aux tripes, décharge électrique paralysante. Elle l'avait enfouie sous les montagnes. Elle l'avait oubliée. Elle la redécouvrait maintenant. La bataille de Sanchaung ressurgissait. Des images dont elle ne pouvait endiguer le flot. L'odeur d'abord. Lacrymogènes et pneus brûlés. Mélangée au cambouis du bus, elle lui tordit l'estomac.

8 mars 2021, Yangon. Trois cents manifestants, frondes, pierres et boucliers de fortune à la main, amassés derrière leurs barricades, face aux centaines de Goliaths armés jusqu'aux dents. Le soleil se couchait sur le carrefour de Kyun Taw et Bargaryar, à l'entrée du quartier populaire de Sanchaung, où avaient convergé des cortèges d'opposants. Un jour de plus depuis le coup d'Etat. Un nouveau palier dans l'escalade de la répression. Les martyrs se comptaient déjà par dizaines. La dernière, Kyal Sin Lin, dix-neuf ans, tuée la semaine précédente à Mandalay, était dans tous les esprits. Elle hantait les t-shirts qui lisaient 'Everything will be OK'. Un hommage. Une provocation. Tous le savaient, rien ne serait 'OK'. La Tatmadaw serait sans merci. Min Aung Hlaing[63] avait ordonné aux snipers de viser la tête sur les conseils de son moine Vasipake Sayadaw, expert du yadaya. Les ombres des jeunes, collées aux murs, se fondaient dans les façades décrépies. Le face à face dura deux heures.

Vingt-heures. Le son du carillon monta, bruissement qui passe à travers les branches d'arbre en arbre, un vent couvrant la ville de sa rumeur. Les battements casseroles emplissent le ciel,

---

[63] Général birman dirigeant le Myanmar depuis le coup d'État militaire de février 2021.

puis les voix unies en un même chant, lent, clair, intelligible. Un seul peuple, un seul combat, un seul message lancé à la junte. Kabar Ma Kyay Buu. "Nous ne vous pardonnerons jamais". Les barricades joignirent leurs voix à celles de la ville, trois doigts levés en signe de défiance. Un frisson parcourut la peau de Khin Yadanar. Ce rendez-vous quotidien lui donnait toujours la chair de poule. Ils n'étaient pas seuls.

Aucun retour en arrière n'était possible. Sa génération avait grandi pendant près de dix ans avec la liberté, Internet. Trop jeune en 2015, elle avait voté pour la première fois en 2020. On leur avait offert l'espoir, celui de la démocratie, celui d'un avenir meilleur. L'armée essayait maintenant de le leur retirer. Inacceptable.

Les rues étroites s'emplirent d'une clameur sourde lorsque les premiers coups de feu éclatèrent. Les grenades assourdissantes plurent d'abord par-dessus les barricades, éclats de lumière blanche qui fendaient les tympans. Puis les balles. Réelles. Un adolescent s'écroula non loin de Khin Yadanar. Tapis au sol, elle se précipita en rampant avec un autre médic. Trop tard. Un amas gluant et spongieux suintait sur le bitume du crâne ouvert. A côté gisait sa pancarte 'Nous ne sommes pas des insectes'. Le corps fut emporté à la va-vite dans une ruelle. Autour, d'autres tombèrent. Des cris de tous les côtés, des formes qui se bousculaient dans tous les sens, comme si la nuit rendait ses âmes damnées. Le chaos. Les Gavroches affamés de liberté se ruèrent vers les immeubles. Khin Yadanar guida un groupe de gamines - 'gamines'? Elle avait le même âge réalisa-t-elle, sa propre jeunesse lui paraissant si lointaine - un blessé sous un bras, des cocktails Molotov sous l'autre, vers des escaliers obscurs. Vers le toit ! Plus haut, toujours plus haut. L'ascension parût sans fin. Une porte s'ouvrit enfin sur la plateforme. Le ciel noir, mais rien d'autre. Elles n'iraient pas plus loin.

En bas, la rue vomissait ses soldats par vagues. Cortège de machines démontées, vomies par camions entiers, casquées, visages effacés, suivies de blindés grondant, monstres d'acier froids, qui écrasaient les barricades de pneus enflammés. Les ordres hurlés dans les haut-parleurs se perdaient dans le fracas de la cavalcade. Un arc orangé traça une courbe depuis une fenêtre et explosa dans une gerbe de feu sur l'un des véhicules. Il continua sa lente progression, imperturbable. Les flammes léchèrent le métal, une clameur submergea le chaos, puis les coups de feu fusèrent, crépitant sur le béton, brisant le verre, claquant dans la nuit comme une malédiction.

Khin Yadanar risqua un regard par-dessus le parapet. Les manifestants refluaient vers les ruelles enchevêtrées où les véhicules ne passaient pas. Les portes s'ouvraient, se refermaient, avalaient les fuyards. Les voix se turent progressivement. Les armes aussi. Vint le silence. Terrible. L'expectative. L'impuissance. Le quartier était encerclé.

Minuit trente arriva, lugubre, sonné quelque part dans le néant. Les échos se rapprochaient. Les béliers défonçaient les portes, les crosses fracassaient cadenas et serrures, le ratissage se succédait immeuble par immeuble, étage par étage, appartement par appartement. Coincées, elles étaient coincées, sans alternatives, sans échappatoire, à l'air libre, mais pour combien de temps ? Des cris et coups de feus perçaient parfois le silence, accompagnant l'extraction d'individus menottés, tabassés, jetés au fond de camions au bout de la rue. Une cinquantaine déjà. A quand leur tour ? Khin Yadanar gardait son calme malgré l'imminence du couperet. Elle jeta les cocktails Molotov dans les citernes d'eau. Les frondes suivirent. Aucune autre arme ? C'était déjà ça. Comme si la junte, dans son impunité, avait besoin d'excuse. 'Nous ne sommes pas des insectes'. Pourtant, les bottes les écrasaient sans discernement.

Deux heures. De nouveaux vrombissements à l'entrée du quartier. Des renforts arrivaient. Nouveaux tirs au hasard dans les fenêtres encore intactes. Les perquisitions continuèrent. Même succession de silences, rompus par les grognements de la meute et les plaintes de leurs victimes. Parfois, un appel au haut-parleur incendiait la nuit, une menace adressée aux habitants qui hébergeraient des manifestants. Inutile. Sanchaung, quartier populaire, n'abritait que des partisans. Assises contre le parapet, les filles attendaient. Oreilles tendues, mains entrelacées, prières silencieuses, pendant que Khin Yadanar s'occupait des blessés. Tout à coup, un coup sourd se fit entendre juste à la verticale de leur cachette, suivi d'un tumulte dans la cage d'escalier. L'ennemi était dans les murs. Dans quelques minutes, la porte volerait en éclat et la nuit les emporterait à leur tour.

Un appel discret, à peine discernable parmi les vociférations, attira l'attention de la jeune-femme vers l'immeuble voisin. Des bras s'agitaient dans l'ombre, une planche fut jetée au-dessus du vide, une nouvelle issue s'ouvrait à elles. Une à une, les filles enjambèrent l'abîme, les premières offrant leurs mains aux suivantes, aux blessés. Khin Yadanar restait en retrait pour que personne ne soit oublié. Le tollé se rapprochait. Ils étaient à l'étage d'en dessous. Elle était la dernière. Derrière elle, des bruits de pas. Elle sauta sur la planche, courut, glissa, bascula dans le vide. La latte de bois vola en dessous d'elle, percuta les murs, puis rebondit une dernière fois dans un bruit sourd dans l'allée. Elle resta suspendue au-dessus du gouffre, se cramponnant désespérément au parapet, incapable de se hisser, ses doigts glissant sur le revêtement humide. Un premier coup retentit contre la porte. Une nuée de mains l'agrippèrent et commencèrent à la tirer. Un deuxième coup. Elle parvint à poser les coudes sur le bord de la terrasse. Un troisième fit exploser la porte au moment où elle roulait sur le toit de l'immeuble voisin. Toutes se plaquèrent au sol, leur respiration suspendue, scrutant les bruits qui leur parvenaient de leur ancienne cache. « Rien à signaler ». Elles attendirent encore sans bouger, avant d'être tout à fait rassurées pour embrasser leur sauveuse, une matrone qui leur souriait avec bonhomie.

Quelques heures plus tard, Khin Yadanar regardait l'aube se lever au-dessus des toits. La chaleur de l'astre chassait les dernières troupes de la Tatmadaw. Les survivants émergeaient des entrailles de la ville, découvrant les murs criblés d'impacts, l'asphalte maculé de sang séché, les lambeaux de vêtements accrochés aux barbelés, les yeux levés vers le soleil pour immoler les souvenirs de cette nuit impie. Un nouveau jour, similaire à tant d'autres. Et pourtant tout était différent ce matin-là. La bataille de Sanchaung avait été aussi brève que décisive. Un élément déclencheur. Après les répressions de 1974, de 1988, de 2007, la résistance avait enfin appris de ses erreurs passées. Elle avait compris qu'elle ne pouvait l'emporter, sans armes ni entraînement, dans un combat urbain contre la junte. Les barricades avaient continué encore quelques mois, chacune réprimée dans une surenchère de violence. Mais peu à peu, les résistants avaient quitté les villes pour gagner les zones ethniques, y recevoir l'entraînement nécessaire, puis rejoindre les PDF[64].

Khin Yadanar resta à Yangon aussi longtemps qu'elle le pouvait, passant de cache en cache, de barricade en barricade. La semaine suivante, elle assistait aux funérailles de Khant Nyar Hein, étudiant en médecine abattu par l'armée, le même jour que soixante civils lors du massacre de Hlaing Thayar. Douze heures pendant lesquelles les forces de l'ordre avaient tiré à vue sur la foule encerclée. Le mois suivant, elle traitait les victimes du siège de Bago. Une centaine d'opposants anéantis à la mitrailleuse et au lance-roquette, puis achevés par dizaines à la baïonnette. Finalement, elle avait décidé de rejoindre son Etat Chin natal fin avril, lors du déclenchement de la bataille de Mindat. Trop tard. Kee Mawng lui avait appris le martyr de ses parents avant qu'elle ne puisse rejoindre la ville assiégée.

---

[64] People Defense Force. Aile armée du Gouvernement d'unité nationale (NUG) du Myanmar, créée en mai 2021 pour résister au régime militaire issu du coup d'État de février 2021, menant une guérilla pro-démocratie en coordination avec des groupes ethniques.

Le bus tressauta, arrachant Khin Yadanar à ses réminiscences. Les sacrifices du passé imprégnaient encore ses pensées, ravivant une flamme qui couvait sous les braises. La peur, la haine étaient toujours là, veilleuses éclairant les coins les plus reculés de son esprit. Cependant, une lumière aveuglante venait de se rallumer et s'interposait devant leurs lueurs pâles. Sa détermination avait changé. C'était bien plus que de la révolte. De l'espoir. Elle n'était plus la bête tremblante, acculée. C'était la Tatmadaw qui était dorénavant aux abois, ses territoires se réduisant comme peau de chagrin. On parlait déjà de l'après, de cette république fédérale, démocratique, multiethnique qui succèderait à la dictature. Ils pouvaient gagner. Non, ils allaient gagner. Les heures étaient comptées. Ils auraient déjà gagné sans le soutien indéfectible de la Russie et de la Chine à la junte. Elle apporterait sa contribution en plaçant le Myanmar sur le devant de la scène médiatique. Mais prudence : l'animal blessé, dos au mur, reste le plus dangereux.

L'Express Shwe Pyi Thar ralentit dans un crissement de pneus, soulevant un nuage de poussière, pour finir à l'arrêt devant un point de contrôle. Le dernier avant leur arrivée à Pyay. Comme à chaque fois, l'assistant du chauffeur se leva, le visage tendu, se plaça face aux passagers et récita les consignes de sécurité d'une voix mécanique : « Cartes d'identité en main. Interdiction de filmer. Gardez les mains visibles sur les accoudoirs. »

Trois silhouettes se détachèrent de l'abri en tôle, deux jeunes recrues au treillis mal ajusté et un sergent à la mâchoire carrée, qui cracha un long jet rouge sur l'asphalte. Il monta dans le véhicule, le pas volontairement lent, dramatique, puant l'égo et la malice. Il remonta l'allée, talons claquant sur le plancher, yeux plissés balayant l'habitacle d'un mouvement synchronisé avec sa mitraillette, doigt caressant la détente comme un organe de plaisir. Il se planta devant un trentenaire tremblant, tête baissée, qui tentait en vain de disparaître derrière le dossier. « NRC », aboya le militaire en agitant une main impatiente. Une carte d'identité lui fut tendue, accompagnée d'une liasse de billets. Le molosse les compta, fit une moue blasée, puis rugit : « Descends ! Va rejoindre les autres ! » Il pointait trois jeunes hommes alignés sous bonne garde. Au pied d'un camion. La victime fut empoignée brutalement, à peine le temps d'attraper son sac à dos. Tous seraient enrôlés de force pour arrêter l'hémorragie de la Tatmadaw. Les chanceux pourraient appeler leurs parents une dernière fois. Les autres seraient rendus dans un sac en plastique ou disparaîtraient sans trace.

Les Bamars découvraient enfin la vérité que les minorités vivaient dans leur chair depuis l'indépendance. MRTV[65], The Global New Light of Myanmar[66], la propagande nationaliste... Mensonges. Depuis des décennies, le même mensonge martelé, répété, assené. Ils avaient cru. Ils avaient voulu croire, entretenant la discrimination raciale à l'encontre des ethnies non Bouddhistes. Maintenant, ils comprenaient. Il n'y avait qu'un seul ennemi intérieur, la Tatmadaw. Elle n'était pas la gardienne de l'unité, mais la cause du déchirement. Les autres ethnies ? Des victimes.

---

[65] Chaîne de télévision étatique du gouvernement birman.
[66] Quotidien de propagande officielle en anglais depuis 1964.

Les vrais coupables portaient l'uniforme depuis quatre-vingt ans. L'État policier n'était pas né trois ans auparavant, mais à l'indépendance. Même sous Thein Sein[67], même durant cette démocratisation qui n'avait été qu'un masque. Pendant qu'au centre, les villes avaient prospéré, à la périphérie les exactions avaient continué. Les confiscations, les privations, les conflits. Khin Yadanar les avaient vus dans l'État Chin. Région pauvre, privée du fruit de la croissance, martyrisée. Le nettoyage ethnique dans l'Arakanais était un autre exemple frappant. Vingt-cinq mille Rohingyas massacrés par l'armée et les milices bouddhistes. Plus d'un million de réfugiés au Bangladesh. À l'époque, les Bouddhistes, noyés par la propagande nationaliste qui inondait Facebook, avaient défendu ce qu'ils pensaient être une opération anti-terroriste. Après tout, l'ARSA[68] avait bien attaqué des postes de police. Même Aung San Suu Kyi n'avait pas moufté, s'attirant l'ire de la communauté internationale. Aujourd'hui, tous comprenaient qu'il s'agissait du *modus operandi* de l'armée, face à n'importe quelle dissension. Une armée sur laquelle le Prix Nobel de la Paix n'avait jamais eu la main. Ainsi, Kachins, Chins, Arakanais avaient-ils rompu le cessez-le-feu avant 2021. Repris les armes. Pas par velléités indépendantistes, non. Dans l'espoir de vivre en paix. Comme les Bamars qui les avaient rejoints après le coup d'Etat.

---

[67] Ancien général et homme politique birman, 9e président du Myanmar de 2011 à 2016, lors de l'ouverture politique avant le coup d'Etat de 2021.
[68] Arakan Rohingya Salvation Army. Groupe terroriste actif dans l'État d'Arakan fondé en 2013.

Le sous-officier continua son inspection, les '*athet amakhan kyay*[69]' empochés avec un grognement. Arriva le tour de Khin Yadanar, qui glissa un billet de dix mille kyats[70] sous sa carte d'identité. Le double du montant habituel. Le militaire la lui arracha des mains et l'inspecta avec attention.

- « Chin, hein ? », siffla-t-il avec mépris. Son odeur de transpiration mêlée d'alcool la prit au nez. Elle recula pour se coller à la fenêtre. L'autre avança d'un pas dans sa rangée, comme pour la coincer. « Ils ont des Bouddhistes chez les Chins ? »

- « Mon père était Bamar » Elle répondit aussi respectueusement que possible à son ton narquois, remerciant en secret ses parents de l'avoir inscrite comme bouddhiste dans les registres officiels. Il était déjà assez difficile d'être identifiée comme « Bamar-Chin » dans la Birmanie nationaliste et raciste instaurée par le Général Ne Win après son coup d'Etat de 1962.

La loi sur la citoyenneté avait créé un système de castes imposant une hiérarchie entre les ethnies. Avec les Bamars bouddhistes au sommet, bien entendu. Un modèle hérité de la colonisation britannique. La junte avait simplement inversé la pyramide. Rohingyas, Chinois et Indiens, étaient exclus de la liste des 135 'races nationales', se voyant dénier la nationalité et délivrer

---

[69] « Frais de vie », surnom donné aux bakchichs que les militaires soutirent de force à la population civile.
[70] Environ 2 US dollars en 2024. Le salaire moyen d'un sergent était d'environ 100 US dollars.

une « FRC[71] » au lieu de la « NRC[72] ». L'accès aux services publics, à l'éducation, aux postes administratifs, et même aux voyages. Tout leur était limité. En plus de l'appartenance ethnique et de la religion, la carte indiquait la région d'origine. Véritable outil de surveillance et de contrôle des minorités, permettant d'imposer des restrictions de mouvement à certaines d'entre elles. Un simple coup d'œil sur celle de Khin Yadanar avait permis au sergent de la classer vers le bas de l'échelle. Il pouvait faire d'elle ce qu'il voulait.

- « On dit que les Chins se tatouent le visage pour s'enlaidir et éviter qu'on les kidnappe », se moqua-t-il. « C'est vrai que t'es pas mal... »

Un sourire carnassier éclaira son visage, dévoilant deux rangées de dents rongées par le bétel. Elle était légalement en âge d'être conscrite, elle le savait. Il pouvait la faire descendre et lui faire subir les pires immondices. Elle était à sa merci. Il avança encore vers elle, regard de prédateur fixé froidement sur sa proie, deux mains rustres posées sur les appui-têtes alors qu'il se penchait vers elle. Son haleine chaude et fétide lui griffa le visage. Le dos plaqué à la fenêtre, elle était prise au piège.

- « Tu voyages seule ? »

- « Elle est avec moi. C'est ma nièce », lança une voix calme et autoritaire depuis la rangée de derrière.

---

[71] « Foreign Registration Card » équivalente à la « Green Card » américaine pour les résidents considérés comme non nationaux.
[72] « National Registration Card », carte d'identité réservée au nationaux.

Surpris, le sergent se redressa pour dévisager l'importun. Khin Yadanar tourna la tête à son tour et découvrit le crâne lisse du moine qui dépassait au-dessus des fauteuils.

- « Nous revenons d'un pèlerinage à Bagan », continua-t-il sereinement, « et nous nous rendons à Akauk Taung[73] pour y faire des offrandes. »

Le militaire resta coi, visiblement ennuyé, pesant ses options. Il reporta son attention sur Khin Yadanar, l'inspecta d'un regard appuyé. Elle se félicita d'avoir choisi de porter l'ensemble marron des laïcs bouddhistes avant son arrivée à Chauk. Son accoutrement allait lui sauver la vie. Il ouvrit la bouche pour parler quand un brouhaha éclata à l'extérieur. Un jeune soldat luttait avec un conscrit qui se démenait, refusant de monter dans le camion où s'entassaient les autres 'malgré eux'. « Putain ! Les incapables ! », grogna le sergent avant de mugir vers les deux soldats plantés derrière lui : « Qu'est-ce que vous attendez ? Allez l'aider bande d'abrutis ! » Son attention détournée, il jeta la carte d'identité de Khin Yadanar d'un geste dédaigneux sur la banquette, sans même un regard. « C'est bon pour cette fois », cracha-t-il, hautain, son pas lourd s'éloignant vers la sortie.

Dehors, l'altercation s'intensifia. Le prisonnier, désespéré, hurlait de terreur : « Je ne peux pas ! Je dois retourner chez moi ! Mon fils vient de naître ! » Personne pour l'aider. Les passagers gardaient la tête droite, le regard fixé devant eux, les lèvres froissées par la culpabilité. Khin Yadanar sentit la colère monter

---

[73] Site historique situé près de Pyay, où se trouvent des dizaines de statues de Bouddha sculptées dans des falaises surplombant l'Irrawaddy.

en elle, son corps tendu, ses jambes pliées, ses doigts agrippés à l'accoudoir, prête à bondir. Elle tourna la tête, interrogea du regard. Le moine secoua la tête. Il savait. Elle savait. Il n'y avait rien à faire. Ce n'était pas seulement sa vie qu'elle risquerait, mais aussi celles des autres passagers. Elle se laissa retomber sur le fauteuil avec résignation, incapable de détourner ses yeux de la tragédie. Le prisonnier s'arcbouta brutalement sur le parechoc et poussa de toutes ses forces sur ses jambes. Le soldat qui l'agrippait tomba à la renverse sur le dos. Le conscrit se libérera de l'étreinte et se mit à courir, aussi vite que le permettait son *longyi*, pieds nus, ses claquettes perdues dans l'altercation. Il fonça vers les buissons qui bordaient la route. Il y était presque. En y plongeant il aurait une chance. Khin Yadanar retint sa respiration. Une détonation. Une exclamation traversa le bus. Le garçon s'affala d'un coup, face contre terre, immobile, comme un épouvantail déchu. Une auréole rouge grandit dans son dos.

- « T'es con ou quoi ? », vociféra le sergent en giflant le soldat qui avait tiré. « Le Colonel aurait payé deux *lakhs* pour lui, crétin ! Ce sera retiré de ta prime ! »

Il fit signe au bus de repartir. Derrière d'autres véhicules attendaient de lui fournir son quota de chair à canon. Le chauffeur démarra en trombe. Le sergent gesticulant, le camion, le corps inerte, disparurent dans un brouillard de poussière. Le rapport indiquerait une tentative de désertion, punissable de mort selon l'article 27 du code pénal militaire. S'il y avait un rapport... Le corps serait probablement enterré à la va-vite. Plus rapide. Moins d'effort. Un gamin de plus grandirait sans son père. Une banalité quotidienne.

Khin Yadanar reporta son regard sur son sauveur, un moine bouddhiste d'un âge incertain, les yeux fermés, les jambes repliées sur sa banquette, qui égrainait un chapelet en récitant *Anicca Vata Sankhāra*[74].

- « Je vous remercie beaucoup *Sayadaw*[75] », osa-t-elle malgré sa gêne d'interrompre sa prière. « Vous m'avez sauvée. »

Les doigts s'arrêtèrent sur une perle. Les yeux s'ouvrirent avec un sourire triste.

- « Le *Karaniya Metta Sutta*[76] », répondit-il les paupières mi-closes, « enseigne que 'comme une mère protège son enfant unique, ainsi doit-on chérir tous les êtres.' Tu n'es pas ma nièce, mais il était de mon devoir de t'aider. »

- « Ils lui ont tiré dans le dos... Comme un chien », rumina-t-elle les dents serrées, perdue dans le vide.

- « Des hommes perdus dans le cycle de la violence. Comme le brigand Angulimana avant qu'il ne rencontre l'Eveillé et

---

[74] Phrase liminaire des obsèques bouddhistes au Myanmar : "Impermanents, hélas, sont tous les phénomènes conditionnés". Récitée trois fois devant le corps, elle rappelle la loi universelle de l'éphémère.

[75] Titre honorifique utilisé pour s'adresser de manière respectueuse à un moine bouddhiste en birman.

[76] Enseignement bouddhiste qui expose les attitudes et pratiques nécessaires pour cultiver la bienveillance universelle envers tous les êtres.

suive le *Dhamma*[77]. Leur *kamma* les rattrapera. Ils portent leurs propres chaines. »

- « Et nos chaînes ? Celles qu'ils nous font porter ? Les massacres, les bombardements, les exécutions sommaires ? Qui nous en libèrera ? » Khin Yadanar n'était pas religieuse, elle ne croyait pas en une justice cosmique. C'était maintenant que le pays devait changer, que les châtiments devaient pleuvoir.

- « La haine ne met jamais fin à la haine. Seul l'amour le peut. Voilà la loi éternelle. Le *Dhamma* est comme l'eau : il use la roche sans combattre. »

- « Alors, nous devons espérer, patienter que leur *kamma* les consume ? », insista-t-elle avec incrédulité.

- « Nous devons agir sans haïr. Comme le Bouddha devant l'armée de Pasenadi : il n'a pas maudit le roi, mais éclairé son esprit. La junte tombera quand leurs cœurs verront leur propre obscurité. »

Khin Yadanar se remémora la Révolution de Safran, en 2007. Les défilés de moines récitant le *Mettā Sutta*[78] de manière pacifique. Puis, les moines battus, exécutés par les soldats, les rafles nocturnes dans les monastères, les corps en robes rouges flottant dans les rivières. Près de vingt ans déjà. S'en souvenait-il ? Depuis, rien n'avait changé. Les cœurs des militaires n'avaient pas vu « leur propre obscurité ». Au génocide des Rohingyas avaient succédé le martyr des minorités, puis des Bamars. Le tout avec la

---

[77] Enseignements du Bouddha.
[78] Sutta de la compassion.

bénédiction de moines nationalistes, qui enflammaient les esprits avec leurs prêches racistes.

- « Et nous, en attendant ? », le pressa-t-elle

- « Nous menons une révolution contre l'ignorance. Nous préparons l'avènement d'une société meilleure, juste, libérée de la peur. Même les tigres dorment un jour », conclut-il avec un sourire entendu.

Khin Yadanar répondit par un sourire poli et se retourna sans un mot pour le rendre à sa prière. Ils voulaient la même chose. Ils voyageaient dans la même direction, mais par des chemins séparés. Le temps pressait. Elle avait choisi un raccourci qui traversait précipices et rivières de feu. Y arriverait-elle plus vite ? Y arriverait-elle jamais ? Se perdrait-elle en route ? L'histoire le dirait. En attendant, la nouvelle étape de ses pérégrinations se dessinait au loin. Pyay. C'était là qu'elle descendait.

Chapitre 15

Pyay, Myanmar, septembre 2024

- « Je suis bien arrivée à Pyay. J'ai trouvé le guide. Je t'enverrai un message quand nous serons à Minhla. Je t'aime. »

Khin Yadanar désinstalla l'application Signal de son téléphone avant de l'éteindre. L'écran noir lui renvoya son reflet troublé. La voix de Kee Mawng lui manquait, mais les montagnes chins étaient dans une zone de blackout. Il était ses yeux dans cette guerre, son lien avec les réseaux clandestins qui opéraient dans les zones contrôlées par l'armée, l'ange gardien qui lui trouvait une escorte à chaque étape. Elle essaierait de l'appeler en Voice IP avec un VPN lors de sa prochaine étape. Pour l'heure, le temps pressait, la discrétion s'imposait, et chaque minute d'hésitation pouvait sceller son sort. Kyaw Zaw l'attendait près de son scooter, silhouette tendue contre le chaos du marché de Pyay. Dix-huit ans à peine, soldat du PDF Battalion 3602, il portait sa jeunesse comme un fardeau. Autour d'eux, la foule grouillait dans l'indifférence apparente, marchands, voyageurs, tous acteurs de cette comédie de la normalité. Mais Kyaw Zaw savait qu'un contrôle inopiné, une fouille de routine pouvait dégénérer en arrestation. Et c'était l'unité de résistance entière qui sombrait dans les geôles militaires.

Elle s'était changée et arborait comme lui un simple jean délavé et tee-shirt banal. Pas d'arme. Rien qui puisse attirer l'œil scrutateur des patrouilles, hormis cette tablette brisée qui dormait au fond de son sac, emmitouflée dans un tissu comme un secret mortel. Sa carte d'identité se cachait dans la doublure. Deux jeunes, frère et sœur, qui rentraient au village. Ce serait leur couverture.

Suite à ses échanges cryptés avec Kee Mawng, Kyaw Zaw avait reçu la permission de son commandant de conduire la jeune-femme jusqu'à Hpa Yar Gyi, par-delà le massif de Bago. Plusieurs jours de périple sur des pistes défoncées, tout plutôt que les routes où la Tatmadaw déployait ses checkpoints comme autant de pièges. « Un vrai plaisir », songea-t-elle avec une ironie amère en s'installant derrière Kyaw Zaw. Le moteur rugit, la bécane partit en trombe, faisant disparaître Pyay derrière eux.

- « Je connais un chemin qui longe la route jusqu'à Paungde », hurla le jeune homme par-dessus le fracas mécanique au sortir de la ville. « Demain, on tracera à pied directement vers le Sud-Est. Vers les montagnes. »

L'après-midi se déroula dans un voile ocre. Ils filaient entre les champs qui s'étendaient comme une mer végétale. Tournesols, cotonniers, maïs et sésame ondulant sous la brise coloraient la plaine. Au-dessus d'eux, les nuages noirs, roulant une houle mauvaise, venaient battre le toit des huttes en bambou. Frêles piliers ployant sous le poids des flots, elles défilaient à la frontière claire séparant l'horizon de l'océan céleste agité que le soleil ne pouvait percer. Une lumière d'éclipse. L'orage approchait. Le vent fouettait leurs visages sans parvenir à chasser la sensation d'étouffement. La tempête s'annonça avec un premier roulement de tonnerre.

- « On y est presque », vociféra Kyaw Zaw. « On devrait y arriver avant la pluie », prophétisa-t-il en accélérant sur le chemin en pente bordé de ficus.

Deux kilomètres plus loin, il arrêta brusquement l'engin et coupa le moteur. Le silence se fit pour la première fois depuis des heures.

- « Quelque chose ne va pas ». Kyaw Zaw tendit l'oreille, nerveux.

Khin Yadanar écouta à son tour. Le tonnerre roulait encore au loin, rumeur sourde d'un fauve qui approche, gueule béante. Les hirondelles plongeaient pour faire ripaille dans les nuées d'insectes rabattues vers le sol. Piaillements incessants dans l'air lourd. Rien d'autre. Elle allait parler quand une rafale porta jusqu'à eux une autre rumeur, sèche, claquante, à peine perceptible dans le grondement de l'orage qui montait. C'était lointain, presque indiscernable, mais son ouïe experte reconnue aussitôt le cliquetis des coups de feu. Un regard suffit entre les deux résistants. Sans armes, mais poussés par cette nécessité qui précède toute conscience, ils devaient voir.

- « Le village est juste derrière le col », murmura Kyaw Zaw en dissimulant le scooter derrière un tronc massif. « On passera par la forêt ».

Khin Yadanar le suivit dans sa course oblique, son sac battant contre ses reins comme un second cœur. Les détonations se précisaient, distinctes, porteuses de menace. Des clameurs s'y mêlaient à mesure qu'ils approchaient du village dont les silhouettes des huttes se détachaient à travers la végétation. Ils progressaient courbés, d'un arbre à l'autre, ombres furtives essayant de masquer leur approche. À vingt mètres des premières maisons, Kyaw Zaw lui fit signe de ramper. Ils atteignirent la lisière, s'aplatirent dans les herbes, et soudain l'horreur fut là, entière, irréfutable.

A même la terre battue, vieillards, femmes, enfants gisaient dans une mare de sang, leurs membres dans des postures grotesques, leurs visages figés dans un masque de peur, la gorge tranchée, le crâne écrasé, le ventre ouvert. Poulets et cochons cavalaient en poussant des cris stridents, pendant qu'un bœuf décharné, les yeux exorbités par l'effroi, tirait convulsivement sur la corde qui lui cisaillait le cou. Derrière les huttes, invisibles mais terriblement présents, d'autres cris humains et d'autres détonations montaient dans l'air lourd, leur soprano se mêlant au baryton du tonnerre.

C'est alors qu'une adolescente surgit d'entre deux maisons, les cheveux emmêlés, ses traits déformés par la terreur pure. Elle courait comme courent ceux qui savent que la mort les talonne. Khin Yadanar, voulut instinctivement surgir de sa cachette, mais déjà un trio de soldats déboulait à la poursuite de la fugitive. La jeune fille trébucha, s'effondra brutalement sur le sol. La meute se rua aussitôt sur elle avec des jappements excités. Deux d'entre eux la retournèrent et l'immobilisèrent, ses hurlements se brisant contre le ciel indifférent, tandis que son corps se tordait dans une résistance désespérée. Le troisième, visage grimaçant défiguré par le rut, releva d'un geste le *longyi* de sa victime, abaissa son pantalon de treillis et s'abattit entre les jambes de l'enfant avec un râle bestial. D'un mouvement brutal, il arracha les boutons du chemisier, exposant une poitrine à peine formée qu'il écrasa sous sa paume, tandis que son corps s'agitait en un rythme primitif.

Khin Yadanar sentit en elle monter une rage aveugle. Elle allait bondir quand Kyaw Zaw la plaqua au sol de tout son poids, une main sur sa bouche pour étouffer ses cris. Ils n'étaient que deux, sans armes. Ils n'avaient aucune chance. Impuissante, Khin Yadanar se débattit contre cette étreinte qui la sauvait, tout en la condamnant à être témoin du martyr de la fillette.

Irrité par les sanglots et les supplications de sa victime, le tortionnaire lui asséna un coup de poing, sec, précis, qui éteignit instantanément les cris. Un filet de sang s'écoula du nez brisé, traçant un chemin écarlate sur le visage immobile. Le corps inerte continua à tressauter sous les assauts du violeur, comme une marionnette désarticulée. Le tonnerre accompagna le grognement de plaisir qu'il poussa avant de se retirer. Les deux autres prirent sa place, l'un après l'autre, méthodiques. Inconsciente, ils n'eurent même pas à la tenir pendant qu'ils la souillaient.

- « C'est comme se taper une morte ! », pesta le dernier en montant rageusement son pantalon. « La prochaine fois je passe en premier. Tu cognes trop fort ! »

- « Ta gueule ! », rétorqua le premier en reprenant son fusil. « Comme si t'avais ce qu'il faut pour enfiler autre chose qu'une étoile de mer ! Je t'ai mâché le travail, tu devrais me remercier ! » Il afficha un sourire sarcastique rougi par le bétel et cracha sur le sol à côté de leur victime inanimée.

- « C'est pas le moment ! », s'interposa le troisième, un caporal. « Entassez ces merdes dans la hutte », ordonna-t-il en désignant la rangée de cadavres.

- « Et elle ? »

- « Avec les autres. Pas de témoins et pas de traces ! » Il observa les alentours, son regard passant sur la cachette des deux résistants sans s'arrêter. « Vous avez cinq minutes ! Ne traînez pas ! Les PDF sont dans les parages. »

Il s'éloigna et disparut derrière les maisons. Les deux hommes prirent un premier corps, chacun par une extrémité, et le portèrent vers l'une des habitations.

- « Les PDF ? Je les emmerde », grommela l'un d'eux. « Ils sont où tes héros du PDF ? », interrogea-t-il d'un air narquois en se penchant vers un vieil homme malingre et torse nu. Egorgé de part en part, sa tête se balançait en angles impossibles.

- Le deuxième hurla, l'air bravache, en direction de la forêt : « Personne pour vous sauver ! Ils vous abandonnent comme des chiens ! » Même silence chez le garçonnet qu'ils jetèrent comme un sac de sable dans la bicoque.

- « Venez les sauver, bande de lâches ! », copia son acolyte avec un rire gouailleur, alors qu'une femme s'en allait rejoindre les autres morts.

Le va et vient continua, jusqu'à ce que ne reste plus que l'adolescente, étendue, inconsciente. Ils se placèrent de chaque côté, la regardèrent d'un air goguenard, deux artistes devant leur œuvre, avant de lui saisir les membres.

- « On violera vos sœurs comme on a violé cette garce ! », ricana le premier.

- « Et on brûlera vos familles comme on brûle ces huttes ! », persiffla le second.

Les soldats se saisirent d'un bidon d'essence et aspergèrent l'intérieur de la hutte, puis les parois de bambou. Leurs gestes méthodiques avaient la précision terrible de ceux qui ont fait de la destruction un métier. Puis le cliquetis de briquets, avec lesquels ils allumèrent la paille. Ils firent de même avec la bâtisse voisine. Les flammes bondirent vers le ciel noir, sifflantes, affamées, léchant les toitures avec une voracité animale. Les deux hommes disparurent, leurs silhouettes avalées par la fumée épaisse qui enveloppa le village comme un linceul. Le rugissement de l'incendie couvrit bientôt les dernières clameurs qui s'élevaient derrière le rideau incandescent, nourri par le vent annonçant la tempête. Le bœuf décharné, terrifié par le brasier, parvint enfin à briser son entrave et s'enfuit avec des meuglements paniqués.

Khin Yadanar sentit l'étreinte de Kyaw Zaw se relâcher. Elle se dégagea d'un mouvement brusque et bondit vers la hutte mortuaire. Les protestations de son compagnon se perdaient déjà derrière elle. Elle n'entendait plus que le battement de son propre cœur et cette voix intérieure qui lui criait qu'une vie pouvait encore être sauvée. Elle pénétra dans l'habitation. Au centre de la pièce, les victimes avaient été entassées comme des fagots. Des langues de feu tombaient déjà du plafond de chaume, l'embrasement gagnait les parois de bambou, emplissant l'espace de vapeurs brûlantes qui la firent tousser violemment. Ses yeux pleuraient, sa vision se brouillait, mais elle repéra la jeune fille malgré la fumée âcre qui lui lacérait les poumons. Elle rampa vers elle, chaque inspiration devenant un supplice, la tête lui tournant sous l'effet de l'asphyxie progressive. Ses mains se refermèrent sur les bras de l'adolescente. Elle tira. Le corps bougea à peine. Poids mort. Elle renouvela l'effort, mobilisant ses dernières forces. Sans espoir. Seule, elle n'y parviendrait pas. Une main ferme lui pressa l'épaule.

- « Sors, je m'en occupe ! », lança Kyaw Zaw avec autorité.

Elle obéit, s'extirpant à quatre pattes du piège de feu, avant de s'effondrer à l'extérieur, à bout de souffle, crachant par saccades les cendres qui lui cuisaient la gorge. Elle se retourna juste à temps pour voir Kyaw Zaw émerger de l'enfer, son fardeau dans les bras, au moment où le toit s'effondrait derrière lui dans une explosion d'étincelles. Il déposa délicatement l'adolescente sur le sol. Aucun souffle ne soulevait sa poitrine.

- « Laisse-moi faire ! » Khin Yadanar, ôta son sac et écarta Kyaw Zaw pour s'agenouiller à côté de la jeune-fille, les mains jointes sur le sternum immobile.

- « Debout ! », aboya une voix alors qu'elle s'apprêtait à commencer le massage cardiaque. Elle allait protester quand un violent coup de pied dans le dos l'envoya rouler à terre. « J'ai dit debout ! »

Elle se retourna, le souffle coupé, la douleur irradiant sa colonne vertébrale. Les deux soldats se dressaient devant eux, l'air mauvais, les canons de leurs fusils d'assaut DI MA-1 pointés sur eux avec cette désinvolture de ceux qui tuent pour le plaisir. Les deux résistants se relevèrent lentement, les mains sur la tête. L'un des soldats contempla le corps étendu à leurs pieds, ses pupilles froides et dédaigneuses comme s'il observait un insecte. Sans émotion, impassible, il dirigea le canon de son arme vers la poitrine de l'adolescente et pressa la détente. La salve claqua, sèche, définitive. Khin Yadanar poussa un cri de désespoir qui se perdit dans la fumée emportée par un souffle d'air. Puis elle fusilla le meurtrier du regard, avec cette haine plus forte que la peur, une haine pure qui naît de l'injustice absolue. Mais elle ne bougea pas.

- « Pas de traces. Ce sont les ordres. » Se tournant vers son compagnon aux yeux injectés de Yaa Baa[79], « surveille-les pendant que je m'occupe de ça. »

---

[79] Drogue synthétique, composée d'un mélange de méthamphétamine et de caféine, surnommée "médecine qui rend fou".

Il saisit le corps de l'adolescente par les chevilles et le traîna vers le brasier, laissant derrière lui un sillage sanguinolent. D'un coup de pied, il fit rouler la dépouille dans l'habitation qui se consumait. Le feu l'avala instantanément. Sa tâche accomplie, il se frotta les mains, ramassa le sac à dos de Khin Yadanar, puis d'un mouvement de son arme automatique, fit signe aux prisonniers d'avancer. Ils contournèrent le village en feu, volcan incandescent, monstre rugissant qui crachait son haleine brûlante à leurs visages comme une malédiction, ses griffes ardentes cherchant à les saisir. La bête affamée espérait se repaître des deux proies tombées dans les mains de la Tatmadaw.

Khin Yadanar sentit le canon la pousser dans le dos avec férocité. Coup sec, métallique, qui faillit la faire trébucher. Ses claquettes glissaient dans cette boue mêlée de suie qui recouvrait le chemin. La douleur raviva sa rancune alors qu'elle fixait, hypnotisée, une silhouette carbonisée qui se calcinait dans une habitation éventrée. L'odeur de chair brûlée monta, révulsante. Des larmes de rage coulèrent sur ses joues noircies. Ses parents à Mindat avaient subi le même sort. Puis la colère se mua en tristesse, un deuil profond pour les proches perdus, mais plus encore pour son peuple, déchiré depuis des décennies. Tant de violence, de sang versé. Pourquoi ? Pour qu'une minorité s'accroche au pouvoir ? Une poignée de petits hommes à l'égo démesuré, prêts à embraser le monde pour endormir leur sentiment d'insécurité et surcompenser leur complexe d'infériorité. Min Aung Hlaing, Vladimir Putin, Xi Jinping, Donald Trump, Kim Jong Un... Les visages différents d'un même mal qui gangrénait l'humanité. L'absurdité de cette soif lui était étrangère.

Des millions d'années d'évolution avaient-elles favorisé les plus violents ? Cette lutte pour le monopole des ressources, comme les atomes qui se disputent l'électron. Culture et droit tentaient depuis des siècles de contrebalancer cette pente, en vain. Collaborer, construire, ces autres instincts naturels demandaient tant d'énergie. Prendre restait si simple. L'univers courait vers l'entropie. L'ordre social devait-il, comme la matière, se disloquer inéluctablement ?

Non. Elle se trompait. Le despotisme exigeait des moyens considérables pour survivre dans son anormalité, sa monstruosité. Ressort contre-nature qu'il fallait continuellement remonter, maintenir sous tension par la force brute. La liberté, elle, était instinct primaire. Idée sans cesse réinventée, virus dormant dans le permafrost des dictatures, qui renaissait au premier printemps. Un jour, la main de fer fatiguerait. La crampe se faisait déjà sentir. Les ressources de la junte s'épuisaient. Armes, répression constante, multitude d'hommes soumis pour persister. Mais ces hommes ? Elle se retourna à demi vers les soldats qui les escortaient. Un nouveau coup de crosse dans le dos la rappela douloureusement à l'ordre. Pauvres, illettrés, haïs, maltraités eux aussi par leurs officiers. Et bouddhistes. Eux aussi appartenant au peuple. Pourtant, ils avaient choisi le camp des bourreaux. Comment l'expliquer ?

- « La banalité du mal... », murmura-t-elle, les lèvres gercées par la fumée et la soif. Les mots d'Hannah Arendt revenaient, lus dans un pamphlet distribué sous le manteau après le coup d'Etat.

Mais ici, point d'Aryens aux yeux bleus sortis d'un manuel d'histoire. Ni de fonctionnaire nazi signant des ordres de déportation dans son uniforme impeccable. Les bourreaux portaient des visages familiers, offraient des fleurs à la pagode un jour, égorgeaient des villageois le lendemain. Nulle froideur bureaucratique, abstraite et distante. Une proximité aussi abjecte qu'incompréhensible. Soumission à l'autorité et lavage de cerveau ? Sans doute. L'uniforme des généraux et la propagande nationaliste remplaçaient les blouses blanches de Milgram. Cohésion déviante ? Sans doute aussi. Muant la pression du groupe en folie collective. Combien avaient agi par peur de déchoir ? Combien s'étaient laissé porter par la fièvre grisante du pouvoir absolu ? La Tatmadaw offrait un fusil et une absolution collective. Promesse d'impunité levant toute inhibition. Mais une théorie pouvait-elle expliquer l'inexplicable ? Ne fallait-il pas admettre que certains y prenaient simplement plaisir ? La scène du viol resurgit. Et avec elle, la rage. Quelle que fût leur raison, ils n'avaient pas d'excuse. Ils avaient le choix entre déserteurs, 'pastèques' ou *sit kwe*[80]. Ils avaient choisi. Ils paieraient un jour, au combat, à l'échafaud, devant un tribunal. Et si le moine avait raison, leur *kamma* les poursuivrait par-delà la mort.

Un roulement de tonnerre et l'averse se déchaîna. Colonnes d'eau chaude et drue s'abattant comme un effort désespéré des cieux pour laver l'affront commis en ce lieu maudit. Crépitements et sifflements montèrent du village, clameurs d'un dernier affrontement entre les flammes et l'eau. La vapeur

---

[80] « chiens soldats » en birman.

remplaça la fumée, les ruisseaux emportèrent sang et cendres. Le hameau martyr se figea dans la grisaille d'un cimetière offert à la mémoire. Oradour-sur-Glane. Le nom surgit dans son esprit. Khin Yadanar leva le visage vers le ciel, bouche ouverte pour recevoir cette dernière offrande aux condamnés. Elle sentit la peur s'évacuer avec l'eau qui ruisselait sur son corps. Seule demeurait la rage, électrisant ses membres qui frissonnaient sous les gouttes tièdes. Quel que fût le sort qu'on lui réservait, elle ne leur donnerait rien. Aucune satisfaction. Elle était résolue. Elle était prête.

Ils atteignirent l'entrée du village. Plusieurs camions militaires s'alignaient là, masses sombres dans la pluie qui redoublait. Une compagnie d'une centaine d'hommes s'affairait, méthodique dans ses préparatifs de départ. À leurs pieds, une rangée de civils agenouillés, mains liées dans le dos, attendaient le verdict. Un officier les passait en revue pour le triage : portage ou conscription pour les hommes valides, incarcération pour les femmes et les enfants. Les invalides et les récalcitrants gisaient déjà morts dans la boue, inutiles et encombrants. Les ordres claquaient dans l'air humide. Les otages furent séparés, familles et couples éclatés d'un geste, puis enfournés dans les camions, pleurs étouffés par la peur d'une exécution sommaire, ou silence de mort qui pesait plus lourd que les cris.

- « *Bo Gyi*[81], on a trouvé ces deux-là », annonça l'un des soldats en les poussant devant le capitaine. « Ils ne sont pas du village. Elle avait ce sac avec elle ».

---

[81] « Capitaine » en birman.

L'officier s'en empara, le retourna et en déversa le contenu sur le sol. Un fatras d'objets s'éparpilla dans la gadoue : vêtements, téléphone, câbles, nourriture, trousse de premiers secours, lampe torche. Les fragments de la tablette tombèrent en dernier avec un bruit sourd qui résonna comme un glas. Il se baissa, ramassa un morceau qu'il examina avec cette curiosité froide des prédateurs face à une proie inhabituelle.

- « Qui êtes-vous ? PDF ? Trafiquants ? » Ses aboiements percèrent le rideau de pluie avec l'assurance brutale de ceux qui ont l'habitude d'être obéis.

Les deux prisonniers demeurèrent muets. Il se planta devant Khin Yadanar, la dominant de toute sa hauteur, agitant l'éclat de pierre devant elle avec une frustration croissante.

- « Qu'est-ce que c'est ? Où as-tu trouvé ça ? »

Leur silence transformait sa curiosité en exaspération. Elle planta ses yeux dans les siens sans fléchir. Provocation pure. Ce chien de guerre avait l'habitude que ses proies courbent l'échine au premier regard. La gifle partit sans qu'elle la voie venir. Le dos de la main la cueillit à la mâchoire, embrasant son visage, faisant vibrer son crâne. Elle s'effondra dans la boue, un flot au goût de métal inondant sa bouche. Elle toussa, cracha une gerbe écarlate, s'essuya d'un revers de bras, puis se releva avec cette lenteur insolente et calculée de ceux qui refusent de rompre.

- « Tu fais la fière ? » Il affichait un rictus sadique. « Ils sauront bien te faire parler à Okpho. Attachez-les et mettez-les dans le camion avec les autres ! » Il ordonna à un soldat de remettre les affaires dans le sac, puis s'éloigna sans même un regard. Ils n'étaient déjà plus son problème mais celui de l'OCMSA[82].

L'estomac de Khin Yadanar se noua à l'évocation de l'infâme centre d'interrogation situé au nord de Pyay, où s'appliquait le protocole standard du renseignement militaire. Désorientation sensorielle, torture continue, simulations d'exécutions, et violences sexuelles méthodiques. Les interrogatoires « renforcés » des PDF étaient supervisés par un proche de Min Aung Hlaing. Le menu fretin était confié à d'anciens détenus d'Insein[83], leur peine commuée en échange de ce service. Des brutes sans retenue qui battaient leurs victimes jusqu'à la mort. Les dissidents n'en ressortaient jamais, sinon par la porte menant au crématorium adjacent. La tête lui tourna tandis qu'on la poussait vers le camion. Elle n'avait rien avalé depuis le matin, mais un goût acide remonta dans son œsophage. Un hoquet violent, puis elle vomit un filet jaunâtre sur les pieds d'un soldat. L'homme poussa un juron et lui asséna un coup de crosse.

- « Montez ! Vite ! » vociféra le soldat en les poussant violemment dans le dos.

Le camion s'ébranla dans un rugissement sur la route défoncée, faisant tressauter les prisonniers, une dizaine d'hommes silencieux, tête baissée, assis aux pieds des soldats. Les

---

percussions de la pluie sur la bâche couvraient les railleries de leurs gardiens. Rires cruels qui rythmaient cette procession funèbre. Dans l'obscurité, Khin Yadanar adressa des excuses silencieuses à Kyaw Zaw. Il détourna la tête, la renvoyant à sa solitude. C'était de sa faute. Sa précipitation pour sortir de leur cachette, geste inutile puisque l'adolescente était morte. Sa décision de quitter l'État Chin. Idée absurde qui les menait vers la torture et l'exécution. Non sans probablement révéler, sous la douleur, des informations qui mettraient leurs camarades en danger. Sa quête du *stūpa*, lui semblait dérisoire au regard des vies perdues. Pourtant, elle savait que la colère et la révolte ne suffisaient pas. Un symbole était nécessaire pour rassembler ce qui était épars. L'espoir. C'était ce qu'elle avait voulu offrir à son peuple. Tandis que le village incendié s'éloignait, elle comprit qu'elle-même n'en avait plus. Bientôt elle serait morte, sans avoir pu entendre une dernière fois la voix de Kee Mawng. Sans avoir pu lui demander pardon et lui rappeler son amour.

Chapitre XVI

Pont de Sittang, Birmanie, février 1942

- « Suivez-moi ! », héla le sergent Myers avec urgence, en se précipitant vers le bâtiment pour y récupérer leurs paquetages.

À peine avaient-ils atteint la bâtisse que la vérité leur apparut, cruelle et définitive. Du sommet de la colline, le spectacle ne laissait place à aucune illusion : une colonne de fumée noire s'élevait des décombres du tronçon central du pont, dont les poutrelles d'acier gisaient, tordues, dans l'abîme séparant les deux portions encore debout. Était-ce l'œuvre de l'artillerie ennemie ? Nul n'eût su le déterminer. Peut-être demeurait-il quelque espoir de franchir le cours d'eau au moyen d'embarcations. Il fallait s'en assurer sans délai.

Anthony empoigna sa sacoche, imité par ses compagnons qui s'élancèrent vers la berge au sud du pont, oubliant la fatigue, la faim et la soif. Ne subsistaient que les pulsations du sang martelant leurs tempes et cette peur primitive qui noyait leur raison. Le professeur Sayer trébucha à plusieurs reprises, son corps semblant vouloir capituler, mais Anthony l'aida chaque fois à se relever, l'exhortant à maintenir leur rythme effréné. Ils débouchèrent, haletants, sur les rives boueuses de la Sittang que baignait la clarté blafarde de l'aurore. Les volutes de brume caressaient les jambes de centaines de soldats dépenaillés qui, comme eux, venaient assaillir le fleuve dans l'espoir d'y trouver leur salut. Mais celui-ci s'avérait vide de toute promesse. Nulle barque à portée de la main. Des esquifs les narguaient depuis la rive opposée, où ils avaient été ramenés la veille afin de prévenir le passage de l'adversaire. Ils se trouvaient pris au piège, dos au fleuve, avec un ennemi plus nombreux et mieux équipé qui s'apprêtait à refermer définitivement l'étau.

Le périmètre nord, au niveau de la colline de la pagode, au-dessus de la tête de pont, demeurait étrangement silencieuse, comme si les Japonais avaient suspendu leur assaut. Avaient-ils atteint leur objectif ? Improbable. Sans doute avaient-ils souhaité s'emparer du pont pour poursuivre leur offensive foudroyante vers Rangoun. Sa destruction leur avait ôté toute notion d'urgence. Les troupes britanniques seraient bientôt encerclées, comme l'attestait l'intense crépitement des mortiers qui perdurait au sud.

- « Restez ici », ordonna Myers, « je vais chercher un moyen de traverser. »

Anthony observa Myers s'éloigner et éprouva un certain soulagement à voir Pitt l'accompagner. La présence du soldat l'indisposait depuis l'altercation avec Win Thu. Il n'avait jamais apprécié le Birman, mais le rôle qu'il avait joué dans sa mort lui retournait l'estomac. Nandar Aye avait menti. Lui aussi, par omission. L'homme était mort, et c'était comme s'ils avaient eux-mêmes pressé la détente. Était-il un espion ? Que signifiaient ces chiffres ? Ils ne le sauraient jamais. Sans doute cet incident ne s'élevait-il même pas au rang de tragédie, au regard du carnage quotidien depuis Win Ka. Mais que représentaient ces milliers d'inconnus pour lui ? Sa proximité avec le défunt conférait une dimension personnelle à sa disparition. Ce n'était pas quelque anonyme dont les yeux s'étaient éteints dans les siens, emplis d'effroi. Des yeux qui le hantaient sitôt qu'il fermait les siens.

Il aida Sayer à s'installer contre un arbre, prit sa gourde, puis partit la remplir dans le fleuve. La fraîcheur apaisa ses pieds meurtris. Il inspira profondément et fixa cette terre promise, à cinq cents mètres, si proche et pourtant inaccessible. Autour de lui, les soldats construisaient fébrilement des radeaux de fortune. Plusieurs, saisis de panique, plongèrent dans les flots, abandonnant fusils et équipement, puis commencèrent à nager, sourds aux mises en garde. Anthony les vit avec horreur dériver rapidement, se débattre contre le courant, s'épuiser, avant de sombrer sous la surface bourbeuse. Ces visions le placèrent face au miroir de ses propres terreurs. Il se détourna pour regagner la rive.

Il aperçut Nandar Aye accroupie près de Sayer, prodiguant son réconfort. Il s'approcha et tendit la gourde remplie d'eau. Chacun but son lot, sentant le liquide au goût de vase descendre avec délice. Il s'assit à son tour, plaçant intentionnellement Sayer entre la jeune femme et lui. Il ne pouvait la regarder ni lui adresser la parole. Trop de sentiments se bousculaient. Outre la culpabilité, la crainte d'être découverts s'était réveillée. Ils avaient été imprudents et avaient failli tout perdre. Mais l'incident pourrait amener Sayer à s'interroger. Il leur faudrait demeurer discrets pour endormir ses soupçons. Anthony accueillait cette séparation forcée avec soulagement. La réaction de Nandar Aye, son mensonge, sa froideur face à la mort de Win Thu l'avaient plongé dans un malaise profond en lui révélant tant de facettes inconnues de son amante. Pouvait-il attribuer cela à l'instinct de survie, alors qu'elle continuait d'afficher un parfait sang-froid tandis que tout sombrait dans le chaos ?

Il l'aimait encore, mais ne ressentait plus cette intimité qui les avait unis. Il admirait son courage, mais une certaine gêne s'était instaurée en prenant conscience que les rapports de force s'étaient inversés. À moins qu'il en eût toujours été ainsi. Elle croisa son regard et y lut son trouble, détournant les yeux afin de cacher ses propres pensées.

- « Je vais voir si je peux me rendre utile à l'infirmerie », annonça-t-elle, visiblement pressée de mettre de la distance entre eux.

- « Je reste avec le professeur », répondit-il en désignant l'historien engourdi, affalé les yeux dans le vague.

Anthony la regarda s'éloigner en direction du poste de secours, comme si rien de ce qui l'entourait ne la concernait. Rien ne semblait devoir tirer Sayer de sa léthargie, ni les obus de mortier qui continuaient de retourner le sol à proximité, ni les hurlements affolés des soldats qui couraient en tous sens à la recherche d'une issue. Ils demeurèrent donc assis en silence, noyaux fixes dans l'espace autour desquels semblaient graviter tous ces électrons libres qui s'affolaient autour d'eux.

- « Jamais je n'aurais cru pareille chose possible de sa part. Un garçon si intelligent, d'une famille si respectable. » Le professeur rompit soudain le silence en contemplant l'horizon. « Un espion, un Jubelo[84] que j'ai introduit en loge », termina-t-il, les traits partagés entre tristesse et colère, en fixant la bague à son auriculaire droit qui portait l'équerre et le compas.

Anthony connaissait l'appartenance de Sayer à la loge de l'Université de Rangoon. Loin de s'en cacher, l'historien affichait avec fierté son affiliation aux Fils de la Veuve, organisation qui faisait preuve d'un avant-gardisme exemplaire face à la ségrégation coloniale. Non seulement avait-elle ouvert ses colonnes aux Frères de toutes origines, mais des Birmans y occupaient les plus hautes fonctions. L'historien y voyait le cénacle qui donnerait naissance à l'élite éclairée de la Birmanie indépendante dont il soutenait la cause, malgré l'ostracisme dont il souffrait. Lui, optimiste outrancier, contemplait à cet instant son aveuglement : il avait introduit le ver dans le fruit. Une naïveté dont abusaient également Anthony et Nandar Aye, trahissant eux aussi la main confiante qui les nourrissait. Anthony n'osa regarder cet être généreux mais pitoyable qui le renvoyait à sa médiocrité. Certes, Nadar Aye et lui s'aimaient, mais ils n'avaient pas le courage de le faire ouvertement, préférant profiter des largesses de leur mécène. Essayer de se convaincre qu'ils le maintenaient dans

---

84 Jubela, Jubelo et Jubelum sont les trois mauvais compagnons qui assassinent l'architecte Hiram Abiff dans la légende maçonnique et symbolisent les trois vides de l'ignorance, du fanatisme et de l'ambition.

l'ignorance par égard pour ses sentiments eût été mentir. Cette contemplation lui procura un irrépressible dégoût de lui-même.

- « Ne restons pas là à rien faire », encouragea Anthony en se levant. « Allons leur prêter main forte, cela nous changera les idées », ajouta-t-il en désignant des soldats indiens qui s'échinaient à construire un radeau.

Sayer se laissa entraîner pour se joindre à ces naufragés de *La Méduse*. D'autres équipages semblables se formaient, plusieurs prenant le fleuve dès que leurs embarcations le leur permettaient. Au fil des minutes, la surface de la Sittang se peupla d'une armada de dizaines de minuscules monticules flottants en direction de la berge opposée.

Deux heures s'écoulèrent sans qu'ils n'eussent revu Myers. Ils avaient continué d'apporter leur concours aux chantiers improvisés, demeurant fidèles aux ordres du sous-officier. Toutefois, tandis que le temps coulait et que les occasions de fuir s'amenuisaient avec le nombre décroissant de radeaux disponibles, ils commençaient à s'inquiéter et à se demander si le temps n'était pas venu d'aller quérir Nandar Aye pour tenter la traversée.

La plupart des embarcations n'avaient pas franchi la moitié de la distance lorsqu'une nuée de chasseurs japonais Ki-43 Oscar envahit le ciel et se mit à mitrailler les hommes dans l'eau, impuissants et désarmés. La surface brune se teinta rapidement de longues traînées écarlates, tandis que les corps déchiquetés dérivaient dans le courant, débris qui iraient bientôt nourrir les profondeurs du golfe de Martaban. La rage s'empara des hommes demeurés sur la terre ferme. Ils commencèrent à épuiser leurs dernières munitions sur les appareils qui tournoyaient au-dessus de leurs têtes. Soudain, Anthony entendit une clameur de joie : un gamin du Yorkshire venait de cribler de balles un Oscar qui piqua avant d'aller s'écraser dans une rizière. Triomphe dérisoire au milieu de la débâcle générale.

À peine les hourras s'étaient-ils tus que le village voisin s'embrasa sous les bombes. Les paillottes se consumèrent en un souffle, dégageant une épaisse fumée noire qui fondit sur eux, engloutissant le soleil. Brusquement, un grondement ébranla la terre : les dernières caisses d'obus de l'artillerie britannique explosaient en un geyser de flammes, feu d'artifice suivi d'une rafale d'explosions en chaîne dont ils sentirent le souffle brûlant lorsqu'ils furent projetés au sol.

- « Ça va professeur ? », demanda Anthony en lui tendant la main alors qu'il se relevait. Les lèvres remuèrent, mais il n'entendit point la réponse à travers le sifflement qui lui perçait les tympans. « Nandar Aye ! », hurla-t-il soudain, abandonnant son compagnon pour bondir en direction du poste de secours.

Partout autour de lui, les hommes couraient en tous sens, certains en flammes, tous aveuglés par la fumée. En arrivant, il découvrit une tranchée creusée sous un amas de bambous éclatés, où s'entassait un amoncellement de corps ensanglantés et gémissants. À l'autre extrémité, il la repéra enfin, colonne droite au milieu des garrots de fortune et des perfusions improvisées. Elle assistait un major qui s'escrimait à scier la jambe tailladée d'un blessé vociférant de douleur, faute d'anesthésie. Il ne put s'empêcher d'admirer cette Artémis, les vêtements maculés de rouge, les cheveux ébouriffés qu'elle dégageait d'un revers du bras, passant compresses, phénol ou pansements au médecin par gestes calmes et précis. Elle était ce lotus qui fleurit dans la fange, illuminant la bourbe qui l'entoure. C'est à cet instant que Myers apparut, couvert de suie, son uniforme en lambeaux.

- « Les ordres sont tombés ! », cria-t-il pour se faire entendre par-dessus le vacarme. « Repli général ! C'est maintenant ou jamais. La fumée nous couvrira, mais les nôtres ne tiendront plus longtemps la ligne au sud. »

Anthony traversa l'infirmerie de fortune pour aller rejoindre Nandar Aye.

- « Pardonnez-moi Major », s'excusa-t-il en la saisissant par le bras. « Viens, Myers va nous faire traverser la rivière. Si nous ne le faisons pas sur-le-champ, nous sommes perdus ! »

Elle adressa un regard interrogateur au praticien, qui hocha la tête avec compréhension.

- « Je vous remercie pour votre aide », déclara-t-il en reportant son attention sur la jambe qui ne tenait plus qu'à un lambeau de peau. « Que Dieu vous garde ! »

Elle reposa lentement les instruments qu'elle tenait, contempla une dernière fois les rangées de blessés autour d'elle, comme pour leur demander silencieusement pardon, puis emboîta le pas à Anthony et Myers en direction du fleuve. Au loin, ils aperçurent Sayer en compagnie de Pitt, qui trépignait d'impatience. Le visage de Sayer se décomposa d'effroi lorsqu'il la vit couverte de sang et il accourut vers elle, les bras tendus en avant, comme pour la retenir en cas de défaillance.

- « Tu es blessée ma chérie ? »

- « Je vais bien », le rassura-t-elle avec un sourire forcé. « C'est le sang des blessés », ajouta-t-elle, provoquant une moue d'horreur sur le visage du professeur qui la prit dans ses bras et la serra longuement contre lui.

L'annonce du repli se propagea parmi les troupes comme un feu de brousse. Des files hétéroclites se mirent en mouvement tandis que commençait l'évacuation des blessés : Gurkhas clopinant sur leurs pieds nus, Indiens sanguinolents, soldats du KOYLI couverts de bandages qui boitillaient. Certains, trop faibles, s'effondrèrent et ne se relevèrent plus. Les grenades superflues furent jetées dans les rizières, les armes abandonnées ou brisées. Les survivants n'emportèrent que de quoi flotter : bidons vides, planches arrachées aux paillottes. Les bambous calcinés craquaient dans l'incendie, couvrant à peine le vrombissement des appareils qui continuaient de décimer les survivants. La mort frappait au hasard, un éclat d'obus ici, une balle perdue là. Au bord de l'eau, le spectacle défiait l'entendement. Des centaines de têtes émergeaient et disparaissaient dans les flots où ils plongeaient en masse. Entre deux crêtes d'écume, Anthony distingua un groupe de Gurkhas à califourchon sur un tronc submergé, ramant avec une lenteur obstinée tandis que des rafales de mitrailleuse lacéraient la surface.

Il ramassa une gamelle rectangulaire en acier qui traînait sur le sol, puis alla chercher sa sacoche dont il extirpa son journal et le livre de Nandar Aye, qu'il rangea soigneusement dans le récipient métallique. Il replaça la boîte dans son sac, resserrant avec précaution le linge qui protégeait la tablette de pierre, puis s'en alla retrouver le reste du groupe sur la berge. Myers et Pitt, en caleçon et chemise, terminaient la confection d'un radeau à l'aide de planches et de bambous dont ils testèrent la flottabilité en appuyant dessus de leurs pieds nus. Ils hochèrent la tête d'un air satisfait.

- « Allons-y ! », lança le sergent en appelant ses protégés à le rejoindre.

Nandar Aye, son *longyi* tiré par-dessus son chemisier autour de sa poitrine, comme si elle s'apprêtait au bain, enfilait un pantalon de treillis trop ample découvert abandonné sur le sable. Elle noua des lacets entre les passants de ceinture et les serra pour maintenir le vêtement autour de sa taille. Elle fit quelques pas dans l'eau pour rejoindre ses compagnons, déjà rassemblés autour de l'embarcation éphémère qu'ils poussaient doucement vers le large.

- « Je ne sais pas nager », avoua-t-elle avec appréhension, alors que l'eau lui atteignait déjà le ventre. C'était la première fois qu'Anthony percevait de la peur dans sa voix.

- « Moi non plus ! », renchérit Pitt, par solidarité. « Mais, si un cabot peut l'faire, y'a pas d'raison ! 'Faut juste agiter les pattes. » Il mima la nage du chien avec un ridicule qui les eût fait rire s'ils n'avaient tous été préoccupés par leur survie.

- « Reste à côté. Je m'occuperai de toi », offrit Anthony en lui montrant où s'agripper, tout en se positionnant entre elle et Sayer, exténué, qui lui adressa un regard reconnaissant.

Anthony déposa sa sacoche au milieu du radeau, s'y accrocha d'une main tout en gardant fermement celle de Nandar Aye. En quelques pas, ils perdirent pied et sentirent le courant les emporter avec force. Anthony et les deux militaires se mirent à battre des jambes pour diriger leur embarcation en diagonale. Nandar Aye tentait de maîtriser sa panique chaque fois qu'une vague la submergeait, sa respiration haletante, ses bras crispés pour se maintenir sur leur amas de débris. Le professeur luttait contre sa fatigue en essayant de garder prise.

Malgré leurs efforts, il leur sembla ne pas avancer et la rive opposée paraissait toujours aussi éloignée. Des gerbes d'eau soulevaient la surface tout autour d'eux. Une mitrailleuse les prenait pour cible, ratissant leur flottille. Des cris et des appels se firent entendre dans toutes les directions. Deux hommes glissèrent d'un panneau en bois et se trouvèrent emportés dans leur direction, agitant leurs bras avec désespoir. Ils disparurent sous la surface à dix mètres d'eux, sans jamais reparaître. Anthony lui-même commença à sentir l'épuisement le gagner et dut lutter pour continuer à mouvoir ses jambes. Plusieurs fois, Nandar Aye glissa et manqua de couler. À chaque fois, il la retint et l'aida à se hisser.

Les bruits se firent plus feutrés au fur et à mesure qu'ils s'éloignaient de la rive orientale. Les ricochets de balles se firent plus sporadiques, puis cessèrent. Au bout d'une heure, ils atteignaient enfin le milieu du fleuve. En silence, ils tournèrent leurs regards vers le trou béant qui coupait le pont en deux. Ils comprenaient désormais. C'était le major-général Smyth qui avait ordonné la destruction du pont par les sapeurs pour endiguer l'avance japonaise. Lui qui avait aussi détruit les embarcations pour les refuser à l'adversaire. Lui qui avait ainsi abandonné à son sort la moitié de la 17e division sur la rive orientale.

- « Reposons-nous cinq minutes », proposa Myers. « Puis nous alternerons pour ne pas tous nous épuiser. »

- « 'Pas de refus ! », souffla Pitt, qui s'affala sur la planche devant lui.

Mais leur répit ne dura guère. Un ronflement grandissant emplit l'air. Une nouvelle rafale de détonations perça le silence, soulevant des gerbes à quelques mètres seulement. Les chasseurs nippons reprenaient leur ballet mortel au-dessus du fleuve.

- « Repartons ! », ordonna le sergent. « Nous sommes morts si nous restons immobiles au milieu du fleuve ! »

Près d'une heure plus tard, ils approchèrent enfin de la rive occidentale. Anthony ne sentait plus ses jambes, seule la proximité de la terre ferme lui offrant la force de continuer. Il se relâcha à l'approche de leur délivrance et sentit le poignet de Nandar Aye glisser sous sa main.

En une seconde, la jeune femme disparut sous les flots. Il plongea sans hésiter sous la surface, poussé par une terreur qui l'animait comme un électrochoc. Il nagea frénétiquement dans la direction qu'elle avait prise en coulant, ses mains cherchant désespérément dans les eaux sombres à la recherche de sa compagne. Ouvrir les yeux ne servait à rien. Il ne voyait même pas sa main devant lui. Il continua pourtant. Hurlant dans sa tête, se retenant avec peine de crier son nom pour ne pas épuiser son air. Ce dernier commença à lui manquer, une sensation brûlante s'empara de ses poumons. Mais il refusa de céder à l'instinct primaire qui le poussait à remonter à la surface. Il fut agité par un premier hoquet, mais lutta. Soudain, sa main sentit la caresse d'une algue. Non, pas une algue. Des cheveux. Elle était là ! Il donna un ultime battement de jambes et referma ses bras sur le corps inanimé de la jeune femme, qu'il remonta avec lui. Il brisa la surface de l'eau, aspira avec avidité, et tira la tête de sa compagne pour la maintenir à l'air libre.

Un réflexe la réveilla enfin et agita son corps de quintes rauques. Anthony rit avec un soulagement mêlé de larmes, lui murmurant son amour à l'oreille, tandis que sa respiration reprenait un rythme régulier. Il la serra contre lui pour l'empêcher de sombrer à nouveau, et la ramena vers la berge où les attendaient, anxieux, les autres membres de leur équipage. Il la traîna et l'étendit sur le sable, puis s'affala à côté d'elle, à bout de forces. Sayer se précipita vers la jeune femme, la prenant dans ses bras en pleurant, lui caressant les cheveux. Anthony se redressa pour contempler la rive orientale d'où s'échappaient des colonnes de fumée noire. Ils avaient réussi. Ils avaient traversé le Styx et fui l'enfer. Ils étaient à demi nus, sans équipement, sans eau ni nourriture, mais sains et saufs. Myers lui tendit sa sacoche avec une tape dans le dos, tandis que Nandar Aye et Sayer lui adressaient des regards chargés de reconnaissance.

- « T'endors pas ! », le taquina Pitt. « Y'a encore soixante bornes jusqu'à Pégou ! », déclara-t-il en lui claquant l'épaule tel un Charon diabolique.

Chapitre XVII

Entre Sittang et Pégou, Birmanie, février 1942

Le soleil déclinait lorsque Myers fut arraché à son sommeil. Épuisés par leur traversée, ils s'étaient abandonnés au bercement des détonations lointaines qui continuaient de déchirer la rive orientale, et avaient sombré dans l'inconscience sur le sable tiède. Il ouvrit les yeux avec panique au contact d'une main qui effleurait son bras, se redressant tel un ressort, muscles bandés pour l'affrontement. Son cœur ralentit à la vue du visage souriant d'un Gurkha, à quelques pouces du sien.

- « Il ne faut pas rester là, Sergent ! »

Myers saisit la main tendue pour se relever, surpris par la vigueur que dissimulait ce gamin trapu qui ne devait guère mesurer plus de cinq pieds et demi. Les Gurkhas formaient les troupes les plus estimées de l'armée des Indes : d'humeur joviale, fidèles, vaillants, jamais ils ne désertaient ni ne fuyaient le combat, la peur leur demeurant un sentiment parfaitement étranger. En vérité, il n'existait point de meilleur ami ni de pire adversaire qu'un Gurkha. Myers distingua un second Népalais qui se tenait en retrait, vêtu des lambeaux d'un uniforme dépareillé. Nul n'était armé. Il ne leur restait rien. Ombres humaines qui, comme lui, n'avaient probablement rien ingurgité depuis des jours. Son dernier repas remontait à la veille de leur arrivée à Moke Pa Lin, quand il était parvenu à abattre un singe, partageant cette chair carbonisée avec la troupe. Pitt lui avait trouvé un arrière-goût de porc. Myers ne gardait en mémoire que sa saveur de charbon de bois. Mais, tout affamé qu'il fût, il devait se lever et poursuivre, et il se hâta d'aller tirer ses compagnons de route de leur torpeur

Leur colonne se remit en marche, évitant soigneusement la route principale qui longeait la voie ferrée. L'aviation nippone régnait en maîtresse absolue dans les cieux. Myers en tête, leur file serpentine plongea à travers un champ d'herbes de deux mètres qui bordait la rive, frappant délibérément le sol pour faire fuir cobras et vipères qui pouvaient s'y tapir. Leur progression fut laborieuse, la végétation les agrippant comme des bras voulant les engloutir dans cette mer des Sargasses. Une centaine de mètres plus loin, ils débouchèrent sur des rizières desséchées qui déroulaient leur étendue monotone à perte de vue. À peine y posèrent-ils le pied sur la terre craquelée qu'ils regrettèrent aussitôt le maigre ombrage des herbes. Le sol cuit par la canicule leur brûlait les pieds. Le peu de fraîcheur que leur avait apporté leur traversée à la nage s'évanouit instantanément.

Ils avançaient en file indienne, sans aucune protection contre l'astre qui les fouettait sans merci. Ils avaient chaud, faim et soif, et deux à trois jours de marche les séparaient encore de leur destination. Pas une flaque, rien qui laissât entrevoir de l'eau dans ce paysage lunaire, hormis les volutes bouillonnantes qui dessinaient des mirages à l'horizon. Anthony en vint presque à regretter les heures d'accalmie dont Sayer et lui avaient pu jouir dans la matinée, adossés à un arbre, malgré les obus qui avaient continué de pleuvoir autour d'eux.

Au bout de la parcelle, ils atteignirent l'extrémité des digues en terre qui quadrillaient les champs. Leur soulagement fut accru lorsque les Gurkhas découvrirent plusieurs pieds de grands plantains lancéolés à l'orée du chemin. Sous le regard ébahi des Britanniques, l'un d'entre eux cassa la tige centrale qu'il se mit à mâcher avec délice. Il arracha d'autres plants qu'il tendit à ses compagnons qui l'imitèrent. Anthony écrasa sa tige avec appréhension sous ses dents, avant de sentir un filet d'eau au parfum d'herbe envahir sa bouche. Il avala goulûment ce nectar, le meilleur qu'il eût jamais goûté lui semblait-il, en poussant un éclat de rire.

- « Sergent, j'en prendrai une bouteille ! », se gaussa Sayer, qui paraissait reprendre quelques couleurs.

- « Ce millésime est meilleur que le Château Sittang », renchérit Anthony en repensant au goût vaseux de l'eau du fleuve.

- « 'Ça vaut pas celui de Moke Pa Lin ! », argumenta Pitt en référence à la mare putride à laquelle il s'était abreuvé la veille.

Les quatre Anglais rirent de bon cœur. Pour la première fois, ils pensaient pouvoir s'en tirer. Certains, maintenant, de ne pas mourir de soif, leur priorité était de trouver maintenant de quoi se sustenter. Ils continuèrent à serpenter entre les champs sur le fil des digues, sans rencontrer âme qui vive pendant une bonne heure. Finalement, ils aperçurent des silhouettes qui se découpaient en ombres chinoises dans le soleil plongeant à l'horizon. Les huttes d'un village brisèrent la triste horizontalité du paysage.

- « Allons-voir, mais restons sur nos gardes », avertit Myers.

À leur approche, les enfants gardant des buffles s'égaillèrent avec des cris d'épouvante vers l'intérieur du hameau. Ils allaient y pénétrer lorsqu'un groupe d'hommes émergea des maisons et se massa pour leur barrer le passage, armés de *dah*, de bâtons et de mines patibulaires. La foule les encercla en avançant d'un air menaçant. Les Gurkhas saisirent des bambous pointus qui traînaient sur le sol, aussitôt imités par Pitt et Myers. Ils formèrent une position défensive, dos à dos, avec leurs trois protégés au centre. L'étau se resserrait, annonçant une confrontation mortelle. Ils ne tiendraient guère, à un contre dix, exténués, avec leurs armes de fortune. Soudain, Nandar Aye écarta Myers et s'avança vers le plus âgé des villageois, un homme sec et grisonnant, torse nu, le *longyi* noué en short, les cuisses couvertes de tatouages.

- « Arrête-toi ! »

L'ordre claqua tandis qu'il brandissait sa machette au-dessus de sa tête d'un air menaçant, amenant Myers et Pitt à faire un pas en avant, prêts à bondir pour secourir la jeune fille. Impassible, elle leur fit signe de la main de demeurer en arrière.

- « *Mingala bah, Thu-Gyi U*[85] », commença-t-elle avec assurance. « Que la paix et les bénédictions soient sur vous, vénérable père du village. Nous ne vous voulons aucun mal. Je vous présente mes plus humbles respects. »

Le vieil homme parut s'adoucir quelque peu, sans pour autant baisser sa garde. Sayer et Anthony, qui comprenaient le birman, suivaient la conversation avec attention, dans l'expectative de son dénouement. Les soldats, en revanche, ne saisissant rien de ce qu'il se disait, continuant à dévisager la foule qui leur faisait face avec un air de défi.

- « *Thami*[86], tu t'exprimes avec politesse. Mais ton apparence jure avec tes paroles. Si tu crois pouvoir me berner... »

Il dirigea son regard vers le pantalon que portait Nandar Aye avec une moue de mépris, la méfiance ancrée dans ses prunelles.

- « Ces hommes avec toi, en guenilles et sans armes... Êtes-vous des bandits échappés de la prison ? Les gardiens ont libéré les criminels avant de fuir ! »

- « Ces hommes sont des soldats britanniques. Nous voudrions juste un peu de nourriture avant de continuer notre route. »

---

[85] Salutation polie destinée à un chef de village.
[86] « Ma fille » en birman.

- « Des soldats *thosaung kala*[87] ? Où sont leurs uniformes ? Tu mens ! »

- « *Thu-Gyi U*, nous marchons depuis des jours, poursuivis par les Japonais, sans boire ni manger. Nous avons traversé la rivière à la nage après l'explosion du pont. Nous avons tout perdu. »

- « Le pont a sauté ? » Il lui semblait inconcevable qu'un tel ouvrage de métal pût être simplement anéanti.

- « *Thu-gyi U* », reprit la jeune-femme, profitant de son trouble. « Nous ne sommes pas des criminels. Regardez-les. Ils ne présentent aucun danger pour vous. Ils tiennent à peine debout. Nous ne demandons qu'un peu de riz et d'eau, au nom de l'hospitalité que nos ancêtres nous ont enseignée. »

Le chef du village sembla réfléchir. Déjà, autour de lui, les hommes qui l'entouraient commençaient à murmurer et à abaisser leurs armes.

- « Maung Tin ! », s'écria une voix féminine depuis l'arrière de la rangée.

Les hommes s'effacèrent devant une vieille femme maigre et courbée en deux, mais qui marchait d'un pas ferme et résolu.

- « Laisse-les passer ! », ordonna-t-elle avec autorité. « Tu crois que des brigands demanderaient l'aumône en plein jour au

---

[87] « Etrangers moutons » en birman, en référence à leurs vêtements en laine.

lieu d'attendre la nuit pour nous attaquer ? », interrogea-t-elle avec les deux mains sur les hanches.

Sans attendre de réponse, elle adressa un sourire à Nandar Aye et la prit par la main pour l'entraîner vers le village avec une énergie surprenante pour un être aussi chétif.

- « Viens ma petite ! Et dis à ces pauvres bougres de nous suivre. Nous allons remettre un peu de chair sur vos os ! »

Nandar Aye invita ses compagnons d'un signe de la main. Anthony et Sayer, qui avaient tout saisi, furent les premiers à lui emboîter le pas, suivis par les soldats qui laissèrent choir leurs lances improvisées. Le chef du village demeura planté là, son couteau au bout de son bras ballant, regardant défiler le cortège sans savoir comment réagir à l'intervention de son épouse.

- « *Kyeizu tin bah dé*[88] », lança Anthony dans un birman parfait, ce qui dérida le vieil homme qui offrit un large sourire cramoisi, les dents rongées par le bétel.

Le cortège traversa la foule, plus curieuse que menaçante à présent, qui les observait avec intérêt. Certains voyaient des Européens pour la première fois et poussaient leurs enfants vers cette cohorte de gueux au teint livide, puis s'esclaffaient quand ils revenaient affolés. Tous se dispersèrent lorsque les réfugiés pénétrèrent dans la demeure du chef, tandis que le soleil achevait d'étirer les ombres contre la nuit.

---

[88] « Je vous remercie », en birman.

À l'invitation de leur hôtesse, ils s'affalèrent tous sur le plancher en bambou tressé, se jetant comme des rustres sur le thé vert qu'elle leur servit tout en devisant joyeusement avec Nandar Aye. Le reste de la soirée fut consacré à la dégustation du festin qu'elle leur prépara. Car c'est bien ainsi que leur apparut ce plat de riz agrémenté de crevettes et de poisson séchés, accompagné de crudités et de *nga pi*[89], servi à satiété sur des feuilles de bananier. Malheureusement, leurs estomacs, fragilisés par leur jeûne forcé, ne purent assimiler la quantité qu'ils auraient souhaité ingurgiter. Ils eurent néanmoins l'agréable sensation d'être tout à fait repus, lorsqu'ils allumèrent les cigares que distribua généreusement leur hôte, accompagnés d'une rasade d'alcool de riz.

Nandar Aye vint réclamer son livre à Anthony, qui l'extirpa de la gamelle, intact. Elle alla s'asseoir près de Sayer pour le lire à la chandelle. Anthony aurait voulu lui parler, profiter de ce répit inattendu. Mais l'incident de la veille était trop présent. Non seulement la culpabilité due au mensonge et à la mort de Win Thu, mais aussi l'effroi qu'il avait ressenti quand le Birman les avait découverts. Il reprit ses esprits en se rendant compte qu'il fixait Nandar Aye, qui feignait de l'ignorer. Puis son regard capta celui de Sayer, qui le dévisageait, ses lèvres pincées et ses traits figés avec méfiance. Anthony détourna aussitôt les yeux. Savait-il ? Avait-il deviné qu'ils le trompaient ? Combien de temps encore pourraient-ils continuer à jouer la comédie ? Chaque jour qui

---

[89] Pâte de poisson fermenté qui constitue le condiment de base de la gastronomie birmane.

passait rendait leur mensonge plus difficile à entretenir et leur trahison plus impardonnable.

Du coin de l'œil, il vit Nandar Aye remettre le livre à Sayer et se lever vers la sortie. Il n'était pas question qu'il la suive comme la nuit précédente. Cela ne manquerait pas de confirmer les soupçons de Sayer. Myers et Pitt eux-mêmes lui jetaient régulièrement des coups d'œil obliques. À contrecœur, il se rapprocha des KOYLI qui lançaient à pleine voix, aidé par l'alcool, dans *Sod 'Em All*. Les Gurkhas et le chef du village répondaient par des chansons dans leurs propres langues. Il prit la tasse en bambou qu'on lui offrait et la but d'un trait, sentant la boisson lui brûler la gorge. Ils s'empressèrent de le resservir, de remplir également leurs tasses, de les lever avec de multiples « cheers » euphoriques, puis de les descendre d'un trait, les deux Gurkhas se frappant la poitrine avec un plaisir évident. Le troisième verre passa encore mieux, presque sans effet lui sembla-t-il.

Anthony sentit le sang revenir à ses membres engourdis et la douleur s'estomper. Ses muscles se relaxèrent et son esprit s'embruma. Il se sentait bien pour la première fois depuis... Il ne savait plus. Probablement quand Nandar Aye et lui avaient consommé leur union, leurs corps dans la relaxation complète qui suivait. Il voulait vivre, profiter de chaque moment de plaisir. Loin de l'internat étouffant où ses parents l'avaient exilé. Loin de la discipline de la communauté britannique. Loin de l'auto-contrôle continu en présence de Sayer, cet homme bon mais affreusement triste. Il voulait être avec Nandar Aye. C'était décidé, il avouerait tout à Sayer dès leur retour à Rangoun. Et au diable le scandale, les préjugés, les rumeurs. Et tant pis s'il perdait sa position à l'université et si Sayer la mettait à la rue. Il trouverait un autre emploi. Ils habiteraient ensemble. Peut-être vivraient-ils de moins. Mais qu'importe le confort matériel quand on est amoureux et que l'avenir s'offre à vous ? Il se souvint tout à coup que les Japonais envahissaient la Birmanie. Il chassa cette pensée ridicule de son esprit. Ils étaient arrivés à Sittang, mais ces sauvages n'iraient pas plus loin. Les renforts venaient d'arriver. Rangoun ne tomberait jamais.

Là-dessus il se leva, titubant, pour entonner *Chit Ya Lat*, la chanson la plus populaire de May Shin. L'assemblée était ravie de sa performance en birman impeccable. Pitt siffla, Myers poussa des hourras, et le chef du village se leva pour l'accompagner. Puis ils se rassirent pour prendre d'autres tasses de liqueur. Anthony la vida d'un trait, juste au moment où Nandar Aye revint à la hutte. Il lui jeta un regard intense. Elle répliqua avec un air détaché, presque hautain dans lequel il lisait de la déception. Elle alla s'asseoir à côté de Sayer sans dire un mot. Anthony sentit la colère bouillir en lui. C'était décidé : il avouerait tout ce soir, immédiatement. Il ne pouvait plus le supporter. Il était sur le point de parler quand un instinct encore plus pressant le posséda entièrement. Il se précipita hors de la hutte et vomit bruyamment au pied des marches en bois, plié en deux, incapable de tenir debout. Tout remonta, y compris le dîner qu'il n'avait pas encore digéré.

Il entendit, au-dessus de lui, les exclamations de dégoût et les rires de ses compagnons, remonta en vacillant, adressa un sourire gêné aux militaires, et alla s'effondrer dans un coin, sans oser regarder Nandar Aye et Sayer. La tête lui tournait, il avait l'impression d'être à nouveau porté par les flots de la Sittang. Malgré les mensonges qu'il se racontait, il savait. Il savait qu'il avait peur, pas seulement du danger présent, de l'armée japonaise, de la mort. Non, il était terrifié à l'idée de tout perdre : Nandar Aye, son statut, son avenir, quand Sayer découvrirait leur liaison, ou quand Rangoun tomberait sous la coupe de l'Empire du Soleil Levant. C'était sa vie, ses repères, son identité même qui fondaient sous son regard. Il n'avait aucun contrôle sur les événements. Tout ce qu'il pouvait faire c'était survivre. Nandar Aye était birmane, sa mère habitait Rangoun. Accepterait-elle de le suivre si l'invasion le forçait à fuir ?

Il rouvrit discrètement les paupières. Les chants se faisaient plus discrets, la fatigue et l'ivresse submergeant les soldats. Nul ne savait ce que le lendemain offrirait. Sayer s'était allongé et semblait dormir. Anthony s'aperçut que Nandar Aye, elle, le regardait. Non plus avec dédain, mais avec tristesse et affection. Sans doute partageait-elle ses doutes et ses craintes. Il sentit le désespoir le submerger comme une lente marée, douce mais inéluctable. Il referma les paupières et pleura en silence, puis finit par s'endormir.

Chapitre XVIII

Entre Sittang et Pégou, Birmanie, février 1942

Le chant du coq les tira de leur torpeur à l'aube. Déjà, le village bruissait d'activité tandis qu'ils émergeaient péniblement des limbes d'un sommeil de plomb qui, malgré ses bienfaits, demeurait insuffisant pour réparer leurs forces épuisées. Tous retrouvèrent quelque vigueur, hormis Anthony dont le crâne fut saisi par un étau de fer sitôt qu'il tenta de se redresser.

- « Sacrée cuite, hein, mon gars ? », le railla Pitt, qui semblait avoir parfaitement assimilé les rasades d'alcool ingurgitées la nuit précédente.

Anthony émit un grognement mais s'abstint de répondre. La migraine et la faim lui rappelaient cruellement les excès de la veille. Cependant, l'arôme du riz au sésame ralluma quelque espoir. Il accueillit leur hôtesse d'un sourire reconnaissant. Tous se ruèrent sur ces victuailles qu'ils dévorèrent en les arrosant de thé, rendant hommage à la munificence du couple qui les avait abrités. Eussent-ils été au prestigieux Strand de Rangoun qu'ils n'eussent pas été plus heureux. Toutefois, Myers vint troubler leur quiétude. L'armée nipponne franchissait peut-être le fleuve. Il fallait reprendre la route sans délai. Les visages se fermèrent, leur réalité se rappelant impitoyablement à eux. Leur situation était toutefois moins désespérée : ils avaient mangé et recouvré quelques forces. Ils pourraient compter sur l'assistance des populations locales durant les trois journées de marche qui les séparaient encore de leur destination.

Myers requit les services de Nandar Aye pour s'entretenir avec leur hôte. Ce dernier consentit à les guider jusqu'au prochain hameau. Ils espéraient ainsi progresser de village en village, trouvant à chaque étape les ressources nécessaires jusqu'à Pégou. Myers suggéra de couper à travers champs jusqu'à la voie ferrée, qu'ils longeraient vers Ka Li, pour retrouver enfin la route. Cet itinéraire présentait l'avantage d'éviter les axes que l'aviation japonaise survoleraient. Sa proposition fut adoptée à l'unanimité.

L'épouse du chef reparut les bras chargés de présents. Chacun reçut un *longyi* et un chapeau conique en bambou. Myers et Pitt manifestèrent la plus vive gratitude, eux qui cheminaient depuis la veille en sous-vêtements. Elle recommanda également de s'enduire de boue le visage et les parties découvertes du corps, ce qui les protègerait non seulement des moustiques et du soleil, mais les ferait passer pour des autochtones aux yeux des pilotes nippons.

- « 'L'est ficelle la poule ! », siffla Pitt d'un air admiratif face à l'ingéniosité de la vieille femme. « 'Vrai que même vot' mère vous remettrait pas, Sergent ! », plaisanta le soldat tandis que le sous-officier achevait de revêtir son nouvel accoutrement, le chef du village l'aidant à nouer le *longyi* sur le devant.

Ils remercièrent leur bienfaitrice avec expansive gratitude, les mots, même habilement traduits par Nandar Aye, s'avérant impuissants à exprimer leur reconnaissance. Elle avait accompli bien plus que de leur sauver la vie : elle leur avait rendu l'espoir. Puis ils partirent sous les regards curieux et amusés des villageois qui prenaient le chemin de leurs champs, escortés par une troupe d'enfants, toujours méfiants mais moins terrorisés, qui firent rapidement demi-tour vers le village qui se dissipait dans la brume matinale.

Les jours suivants, ils continuèrent de progresser à travers l'immense mosaïque de rizières. Rien ne venait rompre l'horizontalité monotone, sinon le *stūpa* d'une pagode surgissant çà et là dans le lointain, minuscule index pointé vers l'azur infini qui les enveloppait. Nulle ombre pour les abriter. Chaque chef village les avait conduits à son homologue dans le suivant, qui avait accepté, malgré les risques de représailles, de les mener à l'étape d'après. Ainsi ils avaient bénéficié d'un réseau de relais. Ce n'était pas une promenade, mais ils ne souffraient plus de cet épuisement extrême, et leur destination semblait enfin accessible.

Le quatrième jour, ils retrouvèrent la voie ferrée, ainsi que l'avait prédit Myers. Leur guide les quitta, maintenant qu'il leur était impossible de s'égarer. Il ne leur restait qu'à cheminer le long des rails, et ils pouvaient espérer atteindre Pégou dans la soirée, s'ils maintenaient leur cadence.

Midi les surprit aux abords d'un village semblable à ceux traversés jusque-là. Myers proposa d'y effectuer une ultime halte. Ce soir, ils seraient les hôtes de l'armée britannique, et les quatre

Anglais se prirent à rêver de *corned beef* après le monotone riz agrémenté de *ngapi* qui avait constitué leur ordinaire depuis leur fuite.

Ils s'apprêtaient à y pénétrer lorsqu'un rassemblement d'hommes armés leur barra le passage, comme la première fois. Les soldats ne prirent pas la peine de ramasser des bâtons pour se défendre, restant en retrait tandis que Nandar Aye s'avançait pour parlementer. Elle n'eut pas le temps de prononcer un mot qu'un des villageois s'élança, sa *dah* levée, pour l'abattre sur Pitt. La lame entailla profondément l'avant-bras qu'il avait dressé par réflexe pour parer le coup. Son cri de douleur déchira le silence tendu qui avait régné jusqu'alors, auquel répondirent les grondements et vociférations de la meute. Les soldats formèrent un cercle pour affronter leurs assaillants. Cette fois, cependant, ils n'avaient rien pour se défendre. Ils n'avaient nulle chance face à cette foule armée jusqu'aux dents. Myers déchira promptement l'une des manches de sa chemise qu'il noua autour du membre ensanglanté que Pitt étreignait en poussant des jurons noyés sous ses plaintes aiguës.

- « Mes frères ! », lança Nandar Aye d'une voix puissante en levant les bras au ciel pour apaiser les villageois. « Baissez vos armes ! Ce ne sont pas des criminels échappés de la prison ! »

- « Nous le savons ! », répondit une voix autoritaire. « Ce sont des soldats *kala pyu*[90] ! »

---

[90] « Indiens blancs » en birman. Terme péjoratif pour désigner les Occidentaux, en particulier les Britanniques.

Un moine au crâne rasé, drapé dans sa robe pourpre, s'avança pour faire face à la jeune femme. Le silence se fit autour d'eux. Même Pitt parvint à retenir ses gémissements de souffrance.

- « Vénérable *Sayadaw* », reprit Nandar Aye en s'adressant au moine avec déférence. « Ces hommes sont en effet des soldats britanniques, mais ils ne vous veulent aucun mal. Permettez-nous de continuer notre route vers Pégou et ils vous laisseront en paix. »

Le moine la toisa avec mépris, laissant sa voix claquer comme un fouet :

- « Comment oses-tu t'adresser ainsi à moi, toi qui es en lice avec nos ennemis ? Ces chiens d'oppresseurs ont souillé notre terre sacrée pendant trop d'années ! L'heure de la libération a sonné ! Il est temps que la justice les frappe ! »

Un grondement d'approbation agita la foule lorsqu'il désigna les soldats d'un geste accusateur. Anthony et Sayer frémirent à ces paroles. Les militaires n'eurent nul besoin de comprendre pour saisir que leur fin approchait. Nandar Aye ne pourrait rien faire pour les sauver cette fois-ci. Ils se tenaient arc-boutés, les muscles tendus, prêts à se ruer sur le premier adversaire qui se présenterait. Ils mourraient sans doute, mais non sans en emmener plusieurs en enfer.

- « Regardez-les », continua le moine dans sa lancée. « Même déguisés en fils de notre terre, ils puent encore l'arrogance de leurs maîtres ! Les forces japonaises approchent pour nous délivrer du joug britannique. C'est un signe du *kamma* ! Ces démons doivent périr ici même ! »

Nandar Aye garda les yeux baissés un instant, pesant ses mots avec circonspection. Quand elle releva la tête, son regard portait toute la force de sa conviction.

- « Vénérable *Sayadaw*, vos paroles touchent le cœur de chaque enfant de notre terre sacrée. Je partage votre colère contre l'oppression, votre désir ardent de voir notre Birmanie libre et souveraine. Les chaînes forgées par les colonisateurs ont trop longtemps entravé l'esprit de notre peuple ! »

Elle s'adressait surtout à la foule, traversée par un murmure d'acquiescement, la haranguant avec la même passion que l'ecclésiastique. Elle marqua une pause, laissant ses paroles s'imprégner en eux et faire leur effet avant de reprendre :

- « Mais, permettez-moi de rappeler humblement les enseignements du Bouddha. Le premier précepte n'enseigne-t-il pas que nous devons nous abstenir de nuire aux êtres vivants ? Ces hommes sont désarmés, réduits à mendier la charité. N'est-ce pas déjà là une humiliation assez forte pour ces *thakins* ? », demanda-t-elle en appuyant sarcastiquement sur le dernier mot. « Et ne serait-ce pas un acte de compassion, de les épargner ? »

Le moine ricana en entendant ces paroles, ses traits se durcissant davantage :

- « Tu cites les textes sans les comprendre, femme ignorante ! Tu oublies que le *Dhamma*[91] lui-même doit être protégé ! Quand ces démons menacent la Loi Sacrée, la légitime défense devient un devoir ! Ces envahisseurs ont profané nos pagodes en refusant de se déchausser dans nos lieux saints ! »

Sa voix monta et il tourna le dos à Nandar Aye pour galvaniser la foule :

- « Le sang de ces oppresseurs nourrira notre terre ! Que leurs corps soient une offrande aux *nats*[92] et un avertissement à tous les chiens de leur espèce ! »

Les villageois firent plusieurs pas en direction des Anglais, leurs visages déformés par la haine, leurs yeux luisant de l'appel du sang. Nandar Aye se déplaça pour continuer à se dresser devant ses compagnons. Sa voix se fit plus urgente, mais elle parvint à conserver le ton respectueux qui seyait à la situation :

- « Vénérable *Sayadaw* », appela-t-elle en balayant l'assemblée du regard, « mes paroles n'avaient pas pour but de sauver ces *kala pyus*, mais plutôt de protéger mes concitoyens, mes frères. »

La masse s'arrêta, tous les regards inquisiteurs se tournant vers elle.

- « Explique-toi ! », lui intima l'un des villageois.

---

[91] Enseignement du Bouddha en pali.
[92] Esprits animistes que la tradition birmane a intégré au Bouddhisme *Theravada*.

- « Des renforts britanniques viennent d'arriver d'Angleterre. Des soldats frais, bien équipés, accompagnés par ces terribles machines de guerre qu'ils appellent 'tanks', des véhicules géants que rien ne peut arrêter ni percer, montés sur des chaînes d'acier au lieu de roues... »

Des chuchotements inquiets parcoururent la foule. Elle saisit cette hésitation :

- « Ils ne sont qu'à quelques *kawtha*[93] d'ici, entre Pégou et Waw, préparant une contre-offensive. S'ils apprennent que vous avez tués des Britanniques, les représailles seront terribles ! Ces tanks écraseront sans pitié vos maisons comme des éléphants piétinent la canne à sucre. Débarrasser notre pays d'une poignée d'ennemis vaut-il le prix de verser le sang de tout un village ? »

Le moine fulminait, mais déjà les voix s'élevaient autour d'elle :

- « Elle dit la vérité, mes cousins de Ka Li ont vu ces machines... »

- « Mon frère qui commerce sur la route de Pégou a parlé des milliers de soldats *kala pyu* qui s'y trouvent. »

Le doute se répandit comme une traînée de poudre. Le moine, sentant son autorité vaciller, hurla derechef :

- « Mensonges ! Cette traînée couche avec l'ennemi et vous abuse avec ses fables ! Ne vous laissez pas... »

---

[93] Unité de distance traditionnelle birmane équivalente à environ 1,28 km.

Mais les villageois ne l'écoutaient déjà plus, parlant entre eux, leurs *dahs* s'abaissant progressivement. L'unanimité meurtrière se fissurait dans un brouhaha de discussions inquiètes. Nandar Aye adressa un regard discret à ses compagnons. D'un mouvement imperceptible de la tête, elle leur indiqua de la suivre. Avec une lenteur calculée, ils commencèrent à reculer, leurs pas mesurés assumant une retraite ordonnée sans jamais présenter leur dos. Ils ne fuyaient point, ils reprenaient simplement leur route avec la confiance paisible de ceux qui ont la conscience tranquille. Pitt se gardait d'émettre le moindre gémissement qui pourrait rappeler l'instinct du tueur à la foule. Le moine tentait désespérément de regagner l'attention de ses ouailles, mais celles-ci persévéraient dans leurs débats. L'atmosphère de lynchage s'était muée en conciliabule inquiet.

Nandar Aye et ses protégés parvinrent enfin à atteindre la voie ferrée, qu'ils se remirent à longer en s'éloignant des habitations, les rumeurs de disputes s'atténuant progressivement. Quelques villageois entreprirent de les escorter à distance respectueuse, hostiles, sans toutefois chercher à les approcher. Puis, lassés, leurs ombres s'évanouirent. Ce ne fut que lorsque le village disparut derrière un bosquet de palmiers qu'ils osèrent respirer librement.

Nandar Aye s'arrêta pour s'appuyer contre un poteau télégraphique, les yeux clos, ses jambes tremblantes. Myers en profita pour examiner la plaie de Pitt. Sa vie n'était pas en péril, mais la blessure méritait les soins d'un médecin dès que possible. Myers et Pitt croisèrent son regard, exprimant silencieusement leur reconnaissance envers celle qui les avait sauvés par sa seule intelligence. Sayer et Anthony, en voyant sa vulnérabilité, se précipitèrent vers elle.

- « Ça va ma chérie ? », s'inquiéta le professeur.

- « Je vais mieux, merci », répondit-elle d'une voix encore incertaine en se redressant, visiblement contrariée d'avoir fait montre de faiblesse.

Anthony aurait voulu lui exprimer son soutien, son affection, la prendre dans ses bras, mais il dut garder ses distances. Il vint cependant se placer à ses côtés lorsque leur groupe reprit sa marche vers Pégou, Myers et ses hommes en tête.

- « Nandar Aye, vous avez été remarquable ! » Il se força à conserver le ton respectueux qu'il usait pour s'adresser à elle devant Sayer. « La manière dont vous avez retourné les arguments de ce moine scélérat ! Vous étiez si convaincante qu'ils ne se sont pas rendu compte que vous les berniez ! »

- « Je ne les ai pas trompés. Je leur ai dit exactement ce que je pensais », rétorqua-t-elle avec franchise, sans ralentir, son regard fixé droit devant elle.

Anthony eut le souffle coupé comme s'il venait de recevoir un coup au plexus.

- « Vous n'étiez certainement pas sérieuse quand vous avez prétendu défendre l'indépendance ? Vous valez mieux que cela ! »

Elle s'arrêta brusquement dans son élan, se tourna pour lui faire face et le dévisagea d'un regard empli de colère. Anthony comprit qu'elle se retenait avec peine de le gifler. Elle reprit son chemin d'une démarche dont émanait une fureur sourde. Au fond de lui, il savait qu'il aurait dû se taire, mais il poursuivit malgré tout.

- « Je perçois votre colère, mais vous ne pouvez nier les bienfaits que l'Empire a apportés à notre pays ! » Elle parut interloquée par son appropriation de la Birmanie. Pour lui, c'était une évidence : il était né dans la colonie. « Regardez cette voie ferrée, les hôpitaux, les écoles où vous-même et ceux de votre génération avez été éduqués. Sans nous, ce serait encore un royaume despotique enlisé dans l'ignorance et la barbarie ! »

Les mots la frappèrent de plein fouet. Elle se redressa et lui répondit d'une voix tremblante de fureur :

- « Barbarie, Anthony ? Barbarie ? Nos monastères enseignaient l'écriture quand vos ancêtres se peignaient encore le visage en bleu pour guerroyer nus contre les Romains. Songez à la tablette que nous avons retrouvée à Win Ka : qui étaient les barbares illettrés à l'époque de nos premiers royaumes bouddhistes ? » Elle anticipa immédiatement son objection et ajouta : « Et notre taux d'alphabétisation était de soixante pour cent avant votre invasion ! Nous nous passions fort bien de vos écoles ! »

- « Vous idéalisez votre passé, Nandar Aye », corrigea Anthony avec paternalisme. « Vos moines n'enseignaient pas les sciences, se contentant de transmettre des croyances répétées par

267

cœur de génération en génération. Nous avons apporté la lumière de la raison là où régnaient les superstitions ! »

Elle accéléra d'un air excédé, soulevant la poussière rouge sous ses pieds nus.

- « John Stuart Mill lui-même l'a écrit : nous avons le devoir moral de guider les peuples moins civilisés jusqu'à ce qu'ils puissent se gouverner eux-mêmes ! C'est notre responsabilité. »

Nandar Aye éclata d'un rire amer.

- « Votre responsabilité ? Quel noble sentiment, pour habiller le pillage systématique de nos richesses à votre profit. Vous parlez de développement, mais où vont les profits de notre riz, de notre teck, de notre pétrole ? »

Elle tourna le visage vers lui, tout en continuant à fouler la piste, ses yeux brillant de larmes de colère :

- « Votre soi-disant 'devoir moral' de nous civiliser n'est qu'un prétexte pour nous asservir. Nous produisons, mais nous ne possédons pas ! Nos agriculteurs sont devenus des serfs sur leurs propres terres ! Quand ils n'en ont pas été expulsés par les usuriers que vous avez amenés d'Inde. Vos 'bienfaits' nous ont appauvris ! Alors épargnez-nous ces largesses ! Reprenez-les, je vous prie ! »

Anthony n'en revenait pas. Ils n'avaient jamais parlé politique. Malgré leur intimité, elle n'avait jamais évoqué ces sujets. Il la scruta comme il l'eût fait d'une inconnue, s'apercevant avec effroi qu'il ne savait rien de ce qui l'animait. Leur passion n'était-elle que charnelle ? Comment pouvait-il prétendre aimer une personne si différente de lui, à l'opposé de l'image qu'il s'en était formée ? L'étudiante rêveuse et romantique s'était effacée derrière la révolutionnaire farouche. Avait-elle joué la comédie devant lui, pleine de duplicité, comme avec Sayer ? L'aimait-elle vraiment quand elle abhorrait visiblement tout ce qu'il représentait ? Il se sentit berné, trahi, et la colère prit le dessus.

- « Démagogie ! », siffla-t-il sarcastiquement. « Votre riz ? Qu'en serait-il si nos travaux d'irrigation n'avaient transformé la Birmanie en grenier à riz de l'Asie ? Votre pétrole ? Sauriez-vous seulement que vous en aviez si nous n'avions pas actionné nos derricks ? Et nos trains vous relient aux marchés mondiaux. Avant nous, vos produits pourrissaient dans les villages faute de transport ! Nous avons créé des emplois, des opportunités, une économie moderne ! »

- « Une économie d'extraction faisant de nous vos *coolies* ! Et quand nous réclamons notre part, notre dû, vous répondez par la répression ! »

Elle brandit un doigt qu'elle agita d'un geste accusateur et menaçant sous son nez :

- « *Vos* lois ne protègent que *vos* intérêts ! Votre 'état de droit' n'est que l'état de *vos* droits ! Une justice à deux vitesses qui protège les blancs ! Le racisme institutionnel que vous avez instauré a pour dessein de diviser pour mieux régner, en créant la dissension entre les peuples de Birmanie. Il n'y avait pas de 'tensions ethniques' avant votre arrivée. Vous l'avez engendrée avec votre classification de 'races' qui nous place, nous les Birmans, tout en bas de l'échelle dans notre propre pays ! »

Anthony, se rendit compte que leurs échanges dégénéraient en affrontement stérile, et tenta d'apaiser la situation. Après tout, il était lui-même choqué par la ségrégation imposée par l'administration coloniale. Il aimait la Birmanie, son peuple, sa culture. Et il devait reconnaître que l'Empire commettait parfois des erreurs dans la gestion de ses colonies.

- « Vous avez raison sur ce point. Mais cela change. Les réformes mises en œuvre offriront une plus grande autonomie à notre pays » – encore ce « nôtre » qui faisait systématiquement tiquer Nandar Aye – « avec toutes les garanties qu'offre notre système juridique impartial. N'est-ce pas un progrès en comparaison du système féodal auquel nous avons mis fin, et qui vous soumettait aux caprices d'un roi despotique ? »

- « Dites-moi Anthony », l'interpella-t-elle d'un ton provocateur, « vous parlez de droit. Qu'en est-il du droit des Birmans à s'autodéterminer ? Nous avez-vous demandé si nous voulions de votre 'civilisation' ? Si la démocratie est un bon principe, ne doit-elle pas s'appliquer universellement ? Croyez-vous que les Anglais accepteraient qu'une puissance étrangère les gouverne, même avec bienveillance ? Alors pourquoi nous l'imposer ? »

Elle venait de marquer un point. Anthony était complètement déstabilisé. Incapable de s'avouer vaincu, il tenta de se raccrocher au premier argument qui lui vint à l'esprit :

- « Parce que vous n'êtes pas encore prêts ! Vous manquez de l'expérience, des institutions, de l'éducation appropriées... »

- « Prêts ? Les Américains étaient-ils prêts lorsqu'ils vous ont arraché leur indépendance ? Aujourd'hui, que serait la Grande-Bretagne sans leur soutien ? Une colonie allemande ! C'est à nous de décider quand nous sommes prêts ! Et comment le deviendrons-nous si vous persistez à nous traiter comme des enfants ? C'est un cercle vicieux ! »

Elle lut le trouble qui se peignait sur son visage et elle enfonça le clou :

- « Je vous le dis : nous sommes prêts ! Peut-être est-ce vous qui ne l'êtes pas à nous accorder la liberté que nous méritons et demandons. Alors ne nous en voulez pas si nous allons la chercher auprès de ceux qui nous la promettent ! »

Et sur ce, elle accéléra l'allure pour se séparer de lui et rejoindre les militaires qui marchaient en tête, laissant Anthony hébété derrière elle. Ce fut la voix calme, presque paternelle de Sayer, qui le rappela à lui :

- « Ne lui en tenez pas rigueur », commença-t-il. « Non qu'elle ait tort... Je partage ses inclinations. Mais vous ne pouvez comprendre sa sensibilité sur ces questions si vous ignorez son histoire personnelle. »

Anthony tressaillit. Sur le moment, il fut tenté de protester : il connaissait Nandar Aye intimement, mieux que quiconque, croyait-il. Pourtant, cette certitude se fissura aussitôt.

De ses origines, il ne savait rien, sinon de rares bribes confiées à demi-mot.

- « Son histoire personnelle ? »

Sayer inclina la tête, comme un homme contraint d'évoquer une blessure encore vive.

- « Ce qui est arrivé à son père, à sa famille », expliqua l'universitaire. « Vous ne le saviez pas mais notre marche vers Pégou est un pèlerinage douloureux pour elle. Comme revenir sur une tombe. C'est là qu'elle vit le jour, là que ses parents, de modestes paysans, possédaient autrefois un lopin de terre. »

- « Que leur est-il arrivé ? »

- « Ce qu'il advint à de milliers d'autres. Ruinés par leurs dettes auprès des *Chettiars*[94] durant la crise des années trente, ils perdirent tout. Ils gagnèrent Rangoun en pleine récession, mendiant du travail. »

- « C'est terrible », souffla Anthony. « Je ne savais pas. » Il regretta aussitôt la violence avec laquelle il venait de la traiter.

- « Ce n'était que le commencement. Le père trouva un emploi de coolie sur les docks. La mère vendait des salades aux carrefours. La grand-mère gardait les enfants. Vous croyez avoir souffert ces derniers jours ? Ce n'est rien comparé à ce qu'elle endura alors. Son frère et sa sœur n'ont pas atteint la puberté. »

---

[94] Communauté de prêteurs originaire du Tamil Nadu qui dominait le marché du crédit birman, pratiquaient des taux relativement modérés par rapport aux usuriers locaux.

Un silence pesa. Le regard de Sayer s'accrocha un instant à la silhouette de la jeune femme, qui marchait devant eux. Anthony, malgré lui, sentit ses yeux s'embuer. Il détourna la tête et essuya du revers de la main une larme qu'il essaya de cacher. Sayer poursuivit, d'une voix sans emphase :

- « Déjà, les Birmans voyaient leurs emplois disparaître face aux Indiens, pauvres hères eux aussi, mais prêts à travailler pour un salaire dérisoire. Comment leur jeter la pierre ? Ils fuyaient la famine de Madras ou du Bihar, croyant trouver mieux ici. Les compagnies n'embauchaient plus un Birman. »

- « Les émeutes », devina Anthony.

- « Les émeutes », confirma Sayer. « Elle n'avait que huit ans lorsque celles de 1930 éclatèrent. Son père y participa, fut arrêté, puis jeté à Insein quelques mois. À sa sortie, plus jamais il ne trouva de travail. Alors il ouvrit une échoppe misérable, *cheroots*, noix de bétel, pour survivre. Mais avec des intérêts de vingt pour cent, vous devinez ce que cela signifiait. Les revenus décroissaient, le riz flambait. Pour des milliers, un repas quotidien devenait un luxe. »

- « Je me souviens mal », dit Anthony en hochant lentement la tête. « J'étais déjà en pensionnat à Winchester, ne revenant à Rangoun que pendant l'été. Je passais les autres congés chez ma tante à Birmingham. Mais j'en sais ce que j'ai lu : la pauvreté, le chômage, les vagues de migrants fuyant la campagne pour Rangoun, la révolte paysanne de Saya San... Une époque terrible. »

- « Exact », reprit Sayer. « Les tensions enflèrent encore, jusqu'aux émeutes de 1938. Elle les vécut à seize ans, témoin du décès de son père, battu à mort par la police militaire sous ses yeux. Ne croyez pas que je veuille absoudre quiconque : des dizaines d'Indiens furent massacrés par les nationalistes *Myochit* d'U Saw. L'armée répondit à la violence par une violence aussi aveugle. Mais pour elle », il soupira, « son père fut un martyr. Ne lui enlevez jamais cela. Elle ne vous le pardonnerait pas. »

- « Qu'est-elle devenue ensuite ? », s'enquit Anthony la voix tremblante.

- « Vous pensez bien que le maigre revenu de sa mère ne suffisait plus. Sa grand-mère, heureusement... - Je dis 'heureusement', c'est absolument terrible, mais que dire d'autre ? - Sa grand-mère succomba au chagrin, un soulagement, une bouche en moins à nourrir. Même alors, elles se retrouvèrent à la rue. Puis, un miracle : le directeur d'une école méthodiste remarqua les dons de Nandar Aye, paya sa scolarité et me demanda un appui. Je pris sa mère à mon service et les loge depuis chez moi », conclut-il sans entrer dans les détails.

Anthony observa que Sayer avait omis de faire allusion à la relation qu'il entretenait avec Nandar Aye, évitant de décrire dans quelles circonstances celle-ci était devenue sa maîtresse. Cette discrétion ne l'étonnait guère et il préférait, à vrai dire, n'en rien savoir. Ce qu'il venait d'apprendre l'avait si profondément bouleversé que nulle autre considération n'eût pu compter auprès de la souffrance dans laquelle la jeune femme avait grandi.

Par un mouvement d'égoïsme qu'il reconnut aussitôt, il éprouva quelque amertume à n'avoir jamais reçu directement d'elle le récit de ce calvaire. Mais cette blessure d'amour-propre se dissipa promptement sous le flot d'une tendresse immense. Il comprenait enfin d'où provenait cette force qu'elle avait manifestée depuis leur fuite : son endurance, sa résolution, le courage qu'elle puisait dans des réserves mystérieuses. Il saisissait également les racines profondes de ses convictions indépendantistes. Il s'émerveillait davantage encore de sa magnanimité à Sittang, prodiguant ses soins aux blessés britanniques, à ces ennemis, symboles vivants de l'empire qui avait causé tous ses maux. Que représentait-il lui-même à ses yeux ? Cette question le torturait. Pouvait-il jamais devenir autre chose pour elle que l'incarnation d'une oppression qu'elle exécrait ?

Il brûlait de la serrer dans ses bras, de lui témoigner son amour, cette adoration soudaine qui l'envahissait, de lui déclarer qu'il était prêt à renoncer à ses préjugés pour elle. Mais il se contraignit à poursuivre sa marche aux côtés de Sayer, condamné à chérir en silence celle qui marchait devant lui, hors d'atteinte.

Chapitre XIX

Pégou, Birmanie, mars 1942

- « Vous dites que c'était un espion ? »

Le Lieutenant-Colonel Thomas Bromhead Butt posa la question sans lever les yeux du rapport qui retenait son attention. Le quartier général du 2ème KOYLI à Pégou se résumait à une tente de toile imperméable, carré de trois mètres abritant les vestiges dérisoires du commandement : table pliante métallique, chaise unique qu'il occupait, lit de camp relégué dans l'ombre, et des caisses de munitions vides reconverties en classeurs improvisés, débordantes de cartes froissées et de documents dont le désordre traduisait fidèlement l'état de décomposition de l'armée britannique.

- « Nous n'avons aucune certitude, mais tout porte à le croire, mon Colonel », répondit prudemment le sergent Myers, figé au garde-à-vous. « Ses doigts étaient tachés de la suie noire utilisée pour tracer des chiffres sur le mur d'un bâtiment. Malheureusement, nous ne savons pas s'il s'agissait d'un code... »

L'officier demeura muet, laissant s'épaissir un silence que troubla seul le crissement de sa plume signant énergiquement un rapport. Il le tendit à une ordonnance raide comme la justice, qui salua et s'éclipsa promptement. Butt daigna enfin porter son regard las sur les cinq personnes qui encombraient sa tente exiguë.

- « Et le coup de feu était accidentel ? »

Le quinquagénaire, vétéran de la Grande Guerre, pesait chaque mot comme s'il s'agissait de munitions qu'il fallait économiser en ces temps d'extrême pénurie.

- « Pour sûr, mon Colonel ! », s'empressa de confirmer Pitt, la voix rendue suraigüe par l'anxiété. « L'coquin s'est agrippé à mon fusil et a refusé de lâcher. 'S'est démené comme un diable et l'coup est parti tout seul ! J'vous l'jure, mon Colonel ! », implora le soldat, ses doigts tambourinant nerveusement sur la couture de son pantalon kaki.

Le Lieutenant-Colonel, dont le regard scrutateur semblait sonder les tréfonds de l'âme du soldat, leva une main apaisante. Un aide-de-camp l'interrompit, lui remettant un autre document qu'il parcourut rapidement avant de le déposer devant lui.

- « Monsieur Sayer... ».

- « Professeur », le corrigea l'universitaire.

- « Professeur Sayer », reprit Butt sans s'offusquer de l'interruption.

Officier de carrière, il connaissait l'importance des titres et du décorum. Il étudia, cependant, son interlocuteur avec attention, s'arrêtant avec un pincement de lèvres sur le *longyi* fripé que ce dernier, comme Anthony, portait encore. Un accoutrement déplacé, sinon ridicule, sur l'un de ses compatriotes qui se prévalait d'un tel titre. Les deux soldats qui les accompagnaient, eux, étaient de nouveau en uniformes. Il reprit :

- « Tout ceci est un tragique incident. Mais ce Win Thu... »

- « Docteur Win Thu », insista Sayer, s'attirant cette fois un regard agacé.

- « Docteur Win Thu était manifestement de connivence avec l'ennemi. Dans les circonstances présentes, je ne vois nulle raison de gaspiller davantage de ressources pour la mort accidentelle d'un espion. C'est la guerre, Professeur. »

- « Mais, mon Colonel... », protesta Sayer.

Butt l'interrompit d'un geste autoritaire. L'officier se leva avec lassitude, son uniforme dévoilant ses décorations de 14-18. Il se dirigea vers la lisière de sa tente d'un pas martial, le dos tourné vers ses visiteurs, contemplant le camp traversé d'une agitation fiévreuse, semblable à une fourmilière sauvagement piétinée.

- « Professeur », reprit-il, « ces deux hommes vous ont conduits jusqu'ici sain et sauf. Une chance que n'a pas eu la plupart de mes troupes. Deux tiers d'entre elles étaient du mauvais côté du pont quand il a sauté. Six cents sont encore portés disparus. Seuls cent-cinquante d'entre eux nous ont rejoints. »

Il marqua une pause, absorbé par la contemplation de la tragédie qui se déployait sous ses yeux, puis se retourna pour affronter leurs regards.

- « Nous avons pu les nourrir, les vêtir, panser leurs blessures », expliqua-t-il en désignant le bandage qui enveloppait l'avant-bras du soldat Pitt, « mais non les réarmer. Demain, nous devrons les renvoyer au combat avec seulement cinq cents Lee-Enfield, dix Bren et douze Thompson pour toute la division, face aux Japonais qui viennent de franchir la Sittang. Nous avons d'autres urgences que vos états d'âme. En ce qui me concerne, l'incident est clos ! De surcroît, nous manquons d'effectifs pour assurer votre protection. Je ne puis donc vous autoriser à gagner Rangoun. »

- « Nous devons pourtant nous y rendre ! », protesta Sayer avec véhémence. « C'est impératif ! »

- « L'ordre E d'évacuation générale a été promulgué et le signal W lancé », répliqua froidement l'officier. « La loi martiale a été imposée. Seuls les personnels essentiels et engagés dans les opérations de démolition sont encore autorisés en ville. Vous ne franchirez pas les contrôles. »

- « Mais Anthony doit retrouver ses parents ! »

- « Où travaille votre père ? », interrogea Butt impassible en direction d'Anthony.

- « À la Burmah Oil Company. ».

- « Ils ont déjà été évacués », lança-t-il laconiquement. « Leurs employés étaient parmi les premiers à embarquer. Rangoun n'est plus qu'une ville fantôme. Vous n'y trouverez âme qui vive », expliqua Butt avec une froideur clinique.

Le Lieutenant-Colonel parut insensible à l'expression de détresse qui se peignit sur le visage du jeune homme. Il avait déjà perdu des centaines de soldats plus jeunes que lui. La séparation temporaire d'un adulte d'avec ses parents, même en ces circonstances, le laissait de marbre.

- « Ils m'ont sans doute laissé un message à la maison », balbutia l'adolescent.

- « Et la mère de Nandar Aye demeure seule... », insista Sayer.

- « Elle est birmane. Elle n'a nul besoin de sauf-conduit pour aller la retrouver », trancha l'officier sans même honorer la jeune femme d'un regard.

- « Vous n'y songez pas ! », s'indigna le professeur. « Il est inconcevable qu'elle voyage seule dans de telles circonstances ! Nous devons rester ensemble ! »

Butt sembla surpris par la réaction de son interlocuteur. Son regard naviqua entre Sayer et Nandar Aye, sondant la nature de leur relation. Un haussement de sourcils accompagna sa révélation.

- « Je vois », laissa-t-il échapper d'un ton traînant, les lèvres pincées de dédain.

Anthony s'interrogea. Cette grimace résultait-elle de son aversion pour les unions mixtes ou réprouvait-il plutôt l'écart d'âge entre l'historien et sa maîtresse ? Butt regagna son siège, rétablissant la distance que lui commandait sa fonction.

- « Je ne perdrai pas davantage de temps avec cette affaire ! », reprit-il sèchement tandis qu'un sous-officier l'interrompait en lui remettant un énième rapport. L'ennemi se rapprochait et il brûlait de se débarrasser de ces importuns. « Puisque vous insistez », poursuivit-il en griffonnant rageusement sur un bout de papier, « voici un laisser-passer qui vous permettra de franchir les contrôles jusqu'à Rangoun. »

Il tendit le document paraphé à Sayer d'un geste trahissant son exaspération.

- « Vous voyagerez dans un camion de ravitaillement. Mais je vous conseille vivement de prendre le premier train en direction de Prome[95]. Dieu seul sait combien de temps nous tiendrons encore la ville. Sergent Myers ! »

- « Mon Colonel ? »

- « Escortez-les jusqu'au convoi. Puis Pitt et vous rejoindrez votre unité. »

- « À vos ordres, mon Colonel ! », acquiesça Myers.

Pitt et lui se fendirent d'un salut impeccable.

- « Je vous remercie, mon Colonel », articula Sayer d'une voix blanche avant de quitter la tente. Son interlocuteur ne leva même pas les yeux de sa lecture. Ils avaient cessé d'exister pour lui. Ils n'étaient déjà plus sous sa responsabilité.

Myers les escorta jusqu'à une file de camions bruns que des soldats achevaient de charger. Ils voyageraient à l'arrière, au milieu du fatras de caisses et de sacs. Mais la perspective d'un

---

[95] Actuelle Pyay.

transport motorisé, si inconfortable fût-il, constituait déjà une amélioration considérable après ces journées de marche forcée. Leurs adieux furent brefs, malgré l'intensité des épreuves partagées durant ces derniers jours. La guerre les séparait aussi naturellement qu'elle les avait unis, maintenant que leurs préoccupations divergeaient : les militaires devaient se préparer au prochain engagement, les civils voulaient tout faire pour l'éviter. La séparation se révéla particulièrement glaciale entre Sayer et Pitt, l'incident de la mort de Win Thu ayant à jamais creusé un abîme entre eux. Le soldat se montra, en revanche, affable avec Nandar Aye, qu'il aida à grimper dans le véhicule et qu'il remercia chaleureusement pour son intervention au village. Elle se contenta de lui adresser un sourire timide.

Le trio s'installa sur le chargement, tressautant sous les vibrations du moteur. Une pétarade et le Bedford se mit laborieusement en branle, faisant disparaître les silhouettes de Myers et Pitt dans un nuage d'essence. Le conducteur avait relevé la bâche arrière pour leur épargner les rigueurs de la canicule. Mais la brise qui effleurait leur peau ne suffisait pas à atténuer le sentiment d'étouffement qui les oppressait, tandis que la poussière soulevée par l'engin s'infiltrait dans la benne pour se mêler à leur transpiration. L'impression de suffocation, autant que la crainte d'avaler du sable, leur imposa le silence durant le trajet. Les mots leur auraient manqué, de toute façon, devant le spectacle qui se dévoilait dans l'encadrement de l'ouverture arrière.

La route qu'ils avalaient péniblement était bordée des deux côtés par un flot incessant de réfugiés qui la remontaient en sens inverse sous l'implacable soleil. Rangoun se vidait de ses habitants. Les plus fortunés s'entassaient dans une file ininterrompue de camions, automobiles, charrettes à bœufs et à bras, bicyclettes, tout ce qui roulait, chargés de valises, meubles, coffres, caisses, et autres effets ménagers. Un mille-pattes sans fin, qui se traînait avec la lenteur d'une limace. Accompagnant les véhicules progressait une masse compacte de miséreux à pied, encombrés de tout ce qu'ils pouvaient porter. Une procession interminable de familles surchargées, femmes portant leurs enfants sur les hanches, vieillards s'appuyant sur des bâtons, les visages marqués par cette fatigue particulière de ceux qui fuient sans savoir vers quoi. C'était une rivière vivante, visqueuse comme une coulée de boue, que leur camion pénétrait et repoussait avec peine sur le côté, à coups incessants de klaxon et de jurons, les roulements écossais du conducteur se noyant dans ceux du moteur tandis qu'il tentait de se frayer un passage.

Anthony remarqua que cette marée humaine était essentiellement composée d'Indiens, sans doute impatients de mettre autant de distance que possible entre eux et la Burma Independence Army, suite aux rumeurs d'exactions dont étaient victimes les musulmans sur son passage. Nulle trace de Birmans. Les Chinois, eux, avaient sans doute pris les devants grâce à leurs propres réseaux d'évacuation. Il reporta son attention sur Nandar Aye, s'attendant à la découvrir indifférente au sort de ceux qu'elle tenait responsables du sort de sa famille. Au lieu de cela, il la trouva crispée, le regard humide fixé avec détresse sur un couple qui peinait à vingt mètres de là. La femme portait des baluchons sur la tête, à bout de bras et dans un linge noué autour de son torse, la fatigue visible dans sa démarche chancelante. Le père, chargé lui aussi autant que le permettaient ses forces, tenait un enfant contre sa poitrine. La fillette, menton posé sur l'épaule paternelle, fixait Nandar Aye avec des yeux vides, témoignant de son incompréhension. Puis, eux aussi finirent par disparaître, points minuscules dans la masse anonyme de l'exode.

Anthony sentit ses yeux s'embuer à leur tour. Était-ce de la compassion pour ces inconnus ou des larmes de crocodile consécutives à ses pensées mesquines ? Il avait honte d'avoir pu laisser leur récente discorde ternir l'image qu'il se faisait de sa maîtresse. Sans doute s'était-il laissé emporter par la jalousie après avoir découvert que le Professeur Sayer, son rival, en savait davantage sur les blessures secrètes de la jeune femme. Certes, il ne savait pas tout d'elle. Mais il la connaissait. Sa sensibilité, son intelligence, sa droiture, sa compassion. Elle soutenait l'indépendance, mais elle n'aurait jamais souhaité que celle-ci s'obtienne à un tel prix. Il la contempla avec une tendresse renouvelée, son visage contrit, alors que défilait autour d'eux le paysage de rizières asséchées dans lequel elle était née, Éden dont ses parents avaient été chassés, comme l'étaient ces réfugiés aujourd'hui. Se sentant observée, elle tourna la tête vers lui et lui adressa un sourire morne.

- « Voulez-vous votre livre ? », interrogea Anthony en ouvrant la sacoche qu'il gardait contre lui, espérant l'aider à se changer les idées.

- « Non merci », répondit-elle d'un geste sec de la main en fronçant les sourcils.

L'expression de Nandar Aye changea brusquement. Ses traits se tendirent d'un seul coup et elle lui adressa un regard glacé. Elle détourna la tête et prit la main de Sayer dans la sienne, comme par défi. Anthony encaissa l'affront avec incompréhension. Que justifiait un tel comportement ? Restait-elle contrariée par leur récente altercation ? Sa surprise fit rapidement place à une frustration sourde. Il referma le rabat de son sac avec dépit et reprit sa contemplation silencieuse de la route.

Le convoi ralentit brusquement. Anthony passa la tête sur le côté de la bâche. Un barrage de police militaire. Un sergent-chef en uniforme kaki souillé échangea brièvement avec leur chauffeur, puis remonta le véhicule jusqu'à eux.

- « Papiers ! », ordonna-t-il, sa main agitée par l'impatience, le regard dur de ceux qui en ont trop vu en trop peu de temps.

Autour d'eux, le flot d'exilés continuait à couler, le torrent les contournant comme s'il se fut agi d'un rocher. Sayer tendit le sauf-conduit signé par Butt, que le sous-officier examina longuement, avant d'étudier le trio, en particulier Nandar Aye, avec une suspicion non dissimulée. Autour d'eux, d'autres soldats fouillaient les réfugiés, retournant les ballots, questionnant d'une voix sèche ceux qui ne parlaient pas anglais.

- « Vous allez à Rangoun ? », interrogea-t-il avec incrédulité et une pointe de sarcasme. « Si j'étais vous, j'y traînerais pas mes guêtres. Si j'étais vous, j'irais même pas », se moqua-t-il en faisant un signe vers les réfugiés. « Mais faites comme bon vous semble », termina-t-il en rendant le papier avec brusquerie.

Sayer reprit le laissez-passer sans un mot, visiblement agacé par les manières du policier, mais comprenant qu'il n'était pas en position de protester.

- « Allez-y ! », hurla le sergent-chef, en tapant du plat de la main sur la tôle du camion avant d'aller rejoindre ses hommes qui interrogeaient férocement deux jeunes *coolies*, accroupis au bord de la route, les mains sur la tête.

Le camion reprit sa progression, mais l'atmosphère avait changé. Leur trouble était palpable, leurs pensées non plus concentrées sur le sort des milliers d'inconnus qui les entouraient, mais sur le leur une fois parvenus à destination. Anthony comprit plus que jamais le péril que leur faisait courir ce retour dans une ville qui n'était pas encore totalement assiégée, mais qui pouvait tomber d'un moment à l'autre.

Un bourdonnement lointain, d'abord à peine perceptible à travers celui des vibrations de leur engin, vint cimenter ses craintes.

- « Des avions », confirma Sayer.

- « Japonais », ajouta Anthony d'une voix craintive après avoir passé la tête à l'arrière de la benne pour scruter le ciel.

Leur camion freina brutalement, les projetant douloureusement contre les caisses. Une clameur remplaça immédiatement le vrombissement du moteur, tandis que la foule se dispersait en courant avec des cris de panique vers les champs, abandonnant derrière elle tout ce qui pouvait la ralentir. Anthony fut le premier à bondir de la plate-forme, suivi de Sayer, tous deux aidant Nandar Aye, empêtrée dans son *longyi*, à s'extraire à son tour du véhicule. À peine eut-elle touché le sol qu'une vibration aiguë emplit l'air, accompagnée par trois silhouettes métalliques, brillantes comme des insectes dans la lumière, qui apparurent au-dessus de la cime des palmiers dans l'axe de la route. Les Nakajima Ki-43 "Oscar" fondaient sur eux.

- « À terre ! À terre ! », hurla une voix au milieu du chaos qui régnait autour d'eux.

Les premières balles criblèrent les véhicules sur la route au moment même où ils se jetaient tous trois dans le fossé qui la longeait. Des plaintes s'élevèrent de toutes les directions alors que l'air s'épaississait d'un parfum de cambouis et de carburant.

- « Restez couchés ! », intima la même voix tandis que des inconscients se précipitaient vers la route pour y récupérer leurs dernières possessions.

Un sifflement strident crescendo annonça le second passage des oiseaux de proie qui fondirent cette fois sur les champs pour cibler, avec une intention meurtrière, les civils qui s'y étaient réfugiés. Anthony entendit le crépitement sec balayer le sol des rizières, les rafales continues soulevant des gerbes de terre à un mètre de lui. Il lutta contre la panique qui lui commandait de fuir le plus loin possible, le plus vite possible, cette menace contre laquelle il était impuissant. Mais il savait qu'il ne pourrait jamais distancer un chasseur. Aussi, tel un lièvre tapi, tremblant, au milieu d'une prairie, sous la menace d'une nuée de faucons, il espéra que son immobilité le rendrait invisible. Une cible parmi des milliers d'autres. Pour calmer son esprit alors que le troisième passage provoquait une série d'explosions sur la route, il tenta de calculer la probabilité d'être touché fortuitement par une balle. Environ une chance sur vingt, déduisit-il, tandis que les bruits de moteurs semblaient s'éloigner. Des vapeurs noires s'élevèrent rapidement jusqu'à masquer le soleil, rideau opaque derrière lequel les avions disparurent à leur tour. Personne ne bougea, le paysage figé dans un silence uniquement percé par le crépitement des véhicules en feu et les plaintes des blessés. Puis, une première personne se releva, suivie d'une autre, jusqu'à ce qu'enfin Anthony se décide à son tour, aidant ses compagnons se remettre sur pied.

- « La voie est libre ! », cria toujours la même voix.

D'un seul coup, le calme fit place aux clameurs des survivants qui se ruaient vers les corps inertes qui rejoindraient à jamais la terre. Leurs larmes de désespoir se mêlèrent aux flocons noirs des cendres, qui tombaient en linceuls sur les silencieux de ce cimetière improvisé. Pendant que certains pleuraient leurs proches, les autres regagnaient lentement la route, découvrant, hébétés, la carcasse calcinée de leur voiture, la plate-forme déchirée de leur charrette, la cargaison éventrée de leur brouette. Quelques secondes avaient suffi pour que tous repartent plus pauvres, plus frêles, plus vulnérables, après que la guerre eut continué son inlassable travail de nivellement de l'humanité par le bas.

Anthony constata que le Bedford les attendait, criblé d'impacts, mais toujours en état de fonctionner. Deux autres camions n'avaient pas eu autant de chance, masses noires consumées par les flammes. Pris de panique, il se rua vers la benne dans laquelle il avait abandonné sa sacoche. Il escalada la plate-forme et découvrit un amoncellement de débris. Il les déblaya frénétiquement, s'écorchant les mains. Finalement, la sacoche apparut. Il l'ouvrit précipitamment et en palpa le contenu. La tablette et la boîte métallique contenant son carnet et le livre de Nandar Aye étaient intactes. Il poussa un soupir de soulagement.

- « On repart ! », annonça le chauffeur tandis qu'il remettait le moteur en route.

Les autres véhicules du convoi reprirent leur ronronnement, indifférents aux tragédies autour d'eux. Ils n'auraient rien pu y faire de toute façon. Leur mission les conduisait dans la direction opposée de celle suivie par cette marée de déshérités. Anthony, Sayer et Nandar Aye retrouvèrent une place parmi les caisses déchiquetées. Les véhicules en feu, que tentaient désespérément d'éteindre un fourmillement d'ombres autour d'eux, disparurent progressivement, derrière la foule de réfugiés qui entoura de nouveau leur colonne, comme si rien ne s'était passé. Pendant l'heure qui suivit, le vrombissement infernal du moteur se mêla aux grincements des ressorts torturés par les ornières de la route, malmenant les passagers tout autant que ce qu'il restait du chargement. Soudain, à travers la toile qui battait au vent chaud, l'aérodrome de Mingaladon apparut sur leur gauche.

Le spectacle était saisissant. Les hangars métalliques, éventrés par les bombes japonaises, se dressaient comme des squelettes de fer tordu. Des cratères béants criblaient les pistes en Marsden Matting, certains encore fumants. Les carcasses calcinées de deux Hurricanes et d'un P-40 Tomahawk gisaient près de la tour de contrôle, leurs ailes pointant en geste d'agonie vers l'azur. Par intermittence, des silhouettes casquées couraient entre les débris, les derniers mécaniciens de la RAF évacuant l'équipement qui pouvait encore être sauvé vers Magwe. Un convoi de camions chargés de pièces d'avions fila dans la direction opposée, soulevant des tourbillons de poussière ocre. Puis, l'aérodrome disparut à son tour, tandis qu'ils continuaient vers le sud en direction du centre-ville.

Trente minutes plus tard, le camion s'immobilisa enfin à l'intersection de Commissioners Road[96] et de Godwin Road[97]. Anthony et ses compagnons poussèrent des soupirs de délivrance en descendant de la benne, pendant que des soldats s'approchaient déjà pour décharger le véhicule. Cependant, leur soulagement fut de courte durée. La ville qu'ils découvrirent était méconnaissable.

Face à eux se dressait le Rangoon General Hospital, son imposante architecture victorienne en briques rouges contrastant avec le chaos environnant. Mais même ce symbole de la grandeur coloniale semblait diminué par l'atmosphère de déroute qui planait sur la ville. Les larges avenues, d'ordinaire grouillantes d'activité, étaient étrangement désertes. Seuls quelques véhicules

---

[96] Ancien nom de Bogyoke Aung San Road.
[97] Ancien nom de Lanmadaw Road.

militaires passaient en trombe, chargés de matériel et de soldats aux visages tendus. Des papiers administratifs jonchaient les trottoirs, emportés par le vent chaud qui charriait l'odeur âcre venue des docks. À l'hôpital même, l'activité semblait fébrile. Des ambulances se croisaient en permanence, leurs sirènes déchirant le silence oppressant.

Les bâtiments coloniaux, le quartier gouvernemental, les bureaux de l'administration, paraissaient tous abandonnés, leurs volets clos comme des paupières fermées sur une époque révolue. Quelques pillards fouillaient discrètement et en toute impunité les boutiques désertées. Au loin, des colonnes de fumée noire s'élevaient un peu partout en ville, des bâtiments et entrepôts que les Britanniques avaient commencé à détruire, depuis que le signal « D » de démolition avait été donné une heure auparavant, appliquant une politique de terre brûlée en préparation de l'arrivée des Japonais. Rangoun agonisait dans la torpeur tropicale, comptant ses dernières heures de liberté.

Plus que jamais, ils comprirent que leur temps était compté. Ils étaient des proies prises au piège d'une souricière en train de se refermer. Butt avait raison : ils devaient quitter la ville dès que possible, en espérant qu'il n'était déjà pas trop tard.

- « Anthony, allez voir si vos parents vous ont laissé un message », commença Sayer, un sentiment d'urgence perçant sa voix. « Nandar Aye et moi allons récupérer sa mère et préparer un bagage. Faites de même. Ne prenez que l'indispensable, de l'argent et tout ce qui pourra se vendre : bijoux, or. Retrouvons-nous ce soir, à dix-huit heures, à la gare. »

- « Entendu ! », acquiesça Anthony, qui était impatient de se débarrasser du *longyi* dans lequel il s'empêtrait depuis plusieurs jours, continuellement obligé de le renouer sans jamais parvenir à le faire correctement.

- « Anthony ! », l'interpella Nandar Aye alors qu'il commençait déjà à partir, en pointant du doigt vers sa sacoche.

Voilà finalement qu'elle réclamait son livre ! Comme s'il s'agissait d'une priorité dans un tel moment ! Il ouvrit le rabat avec impatience, plongea la main dans la cantine métallique, extirpa le roman et le lui tendit.

- « Merci », dit-elle en prenant son ouvrage. « Et la tablette ? », demanda-t-elle d'un ton faussement détaché.

Ses lèvres arboraient un sourire, mais ses yeux brillaient d'une lumière étrange et intense.

- « J'aurai besoin de ma sacoche. Et la pierre est lourde. Elle ne ferait que vous ralentir. »

Elle ne répondit pas, semblant hésiter, puis se tourna vers Sayer pour l'interroger du regard. Son sourire avait disparu.

- « Anthony a raison. Ne t'inquiète pas ma chérie, de toute façon nous le retrouvons très vite. Viens, ne traînons pas ! Nous avons peu de temps ! »

Anthony regarda le couple s'éloigner à pas rapides avec perplexité. Il resta suffisamment longtemps à les observer pour apercevoir Nandar Aye jeter un regard tendu et inquisiteur par-dessus son épaule. Elle qui n'avait jamais manifesté le moindre intérêt pour leurs recherches, semblait soudainement s'inquiéter du sort de l'artefact. Que pouvait-il bien lui passer par la tête ?

Une explosion au lointain le ramena brutalement à la réalité. Ce mystère devrait attendre. Il se précipita en courant vers l'est, en direction d'une colonne épaisse de fumée noire qui s'élevait au-dessus de l'horizon, vers Syriam. Il comprit aussitôt. Les sapeurs britanniques venaient d'incendier les raffineries et dépôts de carburant de la Burmah Oil Company. C'était comme si toute son histoire, celle de sa famille, son enfance, son avenir, disparaissaient avec cet autodafé. Bientôt, pensa-t-il, toute trace de lui serait effacée en Birmanie.

Chapitre 20

Cambridge, Royaume-Uni, septembre 2024

Le damier de marbre noir et blanc se perdait sous le regard d'Ayaan. Absent. Comme si le pavé mosaïque absorbait la lumière des lustres de fer forgé. La salle rectangulaire s'étendait dans sa symétrie implacable, ses murs de chêne sombre portant les fresques de Newton mesurant la lumière. Équerres et compas s'entrelaçaient en frise. Symboles d'un cercle qui prétendait mesurer l'immesurable. Dehors, le temple maçonnique de Bateman Street dressait sa façade grise contre le ciel plombé de Cambridge. Entre les collèges centenaires, il n'était qu'une pierre de plus dans cette cité séculaire qui collectionnait les tombeaux du savoir. Il n'en transparaissait rien à l'intérieur. Qu'il fasse jour ou nuit, la même lumière illuminait à l'identique ce cabinet de réflexion isolé du monde profane. Ayaan, pourtant, était incapable de laisser ses métaux à l'entrée du temple. Son pied battait un rythme impatient contre le sol.

Il n'était pas le seul, sans doute, à rester sourd au mélange d'érudition et de mysticisme qu'offrait la Isaac Newton University Lodge No. 859. Les chiffres parlaient d'eux-mêmes : le nombre d'initiés avait fondu de moitié en cinquante ans. Malgré l'aura de mystère qui faisait les délices des polars à succès, la franc-maçonnerie britannique peinait à recruter. La plupart des Frères avaient dépassé la soixantaine. En face de lui, sur la colonne du Midi, ils s'alignaient dans leur décorum : tabliers blanc, gants immaculés, sautoirs noirs. Membres grisonnants qui auraient rassuré n'importe quel complotiste. Ayaan réprima un sourire. Cette armée d'universitaires fatigués, de notables bedonnants, maîtres du monde ? L'idée même était risible.

La loge Caius No. 3355 du Gonville and Caius College l'avait approché. Il hésitait encore. Étendre son réseau, faire avancer sa carrière, l'argument n'était pas négligeable. Mais l'idée de gaspiller ses soirées en salamalecs et rituels obsolètes le rebutait. Aussi siégeait-il sur la colonne du Nord, parmi les profanes, cette assemblée d'invités et d'universitaires en toge venus pour la tenue blanche ouverte. Ils étaient tous là. Sa famille au complet pour la première fois depuis plus de dix ans. La mort, ultime séparation, était aussi la seule à pouvoir rassembler ce qui était épars.

Trois coups de maillet sonnèrent à l'Orient et réveillèrent Ayaan. Le Vénérable Maître siégeait sur son trône, dominé par deux globes et le delta lumineux. Le rideau noir formait une toile de fond, comme un rappel permanent de ce vers quoi tout tendait.

- « Amis et Frères en vos grades et qualités. » La voix s'éleva, monocorde, chaque syllabe pesée selon le rituel d'Émulation, ce legs du dix-huitième siècle que la Grande Loge Unie d'Angleterre perpétuait sans changement. « Notre bien-aimé

Frère Anthony Preston repose devant nous, rattrapé par le sort qui, tôt ou tard, frappe tous les enfants de Dieu. »

Ayaan reporta son regard sur le cercueil au milieu du temple. Un symbole. Comme tout l'était ici. Vide bien entendu. Le corps avait été enterré six pieds sous terre ce matin, après une messe à Great St Mary's. Les honneurs s'enchaînaient pour son aïeul décédé trois jours auparavant. C'était le tour de ses Frères.

La veille, Ayaan s'était rendu une dernière fois dans l'appartement de Trumpington Street. Un cliché en noir et blanc, figé dans l'immobilité. Le silence avait remplacé le souffle régulier du mourant sous son masque, rendant les lieux plus lugubres encore. Sa famille s'était ruée sur ce qui avait de la valeur. L'armée d'Alexandre pillant Persépolis. Même chaos, méthodique et impitoyable. La bibliothèque, elle, avait été donnée au Centre for South Asian Studies. Plus personne ne lisait. Le reste ? À la décharge. Ayaan avait sauvé le carton, celui des souvenirs personnels de son aïeul, à l'exception de la bague et de la montre en or qu'elle contenait. Son unique butin. Pas par sentimentalisme ni nostalgie. Mais parce que Khin Yadanar avait décidé de partir pour Win Ka, et qu'il fallait aller jusqu'au bout. Il ne se laissait pas envahir par l'émotion, d'ordinaire. Pourtant, la morosité l'avait saisi devant cette boîte usée et déformée, seule trace d'une existence de plus d'un siècle. Une boîte, et peut-être le nom d'Anthony associé à une découverte archéologique. À titre posthume. Il n'en saurait jamais rien. Était-ce là toute la mesure d'un homme ? Que resterait-il de lui-même, le moment venu ? Le succès n'avait de sens que vécu. Les cérémonies mémorielles n'avaient fait qu'épaissir sa mélancolie. Cette cérémonie maçonnique plus que les autres, par l'ennui que son ésotérisme lui inspirait.

Les Trois Grandes Lumières reposaient près du cercueil : la Bible ouverte à l'Ecclésiaste 12:1, l'équerre, et le compas. La colonne du Premier Surveillant dressée à la tête, celle du Second couchée au pied. Les litanies reprirent, monotones.

- « Ni valeur ni vertu, ni richesse ni honneur, ni larmes d'amis ou de famille ne peuvent l'empêcher ou le retarder. Il nous apporte cette leçon souvent répétée mais vite oubliée : chacun de nous doit bientôt franchir le seuil et expérimenter cette vie supérieure vers laquelle nous avançons. »

L'esprit d'Ayaan s'évada. Le rituel devenait bruit de fond, progressant avec la lourdeur d'un manuscrit sanskrit. Chuchotements latins, déplacements codifiés autour du cercueil. Six frères aux joues creusées par l'âge déposèrent sur l'acajou un tablier de maître souillé de cendres et une branche d'acacia. « Symbole d'immortalité », souffla le Vénérable Maître. Ayaan songea au carnet calciné quelque part dans les montagnes chins. Seule la tablette avait survécu. Il en imagina les morceaux s'entrechoquant au fond d'un sac alors que Khin Yadanar leur faisait traverser un pays en guerre. Une chose était certaine : rien n'était immortel. Le Vénérable continuait ses élucubrations :

- « Notre Frère Anthony a traversé la Porte de l'Orient avec en main le flambeau de la Vérité... »

Ayaan se replia en soupirant vers son temple intérieur. La voix caverneuse énumérait la campagne de Birmanie, les accomplissements du défunt. Cette mascarade finirait-elle ? Une seule pensée l'obsédait : comment localiser précisément le *stūpa* de Win Ka ? Il avait épluché tous les documents du carton. Étudié chaque relevé, chaque page du journal. Rien d'assez précis. Il était face à un mur. Khin Yadanar arriverait à Win Ka dans quelques jours. Zone de conflit où elle ne pourrait s'attarder. Chaque minute gaspillée dans cette danse obsolète était un pas de plus vers l'échec. L'absurdité culmina avec la Chaîne d'Union. Les Maçons formèrent un cercle autour du cercueil, bras croisés, mains entrelacées, psalmodiant en vieil anglais. Divagations stériles et sans fin. Puis lecture de l'Ecclésiaste. « Vanités des vanités... »

Trois coups de maillet. Enfin ! Le temps se remit à couler. Ayaan crut entendre la trotteuse égrener les secondes tandis qu'il se levait, emporté par le flot qui rejoignait la salle humide pour les agapes. Frères et académiciens, libérés de leurs ornements, se précipitèrent vers le bar dans un brouhaha joyeux. Ils avaient accompli leur devoir. La vie reprenait ses droits.

Ayaan feignait d'admirer l'horloge trônant sur le tablier de la cheminée, l'envie d'être laissé à l'unique pensée qui l'obnubilait, Win Ka, lorsqu'il entendit une voix familière :

- « Belle tenue, n'est-ce pas ? »

Le Professeur Forsythe lui tendit une bière et leva la sienne en direction de Latika Williamson, directrice du Center for South

East Asian Studies, qui discutait avec le Vénérable à l'autre bout de la salle. Elle répondit d'un hochement discret.

- « Un peu désuète, vous ne trouvez pas ? »

Ayaan goûta à la mousse, blasé. Autour d'eux, les conversations s'animaient sous le blason de Newton. Deux tibias croisés sur fond noir. Référence à la piraterie ? À la mort ? Peu importait. Symbolique et héraldique ne l'intéressaient pas.

Forsythe sourit avec une patience teintée d'ivresse. « Ce que vous voyez n'est qu'une façade. Les rituels, les symboles… Des outils dont l'homme a toujours eu besoin pour se donner une raison de se lever le matin. Une quête de sens. L'humanité invente des mythes pour échapper à l'absurde, pour croire qu'il y a quelque chose derrière le voile de la matière. »

- « Ça ressemble surtout à une répétition vide, mécanique, non ? » Ayaan, sceptique, fit tourner son verre entre ses doigts.

Forsythe pencha la tête. « La forme de ce rituel ne vous parle peut-être pas. Mais son fond ne peut vous laisser froid. Il nous concerne tous. Par exemple, la relation au sacré peut être symbolisée par l'Olympe, le Sinaï, la pyramide, la flèche de la cathédrale, la colonne maçonnique, ou même l'arbre. Dîtes-moi ce qui donne un sens à votre vie et je trouverai votre verticalité. La liberté ? La statue qui porte son nom. L'argent ? The Gherkin ou Trump Tower. La société humaine est une forêt de symboles qui nous parlent. Ils sont le langage secret de notre inconscient et mémoire collectifs. Ils transmettent non seulement des croyances mais aussi une volonté commune : chaque génération interprète à sa mesure, recycle, déconstruit, réinvente. »

Les voix autour d'eux se taisaient, comme suspendues à cette conversation. L'universitaire vida sa bière d'une seule gorgée, avant de reprendre :

- « Ce monde vous paraît peut-être vain. Mais tout ce qui nous importe - l'amour, l'honneur, la fraternité - existe parce qu'on le décide ensemble, en tant que société, par des signes, des paroles, des rituels. Alors, soit vous suivez Bouddha, en voyant l'existence comme une illusion, en vous détachant de ce qui fait de nous des humains, en vous retirant du monde. Soit... »

Forsythe laissa traîner sa phrase, savourant l'effet, tout en attrapant un autre verre sur un plateau qui passait.

- « Soit ? » demanda Ayaan en se prêtant au jeu. Il sourit. L'universitaire était plus sympathique avec un coup dans le nez.

- « Soit, vous embrassez le théâtre de la vie, lui donnez un sens, celui que vous voulez, selon ce qui compte pour vous. Vous adopterez alors vos propres symboles et rituels - cérémonies de remise de diplôme, de mariage, médailles, montre en or - que vos enfants trouveront désuets à leur tour. Dans tous les cas, vous ne pourrez pas échapper au fait que les mythes, les idées, aussi immatérielles soient-elle, gouvernent le monde... »

Pause. Son regard vitreux se perdit sur le compas et l'équerre au mur, avant de reprendre avec enthousiasme, son visage empourpré se rapprochant de celui d'Ayaan comme pour lui faire une confidence :

- « Les idées ! Ne sont-elles pas extraordinaires ? Si fragiles, abstraites, inexistantes sans l'homme, flottant d'esprit en esprit comme des lucioles », mima-t-il de la main devant le visage d'Ayaan. « Et pourtant, capables de vaincre les plus grandes armées. La masse critique... Il suffit qu'une foule partage la même idée et pouf ! », fit-il en écartant les mains pour simuler une explosion. « Prenez le Myanmar. Un peuple entier derrière un espoir commun : la démocratie fédérale. En train de s'écrire de nouveaux mythes fondateurs. Un vouloir vivre ensemble. Solution idéale pour ce pays multiethnique. Si l'armée perd, ce concept changera toute la région. Le pouvoir des symboles ! Vous comprenez ? »

- « En parlant du Myanmar », coupa Ayaan. Les élucubrations de Forsythe l'amusaient de moins en moins. Il fallait ramener la conversation vers l'essentiel. « Khin Yadanar est arrivée à Pyay aujourd'hui. Son contact de l'État Chin vient de m'écrire. Demain, elle traverse le massif de Bago. Elle sera à Win Ka dans trois jours. Quatre au plus. »

- « Quel dommage que votre arrière-grand-père ne puisse assister à l'aboutissement... » Forsythe marqua une pause. « Pourquoi n'a-t-il jamais repris ses recherches après la guerre ? »

- « Aucune idée. » La frustration perçait dans la voix d'Ayaan. « Il a refusé d'en parler. De ça, de la tablette dans l'avion... Autant de secrets emportés dans la tombe. Et son carnet n'offre aucune précision sur la localisation du *stūpa*. »

- « Regrettable », reconnut l'universitaire, conciliant. « Mais la guerre l'a interrompu. L'urgence. Il pensait revenir. Sans doute pourquoi il n'a pas noté les coordonnées... »

- « Peu importe la raison ! » L'irritation d'Ayaan explosa. Les excuses de Forsythe l'excédaient. « Nous sommes bloqués. Quatre jours ! C'est tout ce que nous avons pour transmettre l'information à Khin Yadanar. J'ai contacté la communauté birmane de Londres. Associations, réseaux sociaux, archéologues en exil. Rien. Tous disent la même chose : il faut une équipe sur le terrain. Impossible ! Je suis dans l'impasse ! »

- « Je comprends », répondit Forsythe embarrassé.

Après tout, sa contribution lui permettrait d'associer son nom à la découverte, et son expertise de prendre la direction des recherches qui suivraient. De quoi avancer une carrière universitaire. Cette pensée le dégrisa et il reprit avec sérieux :

- « Je devrais sans doute contacter Global Xplorer. »

- « Global Xplorer ? »

- « Une plateforme de crowdsourcing qui analyse des images satellites pour découvrir des sites archéologiques à l'aide de volontaires sur Internet. Si on leur fournit la zone et les relevés du carnet, ils pourraient trouver le site exact. Ne serait-ce que grâce à la différence de végétation, puisqu'il a été défriché en 1941. Ça laisse des traces. Les logiciels d'IA font des miracles. »

- « Fantastique ! », s'enthousiasma Ayaan, oubliant où il se trouvait. Les regards de sa famille le rappelèrent à l'ordre.

Tout n'était pas perdu. L'espoir, mince filet tendu entre l'échec et la réussite. Le temps se resserrait autour d'Ayaan, mais le puzzle demeurait soluble. Ses vacances sacrifiées, les veilles au chevet du mourant, les recherches acharnées, les affrontements avec Khin Yadanar, tout cela prendrait sens. Et ce quart d'heure de gloire qui attirerait immanquablement l'attention de l'université, des cabinets prestigieux. Il porta la bière à ses lèvres, savourant cette fois la gorgée avec un sourire d'anticipation. Restait Khin Yadanar. L'inconnue de l'équation. L'électron libre dans cette réaction chimique parfaitement orchestrée. Élément incontrôlable dont dépendait pourtant l'aboutissement de leur quête sur le terrain. Il devrait s'en accommoder, par nécessité et non par choix, malgré ce malaise qui lui nouait l'estomac.

Forsythe vida son deuxième verre d'un trait. Geste sec. Le cristal heurta le tablier de cheminée. Il tendit sa main vers Ayaan :

- « Je dois m'éclipser. Retourner à Londres. Mes condoléances. Je vous contacte dès que Global Xplorer répond. En attendant, je vous envoie la dernière partie de la traduction... »

L'email partit dans l'instant, vibration électronique invisible. Forsythe s'éloignait déjà, silhouette fendant la foule qui s'agglutinait dans la salle humide. Disparition. Comme si la cérémonie funèbre se poursuivait, emportant un à un les acteurs de cette comédie macabre. Ayaan tira son portable et commença à lire le texte adossé à la cheminée, remerciant Forsythe de lui avoir fourni l'excuse pour échapper à ses obligations familiales.

Chapitre 21

Région de Pyay, Myanmar, septembre 2024

La pluie tombait comme des lances, verticale et violente, martelant la bâche du camion militaire. Khin Yadanar, les mains liées devant, sentait chaque cahot de la route défoncée résonner dans ses os meurtris. Autour d'elle, dans la pénombre humide, les silhouettes des autres prisonniers se balançaient en fantômes muets. Coups de pieds, insultes et ricanements volaient depuis les bancs latéraux où s'alignaient les soldats.

Une heure seulement qu'elle avait été capturée. La lumière s'était dissoute avec sa liberté. Elle connaissait le sort réservé aux rebelles. Mais connaître et vivre dans sa chair, voilà ce qui sépare l'idée de la réalité. Combien de temps tiendrait-elle ? Question vaine. Personne ne tient jamais. Sa témérité avait-elle scellé le sort de ses camarades, de Kee Mawng ? Elle releva la tête, croisa le regard de Kyaw Zaw. Même crainte, même détermination. Ils avaient choisi ce combat. Les villageois entassés avec eux, en revanche, n'avaient commis d'autre crime que d'exister sur des terres que se disputaient la résistance et la Tatmadaw. Boucs émissaires. Otages. L'innocence ne protégeait pas plus que la culpabilité.

Le convoi avançait péniblement sur la route boueuse serpentant entre les collines verdoyantes de Paungde. Dix camions militaires, progressant avec la lenteur d'un animal aux aguets. Khin Yadanar ferma les yeux, tentant d'ignorer la douleur lancinante de son dos. Elle calculait la distance jusqu'à Pyay, au centre d'interrogatoire. Se recentrer. Entrer en méditation. Mais toujours revenaient les visages des victimes, des amies mortes dans l'incendie, de l'adolescente du village. Trombinoscope macabre suivi de celui de Kee Mawng. Son air triste lorsqu'elle était partie. Une déchirure. Elle fit appel à toutes ses forces pour ne pas pleurer. Ces démons se nourrissaient de la souffrance. Elle ne leur offrirait pas ce plaisir.

Soudain, une déflagration assourdissante déchira l'air, si violente que le camion fit une embardée. Un éclair aveuglant illumina l'intérieur de la bâche, révélant pendant une fraction de seconde les visages terrifiés des prisonniers. Puis vinrent les cris, les ordres hurlés, et le crépitement des armes automatiques. Le camion freina brutalement, projetant les prisonniers les uns contre les autres.

- « À terre ! », hurla Khin Yadanar, « restez couchés ! ».

Les balles commencèrent à perforer la bâche. Filets de pluie et de lumière. Plusieurs soldats n'eurent même pas le temps de se lever et restèrent figés sur leur banc, tels des pantins désarticulés. Les autres bondirent à l'extérieur du camion, sautant sous les ordres aboyés par leurs sous-officiers, certains tués avant même de toucher le sol. L'eau s'infiltrait partout, se mêlant au sang qui commençait à couler. Un vieil homme s'effondra près d'elle, touché à la poitrine, ses yeux déjà voilés fixant le néant.

Les PDF attaquaient, déchaînant l'enfer sur le convoi, ignorant qu'il transportait des prisonniers civils. Les tirs venaient de toutes parts, les collines, la jungle dense qui bordait la route, d'où crépitaient des multitudes de flashs. Un soldat de la Tatmadaw apparut brusquement, son visage déformé par la peur. La pluie s'engouffra derrière lui, glaciale et impitoyable. Il braqua son arme sur les prisonniers.

- « Sortez ! Vous servirez de boucliers ! »

Khin Yadanar se leva, chancelante mais déterminée.

- « Ce sont des civils ! », cria-t-elle au soldat, sa voix à peine audible dans le vacarme de la bataille. « Des prisonniers ! »

Une nouvelle explosion, plus proche, fit trembler le sol. Le soldat fut projeté en arrière, disparaissant dans le fossé bordant la route. Khin Yadanar se précipita vers l'ouverture, poussée par un instinct profond, une rage, un cri primaire qui prit le contrôle. Vivre ! Dehors, c'était le chaos. Les soldats couraient en tous sens, cherchant désespérément un abri contre les tirs qui pleuvaient de la forêt. Ils gisaient déjà nombreux dans la boue. Immobiles. De la même couleur que le sol. La pluie emportait en ruisseaux écarlates le sang de ses ennemis pour abreuver la fange. Elle n'éprouva aucune pitié. « On récolte ce que l'on sème », pensa-t-elle. L'odeur âcre de la poudre et des flammes faisait ressurgir les images des corps calcinés dans le village.

Le premier camion n'était plus qu'une carcasse en flammes. Projetant des ombres dansantes sur la scène apocalyptique. « IED ! » pensa-t-elle, reconnaissant la signature d'une mine improvisée. Le véhicule de tête avait été pulvérisé selon la tactique habituelle des PDF, pour bloquer le convoi, établir une zone de mort, puis attaquer simultanément de plusieurs positions pour empêcher toute retraite ou contre-attaque. Une rafale claqua près d'elle, soulevant des gerbes de boue à ses pieds. Elle se jeta au sol, roulant sous le camion pour s'abriter. De là, elle pouvait voir les jambes des soldats qui couraient, tombaient, se relevaient parfois. La bataille se concentrait maintenant sur les véhicules de queue.

Sous la pluie battante, elle rampa jusqu'à l'avant du camion, sortit de sa cachette, se redressa, le dos plaqué contre la portière, pour jeter un regard de côté dans l'habitacle. Le chauffeur était mort, affalé sur son volant. À côté de lui, un sous-officier agonisait, les mains crispées sur son ventre déchiré. Elle reconnut le caporal qui avait participé au viol dans le village. Leurs regards se croisèrent. Elle hésita. Avant de se reprendre. Elle ne pouvait plus - ne voulait plus ? - rien faire pour lui. Il mourrait dans les minutes suivantes. Le reflet d'une baïonnette dans la boue attira son attention. Elle la ramassa rapidement, puis replongea sous le camion pour y couper ses liens. Le déluge de feu continuait sans répit tout autour d'elle, alors qu'elle rampait pour refaire le chemin en sens inverse. Une seule pensée occupait son esprit : sauver les villageois avant qu'ils ne deviennent des dommages collatéraux.

Un groupe de soldats tenta une contre-attaque désespérée, se regroupant derrière un véhicule encore indemne. Ils furent fauchés par une rafale venue des collines. D'autres couraient vers la jungle, poursuivis par des ombres furtives. Arrivée à l'arrière du camion, elle se hissa d'un bond à l'arrière du véhicule et se trouva nez-à-nez avec le canon d'un fusil braqué sur sa tête. Aucun coup ne partit. L'arme s'abaissa, dévoilant le visage tendu de Kyaw Zaw, qui lui adressa un sourire de coin. Le gamin avait des nerfs d'acier, elle devait lui reconnaître ça.

- « 'Faut pas rester là ! », lâcha-t-elle. « Vous allez vous faire dégommer. Les PDF ont encerclé le convoi. » Elle tendit le couteau pour qu'il puisse se libérer.

- « C'est trop dangereux dehors », répondit le résistant. « Ils ne savent pas que nous sommes des civils. On risque d'être pris pour cibles ou de se prendre une balle perdue ».

Une nouvelle explosion embrasa le crépuscule. Un autre camion était en flamme, crépitant sous la pluie et sous les tirs. Elle observa les prisonniers, dont Kyaw Zaw coupait les liens, recroquevillés au fond, leurs visages illuminés par la lueur orangée irréelle. Certains blessés, tous terrifiés. Coincés entre Charybde et Scylla.

- « Nous devons sortir et nous identifier ! » leur cria-t-elle. « Les PDF ne savent pas que nous sommes ici ! »

Dehors, la bataille semblait s'éloigner, les PDF poursuivaient probablement les soldats en fuite dans la jungle.

- « À mon signal, nous sortirons tous en criant 'prisonniers civils'. Gardez les mains levées visibles au-dessus de vos têtes. »

Le temps se suspendit, comme si l'univers entier retenait son souffle. La pluie continuait de tomber, lavant le sang et la boue, mais pas la peur. Jamais la peur.

- « Maintenant ! »

Ils émergèrent dans la nuit, groupe pathétique de silhouettes tremblantes. La bataille s'était déplacée, mais des tireurs PDF étaient encore postés autour d'eux.

- « Prisonniers civils ! », hurlèrent-ils à l'unisson, leurs voix se mêlant au rugissement des balles qui volèrent en sifflant près de leurs têtes.

Le villageois juste à côté d'elle tomba avec un hurlement, touché à la cuisse. Les tirs se firent plus sporadiques, puis cessèrent. Le silence. Brisé çà et là par des détonations et des cris qui perçaient le rideau de l'averse. Un long moment passa, une éternité pendant laquelle ils restèrent plantés au milieu de la route, les bras en l'air, leurs voix unis dans la même clameur, remontant des tripes avec rage et espoir. « Prisonniers civils ! » Les premières silhouettes émergèrent lentement de la jungle, fusils prêts à tirer, menaçants, casques et casquettes détrempées cachant les visages anonymes. Un rire fendit la nuit, puis un appel, une libération :

- « Kyaw Zaw ? C'est toi ? »

Le jeune résistant abaissa ses bras, suivi par les otages. Kyaw Zaw bondit vers la voix qu'il embrassa avec entrain. C'était terminé. Ils étaient sauvés ! Le Bataillon 3602 les avait retrouvés. Khin Yadanar poussa un soupir de soulagement. Sentit ses jambes céder sous elle. Elle s'effondra dans la boue, submergée par un mélange indéfinissable d'émotions : soulagement, épuisement, horreur devant les corps qui jonchaient la route. Et cette étrange culpabilité du survivant. Un combattant se précipita vers elle pour lui offrir sa gourde. Elle but goulument, la gorge encore serrée et incroyablement sèche malgré les trombes d'eau qui s'abattaient sur eux. Il l'aida à se relever alors que les tremblements qui l'agitaient s'atténuaient. Elle sentit son cœur ralentir, son essoufflement également, puis ses pensées s'éclaircirent. Sans un mot, elle fonça vers le villageois qui se tordait de douleur au pied du camion, ses mains serrées contre sa jambe d'où s'écoulait un flot de sang. L'image de Kee Mawng après le bombardement lui revint dans un flash. Plus tard. Il y avait urgence.

- « Infirmier' ! », cria-t-elle, « j'ai besoin d'un infirmier' ! Vite ! »

Un jeune homme en tenu de camouflage arriva en courant.

- « Désinfectant et compresses, vite ! », ordonna-t-elle d'un ton qui ne souffrait aucune question.

Elle écarta les mains du blessé et abaissa sans ménagement son *longyi* pour évaluer la gravité de la blessure. La balle avait déchiré le muscle mais ne semblait pas avoir touché l'os ou l'artère fémorale. Le désinfectant fut accueilli par une longue plainte.

- « Maintiens-le pendant que j'applique les compresses ! »

L'infirmier obtempéra malgré les protestations du villageois au moment où elle pressait le tissu sur la plaie de toutes ses forces. Puis, sans cérémonie, elle défit la ceinture du soldat, qui n'eut même pas le temps de réagir dans sa surprise, et la noua autour de la compresse pour arrêter le flux de sang.

- « Il faut l'évacuer tout de suite ! »

Le brancard de fortune s'éloignait au pas de course quand elle se retourna vers Kyaw Zaw, qui l'observait avec fascination.

- « Je dois m'occuper des autres blessés. Essaie de retrouver mon sac si tu peux. C'est très important. »

Il comprit. Il savait pourquoi elle était là. Il partit sans poser de question, la laissant continuer sa ronde. Priorité aux résistants et otages. Serment d'Hippocrate ou non, les hommes de la Tatmadaw attendraient, s'ils pouvaient tenir jusque-là. Elle ne pouvait oublier le massacre qu'ils venaient de commettre. Elle remonta dans le camion peuplé de corps immobiles. Elle longea ceux des soldats, affalés dans le silence - souffle coupé, teint cireux. Ni ricanement ni insultes. Au fond, elle trouva trois prisonniers enchevêtrés. Morts. Leurs épouses les attendaient-elles ? Ou les avaient-ils perdues dans l'attaque ?

Khin Yadanar s'agenouilla près des corps. Elle avait l'habitude de la mort. Mais celles-ci étaient différentes. Ceux-là étaient des dommages collatéraux, tués par erreur par ceux venus les défendre. Une pitié immense l'envahit. Elle tendit la main vers l'un des visages et referma doucement ses paupières. Un geste simple. Comme une excuse, un remerciement pour son sacrifice.

Elle se redressa vidée. Comment concilier l'inconciliable ? Sa conviction qu'elle participait à un combat juste, face à ces trois corps témoignant que la guerre ne fait pas de distinction entre coupables et innocents. Chaque village libéré amenait un espoir. Chaque civil tué, la même question : combien de temps encore ? Elle sentit ce poids s'installer en elle. Une fatigue soudaine draina ses forces. Une lassitude profonde, un dégoût. Elle était docteur, elle voulait se consacrer à sauver des vies. Et voilà qu'elle était confrontée au prix de son combat quotidien. Les autres, les plus démunis, les plus fragiles payaient toujours. Jamais elle. Cela valait-il le coût ? Il le faudrait. Elle se détourna enfin des corps. Il faudrait les enterrer dignement. Il faudrait continuer le combat. Il faudrait vivre avec cette culpabilité. Car telle était sa condition : survivante et témoin, médecin et combattante, porteuse d'espoir et de remords. Vivante, elle deviendrait la mémoire de chacune des victimes anonymes, garantissant qu'ils n'avaient pas péri en vain. La victoire ou la mort. C'était le seul choix.

Elle ressortit à pas lourds du camion. Observant ses compagnons d'armes regrouper les corps de la Tatmadaw. L'embuscade avait été un succès militaire, mais Khin Yadanar ne parvenait pas à éprouver la satisfaction affichée par les hommes de la People Defense Force. Elle passa en revue les cadavres alignés. S'arrêta devant l'un d'eux : le soldat qui l'avait arrêtée. Le violeur, l'assassin, le tortionnaire. Il était là, allongé dans la boue. Là où l'avait mené son rêve de puissance, jusqu'à sa juste conclusion. Elle ausculta son visage banalement humain. Sa mort ne lui apporta qu'une maigre consolation car ses victimes ne reviendraient pas.

Elle leva la tête vers un groupe de soldats qui revenaient de la jungle. Les mains sur la tête, encadrés par les résistants. Ceux-là auraient la chance d'être traités dans le respect de la convention de Genève. Une considération qu'ils refusaient généralement aux rebelles qui leur tombaient entre les mains. Elle ne put s'empêcher d'éprouver de l'admiration pour ses camarades qui parvenaient à garder la tête suffisamment froide pour placer leur cause au-dessus de leurs sentiments personnels. Ils augmentaient ainsi les chances que les soldats de la Tatmadaw se rendent plutôt que de combattre. Ils gagnaient le soutien de la population tout entière. Ils assuraient leur image de combattants de liberté sur la scène internationale. Et, en cas de victoire finale, ils posaient les bases saines et solides d'un pays pacifié. Un État de droit, où la justice ne laisserait pas sa place à la vengeance ou au chaos. Cette image lui donna de l'espoir. Elle lui rappela pourquoi elle se battait. Un avenir meilleur était possible.

Khin Yadanar continua à prendre en charge les blessés avec l'aide de l'infirmier. Il y en avait peu au sein des troupes du PDF. Elle passa aux soldats ennemis, dont les rangs avaient été taillés en pièce. C'était son devoir. Elle était en train de bander l'un d'entre eux, quand elle entendit son nom. Elle se releva et vit une silhouette se détacher du groupe pour venir vers elle à grandes enjambées dans le contre-jour des flammes. C'était Kyaw Zaw, qui portait un sac à bout de bras.

- « Je l'ai retrouvé ! », héla-t-il avec fierté.

- « Fantastique ! Mon héros ! », cria-t-elle en s'en saisissant avec soulagement.

En voulant l'ouvrir, elle remarqua les taches brunes qui en maculaient l'extérieur. Elle n'eut pas à interroger Kyaw Zaw. Elle comprit. Elle fut immédiatement rassurée. Le capitaine était mort. Le secret de la tablette était sauf. Par acquis de conscience, elle plongea la main au fond du sac et sentit les morceaux de pierres sous ses doigts. Contre toute attente, elle pourrait continuer sa mission. Elle l'avait échappé belle. La chance - ou le destin ? - était avec elle. Mais serait-ce toujours le cas ? Sa main rencontra l'écran lisse de son téléphone qu'elle extirpa immédiatement. Elle ne pouvait attendre plus longtemps, surtout après être passée si près de la mort. Elle avait besoin d'entendre sa voix. De lui dire qu'elle l'aimait. Que jamais il ne puisse douter des sentiments qu'elle éprouvait pour lui si la chance finissait par la lâcher. Si elle disparaissait. Ils n'étaient séparés que par la distance, car jamais elle ne s'était sentie aussi proche. Elle réinstalla le VPN, Signal, et passa l'appel.

Chapitre 22

Au nord de Bago, Myanmar, septembre 2024

- « Il nous faudra un bateau ! »

Les mots jaillirent inconsciemment, Khin Yadanar les entendant résonner dans le vent qui lui fouettait le visage, haleine humide et tiède portant la voix de l'Est. Elle jeta un regard morose sur le vaste océan brunâtre qui s'étendait à ses pieds. Le premier qu'elle voyait dans son existence de montagnarde. Plus sauvage qu'elle ne se l'était imaginé, pour elle qui ne savait pas nager. Cette mer boueuse roulait ses vagues mortes où s'étendaient jadis les champs d'un vert éclatant. Les digues millénaires avaient disparu sous le chaos liquide du fleuve Sittang qui avait gonflé jusqu'à avaler la plaine. Seules quelques pagodes dorées émergeaient encore, phares dérisoires dans un archipel de déchets flottant, témoins silencieux de cette Atlantide engloutie qui gisait maintenant sous leurs pieds.

Le typhon Yagi avait métamorphosé la région de Bago en paysage d'apocalypse. Du désert aquatique surgissaient les toits de chaume, îlots fantomatiques émergeant par intermittence quand ces monstres aquatiques prenaient une inspiration entre deux vagues. Le ciel, de la même teinte que l'eau stagnante, plongeait en remous tournoyants pour se noyer dans cette mer sans reflets, ajoutant ses grandes brassées à ce tableau de désolation.

Il leur avait fallu une semaine pour traverser le massif des Bago Yoma sous les éléments déchaînés. Une semaine de déluge permanent, pataugeant dans la boue, dormant dans des grottes, les pieds mouillés, les vêtements continuellement collés à la peau, froids, moites et lourds, sans jamais parvenir à sécher. Kyaw Zaw avait choisi les pistes les plus traîtresses par crainte des braconniers, des mines et de l'armée. Ils n'avaient croisé âme qui vive, à l'exception d'une poignée d'éléphants sauvages, apparitions fugaces à travers la pluie. Ce n'était qu'à leur descente vers la vallée de la Sittang, qu'ils s'étaient heurtés au flot de réfugiés remontant le versant en sens inverse. Une marée de misérables venant battre les contreforts rocheux par vagues successives. Colonnes interminables de fantômes hagards, fuyant le déluge en quête d'une arche où s'abriter avec leurs bêtes, seules richesses qu'ils avaient pu arracher au désastre. Cela, et ce qui tenait dans des sacs détrempés. Certains avaient tenté de les convaincre de rebrousser chemin. En vain. Khin Yadanar n'était pas de celles qui s'arrêtent tant qu'il reste un pas à faire. Le dernier l'avait menée jusqu'à ce rivage.

Le clapotis de l'eau qui venait lécher le bout de ses orteils n'apportait aucun apaisement. Point d'explosion de couleurs chaudes, d'azur qui appelle au voyage. Une uniformité brune, cimetière liquide d'où émergeaient les caveaux des habitations englouties. Le soleil lugubre, filtré par cette atmosphère lourde et moite qui emplissait les poumons, jetait une clarté morne sur ce paysage inversé où la terre et le ciel se confondaient. Il leur faudrait un bateau pour traverser, c'était certain. Mais où le trouver ? Khin Yadanar porta son regard aussi loin qu'elle le pouvait vers le Sud. Il ne rencontra que le vide.

- « Longeons le rivage », proposa Kyaw Zaw, comme s'il avait lu dans ses pensées. « On finira bien par trouver une barque. »

Leur marche solitaire parut durer des heures dans le paysage figé qui les cernait. Pas un mouvement, pas un son, à l'exception des croassements plaintifs des corbeaux qui tournoyaient au-dessus d'eux. Même le vent semblait s'être endormi, épuisé après s'être abattu avec une rage titanesque sur le menu fretin de cette plaine engloutie. Les images du cyclone Nargis remontèrent : près de deux cent mille morts sacrifiés par la junte paranoïaque qui avait bloqué l'aide internationale. Puis les victimes de la pandémie, vingt mille de plus, enterrées à la va-vite dans des fosses communes. Et maintenant le typhon en pleine guerre civile. C'était trop. Le Myanmar n'avait-il pas déjà assez souffert ? Khin Yadanar s'interrogea sur les fautes commises par son peuple pour mériter pareille punition. Des bribes d'homélie sur le péché originel remontèrent à la surface, de l'époque où sa mère l'emmenait, enfant, à l'église. Absurde, et pourtant difficile de ne pas sombrer dans le surnaturel face aux catastrophes qui s'acharnaient sur le Myanmar. Pays béni des dieux pour ses ressources. Pays maudit aussi loin que remontait la mémoire. Une défaite de la Tatmadaw pourrait-elle briser ce cycle ?

La voix de son compagnon interrompit ses pensées :

- « Un village ! » Il pointait du doigt un amas d'abris de fortune construits à la va-vite avec des bâches. Plutôt un camp de réfugiés, pensa la jeune femme. « Reste-là, je vais aller voir. »

- « Non, je t'accompagne ! » L'autorité dans sa voix balaya le machisme de son guide. « Certains d'entre eux pourraient avoir besoin de mes soins. »

Ils approchèrent avec prudence de l'enchevêtrement de tentes multicolores, simples toiles claquant sous la brise, plantées dans la boue grise laissée par l'eau qui refluait lentement. Maigre protection contre les éléments. À leur vue, une nuée de femmes et d'enfants émergea des refuges. Ombres affamées qui les assaillirent, se pressèrent contre eux, mains tendues, quémandant avec le peu de dignité que la contemplation de la mort pouvait permettre. Ils étaient leur espoir. Espoir dérisoire, elle le savait. Son sac ne contenait ni riz ni lait en poudre. Juste quelques comprimés de purification d'eau qui pourraient les sauver de la dysenterie ou du choléra. Pendant un jour ou deux. Les enfants la regardaient avec ces yeux agrandis par la malnutrition, ces yeux qui avaient vu trop de choses et ne pleuraient plus. Ils se pressaient contre les jambes de leurs mères, corps amaigris par les diarrhées intempestives. Khin Yadanar sentit monter en elle cette colère familière. Cette rage contre l'injustice du monde qui faisait que les plus pauvres payaient toujours le prix le plus lourd.

- « Nous n'avons pas de nourriture », lança-t-elle. Sa voix portait malgré elle cette dureté que donnent les mots qu'on préfère ne jamais avoir à prononcer.

Elle lut aussitôt la déception et l'angoisse creuser les visages, éteindre les regards.

- « Mais je suis médecin. Je vais vous ausculter, à commencer par les enfants. » Elle pénétra dans une tente en pointant l'extérieur : « formez une ligne ici. Je vous verrai les uns après les autres. »

Les villageois s'exécutèrent dans un silence résigné. Elle sortit méthodiquement de son paquetage sa trousse de secours, son stéthoscope, tout ce qui pourrait apporter un semblant de réconfort. Kyaw Zaw passa la tête dans l'ouverture :

- « Les hommes sont allés chercher à manger et du bois. Je pars à leur rencontre pour essayer de nous dégotter une embarcation. A tout à l'heure. »

Le reste de la journée s'écoula sans qu'elle s'en rende compte. Entièrement concentrée sur ses consultations qui s'enchaînaient à un rythme soutenu. Elle avait retrouvé ses réflexes et, surtout, sa raison d'être. Comme si la dépression qui l'avait tétanisée à la clinique du CDF s'était évaporée, sublimée après son passage au feu près de Pyay. Une alchimie s'était opérée en elle. Fallait-il une tragédie pour laver un drame ? Ou simplement la proximité de sa propre mort pour retrouver le goût de la vie ? Une nouvelle lumière réveillait et réchauffait les recoins précédemment engourdis de son esprit. Elle comptait. Elle pouvait faire une différence. Chaque soin, chaque pilule, chaque conseil était peut-être une vie sauvée. Un poids s'était envolé de ses épaules. Elle expliquait à un groupe de femmes comment purifier l'eau quand Kyaw Zaw revint, trépignant sur place, impatient de la tenir informée.

- « Des hommes ont vu un camion pas très loin d'ici. Et un groupe qui mettait un bateau à l'eau. Ils n'ont pas osé s'approcher. Sans doute la Tatmadaw. Il faut qu'on aille voir ! »

Khin Yadanar acquiesça. Elle avait fini de toute façon, limitée dans les soins et le réconfort qu'elle pouvait apporter aux réfugiés. Elle avait fait de son mieux. Elle devait continuer sa route. Les femmes vécurent son départ comme une déchirure. Elle avait été une bouée apportée par les flots, que le courant emportait aussitôt vers le large. Sa présence les avait rassurées. Maintenant revenait l'incertitude, la peur, l'inconnu.

Le soleil, déjà penché vers l'ouest, allongeait leurs silhouettes sur l'eau. Les deux résistants marchaient sans un mot, l'ouïe dilatée, traquant la moindre rumeur du véhicule, lorsqu'ils aperçurent enfin la silhouette se détacher au loin devant eux.

- « Suis-moi », souffla Kyaw Zaw, en se précipitant courbé vers un monticule. L'un et l'autre s'y plaquèrent, haletants, l'herbe tiède collée à leurs joues.

Kyaw Zaw sortit une paire de jumelles de son sac, qu'il pointa vers leur objectif.

- « Merde ! Les *sit kwe* ! », pesta-t-il en tendant l'instrument à sa voisine.

Khin Yadanar observa le camion kaki qui emplissait son champ de vision. Pas de doute, c'était bien un véhicule de la

Tatmadaw. Une dizaine de soldats transféraient des sacs depuis une barque vers la plate-forme du véhicule. Elle se laissa tomber sur le dos, le regard happé par les nuages en déroute. Kyaw Zaw continuait à fulminer en sourdine à côté d'elle. Quand elle se redressa, sa décision était déjà prise.

- « Les contourner prendrait trop de temps », commença-t-elle. « Et ce n'est que l'avant-garde. Demain, le coin grouillera de soldats », continua-t-elle en déroulant ses arguments. « Et, ils ont un bateau... », conclut-elle.

Kyaw Zaw la dévisagea bouche-bée, confus. Elle le fixa sans ciller, ses lèvres se plissant légèrement en une moue déterminée. Un éclair traversa les yeux de son compagnon :

- « Voler le bateau ? », s'exclama-t-il en haussant la voix avant de se reprendre. « C'est de la folie ! Du suicide ! », siffla-t-il en tentant de chuchoter.

- « Pas si nous attendons *moe thout chain*[98]. Tout est calme. Les sentinelles ne feront pas de zèle. Je te parie qu'ils seront tous endormis. Ils ne s'en rendront même pas compte. »

Il resta muet, le désarroi et l'incrédulité gravés sur son visage. L'ombre d'un souvenir lui traversa le front comme un voile noir. L'épisode du village incendié. S'interrogeait-il sur les motivations de sa compagne. Était-elle en manque de sensations

---

[98] Expression birmane désignant l'heure précédant l'aube, lorsque la lumière apparaît à l'horizon mais que le soleil n'est pas encore levé.

fortes ? Une inconsciente prenant des risques inconsidérés qui le mènerait à sa perte ?

- « Je ne suis pas suicidaire ! », se défendit-elle. « C'est la seule solution. Nous n'avons plus de vivres et pas d'autre option pour traverser. Observons-les cette nuit et tentons notre chance au petit matin. Au premier doute, on bat en retraite, promis. »

Le guérillero hocha la tête, la méfiance encore accrochée aux pupilles. Elle feignit de n'en rien voir, s'étendit, la tête posée sur son sac.

- « Prends le premier tour de garde », laissa-t-elle tomber, fausse innocence dans la voix. « Réveille-moi dans trois heures. »

La nuit glissa d'un seul bloc, lourde et poisseuse, usant les corps en aspirant leur sueur par tous les pores. Bien qu'éreintée, Khin Yadanar ne trouva pas le sommeil. À son quart, elle eut les plus grandes difficultés à rester éveillée, les yeux rivés sur la masse noire du véhicule. Autour du feu de camp blafard, rien ne remuait. Dans le silence rythmé par la respiration de Kyaw Zaw, son esprit vagabonda vers Kee Mawng. Elle tira son téléphone. Une barre et une faible connexion 2G. Elle n'avait donné aucune nouvelle depuis une semaine. L'absence de réseau dans le massif et la nécessité d'économiser sa batterie. Ou plutôt parce qu'elle craignait ses objections, parce qu'une part d'elle doutait de sa propre entreprise.

L'expression de Kyaw Zaw lui revint en mémoire. Avait-il raison de s'interroger sur ses motivations ? Tant de chemin parcouru. Ne restait plus que la dernière ligne droite. Rebrousser chemin ? Impossible. Entre eux et les collines chins s'étendaient une jungle sans vivres, des zones contrôlées par la Tatmadaw. Non. Ils devaient presser de l'avant. Traverser jusqu'à Win Ka, trouver le *stūpa*, puis continuer jusqu'en Thaïlande. Il leur faudrait voler la barque au nez et à la barbe des soldats. Un pari risqué, mais « nous n'avons pas le choix », psalmodia-t-elle. La liberté ou la mort. Cette alternative s'imposa

Elle devait contacter Kee Mawng, sans attendre, sans prendre de nouveau le risque de disparaître sans ouvrir son cœur. Mais elle ne pouvait l'appeler en pleine nuit... Elle mentait. Elle aurait pu si elle l'avait voulu. Il essaierait de la dissuader, elle ne trouverait pas les mots. Leur conversation tournerait au conflit. Ce serait son dernier souvenir d'elle. Mieux valait l'écrit. Un message sur Signal qu'il verrait à son réveil, trop tard. Lâcheté, mais elle commença à taper :

Mon Amour,

Nous sommes arrivés à Daik-U. Kyaw Zaw est un bon guide pour son âge. Il me fait penser à toi. Il connaît les montagnes de Bago comme toi celles de Mindat. Je n'y serai pas arrivée sans l'entrainement du CDF. J'ai tenu jusqu'au bout grâce à toi. Tu m'as relevée quand je tombais, tu m'as fait rire quand je voulais mourir. Tu es devenu ma seule famille, ma raison de vivre.

Et comment t'ai-je remercié ? Je t'ai quitté quand tu avais besoin de moi. Pardonne-moi. Mais j'aurais été un fardeau si j'étais restée. Je devais reprendre le contrôle sur ma vie. Tu dois

comprendre : depuis que je suis partie, chaque danger que j'affronte est MON choix. Plus d'avions anonymes décidant de mon sort. Quand la Tatmadaw m'a arrêtée, que notre convoi a été pris en embuscade (je ne te l'ai pas dit pour ne pas t'inquiéter), quand nous avons traversé la jungle sous le typhon... C'était MA décision. Chaque situation m'a donné l'opportunité d'agir, d'aider, ou de comprendre mes limites. Et demain, nous tenterons de voler un bateau de la Tatmadaw pour traverser le fleuve. Nous risquons la mort. Mais c'est le seul moyen de continuer.

Tu sais maintenant pourquoi je t'écris plutôt que de t'appeler : tu essaierais de m'arrêter. Et même si tu avais raison, je t'en voudrais. Car rien ne peut me dissuader, tu le sais. Tu me connais trop bien. Si je survis, tu recevras vite un nouveau message depuis l'autre rive. Sinon... Mais, quoi qu'il arrive, sache que tu es tout pour moi. Tu m'as sauvée plus d'une fois, souvent de moi-même. Tu n'as pas pu cette fois-ci. Tu n'y pouvais rien, alors ne t'en veux pas. Et quoi que l'avenir nous réserve, sois certain que je ne peux envisager le mien que dans tes bras. Prends soin de toi. Je reviendrai vers toi, coûte que coûte. Je t'aime.

Awm Awi

Elle relut son message une fois, deux fois. Corrigea un mot, adoucit une phrase. C'était peut-être le dernier qu'elle lui écrirait. Il fallait que chaque mot compte. Chaque silence aussi. Elle devait être honnête. Et il fallait qu'il comprenne. Elle pressa « envoyer ». Dans l'écran blafard qui s'éteignait, elle vit le reflet de son visage grave. La nuit achevait sa course. Toujours cette immobilité de plomb autour du camion. C'était maintenant ou jamais. Elle secoua l'épaule de Kyaw Zaw. Il ouvrit des yeux hagards, gémit, marmonna, essuya un filet de bave d'un revers de main.

- « C'est l'heure. »

L'adrénaline frappa d'un coup et sa fatigue s'évanouit. Elle n'avait presque pas dormi, mais qu'importait ? « Quand je serai morte », se lança-t-elle comme par défi. En silence, ils effectuèrent les gestes maintes fois répétés, rangèrent leurs paquetages, rampèrent jusqu'à la crête, observèrent une dernière fois l'objectif. Tout était immobile.

Sans un mot, ils commencèrent leur approche. Pas feutrés, dos courbés, végétation pour écran. À l'Est, une ligne claire se dessinait à l'horizon, démarcation entre deux infinis que l'obscurité avait unis. L'aube venait. Ils accélérèrent. Vingt mètres seulement les séparaient du campement. Les premiers oiseaux entamèrent leur symphonie. Les soldats pouvaient se réveiller d'une seconde à l'autre. La longue embarcation avait été tirée à moitié sur le rivage. Entre eux et cette arche de salut : le camion, cheval de Troie dissimulant une foule de dangers inconnus. Mais ils étaient si près du but qu'ils pouvaient presque toucher la liberté. Kyaw Zaw fit un geste. Le moment était venu. Khin Yadanar ajusta les sangles de son sac. Ils avancèrent dans la boue, leurs pas étouffés par la terre gorgée d'eau. Devant eux flottaient les épaves du typhon : branches arrachées, planches naufragées, bâches transformées en linceuls. L'eau prenait un reflet métallique, couleur d'étain fondu qui donnait au paysage un aspect lunaire. Une brume essayait de s'élever, péniblement.

Kyaw Zaw atteignit l'embarcation le premier. D'un geste précis, il trancha les amarres. Avec précaution, ils firent glisser le bateau dans l'eau. Khin Yadanar grimpa à bord. Le faible clapotis contre la coque sonna pour elle comme un tsunami. Mais tout demeura inanimé autour d'eux. Ils s'éloignèrent en ramant, avec des gestes lents, calculés, à chaque fois que le bois plongeait à travers la surface. Cinquante mètres déjà. Ils allaient y arriver. Le brouillard montait jusqu'au bordé de la barque, océan de nuages les portant vers le ciel, qui ne tarderait pas à masquer leur fuite. Quelques dizaines de mètres encore et le tour serait joué.

Elle adressa un sourire triomphant à Kyaw Zaw quand un choc ébranla le bateau. Un tronc d'arbre venait de les éperonner, torpille portée par le courant, avant de continuer sa course vers l'aval, indifférent. Les deux rebelles se retournèrent vers la rive. L'arrière du camion s'animait. Plus d'autre choix. Kyaw Zaw tira sur la corde du moteur. Il toussa, ne démarra pas. Le remue-ménage s'intensifia, les premières silhouettes sautaient du camion en poussant des cris. Il essaya encore. En vain. Une première détonation, suivie d'un sifflement près de leurs têtes. Il tira de nouveau. Cette fois, le moteur se mit à ronronner. Tous deux se jetèrent contre le plancher. Kyaw Zaw se saisit de la barre pour diriger leur course à l'aveugle. L'embarcation bondit vers l'avant, proie terrifiée et tremblante. Ses vrombissements couvraient les aboiements et coups de feu, emportant dans son sillage une dernière vision de la meute gesticulante. Plusieurs flashs continuèrent à prévenir de l'arrivée des projectiles qui allaient mordre la surface autour d'eux sans jamais les atteindre.

Khin Yadanar se releva prudemment. Ils étaient seuls dans le brouillard qui les entourait complètement, lavant l'espace et le temps, comme si leur course les avait entraînés dans une autre dimension. Ils flottaient dans un éther infini, gommant tous les points de repère. Seule la lueur blanchâtre qui irradiait le verre dépoli devant eux confirmait qu'ils étaient encore dans la bonne direction. Assuré d'être hors de portée, Kyaw Zaw se redressa à la barre, yeux fixés sur l'uniformité pour guider leur embarcation à travers les obstacles : toits de chaume, arbres submergés, poteaux électriques, l'obligeant à slalomer. Peu à peu, les mains de l'astre naissant passèrent sous le rideau de brume pour le soulever, illuminant les pièges mais transformant la surface de l'eau en un miroir aveuglant. C'est alors qu'elle entendit le bruit. Une clameur plus aiguë, plus puissante, s'ajoutant à la leur crescendo . Elle se retourna et vit, émergeant des vapeurs derrière eux, la silhouette d'une embarcation. Les soldats avaient appelé des renforts.

- « Kyaw Zaw ! », cria-t-elle.

Il avait déjà vu. Son visage se durcit. Cette même expression que lors de l'attaque du convoi. Derrière eux, les poursuivants se rapprochaient irrémédiablement. Il poussa le moteur à fond. Les balles recommencèrent à voler, mais avec plus de précision. Khin Yadanar entendait leur sifflement, sentait leur souffle mortel. Une balle arracha un éclat de bois près de sa main. Une autre troua la coque et l'eau commença à suinter. Kyaw Zaw continuait à zigzaguer, utilisant chaque obstacle comme rempart. Il frôla une toiture dont les pailles griffèrent la joue de la jeune femme. Leur embarcation n'était pas plus rapide, mais plus maniable. Après de longues minutes, la distance recommençait à s'accroître. En revanche, le soleil finissait de chasser les dernières langues de brume. Ils étaient à découvert.

Devant eux, l'autre rive se dessinait peu à peu. Rangée de palmiers, ligne de crête du massif des Tenasserim, l'espoir. Dans un kilomètre, ils pourraient disparaître dans la jungle.

- « On y est presque ! », cria Kyaw Zaw.

C'est à cet instant que la balle l'atteignit à l'épaule. Khin Yadanar vit son corps se cambrer sous l'impact. Il poussa un cri, sa main lâcha la barre, et il s'effondra au fond du bateau. Son sang allait déjà se mêler à l'eau brune qui entrait par les trous. L'embarcation continua sur sa lancée, sans direction, comme un cheval affolé au galop. Khin Yadanar rampa vers la barre, sac serré contre son dos. Reprendre le contrôle était sa priorité absolue. La barque bondissait sur les vagues, les projetant dans les airs avant de les rattraper durement. Elle passa son compagnon qui gémissait en boule, arriva enfin au moteur. Elle empoigna la barre, se redressa pour reprendre le cap.

C'est alors qu'elle le vit : le toit en tôle d'une maison, qui émergeait à fleur d'eau tel un récif, dans l'alignement direct de la proue.

- « Kyaw Zaw ! », eut-elle seulement le temps de crier.

Trop tard. Le bateau heurta l'obstacle de plein fouet. L'impact projeta l'embarcation et ses occupants dans les airs avant qu'ils ne retombent violemment dans l'eau boueuse.

Khin Yadanar ne savait pas nager. Cette vérité lui revint comme un coup de poing à l'estomac. Heureusement, une bulle d'air dans son sac lui permit de flotter, malgré les vagues qui l'attiraient vers le fond. Mais l'eau s'engouffrait et elle sentait le poids peser dans son dos. Elle battit désespérément des bras et des jambes pour maintenir sa tête au-dessus de la surface tandis que le courant l'emportait. Le goût de vase envahissait sa bouche. Elle ne tiendrait pas longtemps. Autour d'elle, les débris flottaient en la dépassant, manquant de la heurter.

Du coin de l'œil elle repéra un arbre qui arrivait à une dizaine de mètres. Dernière chance. Elle redoubla d'effort, à la limite de l'épuisement, pour accélérer vers les branches. L'eau s'engouffrait en gorgées nauséabondes, lui brûlait la gorge, la faisait tousser. Elle manquait d'air, ses lèvres ne parvenant plus à trouver la surface maintenant que son sac s'était entièrement gorgé d'eau. Ses jambes lâchèrent en premier, incapables de supporter plus longtemps son thorax. Ses épaules suivirent, emportant sa tête avec elles. Elle était complètement submergée. Une bulle d'air s'échappa de sa bouche ouverte dans un cri muet, la seule que ses poumons étaient encore parvenus à conserver.

Dans un dernier élan, elle lança son bras hors de l'eau. Elle sentit des feuilles et l'écorce lui déchirer la peau. Ses doigts trouvèrent une branche et s'y agrippèrent. Elle fut happée mais tint bon. Avec l'énergie du désespoir, elle tira, parvint à s'accrocher avec le second bras, se hissa enfin pour émerger. À bout de souffle, elle prit une première inspiration, bouche béante et affamée d'air, toussant et pleurant comme un nouveau-né. Elle parvint à poser les coudes, la poitrine, puis le ventre sur la branche, extirpant le sac qui continuait à la tirer en arrière. Éreintée, avachie sur son radeau de fortune, elle essayait de reprendre ses esprits quand elle entendit une longue plainte presqu'inaudible. Elle releva la tête.

- « Khin Yadanar ! »

L'appel se fit plus clair, bien que couvert par le rugissement de l'eau. Elle aperçut Kyaw Zaw qui gesticulait à quelques dizaines de mètres, luttant contre les flots avec son épaule blessée. Il nageait maladroitement dans sa direction, essayant d'attraper les débris. Elle était au désespoir. Elle ne savait pas nager, elle était épuisée, elle ne lui serait d'aucune aide. Impuissante, elle cria pour l'encourager en essayant de diriger le tronc à l'aide de ses jambes. Mais rien n'y faisait. L'arbre était trop lourd et continuait son élan vers le rivage, tandis que le courant entraînait Kyaw Zaw dans la direction opposée.

Progressivement, sa silhouette rapetissa, sa voix devint un murmure, son bras, qu'elle voyait encore s'agiter frénétiquement au-dessus des vagues, finit par disparaître. Elle poussa un long mugissement de détresse, épaules secouées par les sanglots, yeux brûlant de larmes. C'était comme si tout son corps avait décidé d'abandonner, son énergie se dissolvant dans le paysage aquatique. Elle perdit connaissance, mains toujours crispées sur l'arbre qui l'emportait vers l'inconnu.

Chapitre 23

Cambridge, Grande-Bretagne, septembre 2024

Mon cher Ayaan,

Quelle ironie du sort que cette maladie qui m'a ravi la voix précisément au moment où j'avais tant de choses à te confier. Nous nous sommes rencontrés trop tard. Trop tard, également, mon passé a-t-il réémergé quand mon corps m'avait déjà abandonné, m'empêchant d'exorciser les fantômes qui venaient me hanter. J'ai passé mon existence à fuir et à enterrer mes démons, au lieu de les affronter quand j'en avais encore la capacité. C'est de ma faute. Peut-être apprendras-tu de mes erreurs.

Sans doute t'es-tu interrogé sur la raison qui m'avait poussé à abandonner les recherches que j'avais entamées en Birmanie avant la guerre. L'indépendance m'en offrait pourtant l'occasion, et la Royal Society se serait volontiers chargée des formalités. Mais j'ai préféré tourner la page, comme on referme un livre dont certains chapitres nous ont laissé un goût amer. Vois-tu, ce pays qui fut mon terrain d'aventure était devenu mon champ de ruines. J'y avais perdu bien plus que des artefacts anciens. Il m'avait tout pris, corps et âme. Mes idéaux eux-mêmes y reposent encore, aux côtés des êtres qui m'étaient si chers, quelque part dans ces vallées humides où le silence règne désormais. La haine, la violence, la mort étaient passées par là.

J'y ai apporté ma contribution. Je ne cherche pas ton absolution. J'ai les mains sales, couvertes d'un sang qu'aucune larmes ne pourraient laver. Elles portent les traces d'une époque où la violence régnait et où un jeune homme endeuillé laissa sa colère guider ses actes. J'ai combattu, j'ai tué, par rage, sans même l'alibi noble du patriotisme. Ainsi ai-je toujours caché mes états de services, dont ma Burma Star était le symbole. Je l'ai reléguée au placard, honteux que l'on puisse voir en moi un héros. Même après l'armistice, la rancœur continuait de m'habiter. J'étais seul, il ne me restait plus personne, y compris mes parents, dont le bateau avait sombré après leur évacuation, sans que j'aie l'occasion de leur dire adieu. Il m'est arrivé, à deux doigts, de céder à la tentation du dernier voyage, de sentir mes résolutions vaciller.

Alors, j'ai fait un choix : celui de vivre, ou de revivre plutôt. J'ai méthodiquement reconstruit mon existence après ma démobilisation, avec 1945 comme nouveau départ. Avant cela, plus rien n'existait. À la SOAS, j'ai troqué mes études birmanes contre l'Inde, promenade d'érudit qui permettait à mon esprit de respirer un air moins chargé de souvenirs. Puis est apparue ta chère arrière-grand-mère Betty, rencontrée au détour de mes recherches. Une femme lumineuse qui n'a jamais craint mes zones d'ombre. Nous avons cheminé ensemble de fouilles en conférences, nous sommes installés à Cambridge, avons vu naître

Michael, puis toute la lignée qui t'a précédé. Tout allait vers l'avant. Mon passé, lui, avait disparu derrière le paravent dressé par la dictature militaire pour isoler la Birmanie du reste du monde.

Du moins, j'essayais de m'en convaincre. Mais rien n'est aussi simple, n'est-ce pas ? On peut se mentir à soi-même. Le problème est qu'il n'y a personne pour vous croire.

L'adage dit qu'il vaut mieux vivre avec des remords qu'avec des regrets. A l'époque, il était déjà trop tard pour le suivre. Les souvenirs, qui ont la fâcheuse habitude de ressurgir aux moments les moins opportuns, refaisaient surface la nuit venue, m'assaillant de questions que je croyais avoir enfouies. Qu'avions-nous découvert ? Que disaient la tablette et les inscriptions sur la muraille ? Que restait-il d'autre dans le stūpa que nous n'avions pas eu le temps d'excaver ? J'avais perdu la tablette et mon carnet dans l'accident. Néanmoins, j'aurais encore pu retrouver le site, reprendre mes recherches, achever ce que nous avions mis en pause. Au lieu de cela, j'essayais encore de refouler ces interrogations, à chaque fois un peu plus profondément. Mais ce n'était que retarder le jour où elles finiraient par éclater au grand jour.

Puis est arrivé le message de Khin Yadanar. Dernier tour du destin qui semblait prendre plaisir à me rappeler mes abandons. On avait retrouvé la tablette, exhumé mon vieux carnet. Mais ma mémoire défaillante me rendrait incapable de pointer l'emplacement exact du site sur une carte. Délicieuse ironie. L'heure de gloire académique sonne, et ton estimable arrière-grand-père ne parvient plus à remettre la main sur son propre trésor. Tu m'informes qu'il pourrait s'agir d'une découverte majeure. Mais je vais mourir avant d'en connaître la teneur. Ainsi va la comédie humaine. La seule et ultime leçon que tout homme doit apprendre face à la mort : rien n'est jamais tout à fait achevé. Et, à chaque remord que l'on nourrit, vient s'ajouter un ou deux regrets.

Ne te crois pas pour autant obligé de réparer mes manquements. Je t'ai d'abord poussé à reprendre le flambeau, folie douce d'un centenaire persuadé qu'une aventure inachevée contrevient aux bonnes manières. Une dernière volonté par procuration. J'ai voulu faire de toi mon instrument, je te prie de m'en excuser. Mais il m'a semblé voir dans ton regard la même flamme que celle qui m'animait. La tentation du défi, le plaisir de la découverte. Jeu pour les esprits curieux et ambitieux. Alors, sers-toi de cette quête uniquement si l'attrait de la recherche, ce frisson qui fait vibrer l'âme de l'académique, te séduit véritablement. Sinon, laisse-la reposer tranquillement. Les mystères supportent fort bien la compagnie des siècles.

Quel dommage que mon corps m'ait refusé la vitalité et le temps de mener ces recherches avec toi. A travers elles, j'aurais aimé apprendre à te connaître. Une autre découverte que je ne mènerais pas à son terme. Un nouvel échec. Un dernier regret.

J'ai lu, avec un plaisir mêlé d'un soupçon de jalousie, les ébauches de traduction produites par mon collègue Forsythe. Un homme brillant, quoique dangereusement enclin au lyrisme. Un travers de notre profession lorsqu'on fréquente trop de papyrus *et pas assez de pluie. Je lui souhaite de trouver dans cette découverte l'opportunité de s'investir davantage dans un travail de terrain. Rien ne permet de mieux prendre la mesure des siècles que de retirer des monticules de terre à coup de pelle. Complimente-le de ma part ; évite simplement de mentionner ma réserve, un fantôme doit savoir se montrer discret. Après tout, ce travail ne m'incombe plus. Nous ne sommes que des messagers, dépositaires d'un savoir que chaque génération transmet à la suivante. Mon temps a passé. Que celui-ci devienne le sien.*

Sa théorie est certainement captivante. Reste à savoir si ce que contient le stūpa viendra la confirmer. Si Khin Yadanar parvient à le retrouver, naturellement. Une jeune-femme courageuse (les Birmanes le sont généralement) qui évoque en moi la mémoire d'un passé douloureux. Peut-être est-il préférable que nous ne nous soyons jamais rencontrés elle et moi. La souffrance aurait été insupportable. Je n'en dirai pas davantage. Il est des secrets que j'emporterai avec moi. C'est mieux ainsi.

Quant à moi, le temps presse. Je sens chaque battement de ma vieille horloge comme un rappel de séminaire que je ne pourrai plus donner. Il me restera, cependant, l'ultime satisfaction d'avoir pu rompre le silence qui m'était imposé et faisait de moi un spectateur de ma propre histoire. À défaut de voix, j'aurai trouvé l'encre. À défaut de présence, ces pages. Puissent-elles te parvenir avec cette légèreté que j'envie aux feuilles d'automne, tourbillonnant brièvement avant de se poser, sans bruit, là où la vie continue.

Je t'embrasse avec affection. Que tes chemins soient jalonnés de découvertes, de doutes fructueux et, par-dessus tout, de cet humour discret qui aide à porter les cicatrices de l'existence.

Anthony W. Preston

Ayaan reposa la lettre sur le lit. Il était dans sa chambre du Gonville & Caius College. Il releva la tête, les yeux perdus dans le crachin qui venait s'abattre sans bruit sur la fenêtre dans la clarté grise du matin. Ce matin, il ne courrait pas. Il avait reçu le courrier la veille et avait décidé d'attendre le weekend pour le lire. Les cours reprendraient dans deux semaines, et ses digressions estivales lui avaient déjà coûté trop de temps. Il devait se ressaisir. Il ne pouvait permettre à un vieux monument en brique de mettre son avenir en péril.

Malgré sa maîtrise habituelle, la tentation d'ouvrir l'enveloppe avait été insupportable. Au dos, l'adresse de Nancy avec ces mots : « De la part du Professeur Preston ». L'espoir d'une révélation, un message d'outre-tombe. C'était plus fort que lui. L'énigme continuait à l'obséder. Une drogue. Il était devenu asocial, distant. Ses amis revenus d'Espagne lui paraissaient triviaux. Quand il n'étudiait pas, il scrutait les cartes de Win Ka, lisait les nouvelles du Myanmar, guettait un message de Khin Yadanar. En vain. Il se sentait perdu, incapable de maîtriser ses pensées. Ce sentiment d'impuissance était une plaie ouverte.

La lettre du Professeur Preston ne lui apporta aucun réconfort. Au contraire, un chaos de sentiments qu'il ne parvenait pas à démêler. La déception, d'abord, en l'absence de nouvel indice. Puis la pitié mêlée de mépris pour ce vieil homme qui s'épanchait sur ses regrets. Et le dégoût de soi face à son absence de tristesse. Son aïeul avait ressenti de l'affection pour lui, une complicité même, liées au mystère qui les unissait. Cette absence de réciprocité interrogeait Ayaan sur son humanité. Le professeur s'excusait d'avoir voulu l'instrumentaliser. C'était l'inverse qui était vrai. Ayaan s'était accaparé les recherches du malade, avait profité de son incapacité pour l'écarter définitivement. Il l'avait fait sans remords. Et même maintenant, il le referait. Toutes ces sensations se bousculaient dans un brouhaha qu'il ne parvenait pas à ordonner. Par-dessus tout, la frustration surnageait et agitait l'océan de sa tempête intérieure. Oui, il était frustré. Par la futilité de son introspection, l'inutilité du courrier, son existence même. Il avait reçu la lettre la veille. Le même jour, il avait appris la disparition de Khin Yadanar. Une nouvelle qui mettait un terme brutal à son épopée donquichottesque.

Un message de Kee Mawng sur Signal. Malgré son anglais approximatif, le sens était clair : Khin Yadanar avait annoncé, dans ce qui s'apparentait à une lettre d'adieu, son intention de voler un bateau de l'armée. Une folie. Elle n'avait plus donné signe de vie depuis. « L'imbécile ! », avait-il hurlé intérieurement. Qu'allait-elle faire dans cette galère ! Il avait répondu avec les formules de politesse d'usage, mais il n'en décolérait pas. La disparition de Khin Yadanar signait l'arrêt de mort de leur recherche. Un *stūpa* dont il n'avait pas trouvé l'emplacement. Le même jour. Message et courrier, le même jour !

Son arrière-grand-père avait raison : le destin se moquait de leur famille, les lançant dans une quête pleine de promesses pour finalement leur tirer le tapis sous les pieds. Des générations de Sisyphe se relayant sans jamais atteindre le sommet. Il prit les pages, les froissa et les lança avec exaspération. La boule de papier frappa la fenêtre avec un bruit mat. Son téléphone sonna. Forsythe. Neuf heures, que pouvait-il bien lui vouloir ? Ayaan décrocha d'une voix morne :

- « Bonjour Professeur. »

- « Bonjour Ayaan. Je ne vous réveille pas j'espère ? » Ce n'était pas une question. L'euphorie transpirait de sa voix. « Le *stūpa* ! Nous l'avons trouvé ! », s'écria l'universitaire.

Ayaan manqua éclater de rire. Pas de joie, de dépit. Vraiment, le destin se payait sa tête. Il cherchait déjà comment annoncer que cela n'avait plus d'importance, qu'il faudrait abandonner. Pour la première fois de sa vie, il connaîtrait l'échec. Un goût acide et déplaisant l'envahit.

- « Vous avez entendu ? », insista le professeur, étonné par son silence.

- « Oui, pardon. Comment est-ce possible ? », se força à interroger Ayaan, par politesse plus que par intérêt sincère.

- « Xplorer. Je viens de vous envoyer leur rapport. C'est technique, je vais simplifier. Ils ont utilisé des images satellites de Sentinel-2, le programme européen Copernicus. Mais aussi de WorldView-2 et de TerraSAR-X. Peu importe. Ils ont cherché les marques de cultures, les signatures thermiques persistantes, analysé l'humidité, la stratigraphie du sol, et détecté les microreliefs. Et voilà ! »

Il avait énuméré tout cela dans un souffle, avec une excitation palpable. Comme une évidence. Du latin pour Ayaan, mais qui piqua sa curiosité.

- « Ça a l'air intéressant. Pourriez-vous m'en dire un peu plus ? »

- « Bien-sûr ! » Le professeur ne se fit pas prier. « Les structures enterrées modifient la croissance de la végétation en surface. L'excavation du *stūpa* avant la guerre a laissé des traces. Fondations en brique, murs enfouis, qui affectent encore l'humidité du sol et la nutrition des plantes. Des signatures spécifiques comme une végétation stressée au-dessus des murs enfouis. À l'inverse luxuriante au-dessus des remblais fertiles laissés par l'excavation. Détectables dans les infrarouges. »

- « C'est ce que vous appelez les 'marques de cultures' ? »

- « Exactement. L'analyse infrarouge a aussi révélé la signature thermique distincte du *stūpa*. Une structure en brique, même partiellement enfouie, a une inertie thermique différente du sol. Et puis les anomalies hydriques, c'est-à-dire les différences d'humidité dans le sol. En effet, l'excavation de 1941 a créé des zones de rétention d'eau qui persistent. »

- « Vous avez mentionné des 'microreliefs' ? »

- « En effet, même après 80 ans, les microreliefs créés par l'excavation restent visibles. Des variations d'élévation entre les zones excavées et intactes. Elles ont révélé le plan de fouille correspondant aux croquis du carnet de Preston. »

- « Vous êtes sûr que c'est le *stūpa* découvert par mon arrière-grand-père ? »

- « Aucun doute », confirma Forsythe. « Les fouilles de 1941 ont laissé des traces géométriques rectilignes, distinctes des formations naturelles. Elles ont révélé des structures annexes, des chemins d'accès, des murs d'enceinte. Cette constellation d'anomalies forme un motif unique, identifiable par intelligence artificielle. C'est bien le *stūpa*. Et ses coordonnées sont : 17.238345°N, 97.085024°E ! », conclut-il d'une voix triomphante.

- « Impressionnant », concéda Ayaan. « Dommage que ça ne serve à rien », annonça-t-il avec gravité.

- « Que voulez-vous dire ? », demanda Forsythe, alarmé.

- « Khin Yadanar a disparu dans la zone inondée par le typhon près de Bago », offrit Ayaan d'une voix blanche. « Présumée morte. Avec la tablette. »

- « C'est terrible ! La pauvre ! », se lamenta le chercheur avec une empathie sincère. « Avait-elle de la famille ? »

Ayaan ne sut que répondre. Il ne s'était jamais posé la question. Il ne savait rien d'elle au-delà de ce qui avait percé dans leurs conversations. Rien de personnel. Elle n'était restée qu'un moyen pour une fin. Il n'avait même pas une photo d'elle. Presque une anonyme. Un silence pesant s'installa. Chacun cherchait les mots. Finalement, Forsythe se lança :

- « Désolé. Une fille d'un courage peu commun. Qui avait tout risqué pour nous aider. Pourriez-vous m'envoyer les coordonnées de votre contact ? J'aimerais savoir si elle avait des proches et comment nous pourrions les aider. »

- « Vous pouvez compter sur moi », répondit Ayaan.

Il subodorait que leur conversation touchait à sa fin. Avec elle, leur collaboration. Que pourraient-ils encore se raconter s'ils abandonnaient leurs recherches ?

- « La disparition de la tablette est une chose », reprit lentement Forsythe, alors qu'Ayaan s'apprêtait à le saluer pour raccrocher. « Nous ne pourrons jamais déchiffrer le texte gravé dessus simplement à partir des photos. Peut-être le plus vieil artéfact du pays. Une vraie perte d'un point de vue académique. Vraiment dommage. Mais il reste encore le *stūpa*... »

- « Mais, sans Khin Yadanar pour aller sur place... »

- « Ne pourrions-nous pas trouver une autre personne ? », suggéra Forsythe avec simplicité.

Un éclair passa dans l'esprit d'Ayaan. Il avait fait un blocage, focalisé sur l'obstacle plutôt que sur la solution. Il s'en voulait. Il devait passer pour un imbécile. Blessé dans son ego, il s'empressa de présenter une alternative.

- « J'ai développé des relations au sein de la communauté birmane de Londres. Je vais faire passer le mot. »

- « Parfait ! Avec de la chance... »

- « Je reviens vers vous dès que j'ai du nouveau », promit Ayaan requinqué par ce nouvel espoir.

- « Même en l'absence de la tablette, ce que nous trouverons dans le *stūpa* devrait confirmer ma théorie. »

- « Qu'espérez-vous y trouver ? »

- « Les reliques du Bouddha, bien entendu. Les cheveux que Sona et Uttara ont apportés à Suvannabhumi. La preuve que ce *stūpa* est le premier dans le pays, qu'un royaume môn existait déjà trois cents ans avant notre ère, que le Bouddhisme y fut introduit mille ans plus tôt que nos estimations. Une découverte archéologique majeure, remettant en question ce que nous savons de l'histoire de la région. De quoi nourrir des décennies de recherches après la guerre civile. Terriblement excitant ! », chanta l'universitaire à l'autre bout de la ligne. « Ce serait également un cadeau pour le mouvement révolutionnaire. »

- « Que voulez-vous dire ? »

- « La junte se targue d'être la gardienne du Bouddhisme. Depuis des décennies, la propagande présente chaque généralissime comme un roi guerrier bâtisseur de pagodes, protecteur de la foi face à l'Islam. Imaginez la perte de face pour le SAC[99], si le premier *stūpa* du pays et les reliques sont déterrés par leurs opposants. Surtout par des minorités ethniques. Ce serait un camouflet. La résistance pourrait définitivement rallier tous les

---

[99] Conseil d'administration d'État (SAC). Junte militaire qui gouverne la Birmanie depuis le coup d'État du 1er février 2021, dirigée par le général Min Aung Hlaing.

Bouddhistes contre l'armée. Comme l'a si bien dit Russell Banks : 'Plus que sur les champs de bataille, la guerre se livre comme jamais autour de symboles.' »

- « Je vois », approuva pensivement Ayaan. « Ma demande risque donc de rencontrer un fort intérêt de la part des organisations birmanes à Londres. »

- « Plus que probable. Nous sommes dans la dernière ligne droite. Espérons qu'ils nous trouvent rapidement un point d'appui sur le terrain. La situation autour de Win Ka est extrêmement volatile et pourrait devenir une ligne de front. La région de Thaton est sous contrôle de la KNU[100] depuis un an. La junte accentue la conscription et renforce ses positions depuis juin, en préparation d'une contre-offensive. Difficile de connaître l'impact du typhon. Mais il faut trouver le *stūpa* avant que les affrontements n'en rendent l'accès impossible. »

- « Je vous tiendrai informé dès que possible », confirma Ayaan avant de saluer son interlocuteur.

Il savait ce qu'il lui restait à faire. Il ouvrit sa boîte email et commença à envoyer des messages à ses contacts birmans.

---

[100] Union Nationale Karen (KNU). Organisation politique fondée en 1947 qui représente le peuple karen, avec sa branche armée, l'Armée de Libération Nationale Karen (KNLA), et qui lutte pour l'autodétermination karen depuis 1949.

Chapitre XXIV

Rangoun, Birmanie, mars 1942

Anthony déboula en courant, essoufflé, sur la place de la gare, théâtre d'une désolation apocalyptique. Des milliers d'âmes s'aggloméraient en une masse houleuse de chair et de clameurs. Indiens, Chinois, Birmans - les Européens ayant été évacués les premiers - hurlaient, imploraient, gesticulaient, se bousculaient, refluaient selon les caprices du flot humain qui brassait cette multitude désespérée. Tous tentaient avec frénésie de forcer le passage à travers le cordon de police qui régulait l'accès au bâtiment. Un amas de bagages encombrait le centre de la place, abandonnés dans l'espoir d'obtenir une place dans les derniers convois quittant Rangoun. Alentour, la déliquescence de l'ordre civil se manifestait en chaque détail. Le parfum âcre de la peur imprégnait l'atmosphère. L'air, saturé de fumées noirâtres, montait des quartiers embrasés près du port. Des véhicules jonchaient l'avenue, neutralisés ou détruits pour éviter qu'ils ne servent l'ennemi. Seules quelques automobiles arborant le « E » - pour « Essentiel » - circulaient, transportant les derniers fonctionnaires britanniques vers un avenir incertain.

Anthony était en retard. Il avait circulé avec prudence dans les rues désertées pour éviter les bandes armées, longeant les murs et se dissimulant au moindre bruit suspect. Maintenant, il s'interrogeait sur les moyens de retrouver le Professeur Sayer et Nandar Aye dans ce chaos. Il escalada la base d'un réverbère et scruta la foule. Il finit par apercevoir Sayer qui agitait frénétiquement les bras à l'autre extrémité de la place, habillé de son uniforme habituel, pantalon de coton beige et chemise blanche.

- « Pardon pour mon retard », offrit Anthony en rejoignant le professeur.

Nandar Aye se tenait à ses côtés, accompagnée de sa mère, une femme d'âge mûr, petite et sèche, vêtue d'un simple *longyi* brun surmonté d'une blouse immaculée. Anthony la salua respectueusement et elle lui répondit par un sourire timide.

- « Ce n'est pas grave, nous venons d'arriver également », répondit Sayer. Son regard glissa sur la sacoche d'Anthony : « Vous voyagez léger. C'est sage... J'ai éprouvé les plus grandes difficultés à effectuer un tri », avoua l'érudit avec une grimace en désignant deux volumineux sacs de toile posés au sol.

Aux protubérances anguleuses qui les déformaient, Anthony comprit qu'il s'agissait d'ouvrages. Chaque sac devait bien peser dix kilos. Comment diable avaient-ils réussi à les porter jusqu'ici ? Lui-même n'avait emporté qu'une chemise de rechange, un pain de savon, une brosse à dents, outre la tablette de pierre et la boite métallique contenant son carnet, qui occupaient déjà presque tout l'espace de son bagage.

- « Avez-vous des nouvelles de vos parents ? »

- « Butt avait raison », concéda Anthony à contre-cœur. « Ils m'ont attendu aussi longtemps que possible. Finalement, ils ont embarqué voici une semaine avec d'autres familles de la Burmah Oil Company et des Steel Brothers à destination de Madras », expliqua Anthony en serrant la lettre pliée dans sa poche.

Suu, son ancienne *ayah*[101] birmane, demeurée au service de ses parents après son départ au pensionnat, la lui avait remise. La demeure familiale avait été mise à sac de fond en comble, mais celle qui était comme une seconde mère pour lui était parvenue à dissimuler l'enveloppe et le paquet scellé qui l'accompagnait, espérant chaque jour le retour du fils prodigue. Elle l'avait tendrement étreint, les larmes effaçant le *thanaka* de ses joues, avant de le laisser partir. Tous deux connaissaient les représailles dont elle serait victime si on la découvrait en train de fraterniser avec un Britannique. Il l'avait quittée le cœur meurtri, incapable de se retourner vers cette silhouette gardant les ruines de son passé à jamais anéanti. Dans le paquet, il avait trouvé une liasse de roupies birmanes, la montre à gousset en or de son père, plusieurs chaînes en or, et la bague de sa mère, sertie d'un magnifique rubis de Mogok taillé en cabochon. Il bénit intérieurement la loyauté de

---

[101] Nourrice ou gouvernante birmane employée par les familles coloniales britanniques.

Suu, qui avait veillé, sans y toucher, sur ce trésor qui lui sauverait peut-être la vie dans les jours à venir.

- « Ils sont en sécurité. Vous devez être soulagé », affirma Sayer sans émotion. « À notre tour d'essayer de trouver un moyen de quitter la ville… »

- « Impossible d'atteindre l'entrée de la gare à travers cette foule… », pesta Anthony avec un claquement de langue. « À moins que… », conclut-il de manière énigmatique en se précipitant vers un groupe de militaires qui débarquaient d'un camion à quelques mètres de là.

Une minute plus tard, des hommes de la police militaire leur frayaient un chemin à travers la cohue, repoussant leurs compatriotes indiens à coups de matraque et d'invectives, escortant les deux Britanniques et leurs compagnes jusqu'à l'entrée de la gare. Le trajet faillit à plusieurs reprises dégénérer en émeute, mais ils parvinrent indemnes au pied du bâtiment, Sayer et Anthony les épaules chargées des sacs emplis de livres. Deux policiers indiens les laissèrent franchir les barrières, mais abaissèrent leurs armes pour barrer l'accès à Nandar Aye et sa mère. Les deux hommes s'immobilisèrent.

- « Pas les Birmans », expliqua le soldat d'un ton martial.

- « Elles sont avec nous. Mon épouse et ma fille », mentit l'universitaire. « Et voici mon gendre », poursuivit-il en direction d'Anthony, s'efforçant visiblement de conserver un ton courtois malgré la colère qui bouillonnait en lui.

L'un des militaires émit un grognement, puis leva son arme en agitant agressivement la tête pour intimer aux deux femmes de se hâter. Sans même leur accorder un regard, il referma le passage et reporta son attention sur la masse qui continuait à s'agiter de l'autre côté des barrières.

Franchir les grilles d'entrée de la gare équivalait à pénétrer dans un cercle dantesque où s'orchestrait l'exode d'un empire. Ils traversèrent le hall principal où s'entassait une humanité en déroute : familles avec monticules de bagages, enfants agrippés aux saris, hommes scrutant fiévreusement les tableaux d'affichage. Anthony constata que le prochain train était annoncé à dix-neuf heures trente. Ils avaient le temps.

Leur groupe poursuivit jusqu'aux quais, dont l'atmosphère contrastait avec la tempête extérieure, la foule s'y pressant avec résignation sous la surveillance d'une centaine d'Indiens en uniforme. Ils trouvèrent un recoin inoccupé, posèrent leurs bagages et s'installèrent en silence. Sayer extirpa un ouvrage de son sac et commença à le feuilleter. Nandar Aye fit de même avec son roman, pendant que sa mère égrenait un chapelet en méditant. Anthony n'avait pas la tête à lire. Trop d'idées s'entrechoquaient dans son esprit pour lui permettre de se concentrer. Il tenta de se calmer en focalisant son attention sur son environnement.

Les grands pylônes de brique rouge de la gare, construite en 1877 dans le style victorien, se dressaient comme des sentinelles dérisoires face à la débâcle. L'architecture coloniale, avec ses auvents en fer forgé importés d'Écosse, paraissait soudain fragile et incongrue dans cette marée humaine désespérée. La beauté de l'édifice, que les habitants appelaient autrefois la « Gare des Fées », se trouvait souillée par l'amertume de la défaite. Après le pillage de la demeure familiale, le spectacle de la déliquescence de l'empire ne lui apporta aucun réconfort. Rien ne subsistait de son passé, de son avenir, de son identité.

Déprimé, il ouvrit sa sacoche, en extirpa la boîte métallique et son carnet. Il vit Nandar Aye qui observait son manège avec attention, du coin de l'œil, avant de replonger dans sa lecture comme si de rien n'était. Son comportement le déroutait : elle le rejetait tout en l'espionnant continuellement. Sans doute était-elle agitée par les mêmes craintes que celles qui le tourmentaient. Il se résolut à lui parler ouvertement dès que l'opportunité se présenterait. Mais pas maintenant, pas là. Il prit un crayon et commença à griffonner, couchant sur le papier leurs aventures depuis Win Ka. L'écriture serait l'exutoire qui lui permettrait peut-être d'exorciser ses peurs. Il plongea dans ses souvenirs. La gare, les réfugiés, le monde entier disparurent rapidement sous la course de sa main, métronome qui donna une nouvelle mesure au temps. Il ne remarqua même pas la pénombre grandissante, qui annonçait la tombée de la nuit.

Il en était arrivé à leur entrevue avec le Lieutenant-Colonel Butt à Pégou lorsque trois sifflements stridents le rappelèrent à la réalité. Le train entrait en gare à reculons. La populace s'agita comme une nuée d'étourneaux, plongeant immédiatement les quais dans un chaos. Tous se ruèrent sur le convoi comme une meute de hyènes sur une charogne, pour en escalader les voitures qui se remplirent en quelques secondes, pendant que la masse demeurée sur le quai continuait de vociférer et de presser pour réclamer sa place. Les militaires tentèrent de contenir et contrôler le mouvement de foule qui risquait de dégénérer en émeute. Les coups de matraques plurent. En vain. Sayer et Anthony avaient ramassé leurs sacs et se trouvaient à l'arrière de la cohue avec leurs compagnes, s'efforçant désespérément de trouver un espace où s'insérer à travers l'amas de corps comprimés. Mais rien n'y fit. Malgré leurs efforts pour écarter ceux qui se trouvaient devant eux, ils furent incapables de pénétrer plus avant, se faisant systématiquement écartés par de nouveaux arrivants plus virulents et agressifs, sans égard pour les deux femmes. Le train leur semblait toujours aussi loin et inaccessible quand l'engin siffla de nouveau trois fois pour signaler son départ imminent.

Nandar Aye se retourna et fit face à Anthony, le prenant par les épaules et levant les yeux pour le fixer avec urgence.

- « Donne-moi la tablette et pars ! », lui hurla-t-elle les traits tirés par une panique qu'il ne lui connaissait pas. « Tout seul, tu as encore une chance ! Les policiers t'aideront à trouver une place parce que tu es blanc ! »

- « C'est hors de question ! », rétorqua Anthony, choqué qu'elle eût pu penser qu'il était capable de l'abandonner en un tel moment.

Un grincement métallique se fit entendre, quand une secousse anima le convoi composé de wagons disparates réquisitionnés à la hâte. L'engin s'ébranla avec effort et lenteur sous le poids de l'humanité en détresse qui faisait ployer chaque compartiment transformé en arche de Noé improvisée.

- « Va ! Je t'en supplie ! », implora-t-elle. « Vite ! Sinon il sera trop tard ! »

Anthony ne bougea pas, restant interdit par les supplications de son amante. Il était déjà trop tard de toute façon. Le train commença à glisser le long du quai sous les plaintes des familles qui se séparaient dans la douleur, car tous n'avaient pas trouvé place à bord. Les familles se tenaient les mains à travers les fenêtres des wagons, leurs visages crispés par l'effort de retenir leurs larmes, jusqu'au moment où la distance les forçait à lâcher prise. Certains, dans un ultime sursaut de dignité bourgeoise, avaient refusé de voyager en troisième classe, leurs proches s'éloignant avec des mines exaspérées. Sur les quais, les laissés pour compte regardaient s'éloigner les feux arrière dans le crépuscule, avec la résignation de ceux qui savent qu'ils vont affronter seuls l'orage. Car derrière eux, Rangoun brûlait déjà et nul ne savait si d'autres trains quitteraient la capitale avant que les Japonais ne la prenne. Anthony et Sayer laissèrent tomber leurs sacs de dépit sur le ciment du quai.

- « Je vais me renseigner, pour savoir quand partira le prochain train », annonça le professeur d'un ton qui se voulait faussement détaché et optimiste en s'éloignant vers le hall central accompagné de la mère de Nandar Aye.

Anthony ne répondit pas. Nandar Aye détournait les yeux pour éviter d'affronter les siens. Il sentit la frustration accumulée monter en lui de manière incontrôlable.

- « Pourquoi m'as-tu demandé de partir seul ? », interrogea-t-il en luttant pour conserver son calme.

Elle ne répondit pas, son regard toujours rivé vers le sol. Son silence et son apparente défection ne firent qu'accroître sa colère et sa jalousie.

- « C'était pour pouvoir m'éloigner et rester seule avec lui ? C'est ça ? », explosa-t-il avec dédain. « Tu t'es servie de moi », siffla-t-il d'un ton glacial d'où perçait sa rancœur. « Tu ne m'as jamais aimé ! »

Nandar Aye se redressa soudain pour lui faire face, ses yeux emplis de larmes le fixant avec une souffrance et une hargne qui faisaient trembler tous ses muscles. Ses lèvres bougèrent, mais nulle parole ne les traversa. Le crâne d'Anthony vibra sous le coup d'une gifle qu'il ne vit pas partir.

- « Seize ans ! », murmura-t-elle soudain, comme si l'air lui manquait. « J'avais seize ans quand ma mère m'a poussée dans son lit ! », poursuivit-elle, les poings serrés, alors qu'une rage sourde remplaçait sa détresse.

Elle si muette une seconde auparavant, se lança comme si nulle digue ne pouvait plus arrêter le flot de paroles qui se déversaient à torrent de sa bouche.

- « Nous étions à la rue. C'était le seul moyen de survivre. Il nous a donné un toit, il nous a sauvées. Et il m'a offert des opportunités dont je n'aurais jamais pu rêver. Combien de filles d'agriculteurs et de *coolies* parviennent à entrer à l'université ? Aucune ! Et pourtant, je n'en retire aucune fierté ni aucun respect. Nul ne reconnaît mon travail, mes capacités. Birmans comme Anglais me traitent comme une putain. Ils ont sans doute raison... N'est-ce pas ce que je suis, en fin de compte ? Mais, sais-tu seulement ce que c'est d'abandonner tout respect de soi ? De s'avilir, de s'asservir entièrement parce que tu n'as pas le choix ? Je sais qu'il m'aime. Je lui suis reconnaissante de sa générosité. Nous lui devons tout. Et pourtant, tu ne peux pas savoir à quel point je le hais ! Je suis son esclave, obligée de m'offrir à lui par peur de tout perdre, par obligation pour ma mère. Mon propre corps ne m'appartient plus. Seules mes pensées, mes sentiments sont encore miens. Mais je dois les dissimuler constamment. Je suis comme un lion en cage, une cage qui me comprime, qui m'étouffe. Je suffoque. Je n'en peux plus ! Combien de temps puis-je encore tenir avant de me laisser mourir ou de mordre la main qui me nourrit ? Tu comprends pourquoi je rêve d'indépendance ? Pour moi-même autant que pour mon pays ? »

- « Pardon. Je n'avais aucune idée », offrit Anthony en la voyant se calmer.

Il se sentait sale, stupide, exécrable. Consumé par ses désirs égoïstes, il ne s'était à aucun moment interrogé sur la nature de la relation qu'entretenait Nandar Aye avec Sayer, ni sur les tourments et les sentiments qu'elle pouvait faire naître en elle.

- « Puis, tu es apparu dans ma vie », reprit-elle adoucie. « Pour la première fois, j'ai cru au bonheur. Une vie où amour, liberté et sécurité pouvaient co-exister, sans l'obligation de choisir. Où je pourrais être moi-même. J'ai entrevu un futur. Puis la guerre est arrivée. Quel avenir nous reste-t-il aujourd'hui ? »

Son regard s'assombrit brusquement alors que la réalité la rattrapait. Elle continua d'un ton morose :

- « Je ne risque rien si je reste à Rangoun. Et je me moque du sort d'Arthur. Mais je ne pourrais supporter qu'il t'arrive quelque chose. Tu dois partir ! »

- « Nous prendrons un autre train », répondit Anthony d'une voix qu'il voulut confiante. « Ou nous trouverons un autre moyen. Nous avons encore le temps. »

- « Ne mens pas ! », rétorqua la jeune Birmane qui n'était pas dupe. « Tu sais que les heures sont comptées. Nous ne parviendrons jamais à voyager en groupe, surtout avec ma mère. Tu l'as vu tout à l'heure. Seul tu as une chance. Même si nous sommes séparés, j'ai besoin de savoir que tu es sain et sauf ! »

- « Nous n'en sommes pas encore là », protesta Anthony.

- « Promets-moi que le moment venu, si tu n'as pas le choix, tu fuiras en nous laissant derrière », pressa-t-elle avec insistance. « Promets-le ! »

Elle criait presque, ses mains crispées sur ses avant-bras, les larmes emplissant de nouveau ces yeux qui le fixaient avec intensité. Il soupira.

- « Je te le promets », acquiesça-t-il à contre-cœur. « Est-ce pour ça que tu m'as rejeté ces derniers jours ? », interrogea-t-il en repensant à la récente froideur de son amante. « Tu voulais me pousser à te quitter et à me sauver sans toi ? »

- « Plutôt te savoir vivant et me haïssant loin d'ici, que de risquer te voir mourir près de moi par amour », avoua-t-elle d'une voix tremblante.

- « Alors, tu m'aimes ? », demanda Anthony, les larmes le gagnant à son tour.

- « Bien-sûr, imbécile ! », confirma Nandar Aye, riant et pleurant à la fois.

Il ne put résister plus longtemps. Il la serra dans ses bras et amena le corps frissonnant contre sa poitrine. Ils se regardèrent en silence avec intensité. Elle tendit son cou pour se grandir. Il abaissa son visage. Leurs bouches se joignirent en un baiser fougueux qui fit disparaître le monde. Le quai, la foule, la gare, la guerre. Plus rien n'exista pendant plusieurs secondes. Finalement, Nandar Aye plongea son visage dans le torse d'Anthony, qui l'entoura de ses bras et déposa un baiser sur le sommet de son crâne en aspirant le parfum de sa chevelure. Elle la nourrissait ordinairement avec de l'huile de coco envoûtante, mais cela faisait des jours qu'elle avait abandonné ses rituels coquets, offrant une beauté sans artifice dont Anthony ne pouvait détacher les yeux.

Leurs corps se séparèrent doucement, leurs mains jointes se relâchant, leurs visages éclairés par des sourires complices. Un mouvement attira leur attention. Ils tournèrent la tête. Sayer se tenait dix mètres plus loin, raide, le visage écarlate, les muscles de la mâchoire tendus dans une expression de fureur sourde. Anthony sentit une décharge électrique courir le long de son échine.

- « Arthur, je... », plaida Nandar Aye d'une voix d'où perçait la culpabilité.

Elle n'eut même pas le temps d'achever sa phrase. Le professeur tourna les talons et partit d'un pas rapide vers la sortie, sans même prendre la peine de ramasser ses bagages. Les deux amants s'élancèrent derrière lui.

- « Attends ! », lança la jeune Birmane.

Son appel fut sans effet. L'universitaire ne ralentit même pas. La mère de Nandar Aye, revenue avec Sayer, se planta devant eux les mains sur les hanches. Nandar Aye n'avait pas l'esprit à argumenter, mais la quadragénaire leur barrait le passage.

- « Comment as-tu pu faire ça ? », cria-t-elle courroucée. « Tu n'es qu'une trainée ! Une ingrate ! As-tu oublié tout ce que le professeur a fait pour toi ? »

- « Non, je n'ai pas oublié ! », lança Nandar Aye d'un ton sarcastique.

La référence aux faveurs qu'elle avait dû accorder en échange ne fut perdue pour personne. Anthony prétendit ne point comprendre la conversation pour dissimuler son malaise. La mère, en revanche, sembla n'éprouver aucune culpabilité ou gêne.

- « Mais je ne l'aime pas ! », tenta d'expliquer la jeune-femme, se confrontant à l'air d' « et alors ? » qu'affichait toujours sa mère. « J'aime Anthony. »

- « Tu es folle ? Un gamin sans le sou ! Comment allons-nous vivre quand le professeur nous jettera à la rue ? », ricana la femme avec un balayement de la main méprisant en direction du jeune Anglais.

- « Regarde autour de toi ! », explosa Nandar Aye. « Les Japonais seront là dans quelques heures ! Où vivrons-nous si nous partons avec le Professeur ? Et avec quel argent vivrons-nous si nous restons ? C'est fini ! »

La mère se tut, semblant enfin réaliser la situation dans laquelle ils se trouvaient, la réprobation laissant place à la terreur sur son visage.

- « Dans tous les cas, nous devrons nous débrouiller pour survivre. Tu as peur qu'il nous mette à la rue ? Réveille-toi : nous sommes à la rue ! Alors pourquoi devrais-je continuer à me prostituer ? », termina-t-elle avec un air de défi.

Sur ces mots, elle écarta l'obstacle sans ménagement, enfreignant la coutume birmane qui faisait du respect parental une règle d'or, pour se diriger au pas de course dans la direction prise par Sayer. Anthony lui emboîta le pas, abandonnant les sacs de livres derrière lui, sa sacoche pour seul bagage. Il fut suivi immédiatement par la mère, qui se mit à trotter aussi vite que lui permettait son *longyi*, terrifiée à l'idée d'être abandonnée par ceux dont dépendait maintenant sa survie.

Anthony jeta un coup d'œil au tableau noir alors qu'il traversait le hall principal de la gare. Ce dernier était vide. Rien n'indiquait que d'autres trains seraient affrétés. La panique le saisit en comprenant qu'ils avaient peut-être manqué le dernier moyen d'évacuer la capitale. Terrifié, il rejoignit Nandar Aye au moment où elle passait les barrières pour se frayer un chemin à travers la masse hurlante qui continuait à se presser à l'extérieur du bâtiment. Tous trois luttèrent pour nager à contre-courant à travers la cohue. Il faisait déjà nuit quand ils débouchèrent enfin à l'air libre, sur la place qu'ils avaient eu tant de difficulté à quitter quelques heures auparavant. Ils regardèrent dans toutes les directions, scrutant les rues désespérément vides. Sayer avait disparu.

Chapitre XXV

Rangoun, Birmanie, mars 1942

Anthony demeura saisi devant cette disparition si soudaine. Comment son mentor avait-il pu s'évanouir avec une telle célérité dans les artères qui rayonnaient depuis la place ? Ces voies, désertes jusqu'aux limites de son regard, s'étendaient dans une pénombre que l'absence d'éclairage urbain rendait plus oppressante encore. Rangoun gisait sous un linceul de ténèbres quasi absolues, empestant la suie, d'où émergeaient les silhouettes décharnées des bâtisses abandonnées, sépulcres muets dans cette nécropole. Seule la façade de la gare continuait de projeter sa clarté jaunâtre et vacillante, pulsant au rythme des clameurs de la multitude.

Il sentait monter cette même panique qui irradiait des réfugiés alentour. Nul ne savait si un convoi partirait encore. Et tandis que son instinct de conservation le harcelait - bête primitive qui cognait, mordait, lacérait chaque fibre de sa conscience pour l'inciter à fuir - une autre part de lui-même résistait avec acharnement. La honte. Cette culpabilité qui demeurait l'ultime phare capable de ramener l'âme égarée vers les rivages de l'humanité. Comment eût-il pu envisager d'abandonner Sayer, quand sa propre trahison avait précipité sa fuite ?

Se retournant, il croisa les regards interrogateurs de Nandar Aye et de sa mère, qui attendaient un signe. Elles demeuraient sereines, sourdes aux vociférations affolées, comme si l'abîme n'existait point. La jeune femme arborait cette même détermination qu'à Pégou. En dépit de l'animosité qu'elle nourrissait envers le professeur, elle n'oubliait pas la dette qui la liait à lui. Il leur fallait retrouver Sayer.

Comme pour trancher leurs hésitations, un grondement sourd enfla dans la nuit. D'abord imperceptible, il se mua en roulement mécanique qui ébranlait le sol. Ils tournèrent la tête vers le sud. Au bout de la rue, des faisceaux lumineux percèrent les ténèbres. Un phare, puis deux, puis toute une procession de camions qui avançaient en convoi, troupeau surgissant des profondeurs nocturnes. Une dizaine au total, évoluant au pas cadencé, bâches tendues, roues tournant de concert dans un ordre parfait. Ils s'alignèrent devant la gare, leurs moteurs ronronnant. Un officier bondit du premier véhicule et aboya ses ordres. Aussitôt, les policiers militaires abandonnèrent leur poste pour courir vers les véhicules, se frayant un passage dans la foule qui déferla tel un tsunami vers l'intérieur du bâtiment, emportant les barrières, brisant les verrières, renversant le mobilier. Les premiers militaires plongèrent à l'arrière des camions. Leurs collègues des quais ne tarderaient pas à les rejoindre. Anthony se dirigea d'un pas rapide vers le véhicule le plus proche. Un sous-officier avait sorti la tête pour observer la scène.

- « Qu'est-ce qui se passe, Sergent ? », le héla-t-il.

Le policier, un Indien au visage barré d'une épaisse moustache, le dévisagea avec une surprise mêlée de courroux.

- « Que diable faites-vous là ? », le rabroua le militaire. « Tous les civils sont censés avoir quitté la ville ! »

- « C'est bien pour ça que nous sommes là ! », répondit Anthony, son amour-propre froissé par l'impertinence de son interlocuteur.

Ces Indiens s'adressaient d'ordinaire avec déférence aux Britanniques, leurs *thakins*. Ce changement de ton lui prouva définitivement que l'Empire courait à sa perte.

- « Nous espérons prendre le prochain train », expliqua le jeune-homme.

- « Laissez tomber ! Il n'y en aura plus. Nous formons le dernier convoi. Quarante camions parcourent actuellement la ville pour rassembler nos hommes. Après cela, terminé. Rangoun sera livrée à elle-même... »

Le visage d'Anthony se décomposa. Le sergent poussa un soupir de frustration.

- « Montez ! On vous trouvera bien une place. »

- « Je vous remercie, mais c'est impossible », s'excusa Anthony en désignant les deux Birmanes derrière lui pour signifier qu'il ne voyageait pas seul.

- « Elles peuvent venir », insista le militaire en agitant le bras pour les presser.

- « Nous devons d'abord retrouver un de nos compagnons. Nous ne pouvons pas partir sans lui. »

- « Je ne peux pas vous laisser ici ! », s'écria le sergent avec exaspération, visiblement irrité par l'obstination du jeune Anglais.

Le sous-officier amorça un mouvement pour descendre du camion mais s'interrompit en voyant Anthony reculer. Au même instant, l'officier en tête du convoi cria un ordre en regagnant sa cabine. Les moteurs se remirent à rugir, signalant un départ imminent. Le sergent grommela, manifestement contrarié de devoir abandonner Anthony. Quels ennuis cet Anglais ingrat lui attirerait-il si l'affaire venait à se savoir ? Mais il n'était pas davantage disposé à risquer sa vie pour lui courir après. Il cracha par terre pour lui signifier d'aller au diable tandis que les véhicules s'ébranlaient.

- « Pouvons-nous prendre un bateau pour remonter le fleuve ? », cria Anthony en courant derrière le poids lourd.

- « Oubliez le port ! », vociféra le sergent par-dessus le vacarme de l'engin. « Force Viper a détruit tous les vapeurs ! »

La distance se creusait malgré les efforts d'Anthony pour accroître son allure. Le balancement de sa sacoche entravait sa course, et le martèlement de la tablette provoquait une douleur aigue au niveau de sa jambe.

- « Comment peut-on quitter la ville alors ? », lança-t-il une ultime fois de toutes ses forces, avant de s'arrêter, exténué, plié en deux, les mains sur les cuisses.

- « Évitez la route ! Les Japs l'ont coupée au niveau des Bago Yoma ! », hurla le militaire, à demi dans le vide, une main agrippée à l'auvent. « Mingaladon ! C'est votre seule chance ! Les derniers avions décollent cette nuit ! »

Ces mots furent les derniers qu'Anthony parvint à saisir tandis que les feux arrière du convoi disparaissaient à l'angle de Sule Pagoda Road, l'abandonnant aux ténèbres. Il fit demi-tour et rejoignit Nandar Aye et sa mère qui l'attendaient, ombres immobiles se détachant dans la faible clarté émanant de la gare. Le reste de l'esplanade était désert. Des détonations sourdes, à peine audibles, indiquaient que les opérations de démolition se poursuivaient aux alentours du port.

- « Nous devons trouver une voiture », déclara-t-il d'une voix d'où perçait une détermination nouvelle. « N'importe laquelle, tant qu'elle roule encore. »

Ils se mirent en quête, explorant les rues adjacentes à la gare. La plupart des véhicules abandonnés avaient été dépouillés, leurs pneumatiques lacérés, leurs mécaniques démembrées par des mains expertes qui ne laissaient que des carcasses inutiles. Anthony commençait à désespérer lorsqu'il aperçut, nichée dans une ruelle obscure près de Canal Road[102], une Austin Seven marquée de la lettre « E », qui semblait intacte. Sans doute la

____

[102] Ancien nom d'Anawratha Road.

propriété de quelque fonctionnaire colonial qui l'avait délaissée dans sa fuite précipitée. Il força la portière et se glissa derrière le volant. La clé était dans le contact. Il la tourna, puis actionna l'interrupteur du démarreur. Le petit quatre cylindres toussa, cracha, puis se mit à ronronner avec cette régularité rassurante des mécaniques britanniques bien entretenues.

- « Montez ! », dit-il aux deux femmes qui se tenaient à l'extérieur du véhicule.

- « Où allons-nous ? », interrogea Nandar Aye en prenant place à côté de lui, tandis que sa mère s'installait à l'arrière.

- « Chez Sayer, puis à Mingaladon », expliqua Anthony en engageant la première vitesse. « Les derniers avions décollent cette nuit ! »

Ils s'élancèrent dans les rues de Rangoun, en direction de l'est, vers Goodliffe Road[103]. La cité n'était plus que le fantôme lugubre de ce qu'elle avait été. Les larges avenues coloniales, naguère grouillantes, n'étaient plus animées que par les langues de feu que vomissaient les gueules béantes des bâtiments administratifs, projetant des ombres dansantes sur les murs. Nulle trace de vie, nul mouvement, hormis les rats qui émergeaient affolés des amas de gravats et des immeubles effondrés surgissant soudain de l'obscurité, contraignant Anthony à les éviter sans avoir le loisir de freiner. Il décida de ralentir en parvenant sur Fraser Street[104], dans le quartier commercial, en apercevant des

---

[103] Actuelle Sayan San Road.
[104] Ancien nom de la partie centrale d'Anawrahta Road.

silhouettes s'agiter dans les décombres de Rowe & Co., ce « Harrods de l'Orient » victime des bombardements japonais. Une bande de pillards, les bras chargés d'un butin hétéroclite sortirent précipitamment et s'enfuirent à leur approche, avec la même célérité que les rongeurs croisés précédemment, sans doute persuadés qu'il s'agissait d'un véhicule de la police militaire. Anthony fut contraint de piler et de faire une embardée pour éviter de renverser l'un d'entre eux.

Soudain, une bande émergea d'une ruelle latérale et se dirigea vers leur voiture, leur intention immédiatement reconnaissable aux bâtons et machettes qu'ils brandissaient.

- « Fonce ! », hurla Nandar Aye, alors que l'un d'entre eux n'était plus qu'à deux mètres de sa portière.

Anthony appuya de tout son poids sur l'accélérateur et l'Austin bondit en avant. L'homme tenta de s'agripper au véhicule, mais il donna un coup de volant qui l'envoya rouler sur le bitume. Des pierres s'abattirent sur la carrosserie et la lunette arrière vola en éclats sous les exclamations effrayées de la passagère arrière. Puis le silence retomba alors que la bande disparaissait dans le rétroviseur. Le cœur battant à tout rompre, Anthony continua de rouler à tombeau ouvert vers le nord, ne ralentissant qu'au bout d'un kilomètre. Ils dépassèrent les quartiers résidentiels où vivait, jusqu'à récemment, la communauté britannique. Sans un mot, ils virent défiler les rangées de villas coloniales systématiquement pillées. Leurs portes arrachées bâillaient sur des intérieurs dévastés, des meubles brisés jonchaient les pelouses, des pages de livres déchirés voltigeaient au gré du vent nocturne.

C'est alors qu'ils aperçurent la première créature. Anthony pila, n'en croyant pas ses yeux. Au milieu de la chaussée, un léopard se tenait immobile, ses prunelles dorées reflétant la lumière des phares. L'animal les observa quelques secondes avec cette dignité hautaine des grands fauves, puis disparut d'un bond souple dans les buissons d'un jardin abandonné.

- « Ils ont lâché les animaux du zoo », murmura Nandar Aye.

Les rumeurs étaient donc vraies. Le bruit courait également que les autorités avaient libéré les prisonniers et les aliénés de l'hôpital psychiatrique. Toutes sortes de fauves erreraient ainsi librement dans les rues de la capitale. Ils reprirent leur route avec plus de prudence, scrutant les ombres qui s'agitaient de part et d'autre. Anthony distingua la silhouette trapue d'un rhinocéros qui broutait tranquillement la pelouse d'une villa coloniale. Plus loin, un groupe de singes avait élu domicile au sommet d'une église anglicane, leurs cris se mêlant au crépitement des flammes qui consumaient un bâtiment voisin.

L'air devenait de plus en plus irrespirable. En l'absence des pompiers évacués depuis longtemps, la fumée des brasiers qui se propageaient librement montait de partout dans la ville, obscurcissant les étoiles. Ils étaient Néron, témoins du gigantesque bûcher funéraire qu'était devenue Rangoun. Mais Anthony n'avait pas la tête à composer un poème épique sur l'agonie de cette perle de l'Orient. Il dut effectuer plusieurs détours pour contourner des amas de décombres ou des véhicules renversés qui barraient la route, chacun rallongeant leur itinéraire et faisant monter en lui une angoisse sourde. Le temps pressait. Chaque minute perdue réduisait leurs chances de retrouver Sayer et de quitter ensemble la cité condamnée. Ils atteignirent enfin Goodliffe Road. La plupart des maisons semblaient abandonnées, leurs volets clos et leurs jardins déjà envahis par une végétation tropicale qui ne demandait qu'à reprendre ses droits.

- « Nous y sommes ! », indiqua soudain Nandar Aye en désignant une villa victorienne entourée d'un mur en briques.

Anthony gara l'Austin et coupa le moteur. Tout était silencieux. Rien ne perçait de la maison, qui se dressait dans la pénombre. Aucune lumière. Aucun bruit. Le professeur était-il là ? Ils descendirent du véhicule, poussèrent lentement le portail, puis remontèrent l'allée gravillonnée. Aucun mouvement n'accueillit leur arrivée. Anthony frappa. Point de réponse. Nandar Aye ouvrit le battant, découvrant un intérieur plongé dans les ténèbres.

- « Arthur ? », lança-t-elle en entrant. L'écho se perdit dans l'abîme.

- « Il n'est pas là. Comment allons-nous faire ? », interrogea-t-elle avec inquiétude, en se tournant vers Anthony qui observait les fenêtres du premier étage depuis le jardin. Il la fixa en silence, semblant réfléchir.

- « Je crois savoir où il peut être ! », répondit-il enfin. « Reste ici avec ta mère au cas où il viendrait. Je vais aller vérifier. Dans tous les cas, retrouvons-nous ici dans une heure maximum pour aller à Mingaladon. »

- « Fais attention ! », le supplia Nandar Aye en le prenant dans ses bras.

Anthony la vit agiter la main tandis qu'il redémarrait à toute allure vers l'ouest sur King Edward Avenue[105].

Un quart d'heure plus tard, il pénétrait dans Simpson Road[106], arrêtait le moteur et levait les yeux sur l'imposant Masonic Hall, ce symbole des Lumières autant que de l'uniformité culturelle imposée aux peuples conquis. *Vae victis*. Les Britanniques étaient partout chez eux, les autochtones ne l'étaient plus nulle part. L'édifice de deux étages, achevé en 1908, révélait ses lignes néoclassiques que surmontait le delta du fronton, incarnation des mystères révélés aux Frères qui se réunissaient ici en quête d'illumination.

Il dépassa les colonnes du portique avec curiosité mêlée d'appréhension, troublé par l'impression de violer un interdit. Sayer avait parrainé Win Thu pour le faire passer sous le bandeau. L'universitaire birman avait rapidement atteint le grade de maître de la loge Rangoon University No. 4603. Anthony était trop jeune pour être initié. Il n'était qu'un profane interdit de franchir ce seuil chargé de secrets. Le hall d'entrée était plongé dans les ténèbres. Il s'immobilisa sur le pavé de carreaux Minton pour adapter ses yeux à la pénombre, puis distingua la porte donnant sur la salle de banquet et les arcades sculptées adjacentes. L'atmosphère aurait pu être celle d'un club londonien transplanté sous les tropiques.

---

[105] Ancien nom de Daw Thein Tin Road et Bo Min Kaung Road.
[106] Ancien nom de Pan Tra Street.

Il commença à gravir l'escalier en teck, la main tremblante sur la rampe en fer forgé - une œuvre des ateliers de Walter Macfarlane & Company de Glasgow - en direction du sanctuaire véritable : la loge principale à l'étage, d'où filtrait une faible lueur dorée. Il entra et embrassa du regard les murs lambrissés, les deux colonnes Jakin et Boaz, le pavé mosaïque qui couvrait le sol derrière elles, puis le pupitre du Vénérable Maître à l'Orient, unique mobilier qui habillait la pièce, sur lequel brûlait un cierge faisant danser le compas et l'équerre accrochés au-dessus. Sayer, lui, était assis sur le sol, dos contre la chaire. Anthony ne sut s'il l'avait vu, car il ne manifesta aucune réaction à son arrivée. Il marcha à pas feutrés et prit place à côté de lui, sans oser rompre le silence. La tablette émit un bruit sourd lorsque la sacoche heurta le parquet.

- « Le secrétaire est parti avec les meubles... », déclara Sayer d'une voix neutre qui résonna à travers la loge. « Il ne reste vraiment plus rien... »

Anthony comprit que ses propos dépassaient l'espace désert qu'ils contemplaient avec morosité. Ils observaient, impuissants, l'inéluctable disparition de tout ce qui constituait le socle de leurs existences.

- « Je suis désolé », s'excusa Anthony, conscient de sa part de responsabilité.

Il voulait en dire davantage. Il le devait à son compagnon. Mais il ne savait par où commencer. Le silence emplit la pénombre, creusant l'abîme qui les séparait.

- « Comment ai-je pu être aussi aveugle ? », se lamenta soudain le professeur. « D'abord Win Thu, et puis... », soupira-t-il, sans parvenir à terminer sa phrase.

- « Ce n'est pas votre faute », intervint Anthony, rongé par la culpabilité.

- « Je sais ! », répliqua sèchement Sayer en se tournant vivement vers Anthony. Mais sa voix trahissait la tristesse plus que la colère. « Vous vous aimez. Comment pourrais-je vous en vouloir ? Les sentiments ne se commandent pas. On ne peut forcer ou empêcher l'amour. Mais, le mensonge, la trahison... »

- « Vous avez raison », avoua Anthony honteux. « C'est impardonnable. Nous aurions dû avoir le courage de vous parler. Mais Nandar Aye craignait que vous ne les renvoyiez, elle et sa mère. La peur pousse à bien des égarements... »

- « C'est ce qui me heurte le plus profondément : qu'elle ait pu penser un seul instant que je les mettrais à la rue ! Je sais que cela peut vous paraître aberrant au regard de l'âge qui nous sépare, mais je l'aime profondément. Son intelligence, son courage... Je ne veux que son bonheur ! »

Anthony sut qu'il était sincère, mais l'enfer était pavé de bonnes intentions, se remémora-t-il aussitôt. Cependant, il préféra se taire et épargner à Sayer une souffrance accrue, plutôt que de partager la répulsion que Nandar Aye éprouvait pour son sauveur. Ce dernier avait véritablement été aveuglé par ses sentiments pour elle. Il orienta la conversation vers un sujet qu'il savait cher au professeur :

- « Ce temple est magnifique. Je n'étais jamais entré dans une loge. »

Une platitude, une mondanité, il le savait. Mais il espérait tirer son interlocuteur de la torpeur et de l'apitoiement sur soi dans lequel il s'était enfermé.

- « Le bâtiment est imposant », concéda Sayer, « mais, sans les Frères, il n'est qu'une coquille vide. Ce n'étaient pas les murs, mais les discussions qu'il abritait qui en faisaient sa beauté. Nous construisions ici la Birmanie de demain. Son indépendance, la fin de la ségrégation, ses futurs dirigeants. Pierre après pierre, dans le dialogue, privilégiant la raison plutôt que la violence. Je ne comprends pas que Win Thu ait pu dévier aussi loin du chemin. »

- « L'impatience, sans doute. L'opportunité. Ou d'autres motivations moins louables... », proposa Anthony.

Il se retint de partager l'animosité qu'il ressentait pour ce maître-chanteur qui avait tenté de forcer les faveurs de Nandar Aye de la plus vile des manières.

- « Il semblait pourtant partager mon aversion pour la guerre quand je lui ai raconté l'histoire de mon père », offrit tristement l'universitaire.

- « Votre père ? », s'enquit Anthony intrigué.

- « Un vétéran de la guerre des Boers, revenu blessé, alcoolique et violent. Le nez dans la bouteille, incapable de garder un emploi une semaine. Ma mère et moi étions en première ligne pour nourrir la famille, mais aussi pour protéger mes frères des coups dont il nous rouait dans ses rares moments de clarté. Nous arrivions à peine à payer les cinq shillings de loyer hebdomadaire pour notre minuscule appartement de l'East End. Les livres et mes rêves d'aventures furent mon évasion. Une bourse m'a permis d'étudier à l'université. Mon frère cadet n'a pas eu cette chance. Il est mort à dix-huit ans à Verdun. Mon père n'est même pas parvenu à se lever pour assister à la messe dite pour lui... »

Il avait récité sa tirade d'une voix blanche, les traits tirés, les yeux perdus dans le vide.

- « Où sont vos parents aujourd'hui ? », interrogea Anthony.

- « Toujours à Londres. J'écris encore à ma mère pour lui envoyer de l'argent. Mon père, quant à lui, peut aller au diable ! J'espère ne plus jamais le revoir. C'est pour cela qu'une fois mon diplôme en poche, j'ai pris le premier bateau pour Rangoun. Je pensais échapper à mes démons, à la guerre... Mais ils m'ont rattrapé jusqu'ici pour me prendre tout ce que j'avais construit. »

- « Pas tout ! », intervint Anthony en tapotant la tablette à travers sa sacoche. « Vous pouvez encore élucider les secrets de la pierre et les partager avec le monde. Vous l'avez dit : c'est sans doute une découverte majeure ! Puis nous finirons d'exhumer le reste du site après la guerre. Vous verrez, nos troupes repousseront bientôt l'invasion japonaise. Tout redeviendra comme avant. Cela prendra des mois, quelques années peut-être, mais nous reviendrons ! », insista le jeune homme en feignant l'enjouement.

- « Vous êtes jeune et naïf », répondit Sayer d'une voix morne.

- « Ou juste optimiste », rétorqua Anthony sur le ton de la provocation. « Dans tous les cas, je refuse d'abandonner. Et je ne partirai pas d'ici sans vous ! »

- « Ne soyez pas stupide », le rabroua le professeur d'un ton las, comme on s'il s'adressait à un enfant capricieux. « Sauvez-vous si vous le pouvez encore. Mais, il est probablement trop tard de toute façon. Plus de trains, ni de bateaux. Nous sommes coincés ici. »

- « Il reste encore un moyen », corrigea Anthony. « Les derniers avions décollent de Mingaladon ce soir. Et vous ne pouvez pas baisser les bras après tout ce que nous avons déjà traversé. Nous devons tenter notre chance ! », l'encouragea-t-il . « Allez ! », ajouta-t-il en se levant.

Quelques secondes passèrent durant lesquelles Sayer sembla réfléchir.

- « D'accord », admit-il finalement en saisissant la main que lui tendait Anthony pour le relever. « De toute manière, qu'avons-nous à perdre ? »

Il se retourna pour faire face à l'Orient, se redressa, forma une équerre avec ses pieds, plaçant sa main droite sur son cœur pour former le signe de Révérence. La chevalière maçonnique brilla à son auriculaire.

- « *So mote it be*[107] ! Allons-y, maintenant que les ombres du soir se referment », déclara-t-il de manière solennelle en soufflant sur la flamme pour l'éteindre.

---

[107] « Ainsi soit-il ». Expression, équivalente à "Amen", remontant au Poème Regius d'environ 1390, le plus ancien document maçonnique connu.

Chapitre XXVI

Rangoun, Birmanie, mars 1942

Sayer arrêta l'Austin devant le portail de la villa, laissant le moteur trembler en actionnant le klaxon trois fois. Personne n'apparut. À peine une heure s'était écoulée depuis le départ précipité d'Anthony, et pourtant, la maison semblait vide. L'angoisse les saisit dès qu'ils ouvrirent les portières, lorsque des pas précipités dévalèrent la ruelle dans leur direction. La lumière des phares fit surgir Nandar Aye, haletante, son *longyi* relevé au-dessus des genoux, les cheveux en désordre et le visage illuminé d'un éclat fiévreux. Son livre pressé contre sa poitrine, elle s'arrêta brusquement.

- « Qu'est-ce qui s'est passé ? Est-ce que ça va ? », s'inquiéta aussitôt Anthony, la saisissant par les épaules, sa voix vibrante d'inquiétude.

- « Tout va bien », souffla-t-elle, peinant à recouvrer sa respiration. « J'étais partie à la recherche d'Arthur, dans le cas où tu ne l'aurais pas trouvé. Je n'ai pas vu le temps passer et j'ai couru quand j'ai entendu la voiture. Je ne voulais pas que tu t'inquiètes... », acheva-t-elle avec un sourire forcé.

Un silence inconfortable tomba entre eux quand elle croisa le regard du professeur, le souvenir de la gare planant comme un nuage noir et lourd d'orage.

- « Je suis désolée Arthur… », s'excusa-t-elle avec une froideur qui ne fit qu'accroître leur gêne.

- « N'en parlons plus ! », s'empressa-t-il de couper d'un ton faussement détaché.

Un froissement sur le gravier annonça la mère de Nandar. Une distraction qu'ils accueillirent avec soulagement et offrant un prétexte à Anthony pour changer de sujet :

- « Allons-y, puisque nous sommes au complet », lança-t-il en ouvrant la portière arrière du véhicule. « Nous devons nous hâter ! »

- « Ma mère a décidé de rester », annonça calmement la jeune Birmane. « Elle ne risque rien ici et elle pourra garder la maison. »

Les deux Britanniques se regardèrent, ne trouvant rien à objecter. Ils ne pouvaient se permettre de gaspiller un temps déjà volé en argumentaires stériles. Si tel était son choix… Sayer lui saisit les mains avec émoi, énonçant un solennel « *kan kaung bah zay*[108] », pendant qu'elle récitait doucement le Mora Sutta[109] pour placer leur voyage sous de bons auspices. Anthony, lui, se contenta d'un salut poli et distant avant de monter à son tour dans la

---

[108] « Bonne chance » en birman.
[109] Prière bouddhiste du paon pour la protection dans toutes les directions.

voiture. Nandar Aye prit sa mère dans ses bras, lui donna son ouvrage, puis embarqua sur la banquette arrière.

- « Allons-y », offrit Nandar Aye en refermant la portière, alors que Sayer faisait rugir l'Austin qui s'élançait dans la nuit.

- « Tu lui laisses ton roman ? », s'enquit Anthony, surpris de voir l'ouvrage abandonné par celle qu'il avait accompagné si fidèlement.

- « Je l'ai enfin fini... », répondit-t-elle sobrement, le regard perdu dans les ténèbres, ses cheveux fouettés par le vent qui s'engouffrait par la fenêtre.

Au dehors, le Lac Royal[110] étirait ses reflets d'argent, auxquels l'esprit préoccupé d'Anthony resta indifférent. Arriveraient-ils à temps à l'aérodrome ? Que feraient-ils si les avions avaient déjà décollé ? Tenteraient-ils leur chance par la route vers Prome, en espérant pouvoir percer les lignes ennemies ? Il ne porta pas plus attention à l'ombre majestueuse de la pagode Shwedagon qu'ils dépassèrent avant de rejoindre Prome Road[111]. Savait-il seulement que c'était la dernière fois qu'il contemplait ces beautés ? La ville s'évanouit derrière eux alors qu'ils remontaient l'avenue caillouteuse vers le nord, jusqu'à ce qu'une constellation de lueurs déchire enfin la ligne d'horizon : Mingaladon.

Sayer stoppa la voiture au pied d'un baraquement. Un silence quasi minéral s'imposa dès qu'ils sortirent, les grillons tissant une rumeur étouffée dans la végétation qui bordait le

---

[110] Ancien nom du Lac Inya.
[111] Ancien nom de Pyay Road.

terrain d'aviation. Anthony leva la tête vers la Voie lactée qui se déroulait, imperturbable dans le ciel éthéré. Un appel à méditer sur l'impermanence de la condition humaine. Mais, loin de l'apaiser, le silence qui régnait sur la base ne fit qu'accroître sa crainte d'être arrivé trop tard. Le site semblait abandonné.

La lumière des braseros et des « gooseneck flares » dessinait, sur le Marsden Matting criblé d'impacts, le triangle des pistes faites de plaques d'acier perforées. Plus loin, les ruines du hangar sud dressaient leur ossature brûlée, témoignant d'un bombardement récent. Tentes, baraques et hangars se découpaient en ombres chinoises muettes et solitaires dans la lumière des lampes à pétrole. Les positions antiaériennes de la AA Company du Rangoon Battalion gisaient désertées, vidées de leurs mitrailleuses Browning. Rien ne trahissait une présence humaine.

Des voix, faible rumeur portée par le vent tournant, ramenèrent l'espoir. Contournant le baraquement, le groupe déboucha sur un camion-citerne, éclairé par une lampe à pétrole, les pistes derrière lui restant encore masquées. Sayer ramassa la lampe et continua à les mener. Ils aperçurent enfin deux Bristol Blenheim tapis sous les manguiers trois cents mètres plus loin, qu'éclairaient vivement des barils remplis d'essence. Trois silhouettes s'affairaient sous un moteur, tournant les hélices du premier appareil à la main. Un cri fendit l'air, « clear prop ! », suivi d'une série d'explosions et de toussotements alors que les hélices se mettaient laborieusement en mouvement, emplissant l'air de leur vrombissement infernal. La procédure reprit à l'autre bout sous le second moteur. Aucun décollage n'aurait lieu avant une dizaine de minutes. Ils étaient arrivés à temps.

Ils s'apprêtaient à se précipiter vers les aéronefs lorsqu'Anthony perçut un mouvement du coin de l'œil, une ombre fugace dans la périphérie de son attention.

- « Arrêtez-vous ! »

La voix, autoritaire, portait un accent indéfinissable. Tous trois se retournèrent pour découvrir quatre silhouettes qui se rapprochaient avec résolution. La lampe que tenait Sayer révéla quatre hommes vêtus de *longyi* et de chemises, armés de fusils, dont les visages affichaient une détermination menaçante. Les fuyards se figèrent tandis que les inconnus les mettaient en joue. Derrière eux, les rotors continuaient leur rugissement mécanique, si proches et pourtant si lointains, presque inaccessibles. Nandar Aye fit un pas prudent vers les inconnus. Sans doute comptait-elle négocier avec eux, comme elle l'avait fait dans le village près de Pégou. Anthony voulut la retenir. Ce n'était plus une foule de paysans armés de bâtons, aisément manipulables. Ces hommes arboraient une assurance qui les rendaient infiniment plus redoutables. Vraisemblablement des combattants aguerris, prêts à faire feu sans hésitation. Mais la Birmane se dégagea de son étreinte et s'obstina à avancer jusqu'au plus grand du groupe, qui abaissa son arme. Elle se retourna alors pour faire face aux deux Britanniques.

- « Donne-moi la sacoche », lança-t-elle à Anthony, une main tremblante tendue dans sa direction.

Le jeune homme demeura interdit.

- « Nandar Aye, qui sont ces hommes ? », interrogea Sayer d'un ton accusateur.

- « Des soldats de la BIA[112]. Quant à lui », ajouta-t-elle en direction de celui qui se tenait près d'elle « c'est le Capitaine Kimura, un officier du Kempeitai[113]. »

Un silence de plomb s'abattit sur eux, chacun jaugeant l'autre avec intensité.

- « Ton livre ! », s'exclama Anthony, frappé par une révélation soudaine. « C'est toi et non Win Thu qui as écrit les chiffres sur le mur ! Le roman servait de référence pour le code ! C'est toi qui les as menés jusqu'à nous ! »

- « C'est vrai. J'ai été recrutée à l'université il y a un an quand les Japonais ont créé un réseau de renseignement ici. Ils m'ont enseigné la cryptographie, mais je devais surtout essayer de gagner les étudiants à notre cause. »

- « Une espionne ! », s'exclama Sayer avec incrédulité. « Et tu as laissé accuser ce pauvre Win Thu à ta place ! », ragea Sayer.

- « 'Ce pauvre Win Thu' ? » La voix de Nandar Aye vibra de sarcasme et de mépris. « Un maître chanteur qui voulait me violer ! Tu peux demander à Anthony si tu ne me crois pas », explosa-t-elle avec colère.

---

[112] Armée d'Indépendance de la Birmanie.
[113] Police militaire de l'armée impériale japonaise qui opérait également comme police secrète et service de contre-espionnage.

Sayer se tourna vers son jeune assistant, qui acquiesça tacitement d'un signe de tête.

- « Tu as toujours été aveuglé par ton complexe de sauveur », continua la Birmane d'une voix presque compassionnelle, « refusant de voir le vrai visage de ceux qui t'entourent. Préférant les laisser te manipuler... »

Son visage, faiblement éclairé par la lanterne, affichait une pitié déchirante pour l'universitaire. L'ironie de ses propos, alors qu'elle révélait sa propre trahison, n'échappait à personne.

- « Pourquoi ? », finit par demander Sayer avec fébrilité.

- « Anthony sait pourquoi », répondit-elle de manière énigmatique.

- « Je ne sais plus rien », objecta le jeune homme d'un ton acide. « Comment pourrais-je encore croire ce que tu m'as dit après tant de mensonges ? »

- « J'étais sincère ! », protesta Nandar Aye d'une voix tremblante où perçait une émotion qu'elle contenait avec peine. Les larmes qui lui montaient aux yeux brillaient dans la lumière de la lampe à pétrole.

- « Anthony... Regarde-moi », implora-t-elle, tandis qu'il détournait son visage pour cacher sa propre détresse. « Je ne t'ai jamais voulu de mal. Jamais. Je ne l'ai pas cherché, je suis tombée amoureuse de toi malgré moi... »

- « Mais ? », coupa Anthony avec un désarroi palpable.

- « Mais j'aime aussi mon pays. Je veux être enfin libre, et seule une Birmanie indépendante pourra me le permettre. »

- « Tu t'es donc alliée aux Japonais... » Il eut un rire amer, presque un sanglot. « Tu crois vraiment qu'ils vont vous donner l'indépendance ? » Son geste de dépit en direction de Kimura acheva sa phrase

- « Je l'espère. Quel autre choix avons-nous de toute façon ? Eux-seuls ont accepté de nous aider. Nous avons essayé la voie pacifique. Nous avons protesté, nous avons négocié, nous avons supplié. Et qu'avons-nous obtenu en retour ? Des balles, des prisons, du mépris... »

Anthony passa une main sur son visage, épuisé. Toute sa colère semblait s'être évaporée, laissant place à une tristesse abyssale.

- « Et nous ? », demanda-t-il finalement, la voix brisée. « Qu'étions-nous ? Était-ce réel, ne serait-ce qu'un instant ? »

- « C'était la chose la plus réelle de ma vie. Je t'aime Anthony, comme personne auparavant », déclara-t-elle avec sincérité, sans aucun égard pour Sayer, qui observait la scène, immobile, témoin malgré lui de cette confession déchirante.

Le professeur, les soldats, les avions dont le rugissement emplissait l'air crescendo ... Tout avait disparu autour d'eux.

- « Mais pas assez. Pas assez pour me choisir plutôt que ta cause... »

- « Tu ne peux imaginer la décision que j'ai dû prendre ! Oui, je t'ai trahi. Et je vivrai avec cette douleur jusqu'à mon dernier souffle. Je devais choisir, Anthony. Et j'ai choisi mon pays », souffla-t-elle à travers les sanglots qui l'agitaient. « Mais j'espère que nous nous retrouverons un jour, après la guerre... »

Il ne dit rien. Il n'y avait plus rien à dire. Il savait qu'il s'agissait d'un vœu pieux. Après la guerre ? Il allait sans doute mourir là, cette nuit même. Même s'il survivait, même si le conflit passait, rien ne serait plus jamais comme avant. L'amour demeurerait, mais aussi le mensonge, la trahison, la souffrance. L'officier japonais à côté d'elle s'agita et montra des signes d'impatience.

- « Ça suffit ! », hurla-t-il d'un ton martial, son accent à couper au couteau. « Donnez-nous la tablette ! »

Anthony revint brusquement à la réalité, fixant l'officier au visage carré et sévère, qui faisait mine d'avancer vers lui. Les trois autres soldats continuaient à les tenir en joue, doigts sur les détentes, prêts à tirer. Nandar Aye fit un signe d'apaisement de la main.

- « Anthony, ta sacoche ! », demanda-t-elle une nouvelle fois.

- « Tout ça pour une vieille pierre ? Quelle importance peut-elle avoir dans la lutte pour l'indépendance ? »

- « C'est un symbole ! », s'interposa le franc-maçon à côté de lui. « Un outil de propagande qu'ils utiliseront pour rallier la population à leur cause. Quoi de plus puissant que le sentiment

religieux pour légitimer un mouvement politique, n'est-ce pas ? »,
interrogea-t-il en direction de son ancienne maîtresse.

- « Tu as raison Arthur », acquiesça Nandar Aye. « Je ne
suis pas historienne. Mais quand vous avez expliqué que cette
tablette provenait du premier *stūpa* du royaume légendaire de
Suvannabhumi, celui contenant les premières reliques du
Bouddha, j'ai compris le pouvoir d'une telle découverte. »

- « Quel cynisme ! », protesta Sayer malgré lui. « Tu vas
aider ces fascistes à utiliser un symbole de paix et de compassion
pour mieux vous asservir ! Comment as-tu pu t'égarer à ce
point ? »

- « Epargne-moi tes leçons de morale, Arthur ! », répliqua
Nandar Aye de manière cinglante. « Vous avez été les premiers à
emprisonner nos moines, à profaner nos pagodes, à utiliser le
Christianisme pour convertir nos minorités et nous diviser ! »,
attaqua-t-elle le visage déformé par la rage. « De toute manière, tu
n'as pas ton mot à dire. La tablette et les reliques appartiennent au
peuple birman. Finissons-en ! Donne-moi la pierre, Anthony ! »

Elle perdait visiblement patience, sa main tendue
bouillonnant d'impétuosité. Anthony jeta inconsciemment un
regard par-dessus son épaule : les hélices des deux avions
tournaient à présent à plein régime et les mécaniciens
embarquaient, signifiant qu'ils s'apprêtaient à décoller dans
quelques instants.

- « Qu'adviendra-t-il de nous si nous te donnons la
tablette ? », interrogea Sayer.

- « Vous pourrez partir librement », répondit Kimura d'une voix sèche.

- « Ils m'ont donné leur parole », confirma Nandar Aye.

- « Tu négociais avec eux pendant qu'Anthony était parti à ma recherche, n'est-ce pas ? », demanda l'historien, qui mettait en place les dernières pièces du puzzle. La situation était maintenant d'une clarté douloureuse, implacable.

- « Oui, je suis allée chez un contact qui possède un poste de radio. Je les ai informés que nous serions ici. »

- « Je vois... » Sayer se tourna vers son compagnon. « Anthony, mon garçon, je crois que nous n'avons pas le choix », offrit-il avec fatalisme.

Anthony se résigna et commença à détacher la lanière de sa sacoche. Sayer, d'un geste brusque, s'interposa, leva le bras, et abattit sa main dans un mouvement sec. Le coup de feu éclata au même instant que la lampe à pétrole se brisait sur la terre. Une gerbe de flammes jaillit, violente, entre eux et leurs agresseurs.

- « Fuis ! », entendit Anthony au moment où le professeur s'effondrait, les deux mains sur sa poitrine.

Sans réfléchir, il courut vers le camion-citerne. Les ombres projetées par les flammes sur la cuve indiquèrent que les soldats tournaient leurs armes dans sa direction.

- « Non ! Attendez ! »

Le cri de Nandar Aye fendit le tumulte. Il la vit, bras écartés, s'interposant entre lui et les fusils. Un nouveau tir résonna, suivi d'un cri de douleur. Les salves successives résonnèrent en percussions métalliques alors qu'il plongeait derrière le poids lourd.

À terre, rampant dans la poussière et l'herbe sèche, Anthony distingua à travers les roues deux corps étendus, immobiles, de part et d'autre de la barrière de feu. Des voix crièrent, puis s'éloignèrent. L'air vibrait. Ce fut alors qu'il sentit l'odeur : âcre, suffocante, qui lui brûlait la gorge et les yeux. Du kérosène s'écoulait de la citerne, formant une flaque luisante qui s'épanchait dangereusement vers les flammes. Derrière lui, les rotors s'enflèrent, montant vers un hurlement aigu. Un Blenheim s'élançait déjà, moteur hurlant, vers la piste. L'autre attendait son tour sur la voie de roulement, prêt à bondir. Anthony comprit : c'était maintenant ou jamais.

Il s'élança, gardant le camion pour abri, sa sacoche lourde cognant contre sa hanche. Ses jambes refusaient presque de le suivre, engluées dans la peur et la fatigue. Il agitait les bras, criait à s'en déchirer la gorge. En vain. L'appareil passa devant lui, rugissant, puis s'éleva, englouti aussitôt dans le ciel nocturne. Le deuxième Blenheim commençait son virage vers la piste. Soudain, un éclair jaune, puis un souffle formidable. Le camion-citerne explosa, secouant la terre, couvrant jusqu'au bruit des rotors, et projetant son ombre plusieurs dizaines de mètres devant lui.

Une trappe s'ouvrit sur le dos du Bristol Blenheim, près de la tourelle de la mitrailleuse arrière. Un mécanicien se hissa, glissa le long du fuselage et courut vers lui en criant, les mots perdus dans le vacarme des moteurs.

- « Qui êtes-vous ? », hurla-t-il, arrivé à la hauteur du jeune Anglais. « Et qui sont ces hommes ? ».

Anthony se retourna et aperçut quatre silhouettes qui se découpaient dans le brasier et fonçaient vers eux.

- « Il ne faut pas rester là ! », aboya Anthony en se précipitant vers l'appareil.

Les premiers coups de feu claquèrent, leurs clameurs aigues à peine perceptibles, mais leurs éclairs clairement identifiables dans l'obscurité. Le métal du fuselage se troua de balles. Le mécanicien fit la courte échelle à Anthony pour le faire monter sur l'aile, puis désigna la trappe que le pilote venait d'ouvrir au-dessus du cockpit. Anthony sentit le souffle d'une balle frôler son oreille alors qu'il offrait sa main au mécanicien. Trop tard. Ce dernier chancela brusquement, sa tête rejetée en arrière. Il s'écroula, la nuque éclatée. Anthony escalada le fuselage alors que ses poursuivants se rapprochaient dangereusement. Il plongea à travers l'étroite ouverte du toit, manquant perdre son sac, puis tomba lourdement dans le cockpit exigu.

- « Qu'est-ce que c'est que ce bordel ? », beugla le pilote alors que deux balles perforaient la verrière.

- « Les Japs ! », brailla Anthony.

- « Où est Mike ? »

- « Mort ! Décollez, bon sang ! »

Le pilote poussa la manette des gaz. Les moteurs rugirent furieusement et l'appareil accéléra rapidement le long de la piste de métal, puis s'éleva dans les airs trente secondes plus tard. L'avion monta en flèche pour prendre de l'altitude, puis vira pour partir en direction du nord. À travers le nez vitré, Anthony contempla la mer d'obscurité d'où montait la clarté monstrueuse de l'incendie. Le feu gagnait les baraques voisines. Il chercha du regard un mouvement, une vie, mais rien. Nandar Aye avait-elle survécu ou son corps se consumait-il avec celui de Sayer ? Il scruta les ténèbres un long moment, les poings crispés, jusqu'à ce que la lueur disparaisse derrière eux, sans répondre aux questions qui le torturaient. Sa gorge se serra quand il se recala dans le fauteuil du navigateur, ses yeux brûlaient, son cerveau bouillonnant incapable d'accepter encore le drame qui venait de se jouer.

- « Votre nom ? », hurla le pilote par-dessus le moteur.

- « Anthony ! »

- « John ! », répondit l'aviateur en tendant sa main gantée. « Foutu compas ! », ragea-t-il en tapotant son instrument. « Impossible de garder le cap ! Le gyroscope s'affole ! »

Anthony n'entendit déjà plus. Dans le sifflement régulier du moteur, le fracas du drame retentissait dans sa tête, incohérent. Il cherchait à assembler les morceaux de la nuit, tâtonnant dans l'obscurité pour trouver l'issue du labyrinthe de ses pensées. Mais chaque souvenir rebondissait contre les murs opaques de son esprit comme un écho perdu. L'image de Nandar Aye revenait, insistante, déchirante. L'avait-elle aimé ou avait-elle menti pour mieux le manipuler, comme Sayer ? Il avait tenu la promesse qu'il lui avait faite : il avait fui pour sauver sa vie. Mais était-elle sincère quand elle lui avait arraché ce serment ? Nandar Aye, une espionne... Il revit, en filigrane, leurs moments partagés, le tremblement imperceptible de ses mains lorsqu'elle lisait à la lueur d'une bougie, la fermeté de son regard lorsque ses convictions prenaient le pas sur sa douceur. Elle avait été menteuse, sans doute, mais d'une sincérité brûlante dans ses mensonges. Elle avait trahi pour servir une cause plus vaste que leur amour. Et pourtant, au dernier instant, elle s'était sacrifiée pour lui sauver la vie. Cette pensée lui déchira la poitrine. Elle l'avait aimé et lui, qu'avait-il fait ? Il avait fui. Il se sentit vidé, sale, indigne. Aucune tombe ne garderait son nom. Il n'aurait pour elle qu'une mémoire toujours plus fugitive, qui disparaîtrait un jour avec le temps.

Le pilote enclencha le pilote automatique et hurla pour couvrir le vacarme :

- « Les Japs sont déjà à Rangoun ? On a eu chaud ! », s'époumona-t-il. « Mais que foutiez-vous encore là-bas ? »

Anthony lui cria à son tour, hachant ses phrases contre le bruit des moteurs, lui racontant à grands traits les événements des derniers jours. L'air saturé de carburant lui brûlait les poumons. Quand il eut fini, l'aviateur garda le silence, les yeux rivés sur les cadrans. Comme Anthony, il avait lui-aussi perdu un ami ce soir. Tout cela à cause d'une vieille tablette. Une absurdité sur laquelle les deux hommes choisirent de méditer séparément et en silence.

Soudain, le pilote fronça les sourcils et tapota nerveusement une des deux jauges de carburant près de son épaule gauche.

- « Les tirs ont percé le réservoir. On a perdu trop de kérozène. Les moteurs vont lâcher », déclara-t-il en continuant à vérifier ses instruments de vols.

Anthony sentit un frisson le traverser, viscéral, animal. Il comprit qu'ils allaient mourir à leur tour. Son souffle se brisa, un spasme le prit. Ses muscles se relâchèrent dans une terreur qu'il ne maîtrisait plus, son corps le trahissant alors qu'un filet d'urine s'échappait le long de sa jambe. Il s'affala, incapable de se contrôler et de recouvrer sa respiration, sans que le militaire à côté de lui ne s'en rende même compte. L'air lui manquait, il perdait la tête, se mettant à ricaner de manière incontrôlée. Un rire nerveux, absurde. Quelle ironie : survivre aux balles, aux bombes, pour mourir ici, prisonnier d'une carcasse d'acier si près de la délivrance.

- « Je ne sais pas où on est », reprit le pilote concentré sur l'obscurité qui les enveloppait. « On survole des montagnes. Les Pegu Yoma ou les Chins, allez savoir. Je ne vois pas de route ou de terrain plat. Que de la forêt. »

Il tâta sous son siège, tira une petite hache au manche gainé qu'il tendit à Anthony.

- « Ouvrez la trappe à bombes en coupant les tendeurs », cria-t-il en lui indiquant la soute dans leurs dos. « Je vais ralentir au dernier moment. Sautez à mon signal. Gardez les jambes et les bras repliés. Les arbres amortiront la chute. Vous pourrez peut-être vous en sortir. »

- « Et vous ? », hurla Anthony, soudain terrifié par la solitude du saut.

John ne répondit pas. Son regard, bref, fit comprendre l'évidence : il resterait aux commandes. Il n'y survivrait sans doute pas.

Anthony s'enfonça dans le boyau métallique, rampant à travers les mâts et câbles. Il arriva finalement au milieu du fuselage, à la jointure des ailes, où se trouvait la trappe. Sa sacoche s'accrochait dans les traverses, le bloquant à chaque mouvement. Dans une rage muette, il l'arracha de son épaule, la lança vers le cockpit. Puis il s'accroupit pour accéder aux portes de la soute, martelant avec fureur les tendeurs qui la retenait fermée jusqu'à ce qu'ils cèdent enfin sous les attaques répétées de la hache. La trappe s'ouvrit sur la nuit bruissante. A bout de force, dépité mais résigné, il s'assit au bord du vide. Il allait mourir. Les jambes ballantes, le visage fouetté par le vent tiède qui s'engouffrait, il goûta soudain la quiétude étrange de ceux qui n'espèrent plus. Cette fois, il n'y avait ni plan, ni providence pour le retenir. Tout ce qu'il croyait dominer, son avenir, ses choix, même son amour, n'avait été qu'un mirage. Il n'avait jamais été qu'un passager du tumulte, un débris d'humanité entraîné par le courant de l'histoire. Il avait été chanceux d'avoir survécu jusque-là. Mais c'était fini.

- « Tenez-vous prêt ! A mon signal ! », vociféra le pilote sans même se retourner.

L'avion piqua brusquement, tanguant dans l'air comme un oiseau blessé. Anthony s'agrippa de toutes ses forces pour ne pas tomber à travers la trappe. La sacoche qui glissait d'un bord à l'autre, ballotée contre le plancher, attira son regard. Il voulut se lever, la reprendre. La tablette était tout ce qui lui restait. Si jamais il devait disparaître, il voulait l'avoir près de lui, contre lui. La serrer, comme Nandar Aye, son amour, une dernière fois dans ses bras. Mais au même instant, un moteur s'arrêta. Le Blenheim fit une embardée violente, son corps s'éleva dans les airs, ses jambes pédalèrent dans le vide, ses bras s'ouvrirent par réflexe. Il se vit avec effroi retomber au milieu de l'ouverture béante, sans rien pour le retenir. Le vide le happa dans un souffle, sa poitrine soudain comprimée par un mur d'air. Il sentit son dos et son crâne exploser sous un choc. Tout devint noir.

Chapitre 27

Kyauktaga, Myanmar, octobre 2024

Khin Yadanar entrouvrit les paupières avec effort. Son regard se posa sur les lattes de bois du plafond, dont la peinture blanche s'écaillait en larges plaques. Ses doigts explorèrent le mince tapis qui la séparait du sol de ciment froid et dur. Chaque fibre de son corps criait sa souffrance. Elle peina à se redresser, le moindre mouvement envoyant des décharges dans tous ses muscles.

La pièce s'étirait devant elle avec une nudité brutale, n'offrant qu'un autel de bois verni où trônait une statue de Bouddha dorée, auréolée d'une guirlande électrique qui clignotait. Les murs vert pistache déroulaient leur monotonie, brisée seulement par le carré de soleil derrière elle. Son *longyi* marron et son t-shirt Hello Kitty n'étaient pas les siens. On l'avait changée. L'angoisse lui serra la gorge. Elle scruta la pièce avec agitation. Son sac à dos reposait contre sa couche, son contenu étalé sur le sol. Tout était là. Tout sauf... Elle plongea la main dedans. Il était vide. La tablette avait disparu. Avec des gestes saccadés, elle rassembla ses possessions, se dressa d'un bond, jeta le sac sur son épaule, et sortit précipitamment pieds nus de la pièce.

Elle émergea sur une coursive inondée de soleil. Il lui fallut de longues secondes pour accommoder sa vision. Elle se tenait sur le flanc d'une colline, au pied de laquelle se déployaient les ondulations douces d'un patchwork de forêts et de champs qui se disputaient toutes les nuances de vert. Derrière elle, le relief poursuivait son ascension, les fleurs d'acajous indiens et d'hibiscus semblant voler pour aller se perdre dans l'azur. Elle reconnut aussitôt le style des bâtiments blancs aux toits rouges : un monastère bouddhique, comme le confirmèrent les litanies que porta le vent par-dessus les croassements et cris d'oiseaux qui emplissaient l'air.

Elle remonta la galerie vers le bâtiment principal d'où s'élevaient des rumeurs qui s'amplifiaient. Dans le vaste hall, à la haute toiture soutenue par des colonnes, une foule s'alignait face à une statue de Bouddha dorée de plusieurs mètres. En position du lotus, les moines en robes rouges dirigeaient la cérémonie tandis que les laïcs, agenouillés ou jambes repliées, psalmodiaient les prières en pali. Les voix se fondaient en antienne au rythme répétitif et envoûtant, ponctuée parfois par le tintement d'un gong.

Khin Yadanar demeura debout à l'extérieur, n'osant se joindre à la congrégation. Elle n'était pas particulièrement religieuse, éduquée dans le Christianisme autant que dans le Bouddhisme et dans l'amour de la science. Pourtant, cette musique atemporelle l'emplit d'une sérénité profonde, l'invitant à fermer les yeux pour revisiter des souvenirs qu'elle croyait perdus. Les excursions à la pagode de Mindat avec son père, les rares fois où il s'y rendait, pour Thatdingyut[114], pour Thingyan[115], ou pour son anniversaire. Les visites entre amies à la pagode Shwedagon, pour y déposer des offrandes avant les examens. Les sorties à la Botataung le samedi soir, pour admirer le coucher de soleil sur l'Irrawaddy. Une autre vie. Une insouciance, une normalité, peut-être perdues à jamais.

Un froissement dans son dos dissipa ces mirages. Elle rouvrit les yeux. Un vieux moine au sourire placide la fixait avec bienveillance. Ses épaules frêles, sa silhouette ratatinée semblaient porter difficilement les plis de sa longue robe safran. Mais derrière la peau flétrie par l'âge, ses yeux pétillaient d'une vitalité indomptable.

- « J'allais justement prendre de tes nouvelles », entama-t-il en s'éloignant, les mains jointes dans son dos voûté.

Surprise, Khin Yadanar lui emboita le pas. Mille questions lui brûlaient les lèvres, mais elle n'osait interroger son hôte. Il marchait en silence près d'elle, imperturbable, comme inconscient de sa présence, un sourire indétrônable aux lèvres. Les minutes s'égrenèrent. Elle mourrait de faim, mais n'osa rien dire, malgré les protestations sourdes de son estomac. L'ecclésiastique continua à trottiner en s'éloignant du monastère, le nez levé, humant avec délice les parfums de la mousson qui s'évaporaient dans la chaleur moite. Elle était toujours pieds nus, mais n'en avait cure. Seules comptaient les réponses qu'elle devait obtenir. Ils atteignirent enfin un petit kiosque qui offrait une vue imprenable

---

[114] Fête de la lumière qui se déroule en octobre ou novembre.
[115] Nouvel an bouddhique ou fête de l'eau, qui a lieu au mois d'avril.

sur la vallée. Une invitation à la contemplation. Les prières n'étaient plus que rumeurs lointaines se mêlant au bourdonnement des insectes. Le moine s'assit sur une chaise en plastique et l'invita à faire de même. Elle choisit de s'asseoir par terre, en accord avec le protocole.

- « *Sayadaw*[116] », osa Khin Yadanar qui n'y tenait plus, « où suis-je ? »

- « Près de Kyauktaga », répondit le vieillard, son regard fixé sur le paysage. « Des villageois t'ont trouvée hier matin, inconsciente au bord du fleuve. Tu étais accrochée à un arbre avec ton sac. Ils t'ont amenée ici, comme d'autres victimes de la tempête. Ils n'étaient pas sûrs que tu reviendrais à toi... »

- « Presque deux jours... », répéta pensivement la jeune femme, n'osant s'imaginer la détresse dans laquelle devait se trouver Kee Mawng. Décidément, elle n'était qu'une source de souffrance pour lui. « Ont-ils aussi trouvé un jeune-homme blessé ? », s'enquit-elle avec empressement.

Le moine secoua la tête en silence. Son sourire avait disparu.

- « La rivière n'a pas rendu tous ceux qu'elle a pris », reprit-il doucement. « Des milliers de personnes ont disparu. La cérémonie à laquelle tu as assistée visait justement à apaiser les esprits et générer des mérites pour les victimes de la catastrophe

---

[116] Marque de respect quand on s'adresse à un moine bouddhiste au Myanmar.

que nous venons d'enterrer dans une fosse commune. Nous ne pouvions pas risquer de les incinérer et d'attirer l'armée. »

Les épaules secouées par les sanglots, Khin Yadanar fondit en larmes en silence, ses lèvres plissées et tremblantes, réprimant les plaintes qui voulaient s'en échapper. Le visage apeuré de Kyaw Zaw, ses appels de détresse alors que les flots l'emportaient, revinrent la hanter. Elle n'avait rien fait. Elle ne pouvait rien faire, elle le savait. Mais elle n'avait rien fait. Et maintenant il était mort. Il avait mis son existence en péril pour l'aider. Lui avait sauvé la mise plus d'une fois. En retour, elle l'avait bêtement mis en danger par imprudence. Elle revit son visage de gamin, aux traits endurcis par les combats, mais au regard rieur. Un martyr de plus immolé sur l'autel de la révolution. Ou plutôt, de sa révolution, de sa croisade insensée. Inutile de se mentir.

- « C'est ma faute », explosa-t-elle avec une longue plainte, en prenant son visage dans ses mains. « Je porte la poisse. J'ai beau faire tout mon possible pour aider, pour sauver les gens, sauver mon pays... Tous ceux qui m'approchent meurent ou sont touchés par le malheur. »

- « Te crois-tu si importante ? », coupa le moine.

La provocation porta ses fruits. Khin Yadanar releva vivement la tête, interrompant ses lamentations. Surprise, vexée, énervée, elle eut envie de lui hurler sa colère, empêchée seulement par la gêne et le respect dû à son statut. Elle demeurait paralysée par cette explosion d'émotions contradictoires qui se battaient en elle, sans qu'elle pût en choisir une. Après quelques secondes, elle se calma et reprit ses esprits à la vue du sourire triste et du regard plein d'empathie que lui offrait son interlocuteur. C'était sans doute une technique peu orthodoxe, mais elle était efficace.

- « Tu es trop dure, *Thami*[117] », reprit-il avec douceur. « Tu dois être plus indulgente envers toi-même. »

- « Comment pourrais-je l'être, *Sayadaw* ? Mes parents sont morts. Mes amies ont péri dans un bombardement. Mon amant a perdu sa jambe dans la même attaque. La Tatmadaw a tué les villageois que j'essayais de sauver. Maintenant Kyaw Zaw... Et moi, je suis toujours là. Comment puis-je être indulgente ? »

- « Parce que nul n'a le pouvoir de sauver tout le monde... Ou de condamner tout le monde. Tout ce que l'on peut faire, c'est faire de son mieux. »

Il tendit sa main froissée et asséchée par le temps dans la direction d'où s'élevaient encore les chants.

- « Écoute ces prières. Tu es toujours là, dis-tu ? Ils le sont aussi. Comme toi, ils ont perdu des proches. Des enfants, des époux. Ton histoire est la leur. C'est le lot de ceux qui vivent et survivent à des époques comme la nôtre. »

- « Je ne suis pas spéciale », résuma Khin Yadanar d'un ton glacial. « Cela veut-il dire que ma douleur ne compte pas ? »

- « Tu n'es pas spéciale, non. C'est vrai », acquiesça le moine sans se laisser démonter. « L'univers ne tourne pas autour

---

[117] « Ma fille » en birman. Manière traditionnelle de s'adresser à une fille beaucoup plus jeune.

de toi, il n'a que faire de toi. Ou de personne d'autre d'ailleurs. Tu n'es pas responsable de ce qui arrive. Chacun est maître de ses décisions et de ses actions. Cela ne signifie pas que tu dois renier ta souffrance. Elle est le symbole de l'amour que tu portes à ceux que tu as perdus. Tant qu'elle reste une expression de compassion, et non d'apitoiement sur ton propre sort. Ce sont eux qui sont morts. Tu ne peux pas les honorer en pleurant sur toi-même. »

Son ton était calme, sans jugement, empreint d'une affection qu'un grand-père aurait pour sa petite-fille. Elle sécha ses larmes d'un revers de main et lui adressa un sourire triste en signe de reconnaissance. Sa franchise la réconfortait. Au camp du CDF-Mindat, on l'avait traitée comme un oiseau blessé. De la gêne plus que de l'empathie, qui n'avait fait qu'accroître son mal-être et sa rage. Là, se trouvait une personne qui la respectait assez pour lui dire sa vérité, sans méchanceté, mais sans la ménager non plus. Il ne mentait pas. D'autres avaient souffert autant sinon plus qu'elle. Tel était le monde, elle le savait. Il ne changerait pas pour elle.

- « Ce que vous dites n'est pas vraiment réconfortant, *Sayadaw* ». Elle émit un rire triste.

- « C'est à la fois réconfortant et effrayant de se rappeler que nous ne sommes rien. Pas de responsabilité absolue, mais aussi la prise de conscience que quoi que nous fassions, cela ne changera peut-être rien. Les générations se succèdent, les erreurs se répètent, le cycle se poursuit. L'homme reste l'homme. »

- « Pourtant, il est possible pour des individus de faire la différence, de changer le monde », contesta respectueusement la jeune-femme. « Après tout, Aung San et Aung San Suu Kyi ont marqué le destin du Myanmar. »

- « Bien sûr. Mais à quel prix pour eux et pour leurs proches ? », reconnut le moine en hochant la tête lentement. « Vois-tu *Thami*, la vie est un marathon. Il y a ceux qui la traversent en courant, comme des flèches. Et ceux qui la regardent assis sur le côté avec leurs proches. » Il cessa de contempler le paysage, se retourna vers elle et la fixa d'un air grave. « Les premiers obtiendront des médailles, mais ils feront la course en un éclair, seuls, après avoir distancé tout le monde. Pour les autres, elle aura l'air de durer une éternité, dans la tranquillité ou l'ennui, sans qu'ils n'accomplissent rien de grand. » Ses yeux se posèrent de nouveau sur l'horizon, comme s'il se parlait à lui-même. « Au final, tous finissent par passer tôt ou tard la ligne d'arrivée. »

- « Voulez-vous dire que rien de ce que nous faisons n'a d'importance ? »

- « Je me suis mal exprimé », sourit-il. « La ligne d'arrivée est la même pour tous. Ce qui compte est comment tu choisis de faire ta course. L'ambition peut être solitaire, destructive. Et l'inaction improductive. Mais il reste la voie du milieu. »

- « La voie du milieu ? »

- « Faire la course non pas à son rythme, mais à celui des autres. Soutenir ceux qui boitent, relever ceux qui trébuchent, passer la ligne d'arrivée ensemble, sans médaille, mais avec une plus belle récompense. C'est à toi de choisir... »

- « Une seule personne peut donc faire la différence ? »

- « C'est vrai, mais pas comme tu l'entends. Essayer de réformer la société sans changer l'humain n'est que vanité vouée à l'échec. Ceux qui s'y sont essayés, même avec les meilleures intentions, ont échoué. Ils ont fini par créer des régimes dictatoriaux. On ne peut transformer la société par l'extérieur, par la force. Cela ne fonctionne pas. »

- « Mais alors, Bouddha ? » Khin Yadanar était perplexe.

- « Voilà ! Tu comprends. Sa différence par rapport aux leaders politiques est qu'il n'a pas essayé de changer les autres. Il a voulu se purifier lui-même. Seulement ainsi a-t-il pu transformer la société, en montrant le chemin. C'est le secret. »

- « *Sayadaw*, je suis perdue. Comment trouver la force de me changer, quand tout s'effondre autour de moi ? » La voix de la jeune-femme tremblait d'une détresse sincère.

- « Arrête de chercher à tout contrôler », conseilla le sage avec une profonde tendresse. « Tu ne le peux pas. Et tu ne pourras aider autrui que lorsque tu auras soigné tes blessures intérieures. Alors seulement amélioreras-tu la vie de ceux qui t'entourent. »

- « Mais Kyaw Zaw, mes amies, tous morts… Tant se sont sacrifiés. Ne dois-je sauver ceux que je peux ? Comment pourraient-ils sinon me pardonner ?»

- « *Thami*, c'est à toi d'apprendre à te pardonner. Ton devoir est de faire ce que tu peux, pas plus. Une fois que tu auras compris cela, tout ira mieux. »

Il laissa planer ses dernières paroles, savourant avec un air apaisé la brise chaude qui caressait sa peau parcheminée. Khin Yadanar appuya son dos contre le parapet, ressassant en silence les conseils du vieux moine. La lutte interne qui l'agitait n'était pas terminée. Mais la tempête semblait se calmer. Elle sentit ses muscles se relâcher, ses paumes s'ouvrir. Elle n'avait même pas remarqué que ses mains étaient fermées en deux poings crispés.

- « Je vous remercie *Sayadaw*, vos paroles m'ont fait du bien. Mais, je ne vous mentirai pas : il me faudra du temps avant d'arriver à les mettre en pratique. »

- « Le détachement est le travail de toute une vie. De plusieurs vies, même », concéda le moine avec un rire indulgent. Sans doute se remémorait-il son existence passée dans la quête du *Nibbana*. Objectif qui l'éludait toujours au crépuscule de sa vie, alors que la ligne d'arrivée se rapprochait pour lui.

- « J'ai encore une chose à accomplir avant de pouvoir m'y consacrer. »

- « Ah, nous y voilà ! », déclara-t-il joyeusement, en braquant ses yeux perçants et curieux dans les siens. « J'attendais que tu y viennes », indiqua-t-il avec un sourire entendu.

- « La tablette ? », entama Khin Yadanar incertaine.

- « La tablette », confirma-t-il. « Ne t'inquiète pas, elle est en lieu sûr. »

Khin Yadanar fut soulagée. Tout n'était pas perdu. Elle pouvait encore finir sa mission. Elle lui fit un exposé détaillé des événements. La découverte de l'avion. La tablette. Le carnet. Le Professeur Preston et Ayaan. Jusqu'à la traversée du fleuve et la disparition de Kyaw Zaw. Le moine écouta en silence, sans l'interrompre, un haussement de sourcils indiquant parfois son étonnement ou son incrédulité, indéniablement captivé par son récit improbable. Un long silence s'ensuivit, pendant lequel il resta pensif, les yeux fermés. Khin Yadanar n'osa le presser.

- « C'est extraordinaire », reprit lentement le moine de sa voix chevrotante. « Les premières reliques dans le plus ancien *stūpa* du pays. La source même de l'arrivée du *Dhamma* au royaume de Suvannabhumi. Comme tu l'as si bien dit, cette découverte appartient à tout le peuple du Myanmar. Elle doit être mise hors de portée de ces impies de la Tatmadaw ! »

Tout moine bouddhiste qu'il fut, il avait perdu sa retenue, son visage se figeant dans une grimace de dédain à l'évocation des militaires. Sans doute se rappelait-il les exactions commises contre les moines lors de la Révolution de Safran en 2007.

- « Tu comprendras, naturellement, que les fouilles doivent être faites par des membres de la *Sangha* », la sonda-t-il, satisfait de voir qu'elle approuva d'un hochement de tête. « Tu as dit que le *stūpa* se trouvait à Win Ka ? »

- « Oui, mais je ne sais pas où exactement », avoua-t-elle avec un déclic.

Elle prit vivement le sac qu'elle avait posé sur le sol et commença en fouiller l'intérieur avec impatience. Elle trouva enfin son portable. Il était mort. Détruit par son séjour prolongé dans les eaux du fleuve. Elle le refourgua à l'intérieur avec frustration.

- « *Sayadaw*, auriez-vous un téléphone avec accès à l'Internet ? » Tel un prestidigitateur, il extirpa un appareil des pans de sa robe avec un sourire. « Puis-je vous l'emprunter ? », osa-t-elle demander, gênée.

Il le déverrouilla et lui tendit. Elle s'en saisit sans révérence, installa rapidement un VPN et Signal, entra le contact de Kee Mawng, puis envoya un court message. « C'est moi, Awm Awi. Je vais bien. Mon téléphone est cassé. Tu peux m'écrire ou m'appeler à ce numéro. Je t'aime. » Elle allait rendre l'appareil lorsqu'il se mit à vibrer.

- « Awm Awi, c'est vraiment toi ? Je... Je pensais que... » La voix tremblante de Kee Mawng semblait si fragile.

- « Je suis vivante. Je suis vivante », le rassura-t-elle.

- « Deux jours... Deux jours sans nouvelles. Après ton dernier message, j'ai cru que tu étais... Que les eaux t'avaient... » Sa voix était secouée de sanglots.

Elle le sentit perdu. Sans doute entouré, mais terriblement seul. Elle n'osait imaginer par quoi il était passé. La terreur, la souffrance, le deuil. Elle en était la cause. Elle s'en voulait. Elle ferma les yeux pour revoir son visage. Il lui manquait. Elle voulait, non, elle devait lui revenir au plus vite. C'était là-bas, ou n'importe où ailleurs, mais près de lui, qu'elle souhaitait être.

- « Le bateau s'est retourné. Kyaw Zaw… Kyaw Zaw s'est noyé. » Il ne le connaissait pas personnellement, mais c'était lui qui l'avait convaincu de la guider dans son périple.

- « Oh Awm Awi, je suis désolé. Et toi, comment as-tu… ? »

- « Je ne sais pas vraiment. Je me suis réveillée dans un monastère. On m'a trouvée inconsciente sur la berge. Mon téléphone est détruit. J'utilise celui d'un moine pour t'appeler. »

- « Tu es blessée ? Ou es-tu exactement ? »

- « Juste des égratignures, rien de grave. Je suis près de Kyauktaga, au pied des montagnes de Kyaiktiyo[118]. »

- « J'ai pensé que je t'avais perdue pour toujours. J'ai imaginé le pire… C'était de la folie ! » Sa détresse se transformait en colère. C'était normal. Elle comprenait sa réaction. Elle aurait eu la même. La peur remontait à la surface.

- « Tu sais pourquoi je devais le faire. Le plus difficile est passé maintenant. Je suis en sécurité ici. » Elle mentait et il le savait. Personne n'était en sécurité au Myanmar. Surtout pas à quelques kilomètres de l'Etat Karen.

- « Que comptes-tu faire ? » Elle sentit la tension dans sa voix.

- « J'ai encore la tablette. Et le moine qui m'a recueillie souhaite m'aider à retrouver le *stūpa*. Le problème c'est que je ne sais toujours pas où il se situe. »

---

[118] Rocher d'Or, un site de pèlerinage bouddhiste sacré au Myanmar.

- « Tu as de la chance. J'ai écrit à Ayaan pour lui annoncer que je n'avais plus de nouvelles. Il m'a informé qu'il avait découvert les coordonnées exactes du site. Je ne sais pas comment, mais c'est ce qu'il m'a dit. Je te les envoie. »

- « Merci mon amour ! », s'exclama Khin Yadanar, avant de rougir en se rappelant la présence du moine. Ce dernier ne sembla pas s'offusquer pour si peu. « Je vais enfin pouvoir mener à bien ma mission ! »

- « Et ensuite ? » Kee Mawng avait posé cette question avec appréhension.

- « Ensuite ? La seule issue, c'est de passer au travers. Direction la Thaïlande ! » Elle marqua une pause en prenant conscience de son manque de sensibilité. « Ensuite », reprit-elle doucement, « je rentre. Et je ne te quitte plus. »

Elle allait ajouter une plaisanterie. Dire qu'il regretterait de l'avoir en permanence sur le dos, que leur séparation lui manquerait, ou autre chose de similaire. Mais elle s'abstint. La blessure, la peur, la perte étaient encore à fleur de peau. La souffrance avait été réelle. Elle ne parlerait plus à la légère, elle ne jouerait plus avec ses sentiments. Elle voulait qu'il sache qu'elle était sérieuse. Elle ne le quitterait plus.

- « Fais bien attention à toi. » Sa voix sonna apaisée. Il avait repris sa tendresse habituelle. « La situation est instable à Win Ka et pourrait dégénérer. Et il te faudra un guide pour te conduire en Thaïlande à travers les champs de mine en évitant l'armée. Je vais voir ce que je peux faire. Surtout j'espère que tu pourras mener tes fouilles tranquillement... »

- « Pourquoi dis-tu ça ? », interrogea-t-elle avec appréhension.

- « Ayaan te pensait perdue. Cet imbécile crie sur tous les toits qu'il cherche quelqu'un d'autre pour déterrer le *stūpa* à Win Ka. Le pays tout entier sera bientôt au courant... »

- « Quel crétin celui-là ! », pesta-t-elle avant de saluer Kee Mawng et de raccrocher. « Bonne nouvelle », annonça-t-elle en rendant son portable au moine, « on va m'envoyer la localisation exacte du *stūpa*. »

- « Et la mauvaise ? », interrogea le vieux sage.

- « Nous aurons très peu de temps pour trouver les reliques. »

L'estomac de Khin Yadanar choisit ce moment pour émettre un sourd grognement qui rompit le silence. Tous deux se regardèrent et ne purent s'empêcher de rire.

- « C'est vrai que tu dois avoir faim, *Thami* », sourit le moine. « Viens, nous allons te trouver quelque chose à te mettre sous la dent. Pendant que tu reprends des forces, ce sera à mon tour de passer des appels. »

Chapitre 28

Win Ka, Myanmar, octobre 2024

- « Nous l'avons trouvé ! »

Khin Yadanar s'élança vers le cri. Les branches qui lacéraient ses bras n'existaient pas. Seule demeurait l'urgence. Elle s'enfonça dans l'une des brèches étroites percées à la machette à travers la jungle. Un labeur éreintant qui avait pris des heures. Des heures de combat contre chaque liane, chaque branche rebelle. Chacune un obstacle dans cette fournaise de mousson. Les arbres aux mains tordues les avaient repoussés avec une violence primitive. Des heures pour dégager le demi-kilomètre du labyrinthe qui les séparait de la pagode voisine.

Ils dominaient Win Ka. Par instants, entre les trouées, l'échiquier des rizières se révélait jusqu'au golfe de Martaban. Maigres fenêtres de lumière dans cette cathédrale végétale. Le reste baignait dans l'ombre immobile, d'où s'évaporait un parfum musqué de pourriture. Le temps s'était arrêté depuis près d'un siècle, pétrifié depuis le départ de l'homme. À leur arrivée, la trotteuse avait repris son compte. Martellement des lames. Chant du grand coucal. Crissement des criquets. Chaque son égrenait les secondes pour leur rappeler que le temps était compté.

Khin Yadanar déboucha dans la clairière. Un groupe de jeunes moines s'affairait sous le regard inquiet d'une famille de macaques. Sous ses pieds nus, elle devina les lignes d'une plateforme. Ces archéologues en herbe avaient exhumé les premières briques. Les fondations du *stūpa* émergeaient comme un colosse s'éveillant après un sommeil séculaire. Plus qu'une légende. Il était là. Elle l'avait enfin trouvé.

Le vieil abbé de Kyauktaga la rejoignit immédiatement. C'était lui qui avait tout organisé : recruté une trentaine de jeunes moines, réquisitionné une flotte de pickups, rallié le soutien de la KNLA[119] pour leur protection. Le trajet avait pris trois heures sur des pistes forestières cabossées, les yeux rivés au ciel dans l'attente d'une attaque aérienne. À leur arrivée, le Bataillon de la Brigade 1 de la KNLA avait réparti cent hommes à plusieurs points stratégiques le long de la route encerclant les collines de Win Ka. Le poste de commandement se trouvait près du monastère de Kyauk Htaung, d'où leur équipée était partie à pied. Khin Yadanar et l'abbé échangèrent un sourire silencieux. Ils touchaient au but. Restait à dégager le monument avant l'excavation. Le temps pressait. Les informateurs de la junte pouvaient signaler leur présence à tout moment.

L'abbé le savait. Immédiatement, il donna ses instructions. Les ordres fusèrent. Brefs, précis. Les outils furent distribués. Les tâches réparties. Les robes suspendues pour travailler torse nu

---

[119] Karen National Liberation Army. Branche militaire de l'Union Nationale Karen (KNU) qui mène depuis 1949 une lutte armée pour l'autodétermination du peuple karen au Myanmar.

dans la chaleur qui faisait suinter les corps. Aussitôt les percussions des outils emplirent la forêt avec la précision d'un métronome, sous le regard inquisiteur des singes intrigués. Khin Yadanar ne souhaitait pas rester désœuvrée. Elle comprenait pourtant qu'elle n'avait pas sa place - laïque, femme, à cause de sa double appartenance religieuse - dans l'exhumation du *stūpa*. Surtout celui qui contenait les premières reliques du Bouddha dans le pays. Sa participation ne ferait qu'entacher la découverte et servirait la propagande nationaliste de la *MaBaTha*[120], alliée de la junte.

Une idée lui vint en repensant aux croquis du carnet de Preston. Elle repéra le Nord, puis partit vers l'Est. Elle commença à tailler un chemin à travers les buissons. Chaque pas, chaque abattement de lame lui coûtait en eau, en air. Elle s'arrêtait, soufflait, puis reprenait. Pas à pas, mètre par mètre. Ses bras frappaient mécaniquement. L'esprit errait vers les collines chins. Kee Mawng et leur découverte de l'avion. Les images revinrent : ses yeux rieurs, son visage inspiré, ses lèvres sur les siennes. Elle s'était éloignée pour se trouver. Pour comprendre que sa vie à la clinique n'était plus imposée. C'était son choix. C'était là-bas qu'elle voulait être, avec lui. Saint-Exupéry. « Aimer, ce n'est pas se regarder l'un l'autre, c'est regarder ensemble dans la même direction. » Cette direction, c'était Mindat.

---

[120] Organisation bouddhiste ultranationaliste du Myanmar fondée en 2014 qui prône la "protection de la race et de la religion" et mène des campagnes antimusulmanes. Dirigée par des moines extrémistes comme U Wirathu.

Un choc mat. La machette venait de heurter la pierre. Elle effleura la surface. Elle sentit sous ses doigts les motifs rugueux creusés dans la latérite rouge. Elle ne s'était pas trompée. La muraille était là, intouchée depuis que le Professeur Preston avait recopié le texte qui la couvrait. Elle se remémora les pages entières de caractères tracés un siècle avant par une main experte. Il était plus jeune qu'elle à l'époque. Malgré leurs différences, elle ressentit une proximité. Une sympathie même. Fruit de son époque ; une Birmanie colonisée, qu'elle réprouvait. Avait-il participé à l'assujettissement ? Elle ne savait. Peu importait. Il avait été humain lui-aussi. Il avait aimé, souffert, connu la guerre lui-aussi. Ils étaient maintenant connectés par ce mur. Ces pierres qu'ils avaient tous deux admirées. Des pierres qui avaient changé leurs vies. Elles étaient le trait d'union entre deux époques que tout séparait, les unissant par-delà le temps et l'espace.

Elle avait lu son carnet. Des croquis et des notes de fouilles. Quelques anecdotes sur leur retraite vers Rangoon lors de l'invasion japonaise. Curieusement, elle avait le sentiment de le connaître. C'était trop tard. Il était mort. Dernier débris d'une ère qu'il emportait dans la tombe. Il lui avait passé le relais. Ces pierres. Khin Yadanar voyait en elles le symbole de la deuxième lutte pour l'indépendance du peuple birman. Celle qui réaliserait le rêve inachevé de 1948, de tourner définitivement la page de la colonisation. Celle qui permettrait de refondre complètement l'État birman. Avec lui, on enterrerait les restes de la Tatmadaw, l'armée créée par Aung San. Ceux du socialisme et des régimes militaires. Ceux de la NLD, le parti d'Aung San Suu Kyi, trop birman, trop vieux, trop tourné vers le passé. Ces pierres traçaient une ligne continue traversant toutes ces époques. Elles seraient le point de départ d'un renouveau. C'était ici que Sona et Uttara avaient apporté l'Illumination. C'était ici que naîtrait un nouvel âge des Lumières. Celui d'un fédéralisme ressuscité, faisant de la diversité une force, une beauté, un atout.

Revigorée, Khin Yadanar attaqua la végétation. Les lianes s'agrippaient, rageuses. Sa détermination trancha plus net encore. Les bas-reliefs se dévoilèrent : lions, ogres aux crocs béants, réveillés d'un sommeil séculaire. Quand elle libéra le sommet de la paroi, la lumière jaillit, inonda la clairière, révéla la pagode dorée dressée sur la colline voisine. Elle cligna des yeux pour se remettre de son éblouissement, tira son téléphone et captura chaque angle du mur. Les clichés serviraient aux historiens. Il était regrettable que le journal ait brûlé, mais elle en avait photographié chaque page. Sa valeur n'était donc pas liée aux informations qu'il contenait, plutôt au fait qu'il était devenu un artefact dont l'histoire se confondait avec celle de la muraille et du *stūpa*. Ces derniers étaient encore là, défiant les âges et rappelant aux hommes leur inanité.

Elle regarda une dernière fois la muraille, comme s'il lui coûtait de s'en éloigner. Ces pierres millénaires avaient vu défiler des civilisations aujourd'hui disparues. Elles rappelaient l'impermanence, lui susurrant que tout finissait par passer. La guerre civile passerait, la dictature s'effacerait. Elle connaîtrait peut-être la paix. Puis elle disparaîtrait à son tour, grain de sable sur la plage de l'histoire. Et, toujours, ces pierres resteraient là, témoins imperturbables, observant les mêmes affres jusqu'à ce que cette espèce disparaisse à son tour.

La soif la ramena au présent. Son temps ne se comptait pas en millénaires. Une vie n'était rien à l'échelle de l'univers, mais c'était tout ce qu'elle avait. Celui qui se noie n'a que faire du cycle des marées. L'affamé reste sourd aux saisons. C'était maintenant qu'elle devait agir. Chaque jour arraché à la mort serait une victoire. Et tout ce qui précipiterait la chute de la junte était priorité absolue. Elle détourna son regard des pierres éternelles. Il était temps de retrouver le domaine des hommes. Pas seulement pour remplir sa gourde, mais pour voir où en étaient les moines.

Ils avaient bien travaillé. Le monticule était nu, débarrassé de sa couronne végétale. Terre et mousse avaient été évacuées des fondations. Restait le tas de briques formant un dôme au-dessus du monument. Le vrai travail de fouilles allait commencer. Elle échangea un regard satisfait avec l'abbé. Un cube de briques empilées attira son attention près de la structure. Les restes des déblaiements de Preston avant la guerre, ceux qui avaient permis d'exhumer la tablette. Avant que l'Histoire n'interrompe leur histoire. Le plus gros du travail restait encore à faire.

Un grésillement sec du talkie-walkie fendit l'air. C'était Saw Kaw Htoo, lieutenant du 1er Bataillon, qui assurait leur sécurité.

- « Je vous écoute, » répondit l'abbé.

- « *Sayadaw*, on a reçu des messages de pastèques sur Signal. La LID44[121] vient de quitter Bilin. Ils seront là dans une demi-heure. Ils ont été informés de votre présence et de ce que vous cherchez... »

- « Bien reçu. On va accélérer la cadence », conclut le moine. Les ordres fusèrent. Les moines redoublèrent leurs efforts.

- « Cet imbécile d'Ayaan ! », cracha Khin Yadanar.

Avide de lui trouver un remplaçant après sa disparition, il avait parlé, trop, à Londres. Sans se soucier de possibles informateurs. Son ambition les livrait maintenant à trois cents soldats. Elle piétina le sol avec rage, puis refoula sa colère. L'heure n'était pas à l'épuisement inutile de ses forces. Le temps leur manquait. Qu'ils le veuillent ou non, elle aiderait les moines. Le pragmatisme s'imposait et elle ferait fi du protocole et des traditions patriarcales. Elle se déchaussa et escalada la plateforme pour commencer à en déblayer un coin. Elle reçut quelques regards de côté. Aucune remarque. Le travail à la chaîne continua en silence à un rythme soutenu. Un grésillement interrompit les respirations haletantes.

- « La Tatmadaw est en vue ! Deux convois, blindés en tête. Venant du Nord et du Sud. Pour couper notre retraite. Il faut évacuer ! »

---

[121] 8ème Bataillon de la 44ème Division d'Infanterie Légère de la Tatmadaw, stationné dans le district de Doo Tha Htoo, près de Bilin, dans l'Etat Mon.

L'abbé fixa Khin Yadanar, le visage grave, ses sourcils haussés avec un air interrogateur. Elle lui lança un regard implorant. Il hocha doucement la tête.

- « Donnez-nous encore quelques minutes », entendit-elle dans son dos après s'être relancée dans sa tâche, courbée en deux, jetant les briques derrière elle avec l'énergie du désespoir.

- « Quelques minutes, pas plus ! Sinon, nous sommes perdus ! », concéda le lieutenant Saw Kaw Htoo. « On établit un double barrage. Nos éléments d'arrière-garde les ralentiront au maximum. Dépêchez-vous ! »

Une première explosion fit vibrer la forêt, puis une seconde. Les singes abandonnèrent leurs loges avec des hurlements de terreur. Les rebelles venaient d'utiliser leurs mines Claymore pour immobiliser les véhicules de tête. Le prélude des tirs en éventails suivit immédiatement. Les souffles des RPG-7, les percussions sourdes des M79, leurs roulements de grosse caisse sur les blindés. Antiphonie immédiate des lance-roquettes SPG-9 de l'armée. Le baryton des mitrailleuses PKM, le spiccato alto des AK-47, la saccade soprano des M-16 des Karens. L'*aria di furore* emplissait le théâtre d'opération. La KNLA menait une tactique de défense élastique bien rodée. Leurs unités créeraient des points d'arrêts successifs pour fixer les convois, suivis de retraites calculées étirant la colonne à découvert. D'autres sections karens attendraient à flanc de colline pour les prendre à revers. Et ainsi de suite jusqu'à retarder, épuiser, réduire les forces ennemies.

Sans pour autant espérer une victoire complète. Le 8ème Bataillon de la 44ème Division d'Infanterie Légère faisait partie des troupes expérimentées. Un ennemi bien connu de la KNLA. Impossible de les décimer complètement. Les retarder sans subir de pertes serait déjà un miracle.

Sous la symphonie des éclats sourds qui se rapprochaient inexorablement, Khin Yadanar et les moines fouillaient comme des possédés. Le dôme rétrécissait, trop lentement. Rien. Aucunes reliques. Ce site était-il maudit ? Le destin se jouait-il d'eux ? Un supplice de Tantale, plaçant l'objet du désir à portée de main pour aussitôt le refuser. Preston en avait été victime. Voilà qu'elle aussi le serait à cause de la guerre. *Bis repetita*. Un cycle. Elle n'osait affronter le regard de l'abbé. Ils étaient si près du but. Tant d'épreuves, tant de morts. Il était impossible qu'elle ait fait tout cela pour rien. Il lui fallait plus de temps.

- « *Sayadaw*, il faut évacuer ! », grésilla la radio. « On tient encore le carrefour de Kalay Thar au sud. Mais plus pour longtemps. S'ils enfoncent nos positions, notre retraite sera coupée. C'est maintenant ou jamais ! »

- « Reçu. On arrive », répondit l'abbé. « Vous avez entendu. Il faut y aller ! »

Les moines cessèrent leur ouvrage, leurs visages fermés, plissés dans une grimace de déception. Mais l'abbé avait parlé. Et les souvenirs de la révolution de Safran leur rappelaient que leur robe ne les protègerait pas du knout. Robes, sacs, outils. Ils se préparèrent. Khin Yadanar resta seule, rejetant la défaite. Une brique, puis une autre. Jusqu'au bout elle arracherait chaque seconde.

- « *Thami* ! », tonna la voix du moine. « Il faut partir ! »

- « Encore une minute », implora-t-elle sans lever la tête. « Juste une minute, *Sayadaw*. Je vous en supplie ! »

- « C'est fini, *Thami*, je suis désolé. » Sa voix était douce, mais ferme. « Nous reviendrons. Quand la région sera libérée », promit-il sans conviction.

Tous deux savaient que c'était un faux espoir. L'armée connaissait leur mission. Sitôt leur départ, les généraux viendraient avec leurs moines stipendiés déterrer les reliques en grande pompe. Ces symboles de paix serviraient la propagande nationaliste, avaliseraient les pires exactions. Elle se redressa, le visage tourné vers lui, les yeux embués. Le moine répondit d'un regard triste. Il comprenait. Mais perdre la vie ici ne servirait à rien. L'abbé ne partirait pas sans elle. Même prête au sacrifice, elle ne pouvait condamner les Karens qui risquaient leurs vies pour les protéger. Il ne servirait à rien de retrouver les reliques si la Tatmadaw les faisaient prisonniers. Elle était dans une impasse avec une seule issue. Qui se refermait à chaque seconde qu'elle gaspillait en vain. Elle acquiesça. L'estomac noué, elle commença à s'éloigner. Un dernier regard vers les restes du *stūpa*. Un dernier adieu. Cette fois, la nature ne reprendrait pas ses droits. Cette fois, il tomberait aux mains de l'ennemi. Le fatras de briques en désordre lui renvoya son reflet : sa vie aussi était un champ de ruines. Plus rien debout. Un éboulement qui avait enseveli ses espoirs. Elle maudit le jour où elle avait retrouvé l'avion, contacté Preston, abandonné Kee Mawng.

Un reflet l'arrêta. Elle revint. Le soleil frappait le flanc du monticule. Entre plusieurs briques, une forme arrondie renvoyait des éclats dorés. Elle se rua, écarta les briques avec frénésie, s'égratignant. Qu'importait ! Elle extirpa l'objet, l'épousseta. La réplique miniature d'un *stūpa* en forme de cloche se révéla. De ses faces polies émanaient des reflets, comme si l'illumination provenait de son cœur même. Elle poussa un cri de joie.

- « Je l'ai trouvé ! », hurla-t-elle, extatique, en brandissant le *patho* d'or au-dessus de sa tête. « Je l'ai trouvé ! »

Les moines se prosternèrent et commencèrent à réciter Ratana Sutta. Khin Yadanar réalisa aussitôt avec horreur : elle, laïque, femme, tenait les reliques à mains nues. Le visage empourpré par l'embarras, elle se précipita vers l'abbé qui accourait avec un tissu blanc immaculé. Il prit l'objet avec respect, ses lèvres murmurant avec le reste de la *Sangha*, et enveloppa délicatement le reliquaire. Un bruit de course attira leur attention. Le lieutenant Saw Kaw Htoo déboula dans la clairière, traits tirés par l'urgence, abasourdi par le spectacle qu'il découvrit.

- « Vous êtes encore là ! », s'écria-t-il avec agacement, tout en essayant de maintenir un ton respectueux. Mais la frustration transpirait de tout son être. « Notre dernière position va tomber. Il faut partir ou nous sommes tous morts ! »

Cette fois, nul ordre ne fut nécessaire. Les moines se relevèrent, ramassèrent leurs affaires, partirent au pas de course à la suite du lieutenant. Khin Yadanar saisit son sac contenant la tablette de pierre, se colla à l'abbé qui marchait aussi vite que le permettait son âge, le linge précieux contre sa poitrine.

Cinq minutes plus tard, ils débouchèrent sur la pagode dominant le monastère de Kyauk Htaung. Sous leurs yeux s'étendait la plaine jusqu'à la mer. Les détonations continuaient, proches, menaçantes. Des volutes noires s'échappaient au-dessus de la ligne d'arbres qui masquait la route en contrebas. Des combats intenses se déroulaient juste à l'extrémité du chemin menant au monastère. L'ennemi était à leur porte. Ils avaient les reliques, mais ils pouvaient encore tout perdre. Encore cinq minutes de course éreintante sur la piste boueuse reliant la pagode au monastère. Khin Yadanar retint l'abbé plusieurs fois avant qu'il ne glisse. Une femme n'était pas censée toucher un moine. Mais après son impair précédent et dans les circonstances présentes, c'était le cadet de leurs soucis. Les pickups les attendaient devant les bâtiments, moteurs rugissants. Elle hissa le vieux moine sur la plateforme arrière. Claquements de portières. Ordres hurlés à la volée. Les véhicules partirent en trombe, avalant la piste dans un nuage de boue et de fumée.

Assise avec l'abbé, quatre jeunes moines et deux soldats KNLA, M-16 parés, Khin Yadanar vit défiler la forêt en coup de vent. Les véhicules dévalaient comme un troupeau affolé au galop. Dérapages, bonds, hennissements sauvages. À chaque nid-de-poule, les passagers s'élevaient, puis retombaient lourdement sur le métal avec des cris. Nul ne se plaignait. Peu importait le confort. Seul le temps comptait. La voiture prit un virage serré à gauche sur la route principale. Deux roues se soulevèrent, retombèrent dans un grincement strident. Khin Yadanar risqua un coup d'œil par-dessus la cabine. Devant eux, à cinq cents mètres, se dressait le *stūpa* doré de Shwe Sar Yan. Deux cents mètres plus loin, des carcasses de blindés et camions en flammes. La Tatmadaw. Leur échappatoire : une route étroite vers le nord, entre les deux. Seul les protégeait le maigre contingent KNLA tenant le carrefour, abrité derrière des bâtiments en feu.

Une balle siffla près de sa tête. Une autre frappa la carrosserie. Elle plongea à l'abri quand un obus de mortier tomba à dix mètres de la route. Ils étaient dans le véhicule de tête. Derrière suivaient les autres pickups du monastère et les unités KNLA battant en retraite du Nord-Ouest. Le contingent du LID-44 devait les talonner. S'ils ne passaient pas au carrefour, ils seraient pris entre le marteau et l'enclume. Perdus, c'était certain.

Obus, balles, tombaient et sifflaient de plus en plus proches, nombreux. Les deux soldats se levèrent, leurs fusils pointés droit devant, et commencèrent à tirer en rafale. Khin Yadanar se recroquevilla, mains croisées derrière la tête, sac entre les jambes, yeux fixés sur la pluie de douilles qui rebondissait à ses pieds dans un tintement cuivré. La pagode Shwe Sar Yan passa dans un flash. Le moment de vérité. Le pickup freina brutalement, dérapa à gauche dans un crissement, repartit de plus belle. Une volée de balles frappa là où ils se trouvaient moins d'une seconde auparavant. La route s'éleva. Encore quelques balles déchirant l'air au-dessus de leurs têtes, transperçant le métal en saccades, frappant les maisons le long de la route. Puis plus rien. Les soldats arrêtèrent de tirer, leur attention reportée derrière eux. Elle risqua un regard par-dessus bord. En contrebas, elle vit le carrefour qu'ils venaient de passer, d'où s'élevait une fumée blanche épaisse. Les hommes de la KNLA avaient utilisé des fumigènes pour masquer leur approche et les couvrir. Ils avaient réussi !

Tous les véhicules étaient passés, filant vers Kaylar Thapha Ridge. L'unité du carrefour piégerait la route, battrait en retraite à son tour. Le convoi de la Tatmadaw mettrait des heures à dégager ses véhicules détruits. Impossible de leur couper la route quand ils redescendraient sur Pauktaw. Seule une attaque aérienne pouvait les arrêter, si les avions les trouvaient à temps. Dans quinze minutes, ils obliqueraient vers Taung Sun, éviteraient Bilin et les renforts de Thaton. Puis ils suivraient des pistes forestières vers Kyaikto. Cap au nord à travers les montagnes tenues par la KNLA. Dans une heure, ils seraient hors de portée. Après, Khin Yadanar continuerait à pied. Un trek ardu à travers le massif de Tenasserim en direction de la Thaïlande. Mae Sariang. Puis Chiang Mai, où elle retrouverait une représentante du NUG[122].

Elle cala son dos contre la paroi, yeux plongés dans les cimes qui brossaient l'azur de trames nuageuses. Le vent soulevait ses cheveux détachés. Libres. Les visages se détendaient autour d'elle. Elle vérifia. Personne n'était blessé. Un miracle. Les soldats s'étaient assis, fusils verticaux, cigarettes aux lèvres souriantes. Les moines en lotus avaient repris le Ratana Sutta interrompu à

---

[122] National Unity Government. Gouvernement d'unité nationale en exil formé en avril 2021 par des parlementaires élus démocratiquement qui ont été renversés lors du coup d'État militaire du 1er février 2021.

Win Ka. Ses yeux croisèrent ceux de l'abbé. Ils la fixaient avec intensité. Sourire complice. Elle le rejoignit, s'assit à côté de lui, rompant avec tout protocole. Il hésita. Finalement, il lui tendit le linge blanc sans un mot. Elle le rangea délicatement dans son sac, avec la tablette elle aussi emmaillotée. Ils en avaient longuement parlé. Elle lui avait expliqué ses intentions. Il acceptait, lui faisait confiance. Ces objets ne seraient jamais en sécurité au Myanmar tant que le SAC[123] était au pouvoir. Il commença à réciter le Maha Mangala Sutta pour la protéger dans son voyage. Elle ferma les yeux. Elle allait enfin rentrer chez elle.

---

[123] State Administration Council. Junte militaire qui gouverne actuellement le Myanmar depuis le coup d'Etat de 2021.

Chapitre XXIX

État Chin, Birmanie, mai 1942

- « Êtes-vous prêt ? »

Les pas du pasteur résonnèrent sur le plancher. Anthony se détourna de l'étroite fenêtre par laquelle il contemplait les quelques huttes à flanc de collines entourées de champs secs qui constituaient le hameau Chin.

- « Allons-y », confirma le jeune Anglais en s'adressant à son hôte.

Anthony ramassa le sac *zay chin* en coton tressé qui gisait à ses pieds et promena un dernier regard sur la pièce qui, durant deux mois, lui avait tenu lieu d'univers. Il s'agissait de l'unique espace habitable de la maison traditionnelle chin : un vaste rectangle aux parois de bambou tressé. Le toit, pentu et débordant, était couvert de chaume séché que l'on renouvelait après chaque mousson.

L'intérieur baignait dans une pénombre qu'éclairaient à peine les petites ouvertures sans vitre, fermées par des volets de bambou, laissant pénétrer avec parcimonie la lumière et l'air. Une table étroite, quelques tabourets et un coffre en bois composaient l'ensemble du mobilier. Au centre, le foyer creusé dans une dalle d'argile, surmonté d'une marmite en fer, brûlait jour et nuit, noircissant lentement la paille du toit. Sur le mur oriental, une simple croix de bois rappelait l'allégeance nouvelle de cette maison. Mais dans les recoins, on devinait encore les traces d'une autre cosmogonie : ces esprits des montagnes et des arbres séculaires que les ancêtres avaient vénérés, dont la présence immanente continuait de hanter les consciences converties.

Son regard demeura fixé sur les nattes de bambou et les couvertures tissées qui servaient de couchage et avaient été repliées dans un angle. C'était sur l'une de ces couches qu'il était resté immobilisé, torturé par la douleur, pendant plus d'un mois. Anthony ignorait combien de temps il était demeuré inanimé après sa chute de l'avion. Mais il avait compté deux jours après avoir repris conscience, incapable de mouvoir un membre, avant qu'un chasseur ne le découvre. Plusieurs heures s'étaient encore écoulées avant que celui-ci ne revienne avec des villageois équipés d'un brancard de fortune.

Anthony avait eu le corps brisé, mais il avait été chanceux. Le pilote l'avait anticipé : la canopée dense avait amorti sa chute. Il s'en était sorti avec une déshydratation sévère, une commotion cérébrale et de multiples fractures. Mais il était vivant. C'était plus qu'il n'avait pu en espérer. Certainement un sort plus enviable que celui du pilote, dont nul n'avait retrouvé trace. L'avion et lui avaient été engloutis par la jungle.

Les jours avaient passé lentement. Sa contemplation morose du plafond en paille périodiquement interrompue par ses conversations avec le pasteur, désireux de parfaire son anglais et de corriger sa lecture de la Bible, ainsi que par les repas et les soins frugaux prodigués par son épouse. À la souffrance physique s'était ajoutée celle des heures interminables consacrées au souvenir des tragédies des derniers mois. Une litanie d'images de destruction qu'il avait ressassées : chaque immeuble de Rangoon détruit, chaque visage de soldat tué, chaque réfugié jeté sur les routes. Une haine sourde avait mûri en lui envers les Japonais et leurs alliés de la Burma Independence Army qui lui avaient tout volé, à commencer par l'amour de Nandar Aye. Dans son déni, il la voyait elle aussi comme une victime, manipulée par des opportunistes méprisables, des idéologues prêts à tout pour parvenir à leurs fins, qui avaient utilisé sa souffrance pour la rallier à leur cause et la pousser à faire leurs basses besognes. Son égarement l'avait conduit à se persuader qu'elle s'était contentée de répéter des bribes de propagande apprises par cœur, qu'elle n'avait jamais trahi par duplicité ou conviction, mais par naïveté et crédulité. D'agent elle était devenue instrument, simplement parce qu'il ne pouvait se résoudre à la honnir.

Chaque heure passée sur sa couche, il les avait maudits, nourrissant dans le terreau de sa haine les graines d'une implacable détermination qui avaient maintenant germé. Il avait arrêté sa décision un mois auparavant déjà : il rejoindrait l'Inde et s'enrôlerait dans l'armée pour combattre les Japonais et les bouter hors de Birmanie. Où en était l'invasion à ce jour ? Ses compatriotes l'avaient-ils endiguée ? Il l'ignorait, perdu dans ces montagnes isolées où seules de vagues rumeurs du conflit étaient parvenues. Aucune nouvelle fraîche depuis le crash. Qu'importait. Il en saurait davantage une fois arrivé en Inde.

La colère qui l'animait l'avait poussé à s'extirper du lit dès la douleur devenue supportable. Puis à s'astreindre à un régime d'exercices intensifs dans le but de rééduquer son corps meurtri. Un mois supplémentaire s'était écoulé avant qu'il ne se sente suffisamment résistant pour entreprendre la longue marche jusqu'à Manipur. La route à travers les vallées profondes et les crêtes acérées des montagnes Chin jusqu'au col de Tamu était ardue. Plusieurs semaines de marche l'attendaient à travers la jungle, franchissant des cols atteignant deux milles mètres d'altitude. C'était maintenant ou jamais. Les premières pluies sporadiques venaient de tomber, avant-coureurs de la mousson qui viendrait dans deux ou trois semaines et transformerait les pistes en bourbiers impraticables.

- « Le guide vous attends dehors », indiqua le pasteur en l'invitant à le suivre.

Anthony jeta le sac en tissu sur son épaule et se dirigea vers la sortie, descendant prestement les marches de bois. La structure reposait sur des pilotis de bambou, élevant le plancher à près de deux mètres au-dessus de la terre. L'espace inférieur abritait quelques poules maigres et servait à entreposer les outils agricoles. Des paniers tressés en lanières de bambou, où reposait le paddy séché, pendaient aux poutres avec la régularité d'un chapelet.

Plus loin, le village s'étirait le long d'une crête étroite, à près de mille mètres d'altitude, agrippé au flanc de la montagne.

Une poignée de maisons identiques - structures de bambou et de bois, toits de chaume - reliées par des sentiers en terre battue et dispersées selon une logique ancestrale qui séparait les familles fortunées des gens du commun. Des enfants aux joues rosies couraient pieds nus, tandis que les femmes, certaines le visage recouvert de tatouages traditionnels, vêtues de longues robes aux couleurs vives, s'éreintaient dans les champs portant les marques du *taungya*, cette pratique ancestrale de culture sur brûlis. Les terres noircies et piquées de tiges carbonisées avaient été incendiées en mars, peu après son arrivée. Courbées en deux, dans une chorégraphie millénaire, elles déposaient les graines de *paddy* dans les trous ouverts par les hommes après les premières pluies. Des conditions de vie rudes où une mauvaise récolte pouvait entraîner la famine.

Anthony et le pasteur se dirigèrent vers le chasseur qui servirait de guide. Dans la lumière rasante du matin, l'homme, vêtu d'une courte tunique rayée et d'un pantalon de toile remontés aux genoux, se tenait immobile, pieds nus, appuyé sur son long fusil à pierre. Il mâchait nonchalamment une racine en dévisageant Anthony avec curiosité. Sur son dos pendait le *nam*, ce panier conique de bambou maintenu par une large bande frontale, chargé de provisions de riz séché et de tabac compressé dont il ferait commerce le long de la route. Anthony avait également promis une récompense pécuniaire à leur arrivée à Manipur. Le pasteur et lui échangèrent quelques paroles, suivies d'une bénédiction. Puis l'ecclésiaste se tourna vers Anthony :

- « Voici Thang Lian », expliqua-t-il en désignant le chasseur. « Il vous conduira jusqu'à Manipur. Vous pouvez lui faire confiance. »

- « Je ne sais comment vous remercier », répondit Anthony la voix brisée. « Vous m'avez sauvé la vie. »

- Le pasteur leva la main avec douceur. « Le Seigneur vous a guidé jusqu'à moi », intervint-il avec humilité. « Votre corps comme votre âme étaient brisés quand vous êtes arrivé », continua-t-il en référence aux longues nuits entrecoupées de cauchemars qu'Anthony avait passées à pleurer. « J'espère qu'ils sont tous deux apaisés aujourd'hui. »

Anthony demeura silencieux, cherchant à cacher les blessures qui meurtrissaient encore son cœur au regard inquisiteur de son hôte. Sans doute ce dernier n'approuverait-il pas la soif de vengeance peu chrétienne qui l'animait dorénavant. Il absorba le paysage qui l'entourait, bercé par le chant du coq et des oiseaux migrateurs. Les forêts de pins qui habillaient les sommets arrondis comme pour les protéger de la fraîcheur du printemps. Les prairies d'altitude et les taillis de rhododendrons qui explosaient en floraisons écarlates. Les chênes centenaires qui offraient leur ombre bienveillante aux maisons de bois. Point de paradis. Les conditions de vie étaient rudes et austères. Mais un havre de paix que l'incendie embrasant le reste du monde n'avait pas encore profané. Il souhaita de tout son cœur que ces montagnes, ces villages, ces populations ne connaissent jamais la guerre.

- « Que ferez-vous si les Japonais arrivent jusqu'ici ? »,
interrogea-t-il avec inquiétude en pensant aux seuls mousquets
dont étaient armés les locaux.

- « Nous survivrons, comme nous l'avons fait tant de fois
auparavant. Les Shans, les rois birmans, les soldats britanniques...
Les vagues des tempêtes sont régulièrement venues se briser sur
les rivages de nos montagnes. Mais toujours les Chins ont lutté et
perduré. Nous sommes un peuple dispersé, désuni même, mais
nous sommes un peuple têtu », déclara-t-il avec un sourire
complice. « Un jour, ce pays sera de nouveau à nous, comme il
l'était autrefois. Si nous parvenons à unir nos forces. Et si Dieu le
veut... », s'empressa-t-il d'ajouter comme par réflexe
professionnel.

- « Je vous le souhaite de tout cœur », s'empressa
d'approuver Anthony, en prenant les deux mains de son sauveur
dans les siennes avec émotion.

- « Allez, il est temps de partir », invita le pasteur avec un
sourire bienveillant. « Que Dieu vous garde et m'offre un jour la
joie de vous revoir. »

Anthony alla rejoindre Thang Lian et tous deux se mirent
en route d'un pas décidé. Le jeune homme se retourna une
dernière fois pour contempler la maison et saluer le pasteur, ainsi
que son épouse qui se tenait sur le pas de la porte en agitant la
main. Il laissait derrière lui l'enfant qu'il avait été, ses certitudes,
ses rêves, ses amours, engloutis dans le mausolée de verdure où
dormirait à jamais la tablette. L'homme nouveau accéléra sa

marche, ses pieds battant le sol avec détermination, son regard fixé devant lui sur l'horizon d'incertitudes qu'il s'apprêtait à affronter.

Chapitre 30

Mindat, Myanmar, décembre 2024

Le représentant du ministère des Affaires étrangères du National Unity Government du Myanmar au Royaume-Uni, silhouette longiligne sous la clarté des projecteurs achevait son discours au pupitre. Il remerciait, l'un après l'autre, les hauts dignitaires et officiels présents. Sur les premiers rangs de l'amphithéâtre du British Museum, un parterre guindé de vestes sombres et de regards austères retenait son souffle. À l'extrémité de la scène, raides comme des statues, se tenaient Latika Williamson, directrice du Center for South-East Asian Studies, le professeur Forsythe, et Ayaan. Ce dernier serrait le portrait du professeur Preston contre lui. Khin Yadanar le voyait pour la première fois et ne put s'empêcher d'éprouver le désir intense de le gifler à la vue du sourire qu'il arborait en savourant son quart d'heure de gloire.

Elle se souvint du message qu'elle lui avait envoyé, à travers l'émissaire du NUG, lorsqu'elle lui avait remis les reliques à Chiang Mai : « Ayaan, ton ignorance a failli coûter des vies. Tu n'es qu'un gamin égoïste. Je ne veux plus jamais entendre parler de toi. » Certaine que le *ah na dé*, la retenue birmane, l'empêcherait de répéter ces mots, elle le lui avait également envoyé par Signal avant de bloquer son contact. Il n'était qu'un arriviste ambitieux, monstre froid, qui se cachait derrière le masque de l'arrière-petit-fils modèle. Qu'il s'estime heureux. Si elle avait été présente dans la salle, elle aurait peut-être cédé à la tentation de l'étrangler.

La caméra panoramique dévoilait la salle comble. Cent cinquante journalistes, membres de la diaspora, étudiants, chercheurs, assis dans la pénombre. À droite du pupitre, deux vitrines baignées de lumière. Derrière le verre, deux objets que Khin Yadanar connaissait mieux que quiconque : le *patho* et la tablette votive. Jadis serrés contre elle, portés à travers ravins et jungles comme une louve protège ses petits, ils reposaient maintenant hors de portée. Une pointe de douleur lui traversa le cœur. Peut-être ne les reverrait-elle jamais. Ces artefacts n'étaient pas les siens. Ils appartenaient au peuple du Myanmar, comme elle l'avait rappelé à Ayaan dès leur première conversation. Le ministre britannique venait de le souligner dans son discours : la tablette serait prêtée pour étude, tandis que le reliquaire, sacré, resterait exposé dans un lieu sûr pour permettre à la *Sangha* et à la communauté birmane de se recueillir. Pas de fouilles, pas de dissections savantes du *patho*. Seulement le silence de la dévotion, en attendant un jour possible où la paix permettrait leur retour au Myanmar.

Déjà, les moines nationalistes et la junte fulminaient. Dans The Global New Light of Myanmar, Myanmar Alin, The Mirror, les caricatures s'enchaînaient. On accusait le NUG d'être vendu aux colonialistes occidentaux, de piller la terre et la foi du pays. Leur rage venait surtout de l'accord signé avec un gouvernement en exil, acte qui renforçait la légitimité internationale du NUG. Thaïlande, Sri Lanka, Cambodge approchaient déjà l'organisation pour solliciter le prêt des reliques. L'isolement de la junte s'exacerbait au sein de l'ASEAN. Entre-temps, plusieurs journalistes avaient sollicité Khin Yadanar pour des entretiens, grâce aux bons offices de Latika Williamson. Enfin, l'occasion de braquer la lumière sur le drame birman. Pourtant, elle gardait la lucidité de Kee Mawng. Le martyre de son pays serait vite relégué aux oubliettes. Depuis l'élection de Donald Trump, les regards occidentaux se détournaient ailleurs. Mauvais présage pour les défenseurs de la démocratie à travers le monde.

Le représentant du NUG s'écarta. Une vidéo apparut sur l'écran de fond de scène. Les images défilaient, illustrant la situation au Myanmar depuis le coup d'Etat de 2021. Visages meurtris, villages incendiés, corps ensanglantés. Puis les statistiques. Froides. Implacables. Plus de trois millions de déplacés internes. Près de deux millions de réfugiés dans les pays voisins. Plus de six mille victimes civiles. Près de cent mille habitations détruites par l'armée. Vingt-huit mille prisonniers politiques, dont deux mille morts en détention. Mille victimes de mines, un record mondial. Milliers de viols par les soldats. La moitié de la population sous le seuil de pauvreté, dont vingt millions nécessitant une assistance humanitaire. Le troisième conflit le plus intense au monde. L'un des moins médiatisés également.

Le film s'interrompit. Les lumières jaillirent, abruptes, renvoyant chacun à sa conscience, à la soie glacée de sa cravate. Silence inconfortable. Toussotements, froissements de vêtements, bruissements de corps sur les fauteuils. Latika Williamson s'avança, maître de cérémonie en charge de l'événement. Comment enchaîner après un tel gouffre ? Impossible. Il le fallait pourtant. L'assistance accueillerait probablement la distraction créée par son intervention avec soulagement. Elle se plaça au micro, s'éclaircit la voix. Elle ne chercha pas de transition. Cela aurait été artificiel, indécent. Sa voix claire déroula l'histoire de la découverte : l'expédition Preston-Sayer de 1941-42, l'interruption de la guerre, l'avion mis au jour dans l'Etat Chin...

Bientôt viendrait le tour de Khin Yadanar. Elle vérifia sa connexion, lissa d'une main ses cheveux, répéta mentalement l'ouverture de son allocution. Des jours de travail condensés en quelques secondes. Chaque mot pesé, affûté. Elle prit une profonde inspiration. Elle n'avait jamais aimé parler en public, mais aujourd'hui n'était plus un simple discours. C'était l'aboutissement de son baptême du feu. Elle était prête.

- « Dans quelques minutes, Ayaan Carter, racontera comment son arrière-grand-père, le Professeur Preston, récemment décédé, a exhumé la tablette votive en Birmanie, avant que l'invasion japonaise n'interrompe ses travaux », annonça Williamson d'une voix solennelle. « Puis, le Professeur Forsythe, expert de l'histoire môn au Center for South Asian Studies, nous fera voyager plus de deux mille ans dans le passé, pour partager l'histoire de ces reliques et de cette tablette. Une histoire fabuleuse, celle d'une civilisation légendaire, celle du royaume doré de Suvannabhumi. »

Elle captivait son auditoire presque sans effort, oratrice naturelle, tissant dans l'air ce suspens fragile dont elle avait le secret. À l'écouter, on aurait cru qu'on avait retrouvé l'Atlantide à l'oubli. Pourquoi pas, après tout ? Elle avait reçu un email du Professeur Forsythe. Un homme en marge, cordial, mais dont l'ardeur semblait réservée aux morts. Son existence semblait dépendre tout entière de ce qui avait pu se dérouler plusieurs millénaires auparavant. Le message débordait de gratitude : grâce à elle, la tablette avait franchi la mer jusqu'à Londres. Nettoyée, restaurée, elle avait livré ses secrets. Gravure de lions, de l'arbre *Bodhi* et de roues de la loi, images primordiales du Bouddha, avant qu'il ne soit représenté sous forme humaine. Puis les caractères du texte. Lisibles enfin. Ils confirmaient ses théories. Il s'était empressé de lui en transmettre la traduction, pensant qu'elle serait intéressée. Elle ne l'était pas.

« La vingt-et-unième année du règne du roi Devanampiya Piyadasi, sur ordre de ce grand roi, les vénérables Sona Thera et Uttara Thera, messagers du Dharma venus de Jambudipa, érigèrent ce sanctuaire abritant des reliques de cheveux du Bouddha. Dédié par le roi Sirimasoka, souverain de Suvannabhumi, pour le bien de tous les êtres. Que le Dharma perdure. Que tous les êtres trouvent la paix et la libération. »

Ces quelques lignes complétaient la traduction de la légende inscrite sur la muraille de latérite. Les reliques étaient parvenues à Win Ka avec Sona et Uttara, deux siècles avant notre ère. Leur présence fissurait la chronologie admise des royaumes môns, de Gordon H. Luce à Michael Aung-Thwin. À l'inverse, elles offraient une nouvelle légitimité à Emanuel Forchhammer, à Bimala Churn Law, ces voix oubliées du XIXe siècle. De quoi occuper Forsythe et la génération suivante d'historiens pour des années. Elle fut soulagée de s'exprimer avant lui. Elle devinait que sa passion et le poids de la trouvaille le pousseraient à prononcer un discours interminable. Un cours magistral était la dernière chose à laquelle elle voulait occuper sa journée.

- « Maintenant, permettez-moi de vous présenter une jeune-femme remarquable, sans qui la découverte des reliques n'aurait pas été possible. » La voix de Latika Williamson était chargée d'une émotion sincère. « Etudiante en médecine à Yangon, elle est retournée dans son Etat Chin natal après le coup d'Etat. Depuis lors, elle y travaille dans la clinique des forces de défense populaires. Dans la jungle de ces montagnes, en plein conflit, elle a ramené à la vie la tablette votive et le carnet du Professeur Preston, qui sommeillaient dans l'épave d'un avion depuis quatre-vingts ans. Puis, elle a traversé un pays en guerre, bravant mille dangers, risquant sa vie, pour se rendre au *stūpa* de Win Ka. Avec l'aide de moines bouddhistes et des forces démocratiques, elle a retrouvé ces précieuse reliques, puis les a apportées jusqu'en Thaïlande, pour les remettre au NUG. Mesdames et Messieurs, Khin Yadanar », conclut-elle d'un geste dramatique vers l'écran, en lançant une salve d'applaudissements.

Khin Yadanar fut saisie d'un malaise en entendant ce portrait dressé d'elle : un éloge sobre, irréfutablement exact, mais dont chaque mot la renvoyait à son trouble. Jamais elle ne s'était vue ainsi, désignée, célébrée, objet d'un regard qui transfigure le moindre acte en mérite. Elle doutait. Ses motivations n'avaient rien d'héroïque. Un enchaînement de hasards, d'instincts mêlés de remords, de victimes qui avaient suivies dans son sillage. Applaudiraient-ils toujours s'ils savaient ? Et puis, il y avait les absents, les visages anonymes du combat quotidien. Kee Mawng et les PDF, debout malgré la peur. Ils étaient restés, n'avaient pas abandonné leurs postes, alors qu'elle-même s'était éloignée. Pour eux, aucun trophée, nulle scène où l'on acclame le courage. À quoi tient la justice : à la voix qui raconte, ou à la main qui agit dans l'ombre ? C'était justement pour eux qu'elle voulait parler. Son objectif depuis le premier jour où elle avait retrouvé la tablette. C'était le moment. Elle se lança :

- « Mesdames, Messieurs. »

Sa voix tremblait. Elle prit une longue inspiration avant de reprendre :

- « Aujourd'hui, alors que j'ai l'honneur de vous parler depuis le Myanmar meurtri, je vous adresse un message porté par les reliques retrouvées à Win Ka. Un message de paix, d'espérance et de liberté. »

Elle était lancée. Les mots se déversaient en flots, naturellement :

- « La découverte de ces reliques sacrées, parmi les plus anciennes traces du Bouddhisme dans mon pays, n'est pas simplement un événement historique ou religieux. Elle symbolise les valeurs humanistes qui s'opposent depuis des millénaires à l'obscurantisme, pour illuminer nos sociétés. »

Sa voix, portée par l'émotion, gagna en force :

- « Un rappel vivant que la liberté, ce souffle premier de la conscience humaine, ne peut être étouffée, ni par les siècles, ni par les armes. La liberté, en chacun de nous, est aussi naturelle, aussi indispensable que le fait de respirer. Elle ne s'enseigne pas : elle s'éprouve, elle se vit dès la naissance, dans chaque âme, quel que soit notre passé ou notre origine. »

Elle marqua une pause pour reprendre son souffle. Son cœur battait à tout rompre.

- « Cette idée, universelle, spontanée, indomptable, a traversé le temps et unit aujourd'hui notre nation. Dans le tourment de la guerre, beaucoup pensaient notre pays condamné à la division. Cliché d'un pays en proie aux déchirures internes, au conflit interethnique. Menace brandie depuis la colonisation britannique, instrumentalisée par la dictature militaire pour justifier son oppression. Pourtant, ces reliques prouvent le contraire. Chins, Birmans, Karens, bouddhistes, chrétiens, animistes, ont lutté et risqué leurs vies ensemble, côte-à-côte, pour les sauver, pour les amener devant vous. Comme ils le font depuis 2021, au nom d'un espoir, d'un futur communs. Un Myanmar, démocratique, fédéral, et uni dans sa diversité. »

Elle laissa son auditoire s'imprégner de ses paroles avant de reprendre :

- « On entend trop souvent des soi-disant spécialistes, ou de ceux qui veulent semer la division, que le Myanmar serait condamné par cette diversité. Ne les écoutez pas. Elle n'est pas notre faiblesse, mais notre force. Le fondement, le terreau même de notre future démocratie. Car, sans diversité, pas de débat, pas de pluralisme, pas besoin d'élections ni de parlement. Après tout, qu'est-ce que la démocratie, sinon un conflit pacifié, où les idées remplacent les armes ? »

Sa bouche était sèche. Elle prit une gorgée du verre d'eau posé à côté d'elle.

- « Aussi, la Révolution de Printemps, cette alliance de tous les peuples du Myanmar contre la dictature, est bien plus qu'un soulèvement. Elle est une marche inexorable vers un avenir où les armes auront été déposées, se seront tues, pour laisser parler les idées. Un vouloir vivre ensemble. Une deuxième lutte pour l'indépendance. Pour réaliser le rêve inachevé de 1948. Le rêve d'une nation dans laquelle chaque ethnie, chaque culture, aurait sa place et ses droits. Un rêve confisqué par la dictature militaire. Notre génération, unie dans la douleur et l'espoir, se lève aujourd'hui pour refermer définitivement les blessures de la colonisation et du despotisme. Pour tourner ensemble les pages d'un passé douloureux. Pour écrire celles d'un avenir commun et meilleur. »

Elle braqua son regard sur la caméra comme pour les fixer dans les yeux, mue par une ferveur intense :

- « Peut-être vous demandez-vous pourquoi soutenir notre combat. Après tout, l'Ukraine, Gaza, le Soudan sont également en pleins tourments. Y a-t-il une hiérarchie du malheur ? Et puis, le Myanmar est en guerre depuis des décennies. En quoi l'actuelle lutte de notre peuple isolé diffère-t-elle et vous concerne-t-elle ? Parce que notre cause est juste. Parce que, contre toute attente, sans soutien international, nous vainquons une armée que le monde croyait invincible. Parce que ce qui se joue au Myanmar, pays oublié de tous, est une leçon pour l'humanité entière, à l'heure où la démocratie et les valeurs humanistes reculent, jusque dans les pays qui s'en clamaient les champions. Notre résistance, nos sacrifices, nos solidarités deviennent un exemple, qui, un jour, trouvera sa place auprès des grandes pages de l'histoire universelle. Aux côtés de la Révolution américaine, de la Révolution française, qui ont offert au monde la lumière de la liberté et de la dignité. Notre victoire ne sera pas seulement la nôtre. Elle éclairera toutes les nations encore asservies, elle brillera comme une balise pour tous ceux qui souffrent sous la férule des despotes, des dictatures, des puissants qui prétendent que la violence peut écraser la volonté des peuples. »

Elle avait énoncé tout cela d'une traite, la respiration haletante sous le coup de l'émotion. Consciente qu'elle parlait trop vite, voulant être certaine d'être entendue, elle se força à ralentir.

- « Alors j'espère que, comme moi, la contemplation de ces reliques, symboles de paix et de compassion, vous amènera à voir plus que les restes antiques d'un passé relégué au fond des âges. Que leur éclat constituera pour vous la promesse, brillante et vivace, d'un Myanmar libre. Un projet universel. Un avertissement aux dictateurs. Et un souffle d'espoir pour ceux qui rêvent de liberté à travers le monde. L'histoire de ces reliques rappelle que, peu importe les obstacles, la liberté et la vérité trouveront toujours leur chemin. Aussi longtemps qu'il y aura un cœur impatient de respirer l'air pur de la justice, elles renaîtront, invincibles. »

La fin approchait. Elle appuya sur chacun de ses mots.

- « Aujourd'hui, médecins, ouvriers, étudiants, anciens fonctionnaires, commerçants, agriculteurs, journalistes sont unis dans cette même cause. Tous luttent, chacun avec ses armes, ses ressources, ses moyens. Combattants ou civils, ils risquent ou perdent leurs vies quotidiennement, pas seulement pour eux, pas seulement pour le Myanmar. Ils sont les héros anonymes d'un idéal universel. Et comme ces reliques, leur courage, leur souffrance, leur sacrifice doivent être placés sous les feux des projecteurs, aux yeux du monde, pour être partagés, admirés, loués. Ce combat et ce peuple méritent tout votre soutien. Nous comptons sur vous. Je vous remercie. »

Elle n'entendit pas les applaudissements. Elle n'avait parlé qu'une poignée de secondes, peut-être. Pourtant son souffle se vidait comme une citerne ouverte, la tension s'échappant goutte à goutte jusqu'à ses chevilles. Latika Williamson regagna le pupitre, retour mécanique de la conférence, résurgence de l'ordinaire. La voix d'Ayaan s'apprêtait à prendre la relève. Khin Yadanar, elle, avait remis ses comptes au monde : rien ne dépendait plus d'elle désormais, comme si le fil qui la tenait à ces mois de veille venait d'être tranché. Le reste lui échappait maintenant. D'un geste presque liturgique, elle referma l'ordinateur. Le claquement feutré du couvercle sonna comme la fermeture d'une part de son existence. Dans ce bruit ténu s'engouffra une sensation d'espace, d'air neuf, de routes sans sentinelles. Elle se sentit libre. Plus que jamais auparavant.

- « Tu as finie ? »

Kee Mawng apparut dans l'embrasure de la porte, silhouette ferme, appuyé sur ses deux jambes. La prothèse, reçue un mois plus tôt, ne trahissait plus qu'une boiterie discrète. Elle lui offrit son sourire. Il répondit, sûr à présent que l'épreuve était franchie.

Dehors, le soleil faisait vibrer les tôles du camp. Ils gagnèrent le scooter, fusion spontanée de métal et de promesse. Depuis quelques jours déjà, Kee Mawng marchait sans béquilles : seule l'inflexion de sa démarche rappelait sa blessure, que Khin Yadanar s'étonnait d'oublier fréquemment. Comme si la vie, par entêtement, refusait la mémoire du sang. Une normalité nouvelle s'était glissée entre eux. Il avait mesuré l'ampleur de ses limites, puis les avait digérées avec la même légèreté bravache qui gouvernait son existence. La ligne de front lui resterait désormais interdite. Il s'était jeté, corps et âme, dans l'atelier de drones, façonnant hélices et détonateurs avec la minutie d'un orfèvre. Elle lui enviait cette acceptation crâneuse.

Elle, revenue depuis une semaine seulement, avait déjà repris le poste à la clinique. Les paperasses thaïlandaises l'avaient essorée plus sûrement que sa traversée des zones de guerre.

Soutenue par le NUG, elle avait empilé les sésames : statut de réfugiée avec l'UNHCR, laissez-passer de la Croix-Rouge, visa de transit indien de quinze jours. Les vols entre Bangkok et Calcutta, puis Aizawl, avaient été réglés par le NUG. La capitale du Mizoram comptait environ dix mille réfugiés Chins du Myanmar. Khin Yadanar s'y était sentie à l'aise, retrouvant les langues, les saveurs, les visages de son enfance. Avait suivi un trajet de deux jours en voiture jusqu'au QG du CDF-Mindat. Un retour-miracle, après moins de trois mois après l'exil.

Les retrouvailles avec Kee Mawng furent une effusion de larmes, rires, épuisement d'exister ensemble. Peu à peu, ils tricotèrent les gestes d'un couple non-marić : quarts de thé partagés, veillées silencieuses, promesses murmurées. Plus complices, plus amoureux que jamais.

Kee Mawng enfourcha l'engin. Khin Yadanar se coula derrière lui, étreignant ses flancs. Elle aimait cette adhérence : sa joue contre l'omoplate, la pulsation chaude du moteur comme un deuxième cœur. La piste s'élança. Poussière, lacets, horizon fendu. C'était la saison sèche, avec son chaos de pierres mais son ciel limpide. Point de hâte. La lumière de l'après-midi baignait la vallée comme une eau tiède. Sur la crête, ils retrouvèrent la route Kanpetlet-Matupi. Trois mois plus tôt, elle l'avait parcourue vers le sud, guidée par un inconnu. Aujourd'hui, cap au nord, deux corps soudés dans une même respiration. Le vent tiède giflait ses cheveux. Le paysage, vaste drap vert, se déroulait sous leurs yeux. Elle enfouit son visage dans le cou de Kee Mawng, ferma un instant les paupières. Elle était vivante. Elle revit un visage, puis un autre :

Thang Bawi, Kyaw Zaw, les résistants de Pyay, le moine de Kyauktaga, la KNLA, le NUG... Autant de visages gravés dans l'argile du souvenir. Elle leur devait tant. Sa reconnaissance pour eux formait une litanie douce, presque une prière.

La moto plongea vers le pont de Chi Chaung. L'eau roulait, jubilante, entre les piliers. Virages serrés sur l'autre versant. Ils avalèrent la pente, négocièrent les lacets, retrouvèrent la crête, qui les accueillit avec un panneau. Mindat.

La ville avait été reprise par la Chin Brotherhood quatre jours auparavant. Kee Mawng ralentit, bifurqua sur l'avenue centrale. Pas une roue, pas un chien. La route s'étirait sous un tapis de tôles tordues, poutres noircies, barbelés enroulés, briques éclatées, guidons de vélos sans roues. De chaque côté des rues désertes défilaient les restes des habitations détruites, éventrées, incendiés, effondrées, bombardées, explosées, défoncées. Partout la Tatmadaw avait laissé son empreinte, sa signature. Et le silence, rien d'autre que le silence pour accompagner leur procession au milieu de la ville martyre, mais libérée.

C'était le jour de Noël, mais aucune célébration. Par peur des mines et des attaques aériennes. Cependant, comme à Matupi six mois plus tôt, promesse avait été faite que le bourg serait nettoyé et sécurisé dans les plus brefs délais. Bientôt les réfugiés reviendraient d'Inde, charrier la vie dans les fissures, pour reconstruire leurs maisons et leurs existences. C'était une nouvelle étape dans l'émancipation de la région. Mindat, première ville rebelle, était enfin délivrée. Bientôt, l'État Chin entier, puis la vallée de l'Irrawaddy, puis Nay Pyi Daw. La prophétie roulait dans le crâne de Khin Yadanar comme la moto sur le gravier. Elle n'était pas revenue depuis le coup d'État. Pourtant chaque manguier, chaque embranchement jaillissait intact de sa mémoire. Elle était de retour chez elle. Le scooter s'arrêta. Le moteur mourut. Ils descendirent.

Ils se tinrent debout, côte-à-côte, main dans la main, sans dire un mot. Face à eux, une maison brûlée, ou ce qu'il en restait. Quelques piliers en bois et morceaux de murs noircis, poussant dans un sol stérile couvert de suie. Identique aux autres habitations détruites à travers la ville. Et pourtant différente. On pouvait voir que la dévastation datait. La pluie et le temps étaient passés par là, sans pour autant parvenir à nettoyer complètement les ruines. Certaines tragédies luttent désespérément contre l'oubli. Khin Yadanar sentit les larmes couler le long de ses joues, sa lèvre inférieure trembler, mais elle retint ses plaintes. Ce n'était pas la souffrance éclatante due à une tragédie soudaine, mais une tristesse sourde polie par le temps. C'était sa maison, celle de ses parents. Celle dans laquelle leurs corps torturés avaient été brûlés. Puis recueillis par Kee Mawng pour être enterrés au cimetière. Plus de trois ans déjà. Ce mausolée était tout ce qui lui restait d'eux. Photos et autres souvenirs étaient eux-aussi partis en flamme lors du bombardement du camp.

Lentement, elle sortit deux roses blanches et les déposa. Puis elle revint se placer contre Kee Mawng, sa tête penchée sur son épaule. Il l'encercla. Moment d'intimité, de recueil. La lumière du soleil tombait dans leurs dos. Leur ombre s'allongeait dans la carcasse, invitation muette à rentrer, à renaître. Un jour, bientôt, ils reconstruiraient. Un jour, bientôt, ce serait leur foyer. Au loin, dans la pénombre de la nuit tombante, des voix s'élevèrent. Des cantiques. Une messe s'improvisait dans les restes d'une église. Kee Mawng y joignit sa voix douce, reprenant les chants dans un murmure à l'oreille de Khin Yadanar. C'était Noël. Message d'espoir. Déjà de nouvelles dissensions apparaissaient entre les Chins, promesses d'affrontements fratricides à venir. Déjà les accusations d'atrocités contre les Rohingyas se multipliaient à l'encontre de l'Arakan Army. Déjà la Chine s'immisçait dans le conflit pour soutenir la junte et faire pression sur les groupes armés. Mais elle voulait croire. Aujourd'hui était un jour d'espoir. Mindat était libre. Bientôt, le reste du Myanmar suivrait.

Envie de plonger plus loin dans l'histoire ?

Vous voulez enfin découvrir ce que disait le texte gravé sur la muraille de Win Ka, celui qu'Anthony Preston a recopié dans son carnet ?

Scannez le QR code ou rendez-vous sur le lien ci-dessous pour recevoir gratuitement par email les trois chapitres bonus dévoilant la légende des reliques du Bouddha apportées par Sona et Uttara à Win Ka.

Ne manquez pas cette partie cachée du récit.

Remerciements

Ce roman doit son existence à une découverte remarquable dans les jungles de Birmanie. Ma plus profonde gratitude va à Clayton Kuhles, fondateur de MIA Recovery, dont le travail méticuleux de récupération d'avions disparus de la Seconde Guerre Mondiale a inspiré la vision créative qui a donné naissance à ce livre. La générosité de Clayton, qui a partagé ses connaissances et répondu à mes questions, s'est avérée inestimable pour apporter l'authenticité à ces pages.

Je suis également redevable à Chrys et Shane, dont la connaissance intime de la riche tapisserie culturelle et des communautés diverses de l'État du Chin a fondamentalement façonné ma compréhension de la région. Leurs perspectives ont transformé l'univers de ce roman de l'imaginaire au vécu.

Ce livre n'aurait pas atteint sa forme finale sans l'engagement extraordinaire de mes premiers lecteurs, Maryannick, Michel, Gilles, Jean et Tim, qui ont consacré du temps et de la réflexion considérables à fournir des retours minutieux et des suggestions perspicaces pour son amélioration. Leur attention soignée aux détails a renforcé chaque aspect de cette œuvre.

Enfin, à tous ceux qui ont généreusement répondus à mes sollicitations au sujet de ce projet et qui ont offert leur soutien : merci de rappeler que le peuple du Myanmar reste cher aux cœurs du monde entier, et que leur courage exemplaire continue d'inspirer la solidarité et l'espoir à l'échelle mondiale.

À propos de Jak Bazino

Jak Bazino est un écrivain français, diplômé en sciences politiques et en relations publiques. Il a vécu plus de dix ans au Myanmar (Birmanie), d'abord sous le régime militaire, puis pendant la période de transition, parcourant le pays et acquérant une connaissance approfondie de sa population, de ses croyances et de son histoire.

Il a quitté le Myanmar peu après le coup d'État militaire de février 2021, au cours duquel il a été témoin de la répression orchestrée par la junte contre la population.

En 2012, il a publié son premier roman en français, *Zawgyi, l'alchimiste de Birmanie*.

Comment aider le Myanmar ?

Situation au Myanmar 5 ans après le coup d'État de 2021 :

- 20 millions ont besoin d'une aide humanitaire urgente
- 15 millions font face à une insécurité alimentaire aiguë
- 50 % de la population sous le seuil national de pauvreté
- 3,6 millions de personnes déplacées au Myanmar
- 1,6 million de réfugiés dans les pays voisins
- 8 000 civils tués par la junte militaire et ses alliés
- 28 000 personnes arrêtées, dont 5 800 femmes
- Le plus grand nombre de victimes de mines au monde

Organisations recommandées ayant besoin de votre soutien :

- https://www.betterburma.org/
- https://backpackteam.org/
- https://mam.org.mm/
- https://www.freeburmarangers.org/
- https://newmyanmarfoundation.org/
- https://cpintl.org/
- https://maetaoclinic.org/
- https://skillsforhumanity.wordpress.com/

9 789890 243059